NEW YORK
HUDSON RIVER
Broadway
ASTORIA
NEW JERSEY
EAST RIVER
MANHATTAN
BROOKLYN

Die unzähligen Wunder der Carmine Street

Sophie Chen Keller

DIE unzähligen WUNDER der CARMINE STREET

Roman

Aus dem Amerikanischen von
Corinna Rodewald

List Taschenbuch

Besuchen Sie uns im Internet:
www.ullsteinbuchverlage.de

MIX
Papier aus verantwortungsvollen Quellen
FSC www.fsc.org
FSC® C083411

Deutsche Erstausgabe im List Taschenbuch
List ist ein Verlag der Ullstein Buchverlage GmbH, Berlin.
1. Auflage September 2017

Titel der amerikanischen Originalausgabe: *The Luster of Lost Things*
(G. P. Putnam's Sons, New York 2017)
Umschlaggestaltung: zero-media.net, München
Titelabbildungen: Getty Images/© Marcus Butt (Cupcake);
Getty Images/© Beastfromeast (Gebäude, Bäume, Taxi);
Getty Images/© Beastfromeast (Vogel); Getty Images /
© Daniel Hackett (Wecker); Getty Images/© John Holcroft
(rosa Cupcake); © FinePic®, München (Fond); Innenklappen:
Getty Images/© Daniel Hackett (Junge am Tisch)
Satz: Pinkuin Satz und Datentechnik, Berlin
Gesetzt aus der Fairfield LT Std
Druck und Bindearbeiten: CPI books GmbH, Leck
ISBN 978-3-548-61345-1

Für meine Mutter Lihua Yao,
die mich als Erste las und bis zuletzt an mich glaubte,
die mir alles beibrachte, was ich über
Stärke und Gutherzigkeit weiß.

KAPITEL 1

Irgendwo auf einer Bank unten in der Haltestelle Fourteenth Street sitzt ein Männlein aus Bronze, das auf eine U-Bahn wartet, die niemals eintrifft. Ich freute mich schon darauf, mich neben die Statue zu setzen und auf ihrer glänzenden Glatze mein Spiegelbild zu betrachten. Meine Mom, Lucy Lavender, behauptete immer, ich sei genau wie mein Dad, Walter Lavender Senior: die gleichen Augen, genauso geduldig im Zuhören, seine behutsame Neugier und Freundlichkeit. Doch worin auch immer ich mein Spiegelbild betrachtete und egal, wie genau ich meine Gesichtszüge studierte, ich sah nur mein eigenes einfaches, nichtssagendes Gesicht, und weil ich dazu auch noch stumm blieb, folgerten andere daraus, dass ich zwar wohl ein liebenswerter Junge war, aber doch etwas schwer von Begriff.

Normalerweise machte mir das nichts aus, denn so konnte ich ganz ungestört Beobachtungen anstellen. Weil ich selbst nicht sprach und mich niemand bemerkte, hörte ich viel genauer, was die Menschen sagten, wenn sie miteinander oder mit sich selbst redeten. Ich sah auch aufmerksamer zu, wie die Oberfläche der Welt sich bewegte und ausdehnte, und wenn ich nur empfänglich und wachsam genug war, konnte ich einen Blick auf das Getriebe darunter erhaschen, und so vertiefte sich mein Verständnis für die geheimen Vorgänge des Lebens.

Meine Kindergärtnerin hatte uns die Geschichte von Helen Keller vorgelesen und uns im Dunkeln sitzen lassen, bis es uns in den Ohren klingelte und in den Fingern kribbelte und wir Dinge rochen und hörten, die wir vorher gar nicht wahrgenommen hatten. Ich fragte mich, ob etwas Ähnliches wohl mit mir passiert war – ob sich die Stille in den Winkeln meines Gehirns eingenistet hatte und mir dadurch das einzigartige Vermögen verlieh, im Grenzbereich zwischen Wirklichkeit und Phantasiewelt den Nachhall nicht wahrnehmbarer Dinge auszumachen.

Schon mein ganzes Leben lang hielt ich den Mund geschlossen und die Augen weit aufgerissen, und je mehr sich mein Schweigen verfestigte und verdüsterte, umso mehr nahm ich außerhalb dieser Stille wahr: Lichtspuren, Veränderungen in der Materie, wechselnde Untertöne. Als ich dann älter und mir klar wurde, dass Lucy nicht die gleiche Wahrnehmung hatte wie ich, war sie schon so fest in mir verankert, dass es fast selbstverständlich war.

Was ich bemerkte, waren flüchtige Details, Schrammen oder Schnörkel auf der Wirklichkeit, die man leicht übersieht, Hinweise auf die umfassendere Wahrheit, die sich unter der Oberfläche verbirgt – zum Beispiel eine Kräuselung unten an einer Vase voll Lilien, die umzukippen droht, oder, wenn es Menschen betrifft, das enttäuschte Zischen, wenn man etwas im Keim erstickt, bevor es ausgesprochen werden kann.

Irgendwann schlug Lucy mir vor, diese Wahrheiten in meinem Notizbuch festzuhalten, damit mein Kopf nicht zu einem Gefängnis für meine Gedanken wurde. »Schreib auf, was du bemerkst und wir anderen nicht«, sagte sie. »Dann vergisst du nichts davon und kannst mir eines Tages alles erzählen.«

Bevor ich Milton traf, war mein Notizbuch mein ständiger Begleiter. Es wurde zu einem Teil von dem, was ich war – ein

Beobachter, ein Zeuge. Wenn ich ein kleines Detail an einer Person bemerkte und es aufschrieb, fühlte es sich an, als würde ich sprechen und jemand würde zuhören.

Manchmal jedoch, wenn ich mir ansah, was ich geschrieben hatte – krakelige Buchstaben, die wie Bauklötze durcheinanderfielen, für jeden anderen vollkommen unleserlich –, überkam mich die Wut, denn die Gedanken hatten ja gar keine Bedeutung, solange ich sie mit niemandem teilen konnte. Ich war in meiner Rolle als Beobachter gefangen, abgeschottet vom Rest der Welt und nicht in der Lage, Teil der Geschichte zu werden.

Ein paar Wochen vor meinem siebten Geburtstag dann änderte sich das. Ich begriff, dass ich doch etwas konnte – dass meine Fähigkeit, um Ecken zu schauen und dort die Wahrheit aufblitzen zu sehen, mich gut im Finden machte. Das erste Mal geschah es, als eine Kundin gerade ihre Erdbeer-Cheesecake-Profiteroles gezahlt hatte. Lucy druckte den Beleg aus, und die Frau fasste sich ans Ohr und stellte fest, dass ihr Diamantohrring nicht mehr da war.

Ich hatte meine Regeln des Findens noch nicht aufgestellt, aber in diesem Fall waren die Hinweise leicht zu erkennen. Während Lucy hinter dem Tresen hervoreilte und die Frau sich hinhockte, um den Boden abzusuchen, entdeckte ich einen feinen silbrigen Faden, der – von ihr anscheinend unbemerkt – ihren Arm herabrieselte. Ich verfolgte den Faden bis dorthin, wo er aufkam, und streckte dann meine Hand nach dem Ohrring aus, der sich im Pulli der Frau verfangen hatte. Und so fing es an.

Als ich das nächste Mal an einem Aushang für eine verlorengegangene Sonnenbrille vorbeikam, blieb ich unvermittelt davor stehen und schrieb die Details in mein Notizbuch. Schon bald waren es nicht mehr nur zufällige Angelegenheiten; ich durchforstete die Stadt nach Aushängen, hängte selbst welche auf – HABEN SIE ETWAS VERLOREN? KOMMEN SIE BEI DEN LAVENDERS VORBEI – und sprang sofort zu Hilfe, wenn ich in der Subway, auf der Straße oder im Laden jemanden nach etwas suchen sah.

Ich sah mich veranlasst zu helfen, weil ich selbst wusste, wie es sich anfühlte, etwas verloren zu haben. Walter Lavender Senior war schon mein ganzes Leben lang verloren gewesen: Er verschwand, als er gerade als Kopilot unterwegs nach Mumbai war. Den ganzen Winter bis in den Frühling wurde überall nach dem vermissten Flugzeug gesucht, doch sie fanden weder eine Spur der Maschine noch meines Vaters – da konnten sie noch so sehr den Regeln des Suchens und Findens folgen. Schließlich wurde jener Flug zu seinem letzten erklärt, und mein Vater löste sich im grauen Dunst über dem Arabischen Meer auf.

Drei Tage, nachdem Lucy sich von ihm verabschiedet hatte, begrüßte sie mich, ihr Herz überquellend vor Glück und im Mund den Geschmack von Tränen. Ich weinte kaum und schlief viel, und ehe Lucy es sich versah, war ich fünf Monate alt und das Ladenschild – aus Holz, eher klein gehalten – wurde aufgehängt. In dunkel glänzenden schokoladenbraunen Lettern stand darauf THE LAVENDERS. Darunter und in goldener Schrift, die in der Sonne blinzelte wie polierte Pennies, war zu lesen: *Patisserie der kleinen Dinge*.

An diesem ersten Nachmittag stellte sich Lucy in die offen stehende Ladentür und wartete wacker lächelnd ab. Diesen Laden hatte sie sich zusammen mit Walter Lavender Senior erträumt, hatte ihn mit ihren letzten Ersparnissen und der Entschädigungszahlung finanziert, und während sie mich auf ihrer Hüfte hochschob, musste sie gedacht haben, dass das hier ein neuer Anfang sein könnte, und das so voller Hoffnung, dass es sich beinahe so niederschmetternd wie Verzweiflung angefühlt haben musste.

Für mich war es der Beginn von allem: wir beide in der Eingangstür und hinter uns der leere Laden. Meine Augen waren groß und grau und blickten schon damals suchend, und meine Zehen waren zu winzigen Fragezeichen eingerollt. Vielleicht hielt ich Ausschau nach meinem Namensgeber, auch wenn alle anderen es aufgegeben hatten und ich ihm nie begegnet war.

Über die Jahre erzählte Lucy mir Geschichten von Walter Lavender Senior, und ich schluckte sie eine nach der anderen herunter, wie Weintrauben. Eine genoss ich jedoch ganz besonders, denn sie erschien mir eher eine Erinnerung als eine Geschichte, als hätte ich sie aus der einen Welt in die nächste mitgebracht – der lebhafte, den Bruchteil einer Sekunde andauernde Eindruck, der Himmel würde sich umwälzen und die Sternbilder sich drehen und ich in einem Strudel umherwirbeln und um mich treten, bis eine tiefe Stimme am Himmel poltert und ich langsam zum Halten komme, damit ich zuhören kann. Es war die letzte Geschichte, die Walter Lavender Senior Lucy erzählte, die er mir erzählte, bevor er losflog, und die ich nicht oft genug von Lucy nacherzählt bekommen konnte.

Es war einmal ein Junge, der hätte sich nie träumen lassen, dass er eines Tages fliegen könnte. Er lebte nicht weit von hier auf der anderen Seite des East River in einer Mietwohnung über der Subway neben einem Leihhaus und einem Spirituosenladen. Jeden Abend ging er nach dem Essen an den Strand, aber eines Tages war auf einmal schon jemand vor ihm dort.

Die Frau erinnerte den Jungen an eine wilde Meerjungfrau,

wie sie dort mit Salzkristallen und Seetang im Haar lag, und obwohl sie keine war, wurde sie in seiner Erinnerung allmählich zu einer. Zuerst beachtete er sie nicht weiter und ging zum Atlantik hinunter, bis das Wasser seine Zehen erreichte und er nicht weiterkonnte.
Die Meerjungfrau sah zu, wie er die Wellen betrachtete, und zeichnete ihn – nicht wie er war, sondern so, wie sie ihn sehen konnte. Als sie ihn zu sich rief, sagte er, er habe kein Geld, doch sie rahmte das Bild und schenkte es ihm: ein kleines Bild von einem über dem Wasser schwebenden Flugzeug, und an dem kleinen Flugzeug war ein kleines Fenster, und hinter der Scheibe sah man einen Jungen, der ganz runde Bäckchen hatte, so sehr lächelte er.
Bisher hatte der Junge sich in seinem Leben gefangen gefühlt, als wäre es gar nicht für ihn bestimmt, doch die Flügel auf dem Bild verhießen ihm einen Weg aus diesem Leben. Von da an, wenn er von zu Hause an den Strand lief und am Ufer stehen blieb, lag dort für ihn nicht mehr das Ende, sondern die Möglichkeit eines Anfangs.
Der Junge wurde älter, und als er von zu Hause fortging, um seinen Traum vom Fliegen zu verwirklichen, fühlte es sich an, als käme er an einem Ort an, der ihm ganz allein gehörte. Er bereiste unzählige Länder, Ozeane und Berge, und er wollte sich bei der Meerjungfrau bedanken. Er konnte sie jedoch nicht wiederfinden, und irgendwann verlor er das Bild, das sie als Inspiration für ihn gemalt hatte. Mit welcher Kraft eine freundliche Geste das Leben eines Menschen verändern konnte, vergaß er jedoch nie.

»So, Kleiner, das war's für heute«, hatte er zu mir in Lucys Bauch gesagt. »Ich muss los, aber vergiss nicht, es wird nicht lange dauern. Weißt du, dass es an Flughäfen Leuchtfeuer gibt, die man aus unglaublichen Entfernungen sehen kann? Nach diesem Licht halte ich Ausschau, damit ich wieder zurückfinde, und ehe du es dich versiehst, bin ich wieder da, um dich kennenzulernen. Hand aufs Herz, also sei nicht traurig.«

Ich hatte noch keine Spur von ihm in meinem Spiegelbild oder irgendwo dort draußen entdeckt, doch ich hatte gelesen, dass die Welt voller seltsamer und wundersamer Dinge steckt – brennende Meere, die Wunden heilen, Gletscherquellen, die blubbern und dampfen, sich windende Bäume, die über das Wasser laufen. Da es keine Beweise gab und niemand wusste, was Walter Lavender Senior zugestoßen war, zündete ich selbst ein Licht an, ein Leuchtfeuer, das ihn nach Hause führen würde. Dafür nahm ich ein Einmachglas, das ich mit Öl gefüllt ins Fenster stellte, und ich wechselte selbst dann noch den Docht und kümmerte mich um die Flamme, als aus Tagen Jahre wurden.

Allerdings bereitete ich mich auch darauf vor, dass seine Geschichte anders zu Ende gehen könnte, dass er nicht nach Hause käme und an der Tür klopfte. Ich kontrollierte die Zeitung und den Briefkasten auf neue Entwicklungen, und ich las auch immer wieder die alten Berichte und sammelte Lucys Geschichten über ihn, suchte so viele Informationen über ihn zusammen, wie ich konnte, und studierte sie auf Hinweise darauf, wo und wonach ich suchen sollte. Auf diese Weise würde ich das Zeichen erkennen, wenn es sich mir offenbarte – das Zeichen, das bedeutete, er käme nicht zurück.

Verlorenes konnte man wiederfinden. Walter Lavender Senior war nicht einfach vom Erdboden verschluckt worden, und solange ich nicht mit Gewissheit wusste, was ihm zugestoßen war, war er für mich zugleich auf der Suche nach dem Heimweg und bereits fort.

Über die Jahre, als er nicht nach Hause kam und ich auch

keine Hinweise fand, die mich zu ihm führten, begann ich, mich zu fragen, ob er wohl nicht gefunden werden wollte. Vielleicht schämte er sich für mich, weil ich nicht so war wie er und auch nicht wie die meisten anderen, die, ohne darüber nachzudenken, sprachen, einfach den Mund aufmachten und Worte wie einen Kugelhagel hinausschießen ließen. Ich konnte nichts anderes tun, als zu hoffen, dass das nicht der Grund war – dass er wusste, ich lernte die eine Lektion, die er für mich dagelassen hatte: wie man gütig war und Leben änderte.

Für Lucy waren die Monate nach der Ladeneröffnung noch schlimmer als die Monate nach Walter Lavender Seniors Verschwinden. Die Leere um sie herum schien sich stetig auszubreiten – der Fußboden hallte, die Decke wuchs in die Höhe –, und dem schwächelnden Herbst folgte ein Winter mit rekordbrechenden Minustemperaturen, unablässigen Schneefällen und demnach wenig Feiertagskundschaft. Die Türen waren von Frost überzogen, und auf Lucys Schal bildeten sich Eiskristalle wie ein bitterkalter Bart, während sie den Bürgersteig räumte und die Scheiben abkratzte. Oben in unserer Wohnung wickelte sie mich in Decken, zog sich selbst ihre beiden Mäntel über und drehte die Heizung niedriger, damit wir über die Runden kamen. So warteten wir darauf, dass der Sturm vorüberzog.

Dann, eines Nachts im Januar, stolperte eine Fremde bei uns zur Tür herein.

An dieser Stelle beginnt Lucy immer mit der Geschichte vom Neuanfang unseres Geschäfts, wenn sie neuen Kunden eine Führung durch den Laden gibt.

Im tiefsten Winter, irgendwann zwischen Mitternacht und Morgengrauen, wachte Lucy auf und sah, dass es schneite.

Sie trat ans Fenster und blickte auf die still daliegende Straße hinab. Sie traute sich kaum, einen Laut von sich zu geben aus Angst, etwas Kostbares würde dadurch zu Bruch gehen. Ihr Atem beschlug die Scheibe. Mit der Hand wischte sie darüber, und da bemerkte sie, wie sich ein Schatten unter dem Vordach der Patisserie bewegte.

Sie presste die Stirn an das Fensterglas und spürte die beißende Kälte, als ihr klar wurde, dass der Schatten eine Frau war, die versuchte, aus Müllsäcken und einem Schemel, auf dem sich Leinwände stapelten, einen Unterschlupf zu basteln. Ein Windstoß rüttelte am Fenster und fegte unten die Leinwände vom Schemel. Sie schlitterten über den vereisten Bürgersteig, und als die Frau ihnen hinterhertrottete, schaukelte ihr Zopf. Gerade als sie sich hinkniete, um das letzte Bild aufzuheben, bog ein Taxi in die Straße ein, und die Scheinwerfer strichen über die Frau hinweg, so dass Lucy einen Blick auf die Zeichnung erhaschen konnte.

Ein Flugzeug, das über Wellen schwebte.

Lucy stockte der Atem, und er schien ihre gesamte Brust auszufüllen. Sie hatte das Bild aus Walter Lavender Seniors Geschichte nie gesehen – es war schon vor langer Zeit verschüttgegangen –, aber in ihrer Vorstellung sah es genau so aus. Das Wasser kräuselte sich im Sonnenlicht, und die Spiegelung warf einen grellen Schein auf die Frontscheibe des Flugzeugs – wobei das auch vom Lächeln des Piloten kommen konnte, das so hell leuchtete wie die Sonne.

Die Scheinwerfer verschwanden, die Fensterscheibe beschlug erneut, und Lucy übermannte wieder die Erschöpfung. Nicht ganz bei sich beschloss sie, es auf sich beruhen zu lassen. Ich wachte auf, und sie summte *Auld Lang Syne*, bis ich mich beruhigte. Ich schlummerte wieder ein, doch Lucy fand keinen Schlaf. Sie dachte an Walter Lavender Senior und die Geschichte, die ihm so viel bedeutet hatte, die Geschichte, wie er seine Flügel fand, und von der Meerjungfrau, bei der er sich nicht hatte bedanken können.

Seine Meerjungfrau war auch eine Künstlerin gewesen, und Brighton Beach war nur vierzig Minuten mit der Linie B entfernt. Immer wieder wanderten Lucys Gedanken zu dem verschollenen Bild, und sie fragte sich: Was, wenn sie das ist? Dann wieder sagte sie sich: Das ist nicht möglich, und dann aber: Warum nicht? Und was für eine Rolle spielte es eigentlich, ob es nun möglich war oder nicht, wo sie es jetzt gesehen hatte?

Als sie wieder ans Fenster trat, fiel ihr auf, wie der lange schwere Zopf der Frau hin- und herschaukelte, während sie werkelte. Für Lucy sah er genau wie ein Fischschwanz aus.

Sie nahm mich auf den Arm, ging hinunter in den Laden und machte Licht, und als sie die Tür öffnete, fiel ein honigfarbener Schimmer auf den Bürgersteig.

»Wir haben Platz für drei«, lud Lucy die Frau ein, doch die zögerte, noch nicht ganz bereit dafür, ihrem Glück zu trauen.

Also ließ Lucy die Tür offen stehen und ging mit mir in die Küche. Mit ihrer freien Hand zerließ sie dunkle Schokolade in einem Topf und rührte Milch und Maisstärke unter, und während es langsam köchelte und die blaue Flamme stumm züngelte, hörte Lucy, wie sich die Tür schloss und ein Stuhl über den Boden gerückt wurde, und sie stieß den Atem aus. Als die heiße Schokolade dickflüssig genug war, dass sie am Rücken des Löffels haften blieb, gab Lucy eine Prise Salz und eine Messerspitze Vanille hinzu, und dann gesellte sie sich zur Frau vorne im Geschäft.

Sie saßen an einem Tisch, tranken aus großen Tassen und sahen zu, wie der Schneesturm durch die verlassenen Straßen fegte. Die heiße Schokolade schien Lucy durch die

Arme zu strömen, und der Frau sicherlich auch, und irgendwann wurden ihre Adern so stark und dick wie Weinreben, und es war gut, hier und am Leben zu sein und zu sehen, wie die schonungslose Schönheit der Nacht erstarrte und in ein fahles Morgengrauen überging.

An jenem Tag kamen keine Kunden, und auch wenn die Frau nicht sprach, während sie etwas in ein ledergebundenes Buch zeichnete und kritzelte, freute sich Lucy über die Gesellschaft. Bei Ladenschluss überreichte die Frau Lucy das Buch, und als Lucy die erste Seite ansah, schlug ihr Herz schneller, und ihre Nackenhaare stellten sich auf. Sie klappte das Buch zu und sagte: »Das kann ich nicht annehmen«, doch die Frau bestand darauf. Sie wollte ihr diese Geschichte schenken, die ihre eigene war und die sie nicht unerzählt lassen wollte.

Berührt blätterte Lucy durch die Seiten, doch als sie wieder aufsah, um sich bei der Frau zu bedanken, war sie bereits ohne ein Wort aus dem Laden geschlüpft. Daran, wie die Frau zu ihr aufgesehen und ihr ihr Gesicht gezeigt hatte, wie ihre braungrünen Augen in der Abenddämmerung leuchteten und sie ihr das Buch hinhielt, sollte Lucy sich jedoch für immer erinnern.

Sie stellte das Buch ins Regal und schloss ab, und am nächsten Morgen stand sie vor Tagesanbruch auf, um wie üblich ihre Teige anzurühren und mit Aroma zu versehen, ohne dass ihr bewusst war, dass sich etwas im Laden verändert hatte. Es dauerte jedoch nicht lange: Als sie die ersten Bleche im Ofen prüfte, verflüchtigte sich jeglicher Gedanke daran, in die Mitte hineinzustechen oder die Kanten zu begradigen, denn was sie sah, war unglaublich – unverkennbar.

An diesem Morgen erwachte die Patisserie zum Leben. Die Süßspeisen gähnten ausgiebig, nachdem sie gebacken worden waren oder geruht hatten, als hätten Ofen und Kühlschrank heiß und kalt geseufzt und ihnen Leben eingehaucht, nur dass das Buch für den Zauber verantwortlich war. Es hatte seinen Platz im Herzen des Ladens eingenommen, im Zentrum meiner Welt.

»Und dann«, erzählt Lucy ihren hingerissenen Zuhörern gern, »als hätte jemand einen Schalter umgelegt, kam die Kundschaft. Die Leute, die unter die Oberfläche schauen und dort ein wenig Zauber entdecken konnten.«

Die Kunden erzählten davon, und es sprach sich herum, doch hatten die Leute auch ihre Routine und ihre Listen und die tonnenschwere Last unzähliger Sorgen und Ängste zu tragen, und so machte sich nicht jeder auf die Suche, und nicht jeder, der suchte, fand auch den Laden, und nicht jeder, der ihn fand, hatte nach ihm gesucht.

Es blieb ein Rätsel, wie jemand uns zum ersten Mal entdeckte. Keiner von uns konnte entschlüsseln, welcher Art von Logik der Laden folgte; ich war lediglich sicher, dass er manchmal bewusst beschlossen hatte, sich finden zu lassen, wenn eine bestimmte Person, die vermutlich ein wenig Appetit hatte, hereinkam und sich umsah. Ehe Lucy den Mietvertrag unterschrieb, hatte der Vermieter – ein tatkräftiger Mann mit tintenverschmierten Händen und einem behaarten Gesicht – ihr erzählt, das Gebäude stehe schon seit dem neunzehnten Jahrhundert und hüte seither die Geheimnisse von Schmugglern, Liebenden und Aktivisten aus dem Untergrund, und so erschien es mir vollkommen logisch, dass der Laden begriffen hatte, wie man sich versteckte und wie man sich finden ließ, denn nur so konnte er überleben.

Die Ladenfront war schmal und schlicht, ein bodenständiges Graublau, das man schnell übersah. Am richtigen Tag aber, wenn man sie schließlich entdeckte, ging man durch die

Tür und erblickte die Messingeinfassungen und die Tellerchen an den Kronleuchtern, das schwarz-weiße Schachbrettmuster der Bodenfliesen und die glänzenden Glasvitrinen, und man betrat eine andere Welt.

Drinnen roch es nach cremig geschlagener Butter und Licht und Zucker, und ständig schien eine fröhliche Brise hindurchzutänzeln. Die Leckereien in den funkelnden und spiegelnden Auslagen sahen aus wie Edelsteine, und die polierten dunklen Oberflächen waren mit ramponierten Mitbringseln akzentuiert, die Lucy auf ihren ersten Reisen mit Walter Lavender Senior gesammelt hatte, hier eine aus Jacarandaholz geschnitzte gefleckte Giraffe aus Südafrika, dort eine in tibetischen Farben bestickte Rolle.

Am außergewöhnlichsten war jedoch, dass etwas geschah, wenn die Vol-au-Vents im Ofen waren oder darauf warteten, gefüllt zu werden, denn wenn sie schließlich in der Auslage auftauchten, gefüllt mit Mascarpone-Feigen-Creme und verziert mit Tasthaaren aus Schokolade und Öhrchen und Schwänzchen – bevor sie überhaupt jemand ausgesucht und verspeist hatte –, beschnupperten die winzigen Leckereien einander zärtlich und quiekten, und manchmal stellten sie sich sogar auf die Hinterbeine und wippten auf und ab.

Und nicht nur die Mäuse erwachten mit einer ausgeprägten Persönlichkeit zum Leben. Limetten-Vanille-Cremetörtchen mit einem Häubchen aus Sauerrahm posierten vor den Spiegeln hinten an den Vitrinen und bewunderten ihre Faltenröckchen aus Limettenscheiben, und Amaretti schwebten über Kaffeetassen und tauchten von Zeit zu Zeit verführerisch in die stets dampfende und wirbelnde Flüssigkeit. Gestürzte Birnen-Ingwer-Küchlein vollführten Flickflacks und sprangen in Formation, und knusprige Puffreisecken knackten und knallten, wenn sie sich genüsslich wie Katzen räkelten.

Rumgetränkte, schwarz-weiße Pinguinkekse watschelten umher und purzelten durcheinander, während wetteifernde Maronentörtchen die Auslage entlanggaloppierten und dabei die Sirup-Pekannuss-Zimtrollen zertrampelten, die gemächlich dahinglitten. Anderes Naschwerk hatte noch andere einzigartige Eigenschaften: Da gab es die Kürbis-Fünfgewürz-Eisbomben, die erst schmolzen, wenn man sie aß, und Landapfel-Galettehäppchen mit gesalzener Butter, die bis in Muskelverspannungen sickerten und sie lockerten, Türme perlender Engelskuchen, die einen einfach ein kleines bisschen leichter machten, mit Monogramm versehene Petits Fours, die einen an die Orte erinnerten, von denen man stammte, Zitronenverbene-Sahne-Cupcakes, die einen erfrischten, und gekühlter Litschipudding, der die Zeit verlangsamte und einen tiefer atmen ließ.

Angezogen von der munteren Auslage, drängte sich unsere Kundschaft natürlich um die Leckereien, doch sie versammelte sich auch vor der Vitrine am Fenster, in der sich nur ein unauffälliges ledergebundenes Buch befand – ein dünnes Exemplar mit sieben schweren und vergilbenden Seiten, die sich wie alte Zähne vom Buchrücken lösten.

Es war *das* Buch, die Geschichte, die Lucy für ihre Gutherzigkeit geschenkt bekommen hatte. Unsere Stammkunden wussten, wie wichtig es war, und deswegen betrachteten sie es im Schaukasten, wo es auf der ersten Seite aufgeschlagen lag: »Es war eine dunkle und stürmische Nacht«, stand vor einem handgemalten Winterhimmel, auf dem sich wild die Sterne tummelten, Lichtstreifen hinunterstürzten und der launische Wind wirbelte, und darunter lag die Stadt, dunkel und verlockend und gestochen scharf, erschaffen aus Stahl und Wasser und Beton, ein Labyrinth aus Straßen und Spiegelungen und Schatten, die einen mit jedem sich verschiebenden, sich vervielfachenden Strich herausforderten, nach dem Ausgang zu suchen.

Bis zu meinem zweiten Geburtstag war es leicht anzunehmen, dass alles gutgegangen war. Walter Lavender Senior war zwar nicht da, doch wenn ich die Augen aufschlug, waren sie genau wie seine, und aufmerksam verfolgte ich die Töne des Lebens – sich nähernde Schritte auf Absätzen oder den pfeifenden Wasserkessel oder quietschende Scharniere. Und doch war etwas an mir anders. Es kam gerade erst zum Vorschein, war noch kaum auszumachen.

Lucy konnte unmöglich in meinen Kopf blicken, in dem sich neongrelle Ströme die Bahnen entlangwanden, und deswegen sah sie auch nicht die Pakete von Signalen und wie sie Umwege oder Sackgassen nahmen, sich verirrten und zu unterschiedlichen Zeitpunkten in meinem Kiefer, meinen Lippen und meiner Zunge ankamen oder auch nie.

Die erste Kinderärztin tätschelte Lucy die Hand und sagte: »Keine Sorge, meine Liebe. Selbst Einstein hat erst mit drei angefangen zu reden.«

Der zweite Kinderarzt sagte: »Er ist einfach ein Spätzünder. Das ist bei Jungs eben so.«

Monate verstrichen, und ich sagte nichts, ja ich brabbelte nicht einmal. Die Neurologin legte Autismus nahe, und die Erzieherin sagte: »Warten Sie noch eine Weile ab«, und in der Entwicklungspädiatrie hieß es »geistig behindert«. Bluttests und Hirnscans wurden durchgeführt, Analysen und Checklisten gemacht, und schließlich sagte ein Logopäde: »Eine Sprachstörung. Mit einer Sprechtherapie sollte es klappen.«

So ging ich also dreimal die Woche zusammen mit zehn anderen Kindern zur Sprechtherapie bei einer Therapeutin, die verängstigt und resigniert zugleich aussah.

»Fisch«, sagte sie und hielt eine Karte hoch.

Fisch, dachte ich, und die Gruppe sprach es im Chor, »Fisch«, nur mich hörte ich sagen: »Sch.«

»Noch einmal«, sagte die Logopädin.

Fisch, dachte ich wieder, und die Stimme in meinem Kopf sagte es auch, *Fisch*, doch laut hörte ich nur: »Fih.«

Dabei begleitete mich ein seltsam körperloses Gefühl, als wäre ich in zwei geteilt: mein Kopf, der wie unter Wasser mit einer Stimme summte, die laut war und nah und mir gehörte, während ich gleichzeitig wie aus der Ferne, als wäre es jemand anders, gepresste und konturlose Laute vernahm. In meinem Kopf rief es *Fisch*, *FISCH*, doch die Stimme draußen, die meine war und doch nicht meine, quakte »Fäh«.

Meine Fortschritte waren langsam und mühselig, aber zumindest machte ich welche. Eines Nachmittags nach drei Jahren Stille und einem Ozean verlorener Worte wachte ich aus einem Schläfchen auf, und irgendwo in meinem Kopf, wo die Signale aufflackerten und tanzten, dockte ein Signalstrom an und verband sich, und ich machte den Mund auf und gluckste unversehens: »Dada?«

Lucy ließ den gesponnenen Zucker in ihren Händen fallen und atmete unendlich lang aus.

Selbst mit den offensichtlichen Fortschritten und den sporadischen Wörtern fielen mir die Verbindungen immer noch schwer, und am leichtesten war es nach wie vor, nichts zu sagen. Irgendwann fiel die korrekte Diagnose, doch zu dem Zeitpunkt war ich bereits acht und fand mich gut in meinem Schweigen zurecht. Dr. Winkleberker sah jung und distinguiert aus. Ich nannte sie Doc, denn ihr voller Name war eine Abfolge durcheinandergewürfelter Vokale und Konsonanten, die ich unmöglich aussprechen konnte. Sie musste sich lediglich fünf Minuten mit mir beschäftigen, bevor sie ihren Stift hinlegte, Lucy in die Augen sah und sagte: »Er weiß genau, was er sagen will, aber seine Muskeln hören nicht auf ihn.«

Sie erklärte, dass unser Gehirn Bahnen erschafft, die Signale für alles übermitteln, was wir tun, aber dass die jeweils beteiligten Bahnen auch intakt sein müssen, damit diese Signale erfolgreich gesendet und empfangen werden können. Waren sie funktionstüchtig, lief das Sprechen von ganz allein, nahtlos. Meine Bahnen jedoch wichen davon ab – fehlende Verbindungen, Kurzschlüsse –, und so hörten meine Muskeln mein Gehirn nicht und wussten auch nicht, wie sie die Laute produzieren sollten, die ich von ihnen wollte.

Sie nannte es motorische Sprechstörung, und wir erfuhren, dass meine Gruppentherapie sinnvoll für Kinder war, die stotterten und lispelten, jedoch nicht für mich. Diese Jahre würde ich nicht zurückbekommen können, sagte Doc, aber es wurden ständig neue Bahnen erschaffen und alte Bahnen umgeleitet, wenn man durch die korrekte Art von Wiederholungen neue Verbindungen bildete und stärkte. Wir sollten es also auf jeden Fall versuchen, unsere Erwartungen dem anpassen, was auch realistisch war, und auf das Beste hoffen.

Lucy versuchte zu warten, bis wir zu Hause waren, aber auf halbem Weg in der Subway versank sie doch in Schuldgefühlen und begann zu weinen.

Sie heulte und schluchzte nicht, die Tränen kullerten ihr einfach so die Wangen herunter und tropften auf den Boden. Zwei Tage lang weinte sie und machte Baisers, und am dritten Tag stellte sie den Mixer weg und trocknete sich die Augen. Sie sagte mir, dass ich mehr sei, als sie sich je wünschen mochte, und sie mich mehr liebte, als ich mir je vorstellen könnte, und dann erzählte sie mir meine Lieblingsgeschichte, die von dem Jungen, der auf eine Meerjungfrau traf und seinem Gefängnis am Meeresufer entkam.

Die Jahre vergingen, und es standen nicht mehr nur wir beide in der Ladentür. Flora werkelte im Geschäft herum und wischte den gefliesten Boden, dass er glänzte, unser Golden Retriever Milton stürzte sich freudig schwanzwedelnd in die Menge, wobei er gnadenlos gegen die Beine der Leute schlug, und José radelte mit einer Lieferung am Schaufenster vorbei.

Er übernahm alle Bestellungen bis auf die besonderen Sonntagslieferungen, denn die waren mein Gebiet. Sie waren unseren treusten Kunden vorbehalten, die schon von Anfang an bei uns waren, wie Mrs Ida Bonnet, die keines ihrer drei Kinder und keinen der sechs Enkel vergessen hatte, obwohl diese wiederum begonnen hatten, Mrs Bonnet zu vergessen. Eines ganz bestimmten Sonntags vor zehn Monaten war ich gerade mit einer Bestellung auf dem Weg zu ihr, und es hätte auch jeder andere Sonntag sein können, aber er war eben nicht wie alle anderen. Es war das zwölfjährige Jubiläum der Patisserie und auch der Tag, an dem meine Geschichte, diese Geschichte, beginnt.

Bis vor einem Jahr gehörten meine Geschichten immer jemand anderem. Walter Lavender Senior hatte seine Geschichte, und Lucy hatte ihre, so wie jeder, der einmal etwas verloren hat, und diese Geschichten waren wie eine Million Lichtpunkte in meiner einsamen Dunkelheit: Geschichten wie Sterne, die die stillen Nächte erhellten.

Aber jetzt habe ich zum ersten Mal in meinen dreizehn Jahren eine eigene Geschichte, und ich werde sie selbst erzählen, und sie begann an diesem ganz bestimmten Sonntag vor zehn Monaten.

Da bin ich also an der West Fourth Street und warte auf den Zug der Linie A, damit er mich zur Fourteenth Street bringt, und in meinen roten High-Top-Leinenturnschuhen schlurfe ich über den Bahnsteig, während ich die Schachtel mit der Lieferung für Mrs Ida Bonnet in einer Hand balanciere. In der Schachtel geschichtet liegen süße Vanillewaffeln mit einer Meersalz-Karamell-Füllung, eine neue Kreation von Lucy zum Jubiläum, und ich achte darauf, die Schachtel ruhig und gerade zu halten, damit die zerbrechlichen Waffeln nicht durcheinandergeraten, denn dann würde mir ihr Duft in die Nase strömen und mich mit angenehm schmerzender Nostalgie erfüllen, und für so etwas habe ich keine Zeit, wenn ich einen Auftrag zu erledigen habe.

Der Bahnsteig ist leer, was bedeutet, dass ich gerade einen Zug verpasst habe, also hole ich mein Notizbuch hervor, lege es aufgeschlagen auf die Schachtel und vertreibe mir die Zeit, indem ich die Leute beobachte, die nach und nach eintrudeln. Ich sehe eine Frau in Yogahose, die aus einer Flasche mit grüner Schlacke darin trinkt, eine hübsche vierköpfige Familie, die sich in rasendem Tempo auf Französisch unterhält, und zwei Männer mit Aktentaschen und in Anzügen, elegant und jugendlich frisch. Es scheint keine Sonne hier, die Schatten werfen könnte, aber ich sehe, wie ihnen graue Schemen folgen, die ihre selbstbewussten Bewegungen nachahmen.

STOLZE ZURSCHAUSTELLUNG VON ERSCHÖPFUNG UND WICHTIGKEIT, notiere ich mir in meinem Heft.

Jemand drängt sich an mir vorbei, und ich schiebe mein Heft wieder in die Tasche und sehe auf. Der Junge trägt ein zerknittertes Hemd, das falsch geknöpft ist, so dass ein Knopf gegen seinen Adamsapfel schlägt, und eine Sorgenwolke steigt über ihm nach oben, während er Klebeband in großen Stücken abreißt und damit an jeder zweiten Säule einen Zettel anpappt.

Vermisst!

Das ist mein Stichwort. Ich reiße einen der Aushänge ab

und eile dem hektischen Jungen hinterher. Meine Arme halte ich ausgestreckt vor mir, damit die Schachtel nicht durchgeschüttelt wird. Als ich den Jungen eingeholt habe, hebt er gerade ein paar Zettel auf, die ihm heruntergefallen sind. Seine schwarzen Haare kleben ihm in strähnigen Wellen an der Stirn; auf dem Bild auf den über den ganzen Bahnsteig verteilten Blättern trägt er ebenfalls ein kurzärmeliges Button-down-Hemd, doch seine Haare hat er aus der Stirn gegelt.

VERMISST! WUNDERSCHÖNES FAGOTT, AHORN.

Auf dem Bild hält er ein Fagott, das fast so groß ist wie er selbst, obwohl er größer und älter ist als ich. Auf dem Bild sieht er vollständig aus. Ich sammele einige Zettel ein, und gemeinsam richten wir uns wieder auf. Konzentriert atme ich ein und rüste meine Gedanken.

»Ich finde verlorene Sachen«, sage ich. Der Satz kommt recht anständig hervor, geradezu perfekt und in angemessenem Tempo, denn er ist mir am vertrautesten und auch der erste Satz, den ich mit Doc geübt habe. Ich habe ihn seitdem unzählige Male ausgesprochen, und so stelle ich mich auch bei jedem neuen Fall vor, ja, nur so kann ich mich überhaupt vorstellen. Der Fagottist gibt mir keine Antwort, aber in seinen Augen kann ich sehen, dass er mich verstanden hat.

Ich reiche ihm eine Visitenkarte von THE LAVENDERS, und immer noch äußerst vorsichtig deute ich auf meine Schachtel und sage: »Nicht jetzt. Morgen nach der Schule?«, und halte vier Finger hoch. Er zieht skeptisch die Augenbrauen zusammen, doch zwei oder drei Falten auf seinem Hemd glätten sich, als er nickt, und mit einem Kreischen aus Wind und ruckelndem Metall kündigt der Zug sich an.

In den fünf Jahren, in denen ich schon finde, habe ich gelernt, dass jeder einmal etwas verliert, Musiker wie auch Nicht-Musiker – ältere Menschen, wenn sie vergesslich werden, jüngere, wenn sie nicht aufpassen, Leute in mittlerem Alter, wenn sie zu viel zu tun haben. Die Dinge, nach denen sie suchen, lassen manche Teile der Menschen so durchsichtig werden wie Glas, und dann kann man in sie hineinblicken und sehen, woraus sie gemacht sind und wie sie leben, ohne dass man viele Worte wechseln muss. Da war die Frau mit der Transplantation vor langer Zeit, die ein Stück Treibholz aus Maine verloren hatte, oder der Mann mit Lupus, der ein unbenutztes Barbierset vermisste, und der tätowierte Biker, der ein Bild seiner Großmutter nicht wiederfand, und die Jugendliche mit vernarbten Handgelenken, deren Lieblingskinderbuch abhandengekommen war.

Ich suche und finde immer weiter, weil ich so Teil von etwas Größerem sein kann, wenn auch nur für kurze Zeit. Ob es sich nun um eine verlorene Kamera in ihrer Nikontasche handelt, um rührselige Familienfotos, eine entlaufene Katze (eigensinniges Schätzchen mit einem Fleck unterm rechten Auge) oder verschollene Erbstücke (Abzeichen und Knöpfe aus dem Bürgerkrieg): Die Leute sind dazu bereit, etwas aus ihrem Leben mit mir zu teilen, und wenn ich diese bruchstückhaften Informationen zusammenfüge, erhasche ich einen Blick darauf, wer diese Menschen sind.

Normalerweise verstehen mich die Leute schlecht, wenn ich etwas sage, und bevor ich überhaupt einen Satz zu Ende gebracht habe, wenden sie ihre Zehen schon von mir ab und klappen ihre Ohren zu, weil sie davon ausgehen, dass es sich nicht lohnen wird, mir zuzuhören, egal was ich zu sagen habe. Wenn ich aber etwas für sie suche, ist es anders, es steckt eine Bedeutung hinter dem verlorenen Etwas, und deswegen wollen die Leute mich hören, und das ermöglicht es mir zu sprechen. Ein paar Sätze, zwei oder drei Fragen reichen schon aus, und ich weiß genug, um jemanden zu verstehen, denn die Leute machen sich nur die Mühe, nach Dingen zu suchen, die ihnen etwas bedeuten. Und es entsteht auch etwas, wenn man einen wiedergefundenen Gegenstand überreicht, ein Gefühl von Zugehörigkeit, wie wenn ich nach Hause in den Laden komme, nur dass ich selbst etwas erschaffe, wenn ich etwas gefunden habe. In diesen Augenblicken fehlt mir meine Stimme gar nicht so sehr.

Hinzu kommt, dass ich beim Suchen und Finden ein paar Gesetzmäßigkeiten entdeckt habe, und eine davon hält alles in Bewegung: Je beharrlicher man sucht, umso wahrscheinlicher ist es, dass man dabei auf etwas Unerwartetes stößt. Während ich nach etwas suche, was jemand anders vermisst, suche ich auch nach dem, was mir selbst fehlt: nach irgendeinem Zeichen, das mich zu Walter Lavender Senior führen und mir sagen wird, was ihm zugestoßen ist.

An der Fourteenth Street nehme ich mir einen Moment Zeit und setze mich zum Bronzemännlein, lehne mich an sein rundes Köpfchen und kratze ein wenig Kaugummi von seinem in Zeichentrickoptik gestalteten Geldbeutel. Die Stadt draußen ist kühl und glänzt wie eine Münze. Mrs Ida Bonnet ist mein Schweigen und meinen unverwandten Blick gewöhnt; sie sagt nicht viel, und ich höre die Uhr ticken und die Waffel zwischen ihren Zähnen trocken wie einen dünnen Knochen knacken. Der Raum füllt sich mit dem süßen Schmerz von Vanille und dem Rauschen des Meeres, und Mrs Bonnet schließt die Augen und legt sich eine faltige Hand aufs Herz und lächelt bei der Erinnerung an Dinge, die für mich unsichtbar sind.

KAPITEL 2

Am nächsten Tag schleppe ich das Olivenöl aus dem Vorratsschrank, ehe die Patisserie aufmacht, schlängele mich auf dem Weg zum Schaufenster an Tischen und Stühlen vorbei und versuche, nicht auf Milton zu treten, der so damit beschäftigt ist, mir ins Gesicht zu schauen und mich mit Fragen zu bombardieren – *Wo gehst du hin? Was machst du? Was hältst du da in der Hand?* –, dass er nicht bemerkt, wenn er im Weg ist.

Während ich das Öl im Weckglas nachfülle, schiebt Milton seine Schnauze unter meinen Hosenumschlag, schnuppert an meinem Knöchel und niest. Ich halte das Feuerzeug an den Docht und locke Milton weg, damit Lucy nicht auffällt, dass ich zwei unterschiedliche, aus dem Wäschekorb geklaubte Socken trage.

Ich wurde vor drei Jahren durch einen Aushang – HUND ENTLAUFEN – auf Milton aufmerksam. Auf dem Bild hatte er das Tischbein eines Couchtisches im Maul und fügte den vorherigen Zahnabdrücken neue hinzu, ohne dem vorwurfsvollen Blick der Kamera Beachtung zu schenken. Die Frau, die den Aushang gemacht hatte, war vor kurzem zu ihrem Freund in ein Wohnhaus mit Portier auf der Fifty-seventh Ecke Third Street gezogen. Wir saßen auf harten grellgrünen Stühlen in der Lobby. Sie hatte ein verkniffenes Gesicht mit einer schmalen Nase und eng stehenden haselnussbraunen

Augen, und sie trug ein adrettes, mit Blumen bedrucktes Kleid. Wie immer begann ich damit, sie danach zu fragen, was sie vermisste, und ihr Mund wurde sogar noch schmaler, während sie mir von Milton erzählte.

»John wollte schon immer einen Hund haben, aber seine Mutter hatte eine Allergie, und als ein Kollege ihm dann erzählte, dass sein Retriever Welpen bekommen hatte, hat John sich sofort darauf gestürzt – natürlich ohne *mich* überhaupt zu fragen«, berichtete sie atemlos und entgeistert. »Er ist einfach nach Westchester gefahren und damit zurückgekommen! Wie mit einer Handtasche als Überraschung – als würde ihm das jemals einfallen!« Sie schnaubte und zupfte sich ihr adrettes Kleid zurecht.

»Wie war der Hund denn?«, hakte ich vorsichtig nach, und vor lauter Mühe begann es, hinter meinen Schläfen schmerzhaft zu qualmen.

»John hat sich den schlimmsten ausgesucht. Er hat Unterwäsche gefressen, mir auf den Schoß gepinkelt und unsere Möbel zerstört«, sagte sie. »Und jetzt ist John beruflich unterwegs, und der Hund ist weg.« Sie hielt die Handflächen hoch, zuckte die Achseln und lehnte sich in ihrem Stuhl zurück.

»Seit wann?«

»Seit zwei Tagen. Ich kam von Feierabenddrinks nach Hause, einer meiner Pumps stand mitten im Zimmer in einer Pfütze und von dem Hund keine Spur.«

Ich fragte sie, wo sie überall gesucht hatte.

»Ach, an den üblichen Stellen«, sagte sie wegwerfend und wedelte mit ihrer Hand Richtung Tür. »Ich bin auch draußen ein bisschen herumgelaufen.«

Ich fragte nach ihrem normalen Tagesablauf, wofür sie geschlagene zehn Minuten brauchte, und dann fragte ich sie, ob sie sicher war, dass sie an den nächstliegenden Orten nachgesehen hatte.

»In seiner Ecke, ja«, bestätigte sie, doch in die anderen Zimmer der Wohnung hatte sie nur einen oberflächlichen Blick geworfen. Ich fand, es sei einen genaueren Blick wert, und so fuhren wir in den vierzehnten Stock, der eigentlich der dreizehnte war, aber der Eigentümer war abergläubisch.

Die Wohnung war makellos und zitronig, und jeglicher Hinweis auf einen Hund war weggeschrubbt worden. Ich sah in den Schränken und Abstellkammern nach und auch hinter den Türen und fand kein einziges Hundehaar. Dann kehrte ich ins Wohnzimmer zurück, von wo aus mir die Frau zusah.

»Kein Haar«, sagte ich grimmig, woraufhin die Frau sich strahlend in ihrer blütenreinen Wohnung umblickte, während ich mich ein letztes Mal umsah – und da flackerte der Couchtisch vor mir auf und flirrte wie eine Fata Morgana. Es war ein moderner Tisch aus Glas und Stahl. Ich sah mir das Bild auf dem Aushang an – der Tisch, auf dem der Hund dort herumkaute, war aus Holz.

»Wo ist der hier?« Ich zeigte auf das Bild. Die Frau spähte über meine Schulter und sagte: »Das alte Ding. Da hat er am liebsten drauf herumgekaut. Ich habe ihn unten an die Ecke bringen lassen für die Müllabfuhr.«

Sie begleitete mich zurück in die Lobby, und als sie mir die Hand schüttelte, drückte sie mir etwas hinein. Ich sah hinunter und entdeckte Benjamin Franklin, der weise und etwas schief von seiner Hundertdollarnote lächelte.

»Der Hund ist zwar leider weg, aber John und ich müssen nach vorne blicken. Deine Belohnung dafür, dass du ihn behältst, wenn du ihn findest«, erklärte sie und wackelte mit den Augenbrauen.

An der Ecke Fifty-seventh und Third Street entdeckte ich

einen Haufen schwarzer Müllsäcke, ein zersplittertes Bücherregal und einen Couchtisch aus Holz. Unter dem Tisch, dessen Bein mittlerweile fast in zwei Teile gekaut worden war, hockte der Hund und glänzte golden wie ein Schatz. Als ich ihn unter dem Tisch hervorzog, schleckte er mir übers Gesicht und wedelte derart mit dem Schwanz, dass er mir damit in die Magengrube schlug. Milton, der so gedankenlos verlorengegangen war, freute sich ungemein, dass man ihn wiederfand.

Der Weg nach Hause war eine Katastrophe. Milton trug seine Wonne in die Welt hinaus, und wo immer er vorbeikam, entstand ein heilloses Chaos. Beinahe verursachte er eine fünffache Massenkarambolage, als er auf der anderen Straßenseite eine Frau in einem Mantel mit Leopardenmuster erblickte, dann scherte er aus, als er einen schicken Jogger in sportlichem Elasthan entdeckte, dem die Ohren herabhingen und dessen Helm blinkte. Der Läufer wich nach hierhin und dorthin aus, und Milton setzte ihm begeistert nach in der Hoffnung, er dürfe mitspielen. Schließlich hielt der Mann sich die Brust und schrie: »Junge, hast du denn den Verstand verloren?«

Zwei umgeworfene Mülltonnen und ein Maul voll widerlicher Zeitungen später schlitterte Milton in den Laden und erschreckte ein kleines Mädchen derart, dass es einen seiner Marzipandrachen fallen ließ. Der Drache erholte sich schnell von seinem Sturz, stürmte auf Milton zu und spie Feuer, woraufhin Milton zurückruderte. Der Drache fauchte, und Milton drückte sich winselnd in eine Ecke, und Urinspritzer träufelten auf den glänzenden Fußboden.

Während eine entnervte Lucy aufwischte und desinfizierte, lief ich in die Küche und holte noch zwei Drachen. Als ich zurückkam, war Milton verschwunden, und ich war kurz davor, genau das zu tun, wovon ich beraubten Besitzern als Erstes abrate: in Panik zu geraten – wer würde sich schließlich nun um ihn kümmern und ihn verteidigen, und wie konnte ich nur so unvorsichtig sein?

Ich fand ihn am Ende draußen, wo er mit eingezogenem Schwanz in selbstauferlegtem Exil wartete. Als er die Drachen in meiner Hand sah, wich er zurück. Misstrauisch sah er mir zu, wie ich mich ihm wieder näherte. Ich schob mir einen Drachen in den Mund, und eine Rauchwolke schlängelte sich aus meiner Nase. Den zweiten Drachen legte ich vor Milton hin, er spie Feuer, und Milton starrte erst ihn an und warf dann einen Blick auf mich. Ich nickte, und er schnappte sich den Drachen, bevor er es sich anders überlegen konnte.

Das war seine erste Kostprobe von Lucys Leckereien. Jetzt, wo er keine Angst mehr hatte, folgte er mir in den Laden, und er folgte mir auch die darauffolgenden Monate überallhin, bis er sich sicher war, dass ich stets zurückkam. Er ließ mich nicht aus den Augen, und wenn er mir nicht hinterherlaufen konnte, versperrte er den Durchgang, ignorierte die Kunden und die Leckerlis, die sie ihm anboten, und schlug so lange mit dem Schwanz auf den Boden, bis ich aus der Schule oder von einer meiner Suchtouren zurückkam.

Die Stammkunden gewöhnten sich daran, ihn stets an meiner Seite zu sehen, ein Schatten, der täglich größer wurde und ihnen hin und wieder die Zehen zerquetschte. Ich steckte ihm zerbrochene Rosmarin-Tuiles und Reste vom Bourbon-Pfirsich-Pie zu, und er bediente sich an den Blechen, wenn Lucy gerade nicht hinsah, und schlug sich genüsslich den Bauch voll mit unserer süßen Liebe.

Heute Morgen schleckt Milton mir noch mal den Knöchel, zuckt anerkennend und ernsthaft mit der Nase – *hübsche Socken!* –, und der Docht fängt Feuer. Es klopft an der Tür, und Flora winkt mir von draußen zu, ihr Gesicht weich und rundlich wie ein Pfirsich. Ich schließe auf, und sie stapft mit einem Sockenstummel und zwei Stricknadeln unterm Arm herein, denn vom Astoria braucht sie mindestens eine halbe Stunde bis hierher.

Sie legt die Stricknadeln und ein Knäuel roter Wolle auf einen Tisch, stellt ihre Taschen ab und holt ihre blaue Schürze hervor. Lucy hat ihr eine neue gelbe Schürze gegeben, doch Flora besteht auf der blauen, wenn sie arbeitet. Die abgetragene Schürze sieht älter aus als sie, eine gestärkte karierte Schürze, die noch mit Spitze besetzt war, als Flora vor sechs Jahren bei uns anfing, mittlerweile aber nicht mehr. Sie ist so sparsam, dass sie ihre Abende nach der Arbeit damit verbringt, Coupons auszuschneiden, da ihr Exmann all ihr Geld verspielte, bevor er dann in einen Bus nach Florida stieg.

Sie nimmt ihre Taschen, und ich folge ihr in die Küche. José ist schon da und zermatscht mit der Rückseite eines Löffels über eine weiße Schüssel gebeugt Granatäpfel, während Lucy zwischen Kühlschrank und Arbeitsplatte hin- und herwirbelt und Teigplatten für Croissants hervorholt.

»Bereit zum Ausrollen?«, fragt sie und greift nach dem Nudelholz neben Flora, die wiederum angefangen hat, ein Blech Genueser Biskuitküchlein mit Federchen aus weißer Schokolade und Himbeeren zu dekorieren. Sie hat ein Talent für Verzierungen und kann unglaublich feinfühlig mit dem Spritzbeutel umgehen.

Ich nehme eine Handvoll Mehl und streue es über die Arbeitsplatte. José neben mir wirft einen ausgehöhlten Granatapfel beiseite und fragt: »Wie läuft's, Alter?«

Er richtet sich für ein kurzes klebriges Händeschütteln und ein Lächeln mit geschlossenen Lippen auf. Er achtet darauf, seine Zähne nicht zu zeigen, denn es ist ihm unangenehm, dass ihm oben zwei und unten zweieinhalb fehlen. Manchmal vergisst er das jedoch, und dann breitet sich ein unkontrolliertes Lächeln auf seinem Gesicht aus, so wie gestern, als sein Sohn in der Schule die Buchstabier-Biene gewann und Lucy ihm einen Safrankuchen backte, auf den ich mit Schokoladen-Kardamom-Buttercreme Streifen malte. Mit seinem Grinsen im Gesicht, während der kleine Kuchen um ihn herumsummte, sah José mehr denn je aus wie er selbst – bis er sich besann und sein Mund sich abrupt wieder schloss wie ein schnappendes Gummiband.

Bevor er aus El Salvador floh, lebte er bei seiner Mutter, und sie brachte ihm bei, wie man einen exzellenten Tres-Leches-Kuchen zubereitet. José war der Erste, den wir im Laden ganztags einstellten, und wir kommen gut miteinander aus, José und ich. Acht Jahre sitzen wir schon an Freitagabenden nebeneinander und ziehen Orangenscheiben die Haut ab, hacken Schokolade fein, hören zu, wie es im Ofen brutzelt und die Leute vor dem Fenster vorbeieilen, mit dem Schweigen zwischen uns, das so dickflüssig und warm und deftig ist wie ein lange köchelnder Eintopf, und den Sommerabenden, an denen José sich hin und wieder an die Sonnenuntergänge in seiner alten Heimat erinnert und wie er am Strand Fußball spielte und auf den Ozean zwischen die Vulkane zielte.

Lucy interessieren die Tres-Leches-Kuchen und nicht die fehlenden Zähne, deswegen hat sie ihn eingestellt, und trotzdem presst er die Lippen zusammen, wenn er mich anlächelt, und bleibt hinten in der Küche und putzt und bereitet vor, wenn er nicht gerade etwas ausliefert, damit die Kunden vorne im Laden es nicht aus Versehen bemerken.

»Junior sagt –« Er hält inne und seufzt, als würde er es bereits bereuen. »D-A-N-K-E für die summmmende Biene«, beendet er den Satz mit versteinerter Miene, während er einen Granatapfel aufbricht.

Lucy unterbricht ihr Teigausrollen und hinterlässt ein paar Mehlspuren in ihrem Haar, als sie es sich hinter die Ohren schiebt. »G-E-R-N-E. Bssss«, neckt sie José.

»Ich musste es ihm versprechen«, erklärt er.

Vor zwei Jahren legte er ein paar Zeitungen aus und schnippelte Junior die Haare, ein Stück vorne, ein wenig an den Seiten, und als er hinten ein bisschen absäbeln wollte, hielt er inne. Behutsam berührte er mit dem Finger die Beule. Sie war blass und hart, eingebettet in Juniors weiches dunkles Haar wie ein gefrorenes Ei. José hatte genug Geld für neue Zähne zusammengespart, aber für die OP, die Junior brauchte, reichte es nicht, und so ist Junior mittlerweile sechs, der Knoten ist gewachsen, und José spart immer noch mit seinen viereinhalb fehlenden Zähnen. Klatsch-klatsch-klatsch-klatsch schlägt sein Löffel an den Granatapfel, und aus seinen Händen regnet es Rubine, Lucy streicht schwungvoll mit einer Bürste über den Teig, und der Mehlstaub lässt mich husten.

»Was steht heute auf dem Programm, Mister Walter?«, fragt mich Lucy, während sie den Teig markiert und dann in Längsstreifen schneidet. Ich hole den Aushang des Musikers für sein verschollenes Fagott aus der Tasche und zeige ihn ihr.

Lucy nickt und platziert ein enormes Messer auf dem Teig, das sie dann mit dem Handgelenk von links nach rechts nach links nach rechts schnellen lässt, und mit jedem Klick und Klack der Klinge auf dem Holz teilt sie den Teig in akkurate gleichschenklige Dreiecke.

»Du wirst ja zu einem Meister im Finden«, sagt sie und schenkt mir ein kleines Lächeln.

Ein Schwall von Kraft oder Leichtigkeit durchströmt mich,

und ich stehe ein bisschen aufrechter, während ich nach einem Dreieck greife und mich darauf konzentriere, ein Croissant zu falten.

»Übrigens werde ich heute mit Doc darüber sprechen, deine Sitzungen auf einmal im Monat zu reduzieren.« Lucys Stimme klingt beiläufig, doch sie bewegt das Messer hastiger, klick-klack-klick-klack, und mit jeder Bewegung schnellt ihr Handgelenk in die Höhe. »Sie findet, dass es nichts bringt, wenn du jede Woche kommst. Du hast solche Fortschritte gemacht, dass du sagen könntest, was du sagen willst, wenn du es willst.«

Es sieht Doc ähnlich, so etwas zu sagen. Mit geschmeidigen Bewegungen und gerade genug Druck rolle ich das Croissant zusammen und greife nach dem nächsten Dreieck. In meinen Sitzungen bei Doc üben wir Wörter und Sätze für alle möglichen Situationen, in denen ich mich unter Umständen wiederfinden könnte, *Fahrrad* und *Schlange* und *Reisepass* und *Schloss* und *Skateboard*, und auch *Wo ist es normalerweise?* und *Erzählen Sie mir mehr* und *Wann haben Sie es zuletzt gesehen?* und *Was glauben Sie?*, und wenn ich dann Schlangen und Schlösser finde, kann ich auch die entsprechenden Wörter dafür finden und sie zusammenfügen und herausbringen, und dann bleiben die Bahnen in meinem Kopf offen und eindeutig und den ganzen Weg bis zu meinem Mund miteinander verbunden.

Lucy wünscht sich meine Wörter so sehr, dass ich es in ihrem Atem sehen kann wie Sternenstaub, aber ich habe gelernt wegzusehen. Doc möchte, dass ich meine Wörter auch in normalen Situationen übe, nicht nur, wenn ich auf der Suche bin, aber wenn ich das probiere, breitet sich eine Kälte in mir aus, die durch meinen Bauch nach oben schwappt und alles einfriert, was vorher in meinem Gesicht beweglich war.

Dann greife ich zwar nach den Wörtern, stelle aber fest, dass mein Kopf auch eingefroren ist und ich keine Ahnung habe, wo ich die Wörter, die ich haben will, herausbrechen soll, und das Klingeln in meinen Ohren erinnert mich ganz genau an das, was ich bin und was ich nicht bin.

Jetzt rolle ich noch ein, zwei, drei Croissants, höre Lucy und Flora zu, wie sie über die launische Klimaanlage plaudern, und denke daran, dass ich zumindest gelernt habe, durch mein Leben zu navigieren, wie es nun einmal ist, und das ist eben auch gut und bequem für mich. Lucy und Milton verstehen mich auf ihre Art und Weise gut genug, der Laden läuft, und dann ist da noch meine Sucherei, wobei sich die Fälle schon schneller anhäufen, als ich sie lösen kann, denn es hat sich herumgesprochen, dass ich gut im Finden bin.

»Denkst du schon über Fall Nummer vierundachtzig nach?«

Mein Daumen zuckt, und ich zerdrücke das Croissant in meiner Hand.

Lucy hat mich beobachtet, selbst beim Plaudern, und jetzt schließt sie die Augen, zählt stumm, und als sie sie wieder öffnet, sagt sie: »Das Fagott ist Fall Nummer vierundachtzig, oder?«

Ich nicke, und inzwischen sollte ich nicht mehr überrascht darüber sein, doch ich bin es, und es tröstet mich auch, wie viel sie weiß.

Sie nimmt ihr Messer wieder auf, und in dem Versuch, das Croissant wiederzubeleben, schüttele ich es, gebe dann jedoch auf. Ich finde meinen Rhythmus wieder, rolle und drücke die Croissants an, und dann steht Lucy neben mir, und ihr Ellenbogen berührt meine Schulter, als sie nach einem Teigdreieck greift. Jetzt rollen und drücken wir beide, und auf der anderen Seite neben mir schlägt José die Granatäpfel, und Flora arrangiert die Genueser Biskuitkuchen auf einer Platte, und zu meinen Füßen schüttelt Milton Mehl und Krümel aus seinen Tasthaaren und leckt den Boden ab, und um uns herum wabert die Hitze im Ofen backender Croissants, und alles riecht so rein und reich wie Butter.

Rollen, andrücken. Rollen, andrücken. Die Gedanken an die Schule schiebe ich weit von mir. Achtundneunzig, neunundneunzig, hundert. Das meiste, was ich je gerollt habe, waren zweihundertachtzig. Dieses Spiel spiele ich gern mit mir selbst, zählen, wie viele Croissants ich formen kann, denn wenn die Zeit aus Wasser und Mehl und Butter besteht, nur aus Teigdreiecken und meinen rollenden und drückenden Händen, dann scheint sie sich auszudehnen.

Einhunderteins. Einhundertzwei.

Unweigerlich wird es irgendwann acht Uhr zwanzig sein, doch diese herausgeschlagene halbe Stunde in der Küche kann ich mit zur Schule nehmen wie einen aufgewärmten Stein, und das hält den ganzen Tag vor.

Milton schleicht sich aus der Küche, und er sieht schuldbewusst dabei aus; wahrscheinlich hat er sich an der Port-Karamell-Sauce bedient, die mag er am liebsten, denn er kann sich noch lange nach seinem Vergehen über die Schnauze schlecken und die dort klebende Süße schmecken.

Lucy bemerkt Milton nicht, die Uhrzeit allerdings schon. »Zeit für die Schule«, sagt sie und gibt mir einen Kuss auf die Wange. »Du musst los, du bist schon spät dran.«

Mit meiner Lunchbox um den Hals laufe ich an zappeligen, die Sommerhitze abschüttelnden Bäumen vorbei, springe über eine Katze und flitze zwischen hupenden Taxis hindurch, und mein rechter kleiner Zeh beginnt dabei, ein Loch in meinen Turnschuh zu bohren. Kühle Luft weht hinten unter meine Jacke, meine Lunchbox schlägt mir gegen die

Brust, und als ich die Sixth Avenue hinauf zur Ecke West Fourth fliege, sehe ich, wie der Bus sich gerade in den Verkehr einfädelt. Ich lege mich ins Zeug, doch die Ampel wird grün, und der Bus stößt ein schwaches Röhren aus.

Ich wedele mit den Armen und renne noch schneller, meine Jacke breitet sich wie ein Banner hinter mir aus, mein Atem geht stoßweise. Der Bus verlangsamt, ich bin auf gleicher Höhe mit den hinteren Fenstern, sehe ein paar Gesichter, die ich nicht sehen will – Beaver, Todd –, doch sie verschwimmen wieder, als der Bus erneut aufröhrt.

Weiter mit den Armen wedelnd jage ich dem Bus den ganzen Block hinterher. Beaver taucht hinter der Scheibe auf, macht Armbewegungen wie Frankenstein in meine Richtung und schüttelt sich dann vor Lachen. Der Reißverschluss meiner wehenden Jacke trifft mich im Auge, und mir kommen die Tränen, doch ich blinzele sie weg.

Am Waverly Place hält der Bus, um einen Mann vorbeizulassen, der mit einer Horde Hunde kämpft. Ich hechte zur Tür und klopfe dagegen, erschrecke den Busfahrer, und dann bin ich an Bord.

KAPITEL 3

Ich kämpfe mich bis nach hinten zum einzigen freien Platz durch, und es ist ganz still im Bus, bis Beaver laut »Waaaalross« ruft.

»Na, schön gerannt?«, fragt Todd. Er reckt den Hals, der so dürr und rot ist wie der eines Geiers. Sie lehnen sich beide über ihren Sitz, um mich zu knuffen. Beaver stößt noch heftiger zu, und ich zucke zusammen.

»Es lebt ja«, sagt er und lässt schaudernd die Schultern wackeln, während ich Teigreste unter meinen Fingernägeln hervorpule, damit ich nicht wütend werde. Wenn ich mich zu sehr ärgere und dann versuche, etwas zu sagen, bringe ich nur die Wörter durcheinander, und nichts kommt vernünftig heraus, deswegen ist es besser, wenn ich den Mund halte.

»Spasti«, kommentiert Beaver. Er wendet sich der Fensterscheibe zu, auf die er mit wasserfestem Filzstift Körperteile malt. Ich ziehe die Knie hoch und stütze sie an die Rückenlehne vom Vordersitz und denke an etwas, das nichts mit diesem Bus und Beaver und Todd zu tun hat.

Die Schule ist eine graue Festung mit Fenstern wie Augenhöhlen und einer unpassend kirschroten Tür als Mund. Unter dem Himmel, der so sauber und neu aussieht, als hätte jemand die klebrige Augustbrühe davon abgewischt, kühlen sich die gurkengrünen Bäume ab. In der ersten Stunde haben wir Miss Bradshaw, und es riecht, wie es immer riecht, nach Reinigungstüchern mit Zitronenduft und Sägespänen. Ich setze mich an meinen Platz und winke kaum merklich, während meine Klassenkameraden an mir vorbeigehen, ohne mir Beachtung zu schenken.

Um zwanzig vor neun läutet die Glocke, doch es ist keine Miss Bradshaw in Sicht. Fünf Minuten vergehen, dann fangen ein paar der Jungen an, eingespeichelte Papierkügelchen zu werfen. Kurz darauf beginnen die Mädchen mit ihren Zöpfen und ihren Pullovern in Eiscremefarben in den vorderen Reihen zu kreischen.

Um fünf vor neun, als noch immer kein Lehrer zu ihrer Rettung kommt, verkriechen sich die Mädchen hinter dem leeren Aquarium und gehen zum Gegenangriff über. Die Jungs weichen einem Hagel angespitzter Stifte aus, und noch mehr von ihnen treten dem Kampf bei. Ich bleibe in der Mitte des Raumes an meinem Platz sitzen, während ein Regenbogen aus Stiften und Papierkügelchen über mich hinwegfliegt, und denke daran, dass die Croissants wohl mittlerweile aus dem Ofen gekommen sein dürften, die Luft von goldenen Flocken erfüllt ist und Milton mitten im Gestöber herumtollt.

Als endlich eine Vertretungslehrerin ins Klassenzimmer gestürzt kommt, rangeln sich alle außer mir um die Stühle, als würden sie Reise nach Jerusalem spielen.

»Guten Morgen zusammen!«, begrüßt uns die Lehrerin, als sie die Tür hinter sich schließt. Sie geht unsere Namen durch, und als sie mich aufruft, hebe ich die Hand, sage jedoch nichts.

»Walter Lavender ist anwesend«, springt Becky Darling ein. Sie senkt ihre Stimme. »Er … bekommt nicht immer mit, was los ist. Sie müssen langsam reden, es einfach machen.« Sie dreht sich ermutigend lächelnd zu mir um, aber die Sonne lässt ihre Brillengläser zu Spiegeln werden.

In der Mittagspause strömen die Kinder in einem Meer aus Beinen und Armen und Brotdosen und Stimmengewirr auf den Hof. Ich sammele in aller Ruhe meine Sachen zusammen und gehe zu meinem Tisch hinter den Basketballplätzen. Ganz am Rand der Bank mache ich mich klein und still und unsichtbar. Ein paar Kinder spielen Völkerball, Essen wird verschüttet, Verpackungen zerknittert, und ein roter Gummiball trifft mich an der Schulter. Ich werde nach vorne geschleudert und werfe mein Trinkpäckchen mit Orangensaft um. Beaver lacht.

»Walross ist raus«, ruft er.

Ich setze mich auf der anderen Seite vom Schulhof im Schneidersitz unter einen Baum und lege den Kopf in den Nacken, um die grauen Wolken zu betrachten, die sich am Himmel ausbreiten. Ein Blatt flattert mir in den Schoß. Es ist breit und so glatt wie Kerzenwachs oder vielleicht Teig, und ich rolle es ein, wie ich ein Croissant rollen würde, und halte es mir an die Nase, damit ich die buttrige Morgenstille einatmen kann, und mit geschlossenen Augen stelle ich mir vor, wie es jetzt wohl im Laden zugeht – ein geschäftiger Bienenstock, Lucy, die sich um den Andrang zur Mittagszeit kümmert, José, der Haselnuss-Schoko-Pizzas für die Auslieferung vorbereitet und mit Chilizucker bestreut, und Flora, die mit angehaltenem Atem eine Tarte Tatin stürzt, während Milton die dabei herunterfallenden Birnenscheiben verschlingt.

Ein paar Kinder stellen sich unter meinen Baum, und ich lasse das Blatt fallen, und es rollt sich wieder auseinander. Die Kinder stehen im Kreis, und mit aneinandergehaltenen Handflächen beginnen sie ein altes Klatschspiel, und ich überlege, ob ich gehen soll, denn ich gehöre nicht hierher, bin ein Eindringling in ihrer Welt.

»Empompi Kolonie Kolonastik ...« Klatsch, klatsch, eine

Hand geht hoch und klatscht die nächste ab. »Empompi, Kolonie …« Hoch und klatsch, klatsch, klatsch, die Hände werden immer schneller, und der Himmel ist grau und seltsam und rückt näher, und ich blicke nach oben und schaue ihn an, bis alles sich kräuselt und verschwimmt.

KAPITEL 4

Nach der Schule poltere ich aus dem Bus, lande mit einem Hüpfer auf dem Bürgersteig und gehe zum Eisenwarenladen, um Docht zu kaufen. Die Straße ist überfüllt von Autos und Menschen und zwei berittenen Polizisten, und die Ampeln an der Kreuzung vor mir zeigen in sechs verschiedene Richtungen. Ich komme an einem Käseladen vorbei, in dem ein Käselaib so groß ist wie ein Autoreifen, und an einer Meeresfrüchtebar mit einer Happy Hour für Austern. Dann kommen Mrs Witherbys Schreibwaren mit der Druckerpresse im Gutenbergstil hinten im Laden, ein Tätowierstudio, auf dessen Fensterscheibe grinsende Totenköpfe prangen, und eine Treppe zu einem Secondhandladen im Souterrain, wo man für fünf Dollar eine Hose kaufen kann.

Die Straße, in die ich abbiege, ist von Blättern übersät und liegt vergessen da wie ein Gartenlabyrinth. Der Eisenwarenladen ist eingequetscht zwischen der Apotheke an der Ecke, wo Poetry Slams und vegane Chili-Abende veranstaltet werden, und einem Schuhreparaturladen, der so klein ist, dass er nur eine halbe Hausnummer benötigt.

Der Eisenwarenladen ist seit 1981 im Besitz der Gebrüder Dickson, und die Gänge sind bis an die Zinnplatten an der Decke vollgestopft mit Farben und Nägeln und Klebeband und Glühlampen, und ich finde die Glasfaserdochte ganz unten im Kerzenregal. Ich kaufe eine Packung, und Roy Dickson steckt sie mir in den Rucksack und zieht den Reißverschluss zu, so dass ich ihn nicht abnehmen muss.

Ich bin spät dran für mein Treffen mit dem Fagottisten. Fall Nummer vierundachtzig – das bedeutet, dass ich bereits eine Menge abhandengekommener Dinge gefunden und eine Menge Zeit mit Suchen verbracht habe, auch wenn ich noch nicht das gefunden habe, wonach ich eigentlich suche. Ich kann es kaum abwarten, mit der Arbeit weiterzumachen. Eilig laufe ich Richtung Patisserie und drängele mich durch die Schlange vor der Pizzeria hindurch, in der die Sitzbänke geflickt sind und es seit den Zwanzigern die gleiche Karte gibt.

Als ich die nächste Straße überquert habe, kommt ein Kopf wie ein Murmeltier aus dem Bürgersteig emporgeschossen, und ich steuere um den Koch herum, während er die Kellerluke vollständig aufklappt und der Geruch nach Spülwasser und gedünsteten Schalotten herausströmt. Ich laufe schneller, und mein Rucksack hüpft auf und ab, und dann ist es nur noch einen Häuserblock, und ich biege in die Carmine Street ein und sehe die Öllampe im Fenster.

Bei ihrem Anblick ist all der triste Nebel vom Tag wie weggebrannt. Ich stoße die Tür auf und gehe hinein, und mein Blick fällt auf die runden Messingleuchter über der Ladentheke. Lucy steht an der Kasse, und an den Tischen sitzen Freunde und Paare, und als die Küchentür aufschwingt, erhasche ich einen Blick auf Milton, wie er die Nase gerade aus einer Rührschüssel zieht und auf die Tür zustürmt, und in dem kurzen Augenblick, bevor er sich auf mich stürzt, denke ich: endlich wieder da.

Ich sehe mich um und weiß, dass ich zu Hause bin, und das betäubende Kältegefühl, allein zu sein, verklingt. Anhand eines Blicks in die bekannten und auch die unbekannten Gesichter kann ich bestimmen, ob sie Lust auf einen einfachen Pflaumen-Butter-Pfannkuchen haben, der sie wie ein tröstendes Kissen empfängt, oder ob ihnen etwas Edleres wie ein grünes Matcha-Croissant lieber wäre. Wenn sie dann hineinbeißen und hinter vorgehaltener Hand mit einem Puderzuckerbart lächeln, kann ich ebenfalls lächeln, denn ich bin ein Teil davon.

Miltons Fell ist glatt unter meinen Fingern, und er windet sich in meinen Armen und atmet mir geräuschvoll ins Ohr. Dann setzt er sich vor mir hin, und ich halte Ausschau nach dem Fagottisten. Er steht vor den Auslagen, ein Stapel Aushänge in der Hand, und sieht aus, als hätte er sich verirrt, so wie er die gekrümmten Schultern bis zu den Ohren hochzieht.

Ich winke Lucy zu und tippe dem Musiker an den Ellenbogen, als ich an ihm vorbeigehe. Erschrocken richtet er sich auf, und als Milton an seinen Zetteln schnüffelt, erschreckt er sich erneut. Um ihn aufzumuntern, schiebe ich einen Haufen Passionsfrucht-Marshmallows in der Auslage zur Seite, die gerade einen Sumo-Kampf abhalten, um nach den quiekenden Mäusen zu suchen. Abwartend schaue ich in die Vitrine, während ein mit gehackten Datteln und Haselnüssen besetzter Wackelpuddingfrosch die zweite Ebene entlanghüpft. Mein Spiegelbild schaut mich aus der Glasscheibe an, und ich suche nach Spuren von Walter Lavender Senior – die Augen wie zwei Monde, der fragende Zug um den Mund.

Noch einen Augenblick warte ich auf die Mäuse, aber keine kommt hervorgeschnüffelt, um zu schauen, was los ist. Stattdessen entscheide ich mich für einen Stapel Joghurtbrezeln und zucke entschuldigend die Achseln, als ich sie dem Musiker reiche. Er sieht zu, wie sie sich auf seinem Handteller drehen und dabei wie Feuerwerkskörper Streusel in die Luft jagen.

»Donnerwetter, die explodieren ja«, sagt er und reibt sich das Regenbogenpuder aus den Wimpern.

Wir gehen aus dem Laden, den nach den Zetteln schnappenden Milton im Schlepptau. Im kleinen Park einen Häuserblock weiter finden wir eine freie Bank, denn die meisten nutzen den Park nur als Abkürzung und nicht als Ort, um draußen zu sein und sich hinzusetzen und nachzudenken.

Milton trottet davon, um nachzusehen, wo alle sind und was sie essen, und ich beginne wie immer, indem ich den Musiker nach dem abhandengekommenen Fagott ausfrage. Wenn ich die Hintergründe kenne, kann ich auch meine Möglichkeiten ausloten, und für gewöhnlich finden sich darin Informationen, die meine Suche in eine bestimmte Richtung lenken.

»Es ist mein ältester Freund«, flüstert der Fagottist. »Seit Jahren. Schon so lange, dass es mittlerweile ein paar Probleme hat, zum Beispiel klebt die Piano-Klappe andauernd fest. Meine Lehrer, mein Mitbewohner – alle sagen mir, es sei Zeit für ein neues. *Ich* aber sage, na wenn schon?« Seine Stimme wird zu einem Crescendo, und seine Seele hat sich derart entflammt, dass in seinen Augen ein Feuer prasselt. »*Ich* sage, es hat mir von Anfang an beigestanden, als ich noch keine Ahnung hatte, was ich da tat. Es hat mir die Finger gewärmt, wenn sie kalt wurden, hat mir Türen geöffnet, hat mich zu meinen besten Freunden im Bläserquintett geführt, wie könnte ich da auch nur daran denken, es aufzugeben …«

Seine Flamme erlischt, und er seufzt. »Eigentlich wollte ich es bei Giuliano reparieren lassen für mein erstes Vorspiel für den Master am Donnerstag. Dort wird entschieden, ob mein Stipendium verlängert wird oder nicht. Die Schule war auch der Traum meiner Großmutter. Ihre letzten Ersparnisse hat sie für mein Flugticket zusammengekratzt. Wir haben alles für dieses Vorspiel gegeben – Himmel, ich spiele Jolivet.

Ich darf das nicht alles verlieren und sie enttäuschen, wo sie so sehr an mich glaubt …«

Ich frage ihn, wann er das Fagott zuletzt gesehen hat. Wenn er sich erinnern und seine Schritte zurückverfolgen kann, können wir die Suche direkt eingrenzen und werden nicht so lange brauchen. Wenn er sich nicht erinnert, wird es etwas komplizierter, dann muss man kreativer werden und braucht mehr Zeit, um systematisch die unmittelbare Umgebung und anschließend die naheliegenden und die zufälligen Stellen abzusuchen.

Der Musiker schürzt die Lippen und runzelt die Stirn. »Ich … ich habe geübt. In meiner Wohnung. Die Piano-Klappe hat in letzter Zeit immer schlimmer geklemmt – jedes Mal, wenn ich in einem hohen Register spielte, machte es *quiiietsch, quiiietsch*!«

Milton sprintet um den Springbrunnen herum und rast in den Musiker hinein, über seiner Schnauze hängt ihm ein Speichelfaden, und wild wühlt er mit seiner Nase nach der Quelle des Quietschens. Der Musiker wirft eine Brezel in die Luft, und mit für ihn untypischer Anmut vollführt Milton eine gebogene halbe Drehung und fängt sie.

Der Musiker entspannt sich wieder und fährt fort. »Als die Klappe zum ersten Mal klemmte, kam mein Mitbewohner ins Zimmer gelaufen, um nachzusehen, wer dort gerade in Todesqualen lag. Jetzt hämmert er nur noch gegen die Wand und ruft *Ruhe! Ruhe!*. Letzte Woche ist er sogar weggefahren, ein Roadtrip nach Kalifornien – angeblich zu den Musikfestivals, aber ich glaube, er hatte genug von meinem Üben.«

Milton versucht, unter die Bank zu kriechen, damit er dem Musiker helfen kann, seine Traurigkeit zu tragen, und der Musiker versucht, mit der Bank zur Seite zu rutschen, aber sie ist im Boden verankert.

»Ich habe also für den Abend Schluss gemacht, es geputzt und in seinen Koffer gelegt und dann wie immer hinter mein Bett gestellt. Als ich am nächsten Morgen aufgewacht bin, war es … weg.« Er vergräbt das Gesicht in den Händen, und unter der Bank lässt Milton den Kopf zwischen seine Pfoten sinken.

»Noch mal hinterm Bett nachsehen?« Das klingt zwar unnötig, doch in vielen Fällen sind die Menschen so überwältigt, dass sie nur eine kurze, panische Suche vornehmen und den Wald vor lauter Bäumen nicht sehen.

»Da ist es nicht. Auch nicht in den Proberäumen in der Fakultät. Auch nicht in meinem Zimmer – ich habe drei Mal unter meiner Wäsche und in meinen Schubläden und unterm Bett nachgesehen. Ich habe die ganze Wohnung aufgeräumt und meine Schränke sortiert.«

Er ist also ganz und gar nicht unüberlegt vorgegangen. Es klingt eher so, als habe er die ZVO sorgfältig überprüft, die Zone des verlorengegangenen Objekts, also die nähere Umgebung, in der viele nicht aufzufindende Teile schließlich doch gefunden werden: eine Lesebrille hinterm Schreibtisch, ein Schlüsselbund unter der Post. Auch die offensichtlichen und die naheliegenden Stellen hat er überprüft, und selbst die zufälligen Stellen, indem er die Wohnung aufgeräumt hat. Wodurch noch übrig bleibt …: »Geklaut?«

»Was sollte denn ein Dieb mit einem kaputten und auseinanderfallenden Fagott anfangen?«, fragt der Musiker verwirrt. Ein gutes Argument. Also nicht geklaut. Ich kratze mit dem Finger über den schwarzen Rücken meines Notizbuches. Der Musiker steckt den Kopf zwischen die Beine und rollt sich zusammen wie eine Kellerassel.

»Das Konzert ist am Donnerstag«, stöhnt er durch die Nase. »Das war's mit meinem Stipendium – *bäh*«, protestiert er, als Milton ihm teilnahmsvoll übers Gesicht schleckt.

Die Zukunft des Musikers wird wegen des verlorenen Fagotts eine andere Richtung einschlagen. Wenn er es nicht wiederfindet, wird er nicht damit vorspielen können, und dann wird sein Stipendium nicht verlängert. Sein Traum wird vorbei sein, und seine Großmutter wird enttäuscht sein, und ich bin der Einzige, der auf seinen Hilferuf reagiert hat. Die Tragweite dessen und die damit einhergehende Verantwortung verleihen mir einen klaren Verstand, geben mir ein Ziel – verbinden mich mit dem Fagottisten.

Ich zeichne eine Skizze des Zimmers in mein Notizbuch, beginnend mit vier Wänden und dann eine Tür, das Bett, Schreibtisch, Fenster, Fagott-im-Koffer und Notenständer. An eine der Außenwände schreibe ich KÜCHE, an die gegenüberliegende Wand MITBEWOHNER. Unter der Skizze stelle ich eine Liste auf.

Rahmen des verlorengegangenen Objekts (RVO): vorm Schlafengehen, im Koffer neben dem Bett. Morgens → verschwunden.

1. Nicht am offensichtlichen Ort: im Koffer hinterm Bett.
2. Nicht in der ZVO: im Schlafzimmer.
3. Nicht an zufälligen Stellen: irgendwo in der Wohnung.
4. Nicht am naheliegenden Ort: in den Proberäumen.
5. Sonstiges: zu groß, um irgendwo hingefallen zu sein und sich nun dort zu verstecken oder von einem Windstoß aus dem Fenster geweht worden zu sein. Nicht geklaut.
6. Jemand muss es hinausgetragen haben.

Hypothese: der Fagottist. Schlafwandelt er womöglich? Hat er selbst das Fagott irgendwohin gebracht?

Er verneint, er glaube nicht, und wir verfallen in Schweigen. Dann steht er auf und umrundet den Springbrunnen im Uhrzeigersinn. Bei seiner dritten Runde stößt ihn ein Geschäftsmann mit seiner breiten Schulter an, und die Blätter in seiner Hand zerstieben in der Luft, und andere Fußgänger in Kragenhemden weichen aus wie Tauben, während der Musiker auf der Erde umherkriecht.

Ich helfe ihm, die Aushänge aufzusammeln, und Milton hilft auch, indem er sich auf sie hockt, damit sie nicht davonlaufen können, und als wir uns wieder auf die Bank setzen, gebe ich dem Musiker seine Zettel und schaue mir das Foto des Fagotts genauer an. Ich denke über die Geschichte nach, die der Musiker mir erzählt hat, und betrachte erneut meine Liste. Bei Punkt vier halte ich inne – der naheliegende Ort. Es schien Sinn zu ergeben, dass ein Instrument sich in einem Proberaum befindet, aber ebendieses Instrument ist kaputt, und der naheliegende Ort für ein *kaputtes* Fagott wäre eine Werkstatt.

»Giulianos? Ich würde mich doch daran erinnern, wenn ich es dorthin gebracht hätte«, widerspricht mir der Musiker.

Ich zucke die Achseln. Der Ort ist naheliegend, ob er sich nun daran erinnert, sein Instrument dorthin gebracht zu haben oder nicht, also stehe ich auf und warte, dass er es mir gleichtut.

KAPITEL 5

Wir schauen in der Patisserie vorbei, damit ich Lucy sagen kann, wohin wir gehen und dass ich meine Hausaufgaben später erledige, und ich versichere Milton, dass ich gleich wieder da bin, und dann machen der Musiker und ich uns auf den Weg zu Giulianos. Wie Flipperkugeln bewegen wir uns durchs Viertel, schlingern nach rechts, scheren nach links aus und machen Schlenker um Baustellen, und beinahe wäre ich an Giulianos vorbeigelaufen, denn das Schild ist rissig und verblasst und hängt in einer Ecke des staubigen Schaufensters.

Drinnen werkelt ein von einem Meer von Instrumenten umgebener Mann an einem Saxophon herum. Gerade verstellt er die Höhe an seiner Werkbank, da schaut er auf. »Ciao!«, begrüßt er uns.

Er kommt zu uns, und ich falte einen der Aushangzettel auseinander. »Haben Sie das hier gesehen?«

»Fagott«, donnert er, und der Musiker verwandelt sich in eine Statue, unbeweglich, aufmerksam und ernst. »Iste morgen fertig. Musse noche reparieren.« Er verschwindet im Hinterzimmer und kommt mit einem Fagott zurück, und es ist wunderschön und aus Ahorn, genau wie beschrieben und abgebildet.

Giuliano drückt ein paarmal auf die klemmende Klappe, um zu zeigen, dass sie immer noch klemmt, da wirft der Musiker den Kopf in den Nacken und heult auf vor Freude und

Erleichterung, und dann lacht er und lacht, und Spritzer der Glückseligkeit schwimmen seinen Arm hinauf und hinab wie Kaulquappen unter der Haut.

»Du verrückter, seltsamer, *genialer* Junge!« Er drückt mich so fest, dass ich aufquietsche wie sein Fagott, und dann hüpft er auf und ab und zieht mich mit sich, und wir wirbeln durch den Laden, und er singt: »Du hast es gefunden, du hast es gefunden – ich kann nicht glauben, dass du es gefunden hast!« Und jetzt lachen wir beide und tanzen, und die Welt um uns herum schillert in bunten Farben, jetzt, wo sein Herz wieder ganz ist.

Giuliano räuspert sich. »Los, los«, sagt er und wirft einen bedeutungsvollen Blick auf die Instrumente, die sich auf seiner Werkbank stapeln. Er gibt mir das Fagott, und ich halte es behutsam im Arm, denn es fühlt sich etwas kratzig an, als würde es sich gereizt sträuben. Ich sehe mir das Holz genauer an, und der Musiker streicht über die Tasten und sagt stolz: »Reiner Ahorn.«

Für ihn ist der Fall erledigt, das vermisste Instrument gefunden, aber ich habe später noch ein paar Dinge zu überdenken. Ich bin nicht sicher, was es mit der Kratzigkeit auf sich hat und wie das Fagott überhaupt hier gelandet ist. Vielleicht ist sein Besitzer doch Schlafwandler?

Ich gebe das Instrument zurück, und Giuliano hält eine Hand hoch. »Ciao.« Ich imitiere seine Geste, und er versinkt wieder im wässrigen Licht seines Ladens.

Der Musiker schließt die Tür hinter uns und sagt: »Du bist der *Beste*. Abgesehen von meinem Fagott.« Mit glänzenden Augen sieht er mich an. »Danke-danke-danke für deine Rettung. Kommst du am Donnerstag zu meinem Vorspiel? Besser gesagt, freier Eintritt zu all meinen Konzerten.«

Ich nehme seine Einladung an, als wüsste ich nicht, dass

er und ich getrennte Wege gehen werden. Erst einmal gehen wir jedoch gemeinsam Richtung Patisserie, und er plaudert ohne Punkt und Komma, erzählt mir eine Geschichte nach der anderen, die alle zusammen sein Leben ausmachen: darüber, wie er seinen Herzschlag unten in den Füßen spürt, kurz bevor er auf die Bühne geht, und über seinen absoluten Lieblingsplatz in der Stadt, um sich die Lichter anzusehen, und zwar nicht in einer Bar auf einer Dachterrasse, sondern durch den Wasservorhang, der aus dem Springbrunnen vorm Lincoln Center entspringt und so flüssig golden glitzert wie Träume. Wie er auf die Linie C wartet, die in Cis quietscht, und über seine Freude darüber, sonntagmorgens im Washington Square Park einen Sitzplatz zu finden und seinen Everything-Bagel auszupacken.

Ich höre zu, und er erzählt, eifrig und mühelos und ungezwungen, und es ist geradeso, als wären wir alte Freunde, die sich nach einer Ewigkeit wiedersehen, bis wir am Eingang zur Subway ankommen und er innehält und sagt: »Ich muss hier lang.«

Ich verabschiede mich, und er sagt: »Bis dann.« Dann läuft er die Treppe hinunter, und ich denke, dass ich ihm vielleicht tatsächlich wiederbegegne – wir könnten uns in einer Subway-Haltestelle über den Weg laufen, oder ich könnte an einem Café vorbeikommen und ihn auf einem im Fenster klebenden Plakat von der Carnegie Hall entdecken und somit wissen, dass sein erstes Vorspiel für den Master schließlich doch noch gut gelaufen ist.

Das Viertel erwacht, während der Abend sich senkt: Leute kommen und gehen und sind unterwegs, holen etwas zum Abendessen und nippen am Wein und halten Ausschau nach einem Freund und kaufen einen Strauß Blumen und halten ein Taxi an und schließen ein Fahrrad auf und machen alles, außer stillzustehen und sich umzuschauen. Als ich also vor dem Haus der Zweiten Chance stehen bleibe, stolpert jemand über mich und beschimpft mich als »verdammter Tourist«. Was ich dort sehe, verwirrt mich: Menschen, die sich auf dem Bürgersteig versammeln, manche halten Banner in der Hand, ein Mädchen in einem Buggy hat sogar zwei. Auf dem in ihrer Hand steht: *Mitgefühl statt Eigentum*, und auf dem Plakat, das an ihrem Buggy befestigt ist: *Eine zweite Chance für Zweite Chance*. Frauen in grauer Ordenstracht stehen im Halbkreis um eine Schwester herum, die einen jaulenden Yorkshireterrier im Arm hält. Ihre Gesichter sind allesamt Richtung Uptown gewandt, und ich folge ihren Blicken die Straße hoch, von wo aus ein kräftig gebauter Mann mit harten kleinen Augen und einem Brecheisen in den Händen auf sie zugerollt kommt, eine Truppe Männer mit Vorschlaghämmern dicht auf den Fersen.

Ich bleibe stehen und greife nach meinem Notizbuch in meiner Tasche, da verlangsamt auch der Mann seine Schritte und verkündet: »Wir haben Ihnen die Bedingungen genannt und mehrmals die Kündigung geschickt – Sie wissen genau, wie eng unser Zeitplan für die Bebauung aussieht …«, da ruft jemand: »Scheiß auf euren Zeitplan«, und die Menge jubelt, und die Schwester bittet um Ruhe.

Der Mann reckt das Kinn, obwohl er ohnehin schon so groß und breit wie ein Hochhaus ist. »Wenn Sie nicht innerhalb der nächsten Stunde das Gebäude räumen, ist das unbefugtes Betreten von Privatbesitz.«

»Die Leute hier können aber nirgendwohin«, fleht ihn die Schwester an und wippt den Terrier in ihren Armen. »Wir bitten um Aufschub, damit wir die Familien in andere Unterkünfte umquartieren können.«

Der Mann wischt sich über die glänzende Stirn. Sein

Bauch quillt ihm über die Hose seines marineblauen Nadelstreifenanzugs, dessen gestochen scharfe Streifen irgendwie schief auf seinen Armen und Beinen hängen.

WOLF IN TEUREM SCHAFSPELZ, schreibe ich.

»Es tut mir leid, Schwester«, sagt der Mann, »wirklich, aber wir haben auch Leute, die darauf warten einzuziehen. Familien, die genau wie Ihre hier ein Dach über dem Kopf brauchen.« Jetzt verdunkeln sich die Mienen der anderen Schwestern, und sie murmeln, und wie eine Unwetterwolke breitet sich das Grollen in der Menge aus. Der Mann bläst seine Wangen auf und atmet aus, und als der Terrier ihn anknurrt, scheint es, als würde er zurückknurren wollen.

Jemand bleibt neben mir stehen und schießt ein Foto von der Menge, zwei Menschen stellen sich unter eine Markise und zünden sich kopfschüttelnd Zigaretten an, und das sind nur geringfügige Störungen im unablässigen Bewegungsstrom auf der Straße. Zu beiden Seiten strömen Menschen an mir und an dem Mann und seiner Truppe vorbei, und manche schauen auf die Uhr oder ihre Zeitung, und wieder andere auf die Hausnummern an den Läden oder auf den Bordstein. Manche werfen einen Blick auf die Vorschlaghämmer, aber die meisten gehen einfach ihres Wegs. Eine Tasche schubst mich vom Bürgersteig, und ein Auto geht in die Bremsen und hupt, die Leute schneiden mich, und ich werde mit der Strömung fortgerissen.

Die untergehende Sonne taucht die Straße in goldenes Licht, und mir wird wieder kalt. Ich habe es eilig, zurück zur Patisserie zu kommen. Ich komme an der italienischen Bäckerei vorbei, ein Wahrzeichen des Viertels, und biege in die Carmine Street ein, und hier zerstreut sich die Menschenmenge ausreichend, dass ich das letzte Stück bis nach Hause rennen kann.

Der nächste Tag fängt gut an. Ich rolle zweihundertsechzig Croissants und bin vor dem Bus an der Bushaltestelle, und Beaver und Todd sitzen nicht mit drin. In der Mittagspause marschiere ich mit den anderen nach draußen. Diesmal wird statt Völkerball Wiffleball gespielt, und ich behalte das Spiel im Auge, falls jemand mich entdecken und herüberwinken sollte.

Während ich warte, grüble ich über den ungeklärten Fagott-Fall nach – das glatte Holz, das sich so kratzig anfühlte, der Fagottist, der womöglich schlafwandelt – und bewege meine Gedanken ganz langsam, lasse sie auseinanderfallen und sich wieder vermischen, damit sie mir nicht ausgehen, ehe die Pause vorbei ist. Ich bin daran gewöhnt, leere Zeit zu füllen und übersehen zu werden, obwohl ich doch da bin, aber trotzdem finde ich, dass es eine schöne Überraschung wäre, würde mich jemand einladen, denn dann könnte ich nicken: »Ja.«

Wäre Walter Lavender Senior noch da, hätte er mir beigebracht, wie man als Schläger und als Fänger spielt, und dann könnte ich einfach mitmachen, ohne dass mich extra jemand fragen muss, könnte einfach den Ball fangen und ins Spiel einsteigen. Lucy sagt zwar, Walter Lavender Senior sei nicht besonders sportbegeistert gewesen, aber dass er oft über den Sommer sprach, in dem er am Strand Fangen spielte, und wie weich sich der Sand zwischen seinen Zehen anfühlte, während die Sonne hoch am blauen Himmel stand. Das seien die Augenblicke gewesen, an die er sich stets erinnert habe.

Noch eine Erinnerung an das, was ich nicht habe, und zwar nicht nur aufgrund meines Schweigens. Genau wie wenn ich an einem Friseur vorbeigehe und einen Vater und seinen Sohn vor den Spiegeln sitzen sehe, oder wenn ich jemanden in der Schule von einem Angelausflug übers Wochenende erzählen höre, oder wenn ein Mädchen im Laden etwas über die Modellrakete sagt, die es gerade mit seinem Vater bastelt.

Doch dann sage ich mir, dass ich ja Walter Lavender Seniors Geschichten habe, und in ihrem Licht kann ich ihn beinahe ausmachen, zumindest seine Umrisse, und dann ist da noch die unscharfe Beinahe-Erinnerung an die letzte Geschichte, die er mir erzählte und die ich mir jetzt selbst erzähle – *Es war einmal ein Junge, der sich nie hätte träumen lassen, dass er eines Tages fliegen könnte* –, und dann weht ein Windstoß den Wiffleball ab vom Kurs, und er fliegt direkt auf mich zu, hüpft mir vor die Füße, und ich fange noch einmal von vorne an: *Es war einmal*.

Der Rest des Tages rollt wie aus weiter Ferne an mir vorbei, und als nachmittags die Glocke läutet, fliegt die kirschrote Tür auf, und die Kinder strömen hinaus wie verschüttetes Vogelfutter. Als ich in der Patisserie ankomme, werde ich beinahe von Milton überrannt, der einem Pannacotta-Eichhörnchen dicht auf den Fersen ist. Als Erstes sehe ich nach meiner Öllampe. Die Flamme brennt gleichmäßig, und ich starre hinein und lasse meine Gedanken schweifen. Etwas Klebriges berührt mich an der Hand. Milton hat sein Eichhörnchen Eichhörnchen sein lassen. Er sieht mich offen an, und seine Augen strahlen und kräuseln sich in den Augenwinkeln zu einem Lächeln, und er fragt sich, was los ist.

Ich schüttele den Kopf, doch er kann meine Gedanken lesen und mein Innerstes hören. Abwartend hebt er seinen Kopf und hört mir ernsthaft zu, während ich ihm erzähle, dass es mir heute schwerer fällt zu vergessen. Könnte Walter Lavender Senior sich nicht ein bisschen mehr Mühe geben, zurückzukommen oder ein Zeichen zu senden? Ich bin die ganze Zeit auf der Suche, dabei sollte er doch bei mir sein und mir all die Dinge beibringen, die ich nicht weiß. Im Fenster taucht das Eichhörnchen wieder auf, und ich mache einen Schritt zur Seite, damit Milton die Jagd wiederaufnehmen kann, aber er drückt mir den Kopf in die Hand. *Du kannst mit mir Fangen spielen.*

Auf seine Art hat er den Wust an Gedanken verstanden, die ich nicht aussprechen kann, und er erinnert mich daran, dass ich zu Hause bin. Mein Kopf wird frei, als stünde ich oben auf einem Berg, und als ich aufsehe, fällt mir Lucy ins Auge, die mir über die Kunden hinweg zuwinkt und meine Aufmerksamkeit zu erregen versucht. Milton und ich schlüpfen hinter den Tresen, und Milton verschwindet auf der Suche nach Essensresten in der Küche, da drückt Lucy mich an ihre Schürze. Sie riecht nach Lebkuchen.

»Fünfzehn, zwanzig.« Ein Junge in einem ihm zu großen Pulli legt ein paar Münzen auf den Tresen. Die Frau neben ihm wuschelt ihm durchs Haar, was ihn zusammenfahren lässt, und sie sagt zu Lucy: »Wir kommen auf jeden Fall wieder – wir müssen ja die ganze Zeit aufholen, in der wir nach Ihnen gesucht haben!« Sie lacht und reißt dabei die Augen auf. »Wir wohnen schon seit Jahren um die Ecke, aber wir sind einfach immer daran vorbeigelaufen.« Sie macht eine sausende Armbewegung und wirft einen Blick auf den Jungen, der sich reflexartig duckt, um nicht noch einmal die Haare durchgewuschelt zu bekommen.

»Aber sicher doch«, sagt Lucy und wedelt mit der Hand. »Dieser Laden weiß, wie er sich verstecken muss, bis er gefunden werden will.«

Sie pfeift, und vier Vol-au-Vent-Mäuse drängen sich aus der Auslage und stellen sich am Rand der Theke auf. Lucy hält eine Geschenkschachtel offen hin, und wie quietschende Synchronschwimmer springen die Mäuse mit einem Rückwärtssalto hinein.

»Hast du das gesehen, mein Junge?« Die Frau startet einen Überraschungsangriff auf die Haare des Jungen, woraufhin sich die Härchen auf seinem Arm aufstellen und sich wiegen wie ein Weizenfeld. Ich greife nach meinem Notizbuch.

STRÄUBT SICH UNWILLIG, schreibe ich und werfe noch einen verstohlenen Blick auf den Arm des Jungen, da kommt mir plötzlich ein Gedanke, denn der Arm erinnert mich an das kratzige Fagott. Ich blättere ein paar Seiten zurück zur Skizze von der Wohnung des Musikers, und da steht die Beschriftung, die ich noch nicht in Erwägung gezogen habe: Mitbewohner.

Lucy klebt ein goldenes Siegel auf die Schachtel, und ich überdenke die Rolle des Mitbewohners in dem Fall.

»Voilà«, sagt sie, und da habe ich es, das Warum und das Wie: Der Mitbewohner hatte genug von den schrillen Störungen seiner Abende und den leeren Versprechungen des Musikers, das Fagott reparieren zu lassen, also war er selbst tätig geworden, bevor er sich auf den Weg an die andere Küste machte. Der Unwille war der entscheidende Hinweis: Dem Instrument hatte es nicht gefallen, ungebeten von jemand anderem gehandhabt zu werden.

Zufrieden schließe ich mein Büchlein und auch Fall Nummer vierundachtzig, und dann gehe ich in die Küche für ein klebriges Händeschütteln von José, wobei ich mit Flora zusammenstoße und ihr die Platte aus den Händen fällt, die sie gerade hinaustragen will. Ich höre, wie sie nach Luft schnappt und die Grashüpfer-Pies auf den Boden klatschen, doch das ist noch nicht das Schlimmste, denn da schiebt sich der große Mann mit den kleinen Augen durch die Ladentür.

KAPITEL 6

Flora kehrt in die Küche zurück, um einen Wischmopp zu holen. »Pass auf, wo du hintrittst«, warnt sie mich.

Ich nicke und sehe zu, wie der große Mann seine teure Anzugjacke mit einer Hand aufknöpft und die Kunden und die lebhaften und gut gefüllten Auslagen taxiert, in denen es quietscht und knistert und sprudelt. Seine Augen blähen sich auf wie vollgesogene Zecken, und ich notiere FÜTTERT SEINEN STETIG WACHSENDEN APPETIT.

Er verneigt sich vor vier Damen, die gerade aus der Tür gehen, und schnappt sich dann, ohne hinzusehen, eine Schachtel gefüllte Karamelllutscher und geht mit großen Schritten zur Kasse.

Lucy begrüßt ihn mit einem Lächeln. »Haben Sie gefunden, wonach Sie heute gesucht haben?«

Er legt die Schachtel auf den Tresen und streckt seine Hand aus. Seine Fingernägel sehen aus wie poliertes Porzellan. »Ich bin der neue Eigentümer«, sagt er, und meine Gedanken wirbeln auf, und während ich in seiner anderen Hand nach einem Brecheisen Ausschau halte, denke ich: Das würde er doch *niemals*, und dann schaue ich auf seine Füße und suche nach einem Vorschlaghammer und denke: Das *könnte* er nicht, oder? Ich mache einen Schritt zurück und schlittere über das Gebäck auf dem Boden.

Lucys Arm schnellt zur Seite und fängt mich. Sie lässt meinen Ellenbogen wieder los und runzelt die Stirn. »Ist Albert etwas passiert?«

»Oh – nein, nichts in der Richtung. Wollte Sie nicht beunruhigen.« Er hält wie in Kapitulation die Hände hoch, und meine Brust fühlt sich wie zugeschnürt an, meine Lungen brennen. »Er war einfach nur so weit, sich zur Ruhe zu setzen. Ich dachte mir, ich schaue mal vorbei, stelle mich vor, sehe mich um. Wo ich doch neu bin und so.«

»Dann freut es mich, Sie kennenzulernen. Willkommen bei den Lavenders«, sagt Lucy und greift nach den Karamelllutschern. »Sagen Sie einfach Bescheid, wenn Sie Fragen haben.«

»Die habe ich in der Tat, wenn Sie gerade Zeit hätten«, sagt er, und ich erschauere, als mir seine Worte wie Eiswürfel den Rücken heruntergleiten.

Lucy wendet sich an Flora, die gerade mit Wischmopp und Eimer aus der Küche gesteuert kommt. »Kannst du die Kasse übernehmen?«

Ich greife nach dem Mopp, und der Eigentümer sagt »Wunderbar« und schält sich aus seiner Anzugjacke. »Sieht toll aus hier«, fügt er schwer atmend hinzu. Unter seinen Achseln, wo die schwere Seide seines Hemds ihn kneift, kommen dunkle Halbkreise zum Vorschein, als er sich die Jacke über den Arm legt. »Unter uns gesagt, ich glaube, Sie gefallen mir besser als meine andere neue Immobilie – die italienische Bäckerei? Sieht ein bisschen … schäbig aus. Und leer. Sie nutzen die erstklassige Lage gar nicht voll aus, dabei könnte man so viel aus den Räumlichkeiten machen.«

»Das ist das Schöne daran«, sagt Lucy, als sie hinter dem Tresen hervorkommt. »Die Bäckerei ist eine Institution.«

Und das ist sie wirklich, genau wie der Eisenwarenladen der Gebrüder Dickson – unverändert im Strudel der Zeit, seit eh und je. Ein alles im Viertel miteinander verwebender Faden, ein Ort, an dem die Leute Pizzelle kaufen und alte Freunde zufällig treffen.

»Sie haben offenbar eine Affinität zu Backwerk«, bemerkt Lucy. Der Eigentümer lacht, und sein Lachen klingt so dickflüssig und deftig wie unsere hausgemachte Marmelade. »Ertappt. Eine unersättliche Naschkatze.«

Sie gehen hinüber zum Ladenfenster, und ich stoße meinen angehaltenen Atem aus. Der große Mann hat kein Brecheisen im Gürtel stecken, und draußen wartet auch keine Meute mit Vorschlaghämmern darauf, die Patisserie zu stürmen; er ist wohl doch nicht gekommen, um den Laden zu beschlagnahmen, sondern nur, um ihn sich anzusehen, und ich glaube, wir haben den Test bestanden, denn er scheint sich wohlzufühlen, so wie er mit Lucy Small Talk macht und den Ellenbogen an der Vitrine mit dem Buch darin abstützt.

Zwar mag ich ihn nicht, weil ich ihn vor dem Haus der Zweiten Chance erlebt habe, und ich mag auch nicht, wie er den Laden beäugt, als könne er ihn mir nichts, dir nichts verschlingen, aber jetzt, wo er Lucy kennengelernt, die Karamelllutscher probiert und all die zufriedenen Kunden gesehen hat, hat er keinen Grund, ihn uns wegzunehmen.

Ich wringe den Mopp aus und wische über den Fußboden, doch die verunstalteten Pies hüpfen vor dem Mopp davon. Es wäre eine viel einfachere Angelegenheit gewesen, hätte Flora stattdessen die Sirup-Zimt-Röllchen hinausgetragen, und so lehne ich mich auf den Stiel und warte ab, dass die Pies sich beruhigen. Lucy und der Vermieter stehen immer noch vor der Vitrine, nur schauen sie sich jetzt das Buch an, und nun kniet sich neben ihnen auch noch ein Matrose neben seine Tochter, die nach oben aufschaut, und ich weiß, dass Lucy ihnen die Geschichte vom Neuanfang der Patisserie erzählt.

Jedes Mal beginnt sie mit der ersten Zeile aus dem Buch – *Es war eine dunkle und stürmische Nacht* – und fährt dann fort mit der Fremden vor unserer Tür und dem Geschenk, das Lucy annahm. Dann nimmt sie das Buch aus der Vitrine und blättert von einer Seite zur nächsten, erzählt, wie jede Szene sie wie ein Lied in ihren Bann zog, das erste eine gehauchte Schnulze über eine Stadt, die so kraftvoll ist wie die tobenden Elemente, das zweite eine Abenteuerhymne, in der eine junge Frau mit einem wehenden Umhang aus Hunderten von Schneeflocken und Sternen auf einem Windstoß heranrauscht.

Auf der dritten Seite erhascht ein junger Mann einen Blick auf die Frau, wie sie umrahmt von ihrem weiß und blau glitzernden Umhang auf der anderen Seite der Subway-Gleise steht, eisig und makellos und vollkommen unabhängig. Er verliebt sich in diese Vorstellung von ihr, und die Liebesballade segelt bis auf die vierte Seite, auf der die Frau ihren Eismantel ablegt. Das jedoch macht die Illusion zunichte, die der Mann von ihr hatte, und Lucy bekam eine Gänsehaut, als sie die gebrochenen Akkorde auf der fünften Seite hörte, auf der die Frau alleingelassen auf der Erde liegt, und dann den eindringlichen Chor, als sie auf der Suche nach ihrer verlorenen Liebe die Straßen durchkämmt. Zwischen den Häusern lauern Erinnerungen und nehmen menschliche Gestalt an, als sie wie Schatten an der Frau vorbeischleichen – eine Stadt der Verlorenen. Auf der letzten Seite dann ein sanfter Auftrieb, eine offene Frage, die stürmische Wildnis zieht sich an die Ränder zurück, während sich aus der Tür, die sich so unerwartet geöffnet hatte, ein Lichtband über das Blatt ergießt.

Die Malerin hatte einen Weg gefunden, mit ihrer eigenen Stimme zu erzählen, wie sie vor unserem Laden gelandet war – wie sie als junge Frau auf der Suche nach Abenteuer in die Stadt gekommen war, Liebe gefunden und wieder verloren hatte und so lange vergeblich nach ihr suchte, bis sie schließlich auch sich selbst verlor. Und dann ging in einer einsamen Winternacht eine Tür auf, und durch diese geöffnete Tür – diese freundliche Geste – sah die Frau, dass es noch mehr für sie gab, dass es nach der siebten und letzten Seite noch weitergehen konnte.

Als Lucy in jener Nacht das Buch zuklappte, dachte sie zurück an leichtere Zeiten und an eine Stimme, die sie vermisste. Diese Stimme erzählte zwar eine andere Geschichte, aber mit dem gleichen Ausgang: wie ein Leben von einer freundlichen Geste verändert wird. Lucy sah auf, blinzelte und blickte sich um, und in dem Moment schien es ihr, als wäre der Laden der Traum.

Nachdem Lucy die Geschichte zu Ende erzählt hat, betrachten der neue Eigentümer, der Matrose und die Tochter das Buch eindringlich, denn in der Vitrine sieht es ganz unscheinbar aus, der Buchrücken ist weich und die Seiten an den Rändern abgewetzt, der Deckel alt und abgenutzt wie eine Lieblingsjeans, mit dunklen Schrammen wie Tasthärchen und heller dort, wo das Leder vom Gebrauch dünn geworden ist.

Unter ihren prüfenden Blicken verharrt das Buch jedoch so schlicht wie die Ladenfront. Wenn sie aufmerksam zugehört haben, fragen sie als Nächstes: »Und, war sie es? War die umherziehende Malerin auch Walter Lavender Seniors Meerjungfrau?«

Lucy wird dann lediglich lächeln und eine Schulter hochziehen. »Das möchte ich zumindest glauben. Wäre das nicht unglaublich?«

Es wäre eine außergewöhnliche Geschichte. Sie wäre weder auf einen festen Raum beschränkt, noch würde sie linear vom Anfang bis zum Ende verlaufen, sondern man würde sie so oft erzählen, dass sie nie wirklich zu Ende ginge und sich jedes Mal erweitern würde, wenn sie wieder von vorn beginnt. Walter Lavender Senior hat mir nie beigebracht, wie man einen Ball fängt, Fahrrad fährt, eine durchgebrannte Sicherung repariert oder zu einem Mann wird. Er hat mir nur eine Lektion hinterlassen, und das Buch verkörpert sie: Es ist der fassbare Beweis dafür, wie viel eine Geste ausmachen kann, wie sie sich in Zeit und Raum sogar immer mehr ausweiten kann – weitergegeben von einer Meerjungfrau zu einem Vater zu einer Mutter, eine Zeichnung, die zu einer Einladung wurde, die zu einem Neuanfang wurde, die für einen Sohn, der bereits so viel verloren hatte, zu allem wurde.

KAPITEL 7

Ich bin froh, dass der neue Eigentümer nach Lucys Geschichte geht, und José hilft mir, das moorig aussehende Wischwasser auszuschütten, und dann ist es Zeit für die Post. Ich laufe schnell ans Fenster, und tatsächlich, Mister Philipp schiebt gerade sein Postwägelchen mit den vollgepfropften blauen Posttaschen den Bürgersteig entlang. Milton sitzt schon unter dem Briefkasten bereit und hält eifrig nach ihm Ausschau, denn er hat immer eine Schachtel mit Hundekuchen dabei.

Milton wartet ab, bis das Postwägelchen angehalten hat, dann streckt er sich und tapst darauf zu und wedelt zur Begrüßung freundlich mit dem Schwanz. Während er geräuschvoll auf einem steinharten Leckerli kaut, greift Mister Philipp in die blauen Säcke und zieht stapelweise Post hervor, die er auf dem Unterarm balanciert wie ein Kellner sein Tablett. Ich muss nicht die Tür aufmachen, um zu wissen, dass er dabei pfeift, denn er bringt uns, schon solange ich denken kann, unsere Post.

Er kennt meinen Namen und Lucys, und seinen lernen all jene, die in eines der umliegenden Häuser ohne Aufzug ziehen, als einen der Ersten. Jedes Jahr im Dezember lässt er sich einen Bart wachsen, setzt die gleiche abgewetzte rote Mütze auf und verteilt Briefe vom Nordpol mit unseren Namen darauf – geschrieben mit dem gleichen Gelroller, mit dem er uns auch für Päckchen unterschreiben lässt. Die Angestellten in der Bodega stellen ihm im Sommer schwitzende Flaschen Tamarindenlimo hin, und wenn Lucy Vogelmilchtorte backt, hebt sie ihm ein Stück auf, so dass es dann im Kanon mit ihm zwitschern kann, bis die Himbeer-Götterspeise oben wackelt.

Ich gehe nach draußen, und Mister Philipp sieht aus wie immer, ein rundes Gesicht, eine runde Brille und eine blaue Uniform, aus deren Vordertasche eine Uhrkette aus Messing baumelt.

Er reicht mir die Post, und ehe ich den Stapel durchsehen kann, sagt er: »Heute nicht, mein Junge.«

Jedes Mal, wenn ich ihm am Briefkasten begegne, wenn ich also nicht gerade im Laden oder mit Finden beschäftigt bin, sind das seine ersten Worte an mich. Ich weiß nicht mehr, wann er mit der Route hier anfing, aber ich erinnere mich noch, wann er bemerkte, wie ich am Fenster wartete. Da hatte er zu pfeifen aufgehört und gesagt: »Diesen Blick kenne ich. Was erwartest du: ein Päckchen von Tante Geraldine, einen Brief von Onkel Gilbert? Ich sehe mal nach, was ich habe.«

Ich schüttelte den Kopf und sagte nichts, und selbst wenn ich es gekonnt hätte, was hätte ich sagen sollen? Dass all die Jahre über noch nichts gekommen war – kein Hinweis, nicht auch nur ein Fitzelchen Neuigkeiten, kein unmissverständliches Zeichen, das auf Walter Lavender Senior verwies –, doch dass ich wusste, ich würde das Zeichen erkennen, wenn ich es sah, selbst wenn ich keine Ahnung hatte, welche Form es annehmen oder woher es kommen würde? Es ergab nur Sinn, dass der Briefkasten eine Möglichkeit darstellte, dort landeten schließlich tagtäglich Nachrichten und Neuigkeiten aus aller Welt.

So viele Stunden habe ich damit verbracht, mir vorzustellen, was dieses Zeichen wohl sein mochte, ich könnte den

Briefkasten hundertmal füllen. Ich stellte mir eine zerbrochene Flasche mit Walter Lavender Seniors hastig gekritzelter letzter Nachricht darin vor oder einen gepolsterten Umschlag von einem Fischer, der Walter Lavender Seniors Ehering im Bauch eines Vierhundert-Pfund-Thunfischs gefunden hatte. Vielleicht wäre es auch eine verkohlte Lotusblüte, die man aus der Asche geborgen und zwischen zwei Blättern gepresst hatte, oder ein knapper Artikel, den ein aufmerksamer Fremder aus dem Innenteil einer Zeitung ausgeschnitten hatte – Flugzeugtrümmer an Felsen gespült, Kreuzfahrtschiff findet Flugdatenschreiber im Arabischen Meer.

Vermutlich sprach Mister Philipp mit Lucy darüber, denn als er mich das nächste Mal am Fenster ertappte, krümmte er seinen Zeigefinger und pfiff vor sich hin, bis ich nach draußen zu ihm kam.

»Hör mal zu«, sagte er, »ich halte die Augen für dich auf, dann sparst du ein bisschen Zeit. Sobald ich auch nur irgendetwas über deinen Dad sehe, erfährst du es als Erster.« Und am nächsten Tag sagte er statt hallo: »Heute nicht, mein Junge.« Und dann drückte er seinen Rücken durch und kratzte sich geschickt an einer Stelle zwischen den Schulterblättern.

Genau das tut er jetzt auch, er reicht mit dem Arm hinter sich, nur fällt es ihm schwerer. »Ich denke mal, das ist heute meine letzte Lieferung an euch. Ich bekomme eine neue Route. Angeblich gibt es da weniger Treppen. Haben mir sogar einen Lieferwagen gegeben, mit dem ich rumfahren kann«, erklärt er, während er sich weiter bemüht, die juckende Stelle zu erreichen. Ich weiß über die Stelle Bescheid, denn einmal machte er einen Witz darüber, dass er einen Rückenkratzer aus Bambus hatte kaufen müssen, um das Jucken loszuwerden, seitdem er nicht mehr so beweglich sei und beim besten Willen nicht mehr selbst drankomme. Es war ja auch niemand da, der ihn dort kratzen konnte, denn er lebte allein.

»Kopf hoch, mein Junge. Und gib Lucy auch Bescheid.« Er lächelt, und ich winke, und die Melodie vom Eiswagen pfeifend geht er weiter, doch sie klingt ein wenig traurig in meinen Ohren, wo sich doch nun unsere Wege trennen, und ich sehe ihm nach, bis er in der Tür nebenan verschwindet.

Drinnen im Laden sind die Schatten länger geworden, und Lucy verkündet, dass wir in einer Viertelstunde schließen. Die letzten Kunden suchen sich etwas aus und verlassen einer nach dem anderen den Laden. Lucy schließt Fenster und Türen hinter ihnen und dreht das *Geschlossen*-Schild um, so dass keine Nachzügler hereingestolpert kommen, während wir den Laden ins Bett bringen.

Dieser routinierte Ablauf ist zu unserem abendlichen Ritual geworden, hat sich über die Jahre verfestigt und ist so tröstend und mir so vertraut wie die Linien in meiner Handfläche. Wir lassen Seifenwasser in die Spülbecken ein und weichen Tabletts und Backbleche darin ein; wischen die Kühlschränke und Tische und Stühle ab; räumen die Auslage leer und schrubben sie; nehmen das Buch aus der Vitrine und stauben es ab, bevor wir es behutsam auf der ersten Seite aufgeschlagen zurückstellen; wischen die Fußböden und dimmen das Licht, stellen die Heizung niedriger und pusten meine Öllampe aus, und dann die letzten Umdrehungen im Schloss, einmal, zweimal.

Über die nächsten zwei Wochen verfärben sich allmählich die Blätter, und in der Mittagspause sehe ich zu, wie sie qualmen und an den Rändern knusprig werden, ein dünnes Band Ameisen rollt sich über meine Schuhspitze, und in den kurzen Pausen zwischen zwei Unterrichtsfächern werde ich selbst zu einem Blatt, das in den Gängen von Schülern gebeutelt wird, und ich schaue aus den Fenstern im Bus zu, wie die Straße in der frischen Nachmittagssonne an mir vorbeizieht.

Jeden Abend ist alles genau so, wie es sein sollte, dreht sich die Erde genau richtig auf ihrer Achse, und die Kunden kommen weiter in den Laden, um vom Schokoladen-Pot-de-Crème mit Orangenschlagsahne zu probieren, und wenn sich die kleine Schale eigenständig üppig über die bereits wartende Schöpfkelle ausgießt, leuchten ihre Gesichter.

Der erste Sonntag im Oktober bringt eine leise Vorahnung vom nahenden Winter mit sich und eine Lieferung für Mrs Ida Bonnet. Ich wickele mir einen Schal um den Hals und mache mich auf den Weg – an der Kirche vorbei, deren Glocken für die Gläubigen läuten, an Straßenverkäufern, die ihre Stände mit handgefertigtem Schmuck und Pashminas in Edelsteinfarben aufbauen, am Eiscafé, das seine besonderen Herbstsorten anpreist, und an der Buchhandlung mit ihren engen Nischen und schwankenden Buchtürmen wie bei einem exzentrischen Professor zu Hause auf dem Dachboden.

Die Straßen sind ein Kaleidoskop aus Anwohnern und Touristen, vereint in ihrer Entschlossenheit, die letzten honigsüßen Tropfen Sonnenschein zu trinken. Sie sitzen zum Brunch mit Sonnenbrillen und in Kurzmänteln draußen und bestellen Kürbiseis. Vor der italienischen Bäckerei bleibe ich schlitternd stehen, und meine Sohlen quietschen wie die Reifen eines Rennautos. Es brennt kein Licht, die Stühle und Tische stehen gestapelt in einer Ecke, der Tresen ist leer, die Auslage ist leer, der Fußboden ist leer, und alles ist still. Die Wände sehen zu, wie sich der Staub auf die Hocker legt.

Einen Augenblick lang denke ich, dass ich mit den Schaufenstern durcheinandergekommen bin. An der Tür hängt ein Schild, und ich renne hin, ohne daran zu denken, meine

Schachtel mit der Lieferung gerade zu halten. Die Schrift auf dem Schild ist schief geraten und läuft hier und da über, als hätte der Verfasser zu fest aufgedrückt, als er den nicht enden wollenden Satz schrieb: **NACH 40 JAHREN GESCHLOSSEN: Unser Mietvertrag wurde nicht verlängert. Danke für Ihre Unterstützung über all die Jahre, nur so konnten wir tagtäglich unseren Traum wahr machen, es war uns eine Ehre, Teil dieser Gemeinschaft zu sein, und Sie werden uns fehlen, liebe Kunden und Freunde.**

Erst vor ein paar Tagen bin ich hier vorbeigekommen, und die Bäckerei war genau dort, wo sie immer war, eine Markierung in der Landschaft, wie ein knorriger Baumstumpf, der die Weggabelung anzeigt, an der alles zusammenläuft – die Geschichte des Viertels und all der alten Freunde, die darin leben.

Wie kann so ein Ort ohne Vorwarnung einfach verschwinden?

Ich habe den neuen Eigentümer seit seinem Besuch in der Patisserie nicht mehr gesehen, doch jetzt steigt er wie ein lauerndes U-Boot in meinem Geiste auf. Meine andere neue Immobilie, hat er zu Lucy gesagt. Schäbig, nutzen es nicht aus. Vielleicht ist das eine Warnung. Der Gedanke an das, was unser neuer Vermieter noch so anstellen könnte, ist beunruhigend, wenn man bedenkt, dass er einen Ort ausradiert hat, dem nicht einmal die Zeit selbst etwas hatte anhaben können.

Ich stelle mir vor, was Mrs Ida Bonnet wohl täte, sollte *The Lavenders* von heute auf morgen verschwinden. In dem Glauben, ich sei unterwegs, würde sie auf meine Lieferung warten, und wenn es nicht an der Tür klopfte, würde sie sich aus ihrem Sessel schälen und nach ihren Schuhen suchen, um die lange Reise anzutreten, ihre Gelenke würden im

Gleichtakt mit den Treppenstufen quietschen, auf der Straße würden die Leute rechts und links an ihr vorbeieilen, und mit gebeugtem Rücken würde sie vor dem leeren Laden stehen bleiben, und ihr würde die Kinnlade herunterklappen, wenn sie sähe, dass auch er sich verabschiedet und sie zurückgelassen hatte.

Auf dem restlichen Weg zu Mrs Ida Bonnets Wohnung kann ich nicht aufhören, mich zu fragen: Und was würde *ich* tun?

»Die italienische Bäckerei hat zugemacht?«, wiederholt Lucy laut, damit ich sie über die surrenden Mixer hören kann.

Sie holt ein Blech Baisers aus dem Ofen, wirft einen Blick auf mich und sagt: »Du machst dir Sorgen um den Laden.« Mit dem Fuß schiebt sie die Küchentür auf. »Komm mit.«

Sie stellt das Blech auf dem Tresen ab, und einer nach dem anderen, als würden sie aus einem Schlummer erwachen, strecken sich die Baisers und hüpfen in die Luft und schweben dort wie kleine Kumuluswolken. Lucy stupst sie an ihren Platz in der Auslage, und drei Mädchen quieken und ziehen ihre Mutter hinter sich her und pressen ihre Nasen an die Scheibe. Milton trottet heran, und mit einem Seufzer tut er es ihnen gleich.

»Wir nehmen zwei Dutzend«, sagt die Mutter und schiebt sich neben Milton, damit sie die schwerelosen Baisers bewundern kann. Milton hebt den Blick, um sie anzusehen, doch seine Nase ist noch voller Karamellreste und bleibt an der Scheibe kleben.

Lucy legt mir die Hände auf die Schultern. »Sieh dich nur um«, fordert sie mich auf, und ich gucke die schwebenden Baisers an, die Vol-au-Vent-Mäuse, die dem kleinen Mädchen auf den Schultern herumhüpfen, und die anderen

Leckereien, die herumzappeln und ihre Persönlichkeit zur Schau stellen. Die Luft ist erfüllt von Tausenden ofenwarmer Atemzüge, unsichtbare Strudel, die unmögliche Eigenschaften übermitteln.

»Siehst du all das hier?« Bedeutungsvoll lässt Lucy ihren Blick schweifen und umfasst damit die schlichten Leuchter und den hübschen Stuck, der die Decke umrahmt, den funktionstüchtigen Kamin an der Außenwand, die handbemalten Bodenfliesen und die Messingleisten an den Spiegeln, den Geländern und den schmalen gewölbten Durchgängen, und all das reicht zurück bis zu Walter Lavender Senior, der Lucy davon überzeugte, dass sie es schaffen konnte.

Als ich mich Lucy wieder zuwende, zieht sie eine mit Mehl gepuderte Augenbraue hoch. »Niemand kündigt uns«, sagt sie, und ich erinnere mich wieder, dass sie verblüffende Kräfte hat. Anhand von Rühren und Riechen weiß sie, ob sie irgendwo einen Spritzer Zitronensaft, einen zusätzlichen Viertelbecher Rohrzucker oder einen Hauch Chiliflocken hinzufügen muss, und selbst wenn sie einem den Rücken zuwendet, weiß sie, ob die Crêpes in der Pfanne zu dunkel werden oder ob mein Teig noch mit Wasser verdünnt werden muss.

Wenn ein Stammkunde mit einer Schreibblockade, einem Kratzen im Hals oder nach einer durchwachten Nacht hereinkommt, weiß sie, dass sie über den Guss aus dunkler Schokolade noch ein wenig Wasabipulver und schwarzen Sesam stäuben, ein Stück Honigbrie in den Cupcake backen oder den Teller mit einem Kügelchen Gurkensorbet als Beilage anrichten muss. Auch wenn sie noch nicht herausgefunden hat, was sie einer Nachspeise hinzufügen muss, damit mein Geist wach und ich selbstbewusst bleibe, so dass ich sprechen kann, liegt sie durch ihre Intuition meistens richtig. Sie würde sich nicht einfach so vom Vermieter überraschen und hinauswerfen lassen – nicht ehe sie über eine Lösung gestolpert wäre, und nicht ehe Walter Lavender Senior erblicken könnte, was er zu erschaffen geholfen hat, nicht solange ich noch daran glauben kann, dass er nach dem Licht im Fenster Ausschau hält und auf dem Weg nach Hause ist.

KAPITEL 8

Ich bin sicher, dass Lucy recht hat, doch zwei Wochen später träume ich davon, wie das U-Boot nachts aus dem Wasser aufsteigt, während ich auf den sandigen Grund sinke und vor einem Skelett lande, das sich keck eine Pilotenmütze aufgesetzt hat.

Mein Kopf hat sich mit Wasser vollgesogen, meine Arme und Beine schwimmen, und in der einsamen Dunkelheit vor dem Morgengrauen fühlt es sich an, als wäre ich aus Versehen aufgewacht, während die ganze Welt noch ungestört und einträchtig weiterschlummert.

Am Fußende meines Betts schläft Milton, und ich stehe vorsichtig auf. Seine Pfoten zucken, und ich frage mich, wem er wohl hinterherjagt. Auf Zehenspitzen gehe ich die Treppe hinunter. Es duftet warm und süß, und unter der Tür schimmert Licht hindurch; dahinter wird Lucy alles für den morgendlichen Andrang vorbereiten, bevor José und Flora kommen. Ich öffne die Tür einen Spaltbreit, und Lucy schaut auf und stellt ihr Sieb ab. Das Radio vor ihr ist mit Mehl gepudert, und es läuft leise ein Oldies-Sender.

»Frühen Morgen. Euch beiden«, sagt sie, als auch Milton schlaftrunken in die Küche tappt und unter der Spüle zusammenbricht. »Wasch dich, dann kannst du mir mit dem Olivenölkuchen hier helfen.«

Sie siebt weiter die trockenen Zutaten in eine große Schüssel, und ich binde mir meine Schürze um und wische mir meine Hände vorne daran trocken. Dann erhitze ich etwas Butter in einer Pfanne, und während sie schmilzt, gebe ich die Milch in eine Schüssel und das Olivenöl dazu und sehe zu, wie sich das Öl in Perlen auf der Milch ausbreitet.

Sobald der fertige Kuchen aus dem Ofen kommt, wird Lucy ihn zum Abkühlen auf einen Rost stellen und einen Grapefruitguss darübergießen. Lucys Olivenölkuchen mit Grapefruitguss ist besonders beliebt bei den Pilatesleuten und, weniger offensichtlich, bei den Studenten. Sobald in ein paar Wochen die Semesterprüfungen anstehen, suchen sie friedliche Stärkung in den blassgelben Quadraten, essen sie mit den Händen und schlecken den Guss von den Fingern, und mit jedem Biss glätten sich die stressbedingten verärgerten Unebenheiten in ihren Gesichtern ein bisschen mehr.

Mit einem metallischen Surren geht der Mixer an, und Lucy schlägt Eier hinein und reibt Mandarinenschale darüber, während ich die zerlassene Butter unter meine Olivenöl-Milch-Mischung schlage. Als die Eimasse blass und dick ist, hebt Lucy ein Viertel ihrer Mehlmischung darunter.

»Jetzt du«, weist sie mich an. Ich kippe ein wenig aus meiner Schüssel in den Mixer, und abwechselnd geben wir unsere flüssigen und trockenen Zutaten hinzu, so dass die Luftbläschen im Teig nicht platzen und der Kuchen locker und luftig aus dem Ofen kommt. Lucy gibt die Masse auf das erste Backblech, und wie ein Vorhang aus buttriger Seide ergießt sie sich darüber.

»Meisterhaft«, verkündet Lucy. Dann schiebt sie das Blech in einen nicht belegten Ofen, und ich stapfe die Treppe hoch und mache mich fertig für die Schule.

Den ganzen Tag über denke ich an Clyde, den vermissten Nymphensittich, nach dem ich suche. Seitdem ich den Aushang letzte Woche gesehen habe, habe ich herausgefunden, dass Clyde einem Mädchen in meinem Alter gehört, das gerade im Memorial Sloan Kettering Krebszentrum seine Haare verliert, und dass seine Mutter den Aushang gemacht hat. In der Mittagspause zeichne ich eine Skizze in mein Notizbuch und stelle eine Liste auf, aber die Tischplatte ist uneben, und so sehen die Stäbe vom Vogelkäfig aus, als würden sie zittern.

Ich reiße die Wände mit meinem Radiergummi ein und beginne von vorne, doch jedes Mal wirft Beaver einen Ball, der dann auf meinem Tisch aufkommt oder mich am Rücken oder am Knie trifft, so dass mein Bleistift ruckelt und durchs Papier pikst. Schließlich packe ich meine Sachen zusammen und verziehe mich auf die Toiletten, wo ich die Kabinentür abschließe und mich auf den Toilettendeckel setze, um ungestört eine neue Liste anzufangen.

Der RVO ist folgender: Die Mutter hatte am Morgen den Käfig saubergemacht, und als sie am Nachmittag Clydes Wasser wechseln wollte, war der Vogel weg. Bisher haben wir den Käfig durchsucht, unter den Spielsachen und im Nistkasten, hinter dem Spiegel und am Spielrad nachgesehen und anschließend in der ZVO gesucht, das Wohnzimmer geputzt und aufgeräumt, in dem der Käfig steht, und dann an den naheliegenden Stellen geschaut, den Traufen und Regenrinnen, in denen andere Vögel gern hocken.

Zu diesem Zeitpunkt fühlte ich mich ganz ausgelaugt vom langen Reden; es nimmt eine Menge Energie in Anspruch, mich auf alle Muskeln und Bewegungen und Rhythmen zu konzentrieren, die dazu beitragen, dass ich mich klar ausdrücken kann. Als wir ein paar Tage später weitermachten, bat ich die Mutter, sich daran zurückzuerinnern, worüber sie nachgedacht hatte, während sie den Käfig saubermachte, weil ich hoffte, es würde eine vergessene Erinnerung hervorrufen. Die Technik ist ziemlich effektiv: Der Basketballer, der seine Glücksbringersocken verloren hatte, hatte daran gedacht, welch großen Hunger er hatte, als er seine Tasche nach der Reise auspackte, und so erinnerte er sich daran, dass er in die Speisekammer gegangen war, wo er eine Packung Sesambrötchen sah, die ihn wiederum dazu brachte, das Hamburgerfleisch aus dem Gefrierfach zu holen, und dort fand er dann auch die Socken, tiefgefroren und unversehrt.

Die Mutter des Mädchens erzählte, dass sie sich Sorgen gemacht hatte, während sie die Samenschalen vom Käfigboden saugte: über die Laborergebnisse, die dünnflüssige Konsistenz von Clydes Vogelmist, den seltsam bedächtigen Tonfall der Krankenschwester, den Rucola, der im Gemüsefach welken würde, wenn man ihn nicht bald aß. Und als sie Clyde in den Käfig zurücksetzte, machte sie sich ebenfalls Sorgen, ob sie das Türchen wohl richtig geschlossen hatte.

Danach durchforsteten wir die gesamte Wohnung Zentimeter für Zentimeter, unten und oben, falls Clyde aus Versehen in einen Schrank geflogen sein sollte oder sich ein Nest in der Gästebettwäsche gemacht hatte. Er ist immer noch nicht aufgetaucht, und es ist an der Zeit, dass wir unseren Suchradius erweitern. Jemand kommt in die Toiletten gestapft, und ich stecke mein Notizbuch ein und betätige die Spülung.

Nach der Schule mache ich mich auf die Suche nach Clyde. Ich halte die Augen offen nach irgendwelchen Zeichen und denke an das, was die Mutter mir erzählt hat. Sie weiß nicht recht, was sie von mir halten soll. Sie hatte sich darauf gefreut, dass ich die hallende Stille in ihrem Zuhause dämpfen würde, doch war ich weder, was sie erwartet hatte, noch, was sie kannte, und so mühte sie sich unbehaglich ab und brauchte eine Weile, bis sie begriff, dass ich nicht normal auf ihr Geschnatter reagieren konnte.

Ich stellte meine üblichen Fragen, und sie beantwortete sie übertrieben fröhlich, ganz langsam und heiter, und hielt ihre Arme und Beine dabei starr in geraden Linien. Ich hörte ihr zu und beobachtete sie aufmerksam, und das war ihr noch unangenehmer, so dass sie zu oft blinzelte und ihre vereinfachten Antworten unaufgefordert und mit panisch aufblitzenden Augen wiederholte.

NOTFALLPLAN FÜR ALLE EVENTUALITÄTEN, notierte ich mir, während sie ihre Enttäuschung wegschloss und sich darauf vorbereitete, was sie später im Krankenhaus sagen würde.

Dennoch kitzelte ich die benötigten Informationen aus ihr heraus, und als sie Clyde beschrieb, vergaß sie einen Moment lang, auf der Hut zu sein. Sie sagte, er sei gelb und weiß mit korallenroten Wangen, die einen glauben machten, er sei verschämt, wobei er aber tatsächlich äußerst anschmiegsam sei und außerdem gern singe. Sie sagte, es sei albern und würde nicht bei der Suche helfen, doch diesen einen Augenblick würde sie nie vergessen: wie sie während der Chemotherapie zu ihrer Tochter ins Zimmer kam und Clyde auf deren behandschuhter Hand hocken sah, er den Kopf in ihre Richtung neigte und mühelos *Strawberry Fields Forever* trällerte.

Ich frage mich, ob Clyde wohl in den Süden gezogen ist, um dort zu überwintern, und wende mich ebenfalls in diese Himmelsrichtung, den Blick gen Himmel gerichtet. Über dem Washington Square Park bewegt sich ein Schwarm silberner Vögel wie ein Atompilz auf und ab, und dem Zeichen folgend wechsele ich meinen Kurs. Als ich an der ehemaligen italienischen Bäckerei vorbeikomme, bemerke ich ein improvisiertes Banner an der Ladenfront, auf dem ein Name prangt, den ich schon mal im Fernsehen bei einer Kochsendung gesehen habe. Die Buchstaben bilden einen Bogen über einem selbstgefällig grinsenden Mann, der gerade Zwiebeln mit einem wie ein Blitz anmutenden Messer schneidet: **Demnächst hier – Jacques Pierre Patisserie**. Männer in Schutzhelmen und Stiefeln steigen mit schweren Schritten über Farbeimer und hämmern auf die Wände ein, und ihre Sägen beißen in Holzbalken. Ich verspüre einen Stich Melancholie für die Bäckerei und stelle mir vor, was bevorsteht, und sage mir, dass es innovativ und hip und geschniegelt sein wird und keine Bedrohung.

Im Washington Square Park setze ich mich an den Springbrunnen und sehe mir die vor Wünschen glitzernden Münzen an, da blitzt etwas zwischen den Tauben auf dem Triumphbogen noch heller auf. Ich beziehe neu Stellung unter dem Bogen, summe *Strawberry Fields* und warte darauf, dass Clyde landet.

Die Mutter des Mädchens ist wie erstarrt, als sie die Tür öffnet und Clyde sieht, der sich mit seinen federleichten Krallen an meinem Handgelenk festklammert. Ich lasse sie kurz ihren Schock verdauen, und dann gerät sie mit einem Ruck in Bewegung, bittet mich herein und kocht Tee, und in ihrer Erleichterung entspannt sie sich und lässt sich auf einen Sessel sinken, ganz unkontrolliert und sie selbst, und zum ersten Mal seit dem Fagottisten habe ich das Gefühl, noch jemand würde mich endlich kennen.

KAPITEL 9

In einem Schauer aus erstem Schnee und Polyesterkostümen senkt sich Halloween herab, Rotkäppchen und Spider-Man kommen für saure Augäpfel in den Laden, die ihnen die Gesichter verziehen und ihnen die Haare zu Berge stehen lassen. Vom Fenster aus sehe ich zu, wie Kürbisse und Prinzessinnen und Gladiatoren vorbeieilen und ihre Erwachsenen ihnen hinterherhetzen. Die Kinder von meiner Schule müssen auch irgendwo da draußen sein, aber es ist Jahre her, seit ich mich mit ihnen zusammen hinausgewagt habe.

Eine Woche später, ich bin gerade auf einer Sonntagslieferung, verfange ich mich in den Tentakeln einer sich langsam vorwärtsbewegenden Straßenparade, und als ich schließlich wieder in der Patisserie ankomme, bildet der Himmel bereits eine tiefblaue Kuppel, deren Rand orange leuchtet. Ich öffne die Tür, und sofort trifft mich der energiespendende Lärm der Kundschaft. Ich warte auf die Wärme, aber in der Luft liegt eine fremdartig frostige Kälte. In den Auslagen wirbelt glitzernder Zuckerschnee, und in einer davon zanken sich die Mäuschen um die begrenzte Anzahl an Fondant-Schals, die Flora unter ihnen als Deko verteilt haben muss.

Die Kunden drängen sich allerdings wie üblich, und Milton schiebt sich zu mir durch, schwer atmend und gegen den Strom schwimmend. Etwas Dunkles verfärbt sein Zahnfleisch, und eine gestresste Lucy setzt ihm hinterher.

»Er hat ein Heiße-Schokolade-Beignet gemopst«, sagt sie gereizt. Sie greift nach seiner Schnauze und drückt ihm das Maul auf, aber der knusprige Krapfen ist bereits geschmolzen, und heiße Schokolade sickert zwischen Miltons Zähnen hindurch. »Nein«, schimpft sie ihn aus, und er kauert sich hinter meine Beine, »du weißt genau, dass du keine Schokolade fressen darfst.«

Sie wendet sich mir zu, und während ihre schlechte Laune abebbt, hellen sich ihre Haarwurzeln auf. »Wie waren die Lieferungen?«

Ich male ein Häkchen in die Luft. »Gut gemacht«, sagt sie. »Du bist mein Lichtblick an diesem wenig entgegenkommenden Tag.« Sie wirft der Klimaanlage hinter mir einen verärgerten Blick zu, und zu meiner Überraschung entdecke ich auf einer Trittleiter José, wie er eine Abdeckung abschraubt.

Allein ihn dort oben zu sehen macht mir schon Sorgen, er könnte herunterfallen, und mir bricht der Schweiß auf den Handflächen aus, also stecke ich die Hände in die Taschen. Walter Lavender Senior hatte keine Angst vor Höhen; er hat mühelos den Himmel erklommen, wohingegen der höchstgelegene Ort für mich ein Hügel für Skianfänger war, und selbst dort schaffte ich es lediglich, hinunterzuspähen und mich an den Bäumen festzuklammern, bis Milton panisch bellend durch die Absperrung stürmte und die Piste hochjagte, um mich zu retten.

José klettert herunter, und wir vollführen unseren Handschlag. »Kaputt«, bringt er als Erklärung für sein untypisches Auftauchen vorne im Laden hervor.

»José probiert, ob er sie wieder zum Laufen bringen kann, aber wenn es ihm nicht gelingt, sollte der Mechaniker jeden Moment hier sein. Könnt ihr beiden nach ihm Ausschau halten und mich rufen, wenn er da ist?«

Lucy geht zurück an die Kasse, und ich überprüfe meine Öllampe, bevor ich nach oben gehe, um meine Mathehausaufgaben zu holen. Wieder unten im Laden, setze ich mich an einen Platz am Fenster, so dass ich aus dem Augenwinkel die Tür sehen kann. Milton drängelt sich zwischen meine Beine unter den Tisch, und Flora stellt mir auf ihrem Weg aus dem Laden einen Teller Apfelschnitze hin und dazu einen Becher Apfelmost, in dem sich eine selbstrührende Zimtstange mal im Uhrzeigersinn, mal dagegen dreht.

»War ein unentschlossener Schwung«, sagt sie entschuldigend. »Und du machst dir jetzt einen schönen Abend.«

Vier Graphen später schwingt die Tür auf, die Leuchter erzittern, und mit einem Ruck richtet sich meine Wirbelsäule schnurgerade auf und vibriert wie das unheilvolle Zupfen und Brummen tiefer Basssaiten. In der Tür steht der neue Eigentümer, und in meinem Kopf wird es dunkel, meine Gedanken springen zu einem Brecheisen in seiner Hand, mit dem er die Tische einschlägt, doch ich fange sie wieder ein. Es könnte ein ganz harmloser Besuch sein, um noch eine Schachtel gefüllte Karamelllutscher zu kaufen – bis auf das dumpfe Getöse, das von draußen hereindringt, die stampfenden Schritte und das konfuse Skandieren, aus dem einzelne Wörter auszumachen sind, als der Eigentümer die Tür freimacht. Ich schiebe meinen Stuhl nach hinten, und auch die Kunden im Laden stehen auf und bemühen sich, in der schwarzen Nacht etwas zu erkennen, doch das Innere der Patisserie spiegelt sich wie eine dünne glänzende Eisschicht auf der Fensterscheibe.

Mit Lichterketten und Kiefernkränzen in den Armen taucht Lucy neben mir auf. »Was ist denn das für ein Spektakel?«, fragt sie, lässt die Dekorationen fallen und drückt mich an sich. Jemand bläst in eine Trillerpfeife, und das Stampfen geht weiter, der Sprechchor lässt die Scheibe erzittern, und plötzlich habe ich eine Riesenangst, dass der Eigentümer eine Meute mitgebracht hat, die uns hinausjagen soll, und ich stelle mir vor, wie sie Schilder in die Luft halten, deren Stäbe unten zu glitzernden Pfählen angespitzt sind. Ein kreischender Lautsprecher durchbohrt die Luft – »*Was wollen wir?*« –, und ich kneife die Augen zu und halte mir die Hände auf die Ohren, und Lucy macht einen Satz nach vorne.

Sie packt den Eigentümer am Ellenbogen und zerrt ihn nach drinnen, schließt die Tür und zieht mit einem Ruck die Vorhänge zu. Der Krach der Demonstranten wird wieder zu einem strukturlosen Getöse. Lucy zieht den Eigentümer an meinen Tisch, wo er sich auf einen Stuhl fallen lässt und die Beine ausstreckt, woraufhin Milton sich tadelnd bellend darunter hervorschiebt – *Wie wär's mit einen bisschen Platz hier unten?* Um uns herum stehen die Kunden und werfen einander und dem Eigentümer unsichere Blicke zu, während er wieder zu Atem kommt und sich über die Stirn wischt.

»Was zum Teufel?«, sagt jemand, und alle im Laden brechen in Lachen aus und fangen an zu plaudern, nur ich kann nicht anders, ich spähe auf die Vorhänge und frage mich, ob da draußen eine der Ordensschwestern steht oder eine Italienerin, die wild gestikulierend flucht.

Unser Vermieter lehnt sich auf seinem Stuhl zurück und überschlägt die Beine, dann stellt er die Füße wieder nebeneinander auf den Boden und lehnt sich vor, und der schwere Stoff seines Anzugs zerknittert hier und da und bauscht sich überall sonst, als würde er nicht glatt anliegen und zu viel Haut berühren wollen. Behutsam ziehe ich meine Bücher von dem Eigentümer fort und hocke mich auf die vordere Kante meines Stuhls, bemüht, keine hektischen Bewegungen zu machen.

»Können Sie das glauben? So was von unangebracht«, sagt der Eigentümer.

»Sicher kann ich das«, entgegnet Lucy. Sie bleibt stehen und streicht sich die Schürze glatt. »Ihnen ist doch klar, dass es eine Menge Leute betrifft, wenn Sie etwas dichtmachen – echte Leute. Die Orte hier sind ihr Leben.«

Der Eigentümer verschränkt die Arme und kaut nachdenklich auf seiner Unterlippe. »Warum bin ich dabei der Böse? Ich kontrolliere den Markt doch nicht, ich folge ihm nur, und wenn nicht alle so in Aufruhr wären, würden sie sehen, dass ich auch Leben verbessere. Es haben alle etwas davon, wenn die Straße hochwertiger wird.«

Lucy schüttelt den Kopf und wendet sich zum Gehen. »Entschuldigen Sie mich bitte. Meine Kundschaft wartet, ich habe festliche Deko anzubringen, die Küche zu schließen und auch noch einen Mechaniker aufzuspüren, da Sie sich ja nicht bei mir zurückgemeldet haben.«

»Wie Sie sehen, hatte ich eine Menge um die Ohren, aber es tut mir leid, wenn Sie …«

»Sie können sich gern hier verstecken, bis sie weg sind. Wir schließen in einer halben Stunde.« Lucy hockt sich neben mich, doch als ich sie davon überzeugt habe, dass es mir gut geht und ich noch Hausaufgaben zu erledigen habe, sammelt sie die Lichterkette ein, nimmt sich einen Augenblick, um einem Stammkunden ein Kompliment zu machen, und weg ist sie.

Der Eigentümer rutscht auf seinem Stuhl herum, dass er knarrt. Er passt nicht hierher, und diese Dissonanz schleift mir an den Zähnen, so scharf und schrill wie der Bohrer beim Zahnarzt.

»Diese Leute«, sagt er und ahmt mit seinen Händen eine Explosion nach. »Die hauen mich um. Was erwarten sie denn, wenn ich jemanden in Aussicht habe, der den Marktwert zahlen kann? Soll ich etwa sagen: Nein danke, Kumpel, ich vermiete lieber unter Wert an jemand anderen, der gegen die Gesundheitsamtsvorschriften verstößt? Ich sag dir was, ich wünschte, das könnte ich, wirklich …« Er schüttelt den Kopf und drückt sich die Fingerkuppen an die Brust, um zu signalisieren, wie aufrichtig er es meint, während ich mich nach einem freien Tisch umschaue, an den ich umziehen kann, und aus dem Augenwinkel sehe ich, wie José mir einen Blick zuwirft, während er sich wieder an die Arbeit an der Klimaanlage macht.

»… aber ich kann es mir nicht leisten, einen Wohltätigkeitsverein zu gründen. Ich habe eine Arbeit zu erledigen. Ich höre auf den Markt, und weißt du, was er sagt?« Sein Unterkiefer zuckt, und seine Augen beben vor Intensität. »Er sagt, ich sollte das Doppelte oder Dreifache der aktuellen Rate bekommen. Und da sind noch nicht einmal die großen Einhörner dabei – eine Bank oder eine Kette, die anklopft und das Sechsfache bietet. Was für ein Betrieb kann da schon mithalten? Also bereite ich die Immobilie vor und warte ab. Erschaffe Gelegenheiten. Ist ein lukratives Geschäft.« Er schlägt auf die Tischplatte, als würde er eine gewinnende Pokerhand präsentieren. Milton, sofort hellwach, hebt den Kopf, und José steigt die Leiter herunter.

»Sicher, Veränderungen sind nicht immer leicht. Die Menschen stecken in ihren Gewohnheiten fest, da geht das mit dem Fortschritt nicht so flott. Aber man muss das große Ganze im Auge behalten – du wirst schon sehen, alle haben etwas davon. Die neue Patisserie wird dir gefallen. Ich habe auch Kinder, zwei Mädchen, ein bisschen jünger als du, ungestüme Dinger, sie können es kaum erwarten.« Der Eigentümer betrachtet mich näher, kneift die Augen zusammen und scheint mich erst jetzt zu erblicken. »Warum sagst du nichts? Bist du taub, oder so?«

»Alles in Ordnung hier?«, fragt José, als er sich zu uns an den Tisch stellt, und seine dunklen Augen wandern zwischen mir und dem Eigentümer hin und her.

Ich schüttele den Kopf, und der Eigentümer fragt: »Was stimmt dann nicht mit dir? Ist es meinetwegen?« Seine Stimme bricht, als wäre er verletzt. »Magst du mich nicht?« Ich entgegne nichts, doch José hält eine Hand hoch und sagt: »Lassen Sie nur.«

Der Eigentümer schnaubt. »Was, denken Sie etwa auch, ich sei der große böse Wolf?« Er schaut hinab auf meine Bücher. »Schreib es auf, wenn du so schüchtern bist. Ich will wissen, was du über mich zu sagen hast.« Er wedelt mit der Hand und berührt meinen Bleistift, da packt José ihn am Arm, und Milton schnappt nach einem Stuhlbein und versucht, den Eigentümer wegzuzerren. Der schaut hinab auf seinen massigen Arm, in den sich Josés Finger bohren, ölverschmiert und so feingliedrig wie Äste.

»Ich sagte doch, lassen Sie es gut sein.« José lässt ein Lächeln aufblitzen, das so eisig glitzert wie der Schnee in den Auslagen, und der Eigentümer zieht seinen Arm weg, als hätte er sich verbrüht, und starrt José und seine viereinhalb fehlenden Zähne an.

Dann wischt er über die Flecken auf seiner Jacke. »Ich meine ja nur, ich bringe die Bruchbuden auf Vordermann, lasse das Viertel schöner werden, und die Leute regen sich auf. Was ist das denn für ein Dankeschön?« Er wirft einen Blick auf die Tür, als sie aufgeht und der Lärm der Demonstranten in den Laden strömt.

»Sagst du Lucy, dass der Mechaniker da ist?«, fragt José mich leise und deutet mit dem Kinn auf den glatzköpfigen

Mann mit Bart, der gerade zur Tür hereingekommen ist und einen Werkzeugkasten unterm Arm trägt. Ich schnappe mir meine Sachen und lasse unseren Vermieter allein, um Lucy hinter der Kasse hervorzuholen.

»Juhu«, sagt Lucy, als ich auf den Mechaniker zeige. José schüttelt ihm bereits die Hand, und unser Vermieter ist aufgestanden und späht durch die Vorhänge, eine Hand auf der Vitrine mit dem Buch darin abgestützt.

Zehn Minuten später schließt Lucy ab, damit die Abendroutine beginnen kann. Ich drehe die Wasserhähne auf, prüfe die Wassertemperatur und leere dann die Auslagen, während die Spülbecken sich füllen. Ich warte darauf, dass der hypnotische Rhythmus der Routine einsetzt, doch die Ruhe kehrt nicht ein, weil der Eigentümer immer noch da ist.

»Wir haben geschlossen«, sagt Lucy durch die Glastür und zeigt auf das Schild.

»Nicht zu verkaufen!«, ruft einer der Demonstranten mit erneutem Elan, als der Eigentümer neben Lucy hinter der Scheibe auftaucht.

Sie klopft gegen die Tür und sagt: »Es ist spät. Lasst ihn nach Hause gehen.«

Wie erschöpfte Fliegen kreisen sie umher, und als Lucy schließlich seufzend vor die Tür tritt, ist unsere Routine durchbrochen. Unter dem Vordach spricht Lucy mit den Demonstranten, während Milton auf allen vieren oder zweien umhertanzt und versucht, ihre Schilder anzuknabbern, und der Eigentümer hinter den Gardinen lauert, und dann kommt Lucy endlich wieder herein und sagt: »Sie gehen. Danke, Milton.«

Er bellt auf – *War doch nichts Besonderes* – und stupst sie in der Hoffnung auf eine Belohnung an.

Erst als die Demonstration sich auflöst, verlässt der Eigentümer seinen Unterschlupf, und selbst dann noch schleicht er sich erst hinaus und sieht sich nach Nachzüglern um, bevor er im Stechschritt stolzierend in der Nacht verschwindet.

Lucy schließt hinter ihm ab, und von da an verläuft das Abendritual ohne Störung, auch wenn die Stille in meinen Ohren nicht so tröstend klingt wie sonst. Wir spülen und trocknen und wischen und polieren. Ich puste die Öllampe aus, und dann wischen wir unseren Weg bis zur Küchentür, betrachten unser glänzendes Werk und sagen guten Feierabend.

KAPITEL 10

Am nächsten Morgen, ein Montag, höre ich Lucy wie immer vor der Sonne aufstehen. Ich ziehe meine roten High Tops an, poltere die Treppe herunter und stürze in den Laden, bereit zum Croissantrollen.

Alles sieht aus wie immer. Ich höre, wie eine Eieruhr *Ping!* macht, die Kühlschränke summen und der Boden gedämpft knurrt wie ein leerer Magen, als ein Zug durch den Tunnel tief unter meinen Füßen donnert.

Langsam und leise und mit angehaltenem Atem setze ich mich vorne im Laden an einen Tisch und beobachte und versuche herauszufinden, was los ist – was mit dem Laden nicht stimmt.

Lucy kommt gefolgt von Milton und mit einem Tablett warmer Vol-au-Vent-Mäuse aus der Küche. Sie sind goldbraun und plustern sich zart in mehreren Lagen auf. Lucy stellt das Tablett vor mir auf den Tisch und nimmt fassungslos Platz, Milton setzt sich daneben, und auch die Mäuse hocken dort, vollkommen reglos, köstlich und tot.

Ich drehe mich auf meinem Stuhl um und entdecke, natürlich, dass das Buch nicht mehr da ist.

Einen Augenblick lang kann ich es gar nicht fassen, dass sich dieser kostbare Gegenstand in einen verlorengegangenen Gegenstand verwandelt hat. Die Welt bleibt stehen, alles wird still, ich schwebe in einem undurchsichtigen Nebel, und dann löst meine Umgebung sich auf, und ich zerfalle in scharfkantige kleine Scherben der Panik.

Wie in Trance bewege ich mich auf die Vitrine zu, aber das Buch liegt auch nicht neben seinem Ständer. Auch nicht auf dem Fenstersims. Nicht auf den Regalen daneben. Nein. Nein. Neinneinnein. Und damit dreht sich mir der Magen um, mir wird kalt vor Angst, und in meiner Brust brennt es, ich zittere, und mir klappern die Zähne.

Ich will überallhin zugleich laufen, jede Schublade umstülpen und Schränke durchwühlen und Möbel verschieben und in jedem Winkel nachsehen, als würde das Buch mit jeder verstreichenden Sekunde noch mehr verlorengehen.

Mit großer Mühe setze ich mich und halte still und atme, so dass ich mich sortieren und nachdenken kann.

»Mach dir nur keine Sorgen. Es taucht wieder auf – oder du findest es.« Lucy kniet vor mir und sucht so lange meinen Blick, bis ich nicht anders kann, als ein kleines bisschen zu lächeln.

Sie füllt die Auslagen, doch sie sehen aus wie Glassärge, und ich warte ab, dass meine Panik abebbt, die Minuten trödeln wie Besuch, der nicht merkt, dass er stört, und statt Panik verspüre ich jetzt so etwas wie Leere.

José kommt und dann Flora, und aus der Küche strömt der Duft von Croissants, und dann kommt Lucy heraus und dreht das Schild um auf *Geöffnet*. Der Laden hat seinen eigenen Rhythmus: Im Laufe der Woche ist jeden Tag mehr Betrieb, die Verkäufe laufen am besten am Freitag nach Feierabend, und am meisten Kundschaft kommt Samstag und Sonntag. Montags geht es dann wieder von vorne los, aber ruhiger bedeutet nicht leer, und zu bald schon kommt ein Mann mit zwei Jungs unter den Armen herein, der eine schlaksig und flachsblond und der andere stämmig und mit dunklen Haaren, und hinter ihnen rollt ein Buggy wie ein Panzer durch die Tür, dahinter die Mutter. Ich halte mich an der Tresenkante fest und warte ab, dass sie näher kommen.

Die Jungs hüpfen und hopsen und boxen sich durch zu den Auslagen, und dabei wackeln ihre runden Bäckchen vor Vorfreude, ihre Blicke sind fest auf die Vitrinen gerichtet, auf Entzücken eingestellt, nicht ahnend, dass der Laden nicht mehr der gleiche ist.

Ich stehe hinter den Glasscheiben, und angesichts der in reglosen Reihen angeordneten Leckereien macht der blonde Junge einen Schritt zurück. »Was ist los?«, flüstert er schüchtern.

Der dunkelhaarige Junge hämmert gegen das Glas. »Aufwachen, ihr Drachen.«

Der Rest der Familie eilt atemlos hinzu, und Lucy kommt aus der Küche, wischt sich die Krümel an den Händen an ihrer Schürze ab und überbringt die Nachricht vom verschwundenen Buch.

Die Jungen sehen ihre Eltern an.

»Das lässt sich beheben, Jungs«, sagt die Mutter, und dann, an Lucy gewandt: »Das tut es doch, oder? Suchen Sie das Buch schon? Wie kann ich helfen?«

»Wie meinen Sie das, das Buch ist weg?«, schaltet sich der Vater verwirrt ein. »Sind wir zu früh?«

Der blonde Junge drückt sich an die Beine seiner Mutter und blickt verzweifelt drein, während der Dunkelhaarige um die Tresenecke späht. »Ist das ein Streich?«, fragt er misstrauisch. »Der ist aber nicht lustig.«

»Ich fürchte nein«, seufzt Lucy. »Wir tun, was wir können, um das Buch wiederzufinden, damit es eure Lieblingsteilchen wieder gibt, aber momentan ist das hier unser bestes Angebot.«

»Ich höre mich mal um. Wir finden es und biegen das wieder hin«, gelobt die Mutter voller Tatendrang und wendet den Buggy Richtung Ausgang.

»Hinbiegen?«, bricht es aus dem Vater hervor, als ihm dämmert, was das tatsächlich bedeutet. »Das hätte niemals passieren dürfen! Was führen Sie denn hier für einen Laden?« Mit zu schmalen Schlitzen verengten Augen beäugt er empört das steife Gebäck, und während Lucy abwartet, dass er fertig ist, breitet sich kühl und unangenehm ihre Enttäuschung aus. Der Vater schüttelt sie ab und stakst zur Tür.

»Das war kein guter Streich. Können wir heute Nachmittag wiederkommen?«, fragt der dunkelhaarige Junge und zieht seinen Vater am Arm.

Der Blonde verlässt als Letzter den Laden. Erst als seine Familie schon draußen ist, rennt er zur Tür, und eine Frau mit strenger Bobfrisur hält sie ihm auf, bevor sie die Patisserie betritt. Die gerüschten und gepolsterten Schultern ihrer Bluse lassen ihre Taille absurd schmal aussehen.

»Der Engelskuchen«, sagt sie, ohne in die Auslage zu schauen, und ich hole ein Stück heraus, doch Lucy nimmt mir den Teller aus der Hand.

»Darum kümmere ich mich«, sagt sie und schickt mich sanft fort. »Du solltest dich auf den Weg zur Schule machen.«

Lunchbox, denke ich halbherzig. Rucksack, Notizbuch, Stift. Ich sehe nach, ob alles an seinem Platz ist, und auf dem Weg nach draußen erhasche ich einen Blick auf die Frau, wie sie den Teller mit dem Kuchen zurück über den Tresen schiebt. Dann überrascht sie mich, denn sie streckt ihre Hand nach Lucy aus.

»Ist ja gut«, sagt sie tröstend und legt Lucy die Hand auf die Wange. »Alles wird wieder gut.«

In der Mittagspause stelle ich eine Liste auf, um den Fall und meine Möglichkeiten zu überdenken, und abends komme ich mit einem Schlachtplan nach Hause, ganz begierig darauf, nach dem Buch zu suchen. Ich begrüße Milton, und wir gesellen uns zu Lucy hinter die Kasse, und dann frage ich sie, ob sie gestern die Vitrine abgestaubt und das Buch anschließend wieder an seinen Platz gestellt habe.

»Ich glaube nicht«, sagt sie, doch sie klingt nicht überzeugt. »Es ist alles etwas durcheinander, aber … Ich kann mich nicht daran erinnern, es selbst getan zu haben.«

Eine Kundin bestellt einen Erdnussbutter-Seiden-Pie und geht ein Stück zur Seite. Lucy strahlt den nächsten Kunden in der Schlange an, und ich sehe der Frau zu, wie sie mit ihrer Gabel in den Pie sticht.

»Das schmeckt himmlisch«, sagt sie an mich gewandt und rollt die Augen nach oben, und ich will gerade lächeln, da fügt sie betreten hinzu: »Bestimmt nicht einfach, immer mitzuhalten, nicht wahr?« Sie zuckt die Achseln, schiebt sich noch eine vollbeladene Gabel in den Mund und bringt zwischen Frischkäse und Fondant hervor: »Schon gehört, dass bald der neue Jacques Pierre aufmacht?«

Ich enthalte mich einer Entgegnung und marschiere in die Küche, damit ich mit meiner Suche fortfahren kann. Flora spritzt Joghurt-Schlagsahne-Guss auf einen Mohnkuchen, und José spült Geschirr, und als er mich sieht, hält er mir seine seifige Hand hin, und alles an der Situation ist so vertraut, so alltäglich, dass es mir wie ein grausames Messer zwischen die Rippen sticht.

»Das ist echt hart mit dem Buch, was?«, sagt José.

»Wann hast du es gesehen? Das letzte Mal.«

José kann sich nicht erinnern, und Flora kratzt sich unter dem Gummizug ihres Haarnetzes und sagt, sie wisse noch, dass sie die Vitrine letzte Woche abgestaubt habe, aber keiner von ihnen kann sich daran erinnern, gestern Abend das Buch herausgenommen und die Vitrine abgestaubt zu haben, genauso wenig wie ich. Übrig bleibt also Milton, doch als ich ihn nachdenklich anschaue, hört er auf, mit dem Schwanz zu wedeln, und macht ein paar Schritte zurück. Würde er das Buch zerkauen oder es in die Toilette fallen lassen?

Ich untersuche sein Maul, schiebe ihm die Lefzen hoch, doch er wackelt mit seinen Tasthaaren und windet sich gekränkt aus meinem Griff – *Also wirklich, wer, glaubst du, bin ich denn?* Ich umarme ihn, denn ich weiß, dass ich ihn nicht hätte verdächtigen dürfen, und er steckt mir seine feuchte Schnauze ins Ohr und furzt, und ich schätze mal, das bedeutet, er vergibt mir.

Ich durchdenke die Szenarien, beginnend mit dem RVO. Das Buch kann abhandengekommen sein, nachdem wir den Laden geschlossen haben, aber ich bin der Meinung, davor ist wahrscheinlicher. Vielleicht wurde es im Durcheinander der Demonstranten und der unterbrochenen Routine verlegt, und das würde bedeuten, es versteckt sich irgendwo hier im Laden an einem zufälligen Ort, an den es nicht gehört. Ich blende die Geräusche in der Küche aus und putze und sortiere und durchsuche die Schränke und Regale.

Während ich im Kühlschrank hinter Milch- und Sahnetüten nachschaue, hoffe ich inständig, dass sich das Buch auch wirklich im Laden versteckt, denn wenn nicht, dann hat jemand es mitgenommen, und das macht den Fall um einiges schwieriger. Vielleicht ist es mit dem Müll rausgebracht worden, oder jemand hat die Vitrine angerempelt, und ein Kunde hat das Buch unwissentlich in seiner Einkaufstüte mit nach Hause genommen – oder womöglich wurde es gestohlen.

Milton folgt mir auf Schritt und Tritt, während ich von

einem Schrank zum nächsten gehe, und schnüffelt an allem, was ich ausrangiere, und hin und wieder widerspricht er mir – *nicht den guten Schwamm!* –, und während ich ihm den gammeligen Schwamm aus dem Maul entwinde, wandern meine Gedanken zum neuen Eigentümer. Er stellt eine neue Variable in der Gleichung von gestern Abend dar, doch das tun auch die Demonstranten und der Mechaniker. So oder so präsentiere ich Milton die Hypothese, woraufhin er einen angekauten Teelöffel ausspuckt und, ohne lange zu überlegen, davonmarschiert.

Ich werfe Schwamm und Teelöffel weg. Milton hat recht: Unser Vermieter mag keine alten Sachen. Ich werde meine Augen offen halten und weitersuchen müssen. Im Laden gibt es noch jede Menge Stellen, an denen ich noch nicht nachgesehen habe, und ich sage mir, dass irgendetwas – irgendein Hinweis – schon auftauchen wird.

Dienstag nach der Schule wiederhole ich meine akribische Suchaktion in der Hoffnung, dass ich einen Hinweis übersehen haben könnte. Ich nehme mir die unterschiedlichen Mehlbehälter vor, schüttele jeden einzelnen und höre ganz genau hin, und währenddessen behalte ich Lucy im Blick, die eigenhändig die Wochenlieferung auslädt, weil sie José für heute freigegeben hat.

Hin und her läuft sie, feine Fältchen verlaufen wie Klammern um ihren Mund, und sie gerät nicht ins Straucheln oder Stolpern, winkt mich nur mit einem »Es geht schon, es geht schon!« fort und macht weiter.

Nicht zum ersten Mal muss sie eine Last tragen, die größer ist als sie selbst. Das erste Restaurant ihrer Eltern war ein bescheidendes Bistro in Ohio, das bekannt war für seine saftigen Schweinekoteletts au poivre. An das Bistro kann sie sich nicht erinnern, sie war erst ein paar Wochen alt, als der Tornado am Palmsonntag den ganzen Häuserblock umfegte; erst sah es noch so aus, als würde er sie verschonen, doch dann scherte er im letzten Moment aus und raste mitten ins Restaurant hinein.

Von der Katastrophe entwurzelt, zog die Familie westwärts nach Iowa, wo sie ein neues Restaurant eröffneten und wo Lucy lernte, wie man Fleisch mit Rotwein zart machte und eine Suppe mit Mehlschwitze andickte. An einem Karfreitag geriet ein unbeaufsichtigtes Kochfeld außer Kontrolle, und im nächsten Moment verlor die Familie ihr zweites Restaurant und Lucys Mutter beinahe ein Bein.

Erneut zogen sie westwärts und eröffneten ihr drittes Restaurant in Santa Cruz, Kalifornien. Lucy studierte BWL und half im Restaurant, und wenn das Bein ihrer Mutter unter dem alten Schmerz nachgab, trug Lucy sie auf dem Rücken herum. Sie hatten kaum Zeit, um zu vergessen, da erschütterte ein Erdbeben die Erde und verschluckte Restaurant Nummer drei.

Es musste ein Zeichen sein. Sie würden es nicht noch einmal versuchen. Doch einen Monat später, als sie gemeinsam vorm Fernseher saßen und die immer gleichen Bilder vom Fall der Berliner Mauer ansahen – Ostberliner, wie sie die Brücke an der Bornholmer Straße stürmen und Sektflaschen in die Luft halten –, drehten sich Lucys Eltern zu ihr um und sahen, wie sich ihr Kinn trotzig hob, und es erfüllte sie mit der gleichen unerträglichen Mischung aus Angst und Freude, die ihnen vom Bildschirm entgegenstrahlte.

Sie kratzten ihre Ersparnisse und all ihren Mut zusammen und schickten Lucy so weit fort, wie sie konnten, auf die Kochschule nach New York, damit sie die Chance hätte, dem Familienfluch zu entkommen. Sie war fünfundzwanzig, und sie schwor ihren Eltern, sie bald zu besuchen, und warf sich ihnen in die Arme, selbst noch, als ihre Mutter sie mit einem kehligen Laut von sich stieß.

»Komm nicht zurück«, sagte ihre Mutter aus Angst, dass sich das sie heimsuchende Unglück wie eine Krankheit auf ihre Tochter ausbreiten würde. Lucy konnte – und wollte – ihr dieses Versprechen nicht geben, bis sie dann in den feuchten Augen ihrer Mutter sah, wie wichtig es ihr war. Also nahm sie die Last auf sich und drehte sich um, und das war das letzte Mal, dass sie ihre Eltern sah.

Sie weiß nicht mehr, was die Dozenten am ersten Tag unterrichteten, es zählte lediglich, dass sie zusammen mit ihren weißbemützten Klassenkameraden in der Küche stand und sich den Kochkittel glattstrich, den sie am Vorabend noch gebügelt hatte, die Wangen gerötet und den Duft frisch gebackener Kekse in der Nase.

Als Erstes zog die Patisserie sie in ihren Bann, und später dann ein ruhiger, sanftmütiger Pilot mit grauen Augen wie Monde, unter dessen Schale köstliche exotische Träume köchelten. Als sein Flugzeug verschwand, ermöglichte mein Schrei nach Leben ihr, eine weitere unmögliche Last zu tragen, selbst als ihre Eltern fernblieben aus Angst, sie würden das Schicksal herausfordern und noch eine Katastrophe hervorrufen.

Lucy hat ihren Weg gefunden. Sie hat diesen Laden aufgebaut, unser Zuhause, und stand für mich ein, als ich noch keine Stimme in mir gefunden hatte, und auch wenn ich mich einsam fühlte, wusste ich doch, dass ich niemals wirklich allein war. Wenn ich an Lucys Kraft denke, gibt mir das selbst neue Kraft, und es rückt die Dinge in ein anderes Licht. Selbst mit diesen Lasten auf ihren Schultern hat Lucy weitergemacht, und dagegen ist ein abhandengekommenes

Buch ja wohl kein Vergleich, auch wenn es die Patisserie zum Leben erweckte und eine Welt aus hart erkämpften Siegen und Verlusten für mich erschuf, von ganz bestimmten Augenblicken erfüllte Tage – klein und süß und so individuell wie ein flatternder, blütenheller Macaron, ein ganz gewöhnlicher außergewöhnlicher Zauber.

Am Mittwoch durchsuche ich die letzte Vorratskammer und sortiere die Aromastoffe in alphabetischer Reihenfolge. Milton träumt in einer Ecke, und im Laden ist es wie in einer Geisterstadt. Flora strickt Vorder- und Rückseite eines Pullis, wofür sie normalerweise zwei Wochen braucht, und José, nicht mehr durch die Scharen von Kundschaft an die Küche gebunden, wandert mit einer Sprühflasche Desinfektionsmittel und einem Lappen durch den Laden und wischt polierte Oberflächen und unbenutzte Tische ab. Dafür bleibt Lucy in der Küche und schlägt und formt und backt und eilt an die Kasse, sobald die Ladentür aufgeht. Die gelegentlich klingelnde Ladenglocke scheint uns fast verspotten zu wollen, so wie sie keck auf die schrumpfende Kundschaft hinweist.

Über die letzten Tage habe ich eine Menge verschwundener Gegenstände aufgetan – eine verrostete Servierkelle, eine Schachtel übriggebliebener Wunderkerzen vom letzten Silvester und Lucys Amethystbrosche –, jedoch keinen Hinweis auf das Buch. Ich zermartere mir das Hirn und reiße die Augen auf, so weit es geht, und auf Lucys Schläfen sehe ich die sich bildenden Schweißperlen, während sie arbeitet, und auf Josés Gesicht die Sorgenfalten, als sie ihm sagt, dass er heute früher gehen kann.

Draußen auf der Straße herrscht mehr Betrieb, als ein nasser Novemberabend normalerweise aufbringt. Ein paar Blocks weiter feiert Jacques Pierre seine große Neueröffnung, und man kann sich nur schwer konzentrieren. Ich mache meine Hausaufgaben und hole mir dann Lucy zu Hilfe, um Vermisst-Aushänge für die Nachbarschaft vorzubereiten. Vielleicht taucht das Buch ja vor Thanksgiving wieder auf, so dass wir dankbar für seine Heimkehr sein können, so wie wir dankbar sind für unsere Familie, den Truthahn, Gesundheit und Glück.

Ledergebundenes Buch vermisst schreibt Lucy oben auf ein leeres Blatt Papier. Unter meiner Anleitung fertigt sie eine große Zeichnung des Buchs an, so wie es aussieht, wenn es geschlossen ist, und sie schraffiert den Buchdeckel mit hell- und dunkelbraunen Flecken, damit er wie Leder aussieht.

Ich lehne mich zurück und betrachte das Blatt. Die Darstellung sieht unvollständig aus, wenngleich es keine weiteren Details hinzuzufügen gibt. Es ist ein unscheinbares Buch, aber man würde es erkennen, wenn man es in der Hand hielte. Ich zeige auf meinen Fleecepulli, und Lucy zeichnet einen Pfeil, der auf die Mitte des Buches zeigt, und beschriftet ihn mit: **Fühlt sich warm an. Weich**.

Wir machen mit der unteren Hälfte des Aushangs weiter, und Lucy zeichnet das Buch, wie es aussieht, wenn man es auf der ersten Seite aufschlägt. Wir beschließen, die Zeichnung darin nicht mit all ihren Feinheiten nachzuahmen, und nachdem wir kurz überlegt haben, zeichnet Lucy noch einen Pfeil und schreibt: **Eine Wintergeschichte über eine verlorene Liebe.** Ich nicke; das fängt genau die richtige Stimmung ein, und ganz unten auf dem Blatt fügen wir noch hinzu: **Sieben Seiten, handgemalt und einzigartig**, und dann quetschen wir noch darunter: **von unschätzbarem Wert – nicht mit Geld zu bezahlen! Bei Auffinden bitte zurückbringen!**

Die Tür geht auf, und ein Mann kommt herein und tritt sich die Schuhe auf der Fußmatte ab. Hinter ihm drängeln sich seine Freunde, und er sieht sich im leeren Geschäft um und fragt zweifelnd: »Ist das hier Jacques Pierre?«

Ich schüttele den Kopf, zeige nach links, und sie gehen wieder. Die Hand flach auf das Blatt Papier gelegt, zähle ich bis fünf. So oft ist die Tür heute Abend nicht aufgegangen. Lucy hat zwar heute nicht so viel gebacken wie sonst, aber ich weiß, dass trotzdem noch mehr unberührte Tabletts einzupacken sein werden, wenn wir schließen.

Am Donnerstag stehe ich früh auf, damit ich unsere Aushänge in der Nachbarschaft verteilen kann, und den ganzen Tag über schaufele ich mich durch die Zeit, indem ich an die Leute denke, die den Aushang gesehen haben werden, und an die Leute, die sich womöglich bei uns melden. Nach der Schule hüpfe ich aus dem Bus, rase zum Laden und stürze durch die Tür, doch drinnen ist es vollkommen leer, die Menschenmengen sind mit der Erinnerung an die Sommersonne verschwunden. Alles ist reglos, alles ist still. Ich glaube fast, ich sei am falschen Ort, bis Milton aus der Küche geprescht kommt, sich an meine Beine presst und sein aufgeregtes Atmen den Raum erfüllt und die Luft erwärmt und mich daran erinnert – *Du bist zu Hause!*

Wir beziehen am Fenster bei der Öllampe Stellung, ich mit dem Kinn auf die Hände gestützt und Milton mit herabhängender Zunge, und gucken und warten, während verwelkte Blätter sich draußen auf dem Sims türmen und weggeweht werden und sich erneut auftürmen.

Lucy steht an der Kasse und kümmert sich kopfschüttelnd um die Buchhaltung, und an einem der Tische strickt Flora ihre Ärmel, da höre ich, wie der Briefkasten zuklappt, und gehe hinaus, um die Post zu holen, stoße jedoch mit einem Kunden zusammen, der gerade hereinkommen will.

Ich weiche zurück vor dem vorstehenden Bauch und den kunstvollen Nähten. Unser Vermieter schnippt gegen einen Brief, zwinkert mir zu und sagt: »Traue niemals dem Postboten. Persönliche Zustellung für deine Mutter.«

»Irgendetwas Interessantes dabei?«, ruft Lucy, und als sie zur Tür kommt, geht ihre Stimme überrascht ein wenig höher. »Hallo.«

»Setzen Sie sich«, sagt der Vermieter, und wir setzen uns. Milton schnüffelt ihm an den Knöcheln, und José beäugt ihn misstrauisch.

Der Vermieter reicht Lucy den Brief. Sie überfliegt ihn, während der Vermieter sich die Nase putzt, wobei die Stuhlbeine unter ihm knarren, und dann segelt der Brief anmutig durch die Luft und landet auf meinen Turnschuhen. Ich hebe ihn auf, und als ich mich wieder aufrichte, ist Lucy so blutleer und hauchzart wie die letzten Blätter, die sich noch an die Baumskelette draußen klammern.

»Da muss ein Irrtum vorliegen«, sagt sie.

»Hm? Kein Irrtum«, sagt der Vermieter, und ich versuche, den Brief zu lesen, doch Flora klappert mit ihren Stricknadeln, und José sprüht mit seiner Sprühflasche, die Achselflecken des Vermieters werden immer größer, und ich schäme mich für ihn.

»Es ist ein Irrtum«, beharrt Lucy. »Hier steht, dass die Miete nächsten Monat verdoppelt wird. Das ist in zwei Wochen.«

Die Stricknadeln rutschen ab; ein feiner Sprühnebel legt sich auf die Tischplatte. Ich zwinge meinen Blick weg von den Achselflecken und bemühe mich, der Unterhaltung zu folgen.

»Ja. Soweit ich weiß, haben Sie und Albert das immer monatlich gehandhabt?« Der Vermieter sieht auf die Uhr, und es scheint ihn ungemein zu schmerzen, dass die Sekunden einfach so verstreichen.

»Wir sind hier seit über zehn Jahren zuverlässige Mieter. Es war nie nötig – er muss Ihnen doch gesagt haben, dass es im gegenseitigen Einvernehmen war …«

»Das bezweifele ich nicht, aber Sie sehen doch sicher auch, dass sich die Zeiten ändern. Wir müssen am Ball bleiben, wenn wir überleben wollen, und ich muss das verlangen, was die Räumlichkeiten wert sind. Sollte sich eine Luxusmarke dafür interessieren, würden sie ein Vielfaches von der Summe dort bieten, Sie können also nicht behaupten, ich sei nicht fair.«

Lucy starrt auf den Brief, und der Vermieter legt die Hände auf den Tisch und schiebt seinen Stuhl zurück. »Ich erwarte, dass Sie bis Ende des Monats draußen sind«, sagt er, und Lucy reißt den Kopf herum.

Der Vermieter schaut auf die leeren Tische, und seine Stimme wird so geschmeidig wie die Salbe, die Lucy mir aufträgt, wenn ich unvorsichtig mit dem Messer war und mich geschnitten habe. »Sie können diese Bedingungen ja offensichtlich nicht erfüllen«, bemerkt er beinahe liebenswürdig, als würde er ein lahmes Pferd einschläfern.

Lucy öffnet den Mund und schließt ihn dann wieder, und ich höre ein leises Knacken, als würde man ein Ei über dem Mehl zerschlagen: ihr Herz, das zerbricht. Der Vermieter lehnt sich wieder auf seinem Stuhl zurück, um sein Jackett zuzuknöpfen, und nickt ihr knapp und höflich zu. Stumm beschwöre ich Lucys Haare, sich dunkel zu verfärben und zu knistern, so sehr verunsichert mich diese kraftlose, verzagte Version von ihr, die ich noch nie gesehen habe.

In meiner Beklommenheit weist eine Stimme mich an aufzustehen. Jetzt ist es an mir, zu Lucys Stimme zu werden, nachdem sie so viele Male für mich eingetreten ist. Ich werde dem Vermieter so lange in die Augen sehen, bis er wegschauen muss, und ihm sagen, dass wir den neuen Mietpreis akzeptieren und ihn zahlen können und dass die Patisserie nicht zur Verfügung steht.

Stattdessen steht der Vermieter auf und füllt mit seinen Schultern den gesamten Raum aus. Würde er die Arme nach oben ausstrecken, er könnte die Decke berühren und alles zum Einstürzen bringen. Er wendet sich zum Gehen. Ich schaue auf die Tischplatte hinunter und kratze an einer Stelle, wo die Farbe abgeblättert ist, und dann höre ich, wie ein Stuhl umfällt – Flora ist aufgesprungen, ihre abgewetzte Schürze verrutscht, und sie rennt dem Vermieter hinterher zur Tür.

»Wo ist denn Ihr Anstand geblieben? Lucy hat Ihnen etwas zu sagen.« Sie stemmt die Fäuste in ihre runden Hüften.

Lucy wirft Flora und José einen Blick zu, sieht dann mich an und strafft die Schultern. »Ja«, setzt sie an, und ihre Stimme klingt schon fester. »Geben Sie uns mehr Zeit. Wir hatten eine … unerwartete Schlappe.«

Der Vermieter hebt die Arme und verschränkt sie hinter dem Kopf, und ich starre auf die ausgewachsenen Schweißkreise und bin versucht, ihm die Arme wieder herunterzuziehen.

Lucy geht einen Schritt auf ihn zu. »Wenn Sie uns noch ein paar Monate geben, können wir Ihre Bedingungen erfüllen.«

Der Vermieter bleibt hart. »Die Grundsteuer geht durch die Decke. Ich kann nicht ewig die Verluste ausgleichen.«

»Für uns geht es aber darum, ob wir unser Geschäft verlieren«, hält Lucy dagegen. »Geben Sie uns Zeit.«

Er tippt sich mit dem Finger ans Kinn, José legt mir eine Hand auf die Schulter, und keiner von uns atmet mehr.

»Ich sag Ihnen was – weil Sie eine langjährige und angesehene Mieterin sind, gebe ich Ihnen einen Tag Bedenkzeit. Gehen Sie morgen Ihre Geschäftsbücher durch. Schauen Sie sich Ihre Alternativen an. Tun Sie alles Nötige, damit die Realität bei Ihnen ankommt. Bis Samstag müssen Sie sich entschieden haben.«

Er greift nach dem Türknauf und lächelt gnädig. »Die Leute blähen immer alles unverhältnismäßig auf, protestieren und zeigen mit dem Finger, aber lassen Sie mich Ihnen eines sagen – ich habe durchaus Verständnis für Ihre Lage.«

Damit, und mit dem Brief, lässt er uns allein. Lucy bedeckt sich das Gesicht mit den Händen und sagt in die Stille hinein: »Wir werden unseren Laden verlieren.«

Und da walzt mich die ganze Tragweite dessen, was uns bevorsteht, platt. Es darf nicht passieren, für keinen von uns, denn eines weiß ich: Ohne ein Zuhause gehen die Dinge verloren. Ich kralle mich an Miltons Fell fest und schnappe nach Luft. Das hier ist die letzte Chance, meine Welt zu retten.

Ich habe einen Tag Zeit, um das Buch zu finden.

Am Freitagmorgen fülle ich meine Öllampe auf, ziehe mein schwarzes Fleece an und schnüre mir meine Turnschuhe zu. Ich lege den letzten übriggebliebenen BUCH-VERMISST-Aushang in mein Notizbuch und stecke es mir in die Tasche zu meiner MetroCard und einer alten Packung Cashew-Krokant, die ich hinten aus einer Schublade herausgekramt habe. Meinen Rucksack lasse ich da, er würde die Leute nur daran erinnern, dass ich eigentlich in der Schule sein sollte. Dann verabschiede ich mich von Milton, und er schleckt mir über die Nase, denn sonst ist alles eingepackt, und dann trottet er neben mir her zur Tür.

Ich gehe zur Bushaltestelle, bleibe aber nicht stehen. Von

weiter weg sehe ich den Bus ankommen und weiterfahren, und dann bin ich allein auf dem Bürgersteig, und um mich herum strömen die Menschen aus allen Himmelsrichtungen, und der Tag breitet sich vor mir aus wie ein leerer Highway gen Horizont.

KAPITEL 11

Ich halte den Aushang mehreren Fußgängern hin, aber die Stoßzeit am Morgen ist kein guter Zeitpunkt, um ihre Aufmerksamkeit zu erhaschen; sie schieben meinen Arm aus dem Weg oder werfen nur einen unfokussierten Blick auf das Bild oder greifen danach, weil sie denken, es sei Werbung. Ich mache trotzdem weiter, denn ich habe keine Zeit zu verlieren, und Scheitern ist auch keine Option. Als schweres Atmen mich auf Kniehöhe zu begleiten beginnt, wird mir bewusst, dass ich nicht allein unterwegs bin. Ein weicher Körper stößt an meinen, dann begegnen Miltons braune Augen meinem Blick, und seine Augenbrauen verziehen sich aufgeregt und erfreut – *Du hast mich vergessen. Zum Glück hab ich dran gedacht.*

Eigentlich hatte ich ihn für Lucy dalassen wollen, aber als ich mich an seinem wedelnden Schwanz festhalte, spüre ich, wie so etwas wie Tapferkeit meine Beine durchströmt. Wenn der Tag vorbei ist, wird Milton uns zurückbringen; sein Kompass ist auf zu Hause ausgerichtet.

An einer Ecke finde ich ein Plätzchen neben einem Mülleimer, und Milton hockt sich hin und reckt sein Gesicht zum schmalen Streifen farbloser Weite über uns. Ich öffne die Augen ganz weit und suche die belebte Kreuzung nach einem Zeichen der Spur ab, die etwas Verlorenes manchmal hinterlässt – ein knäueliger silberblauer Faden wie der eines sich aufribbelnden Pullovers oder der glänzende Film einer vorbeigekrochenen Schnecke oder das deutliche Vorbeiwehen eines Geruchs, der an zu Hause denken lässt.

Bis ich die Spur entdecke, weiß ich weder, wo sie ihren Anfang hat, noch wie sie aussieht, es ist also hilfreich, eine Vorstellung davon zu haben, worauf man sich konzentrieren muss. Deswegen stelle ich gern Fragen und sammle Informationen, und deswegen habe ich auch diesen Aushang gemacht. Bisher habe ich allerdings niemanden getroffen, der unser Buch gesehen hat und mir einen Hinweis geben kann, deshalb stehe ich vor der erschütternden Aufgabe, überall suchen und alles zugleich bemerken zu müssen: die Banken und Restaurants und Tabakläden, die an mir vorbeirauschenden Gesichter, das eingezäunte Park-Dreieck.

Dort drüben ist das Café, vor dem Walter Lavender Senior einmal ein Mann auffiel, der weinte. Man konnte ihm gar nicht entgehen, sagte Lucy, und das machte es so fürchterlich, nicht weil ein erwachsener Mann schluchzte, sondern weil es allen so unangenehm war, dass niemand etwas unternahm.

Walter Lavender Senior hielt ihm sein Taschentuch hin, das oben mit Flugzeugen wie sich umherrollenden Seeottern bestickt war. »Kann ich helfen?«

Der Mann hielt sich das Taschentuch an die Nase, schniefte und schüttelte den Kopf.

»Zumindest sehen Sie aus, als könnten Sie eine heiße Tasse Kaffee vertragen.«

Sie gingen ins Café, und während sie vor ihren Getränken saßen, erfuhr Walter Lavender Senior, dass der Mann eine Woche zuvor seine Mutter verloren hatte, und dann war die Sicherung in seiner Wohnung durchgebrannt, und er hatte die letzten beiden Tage dort im Dunkeln gehockt. Heute wollte er die Sterbeurkunde abholen gehen, und als dann die Tür eines Delis aufging und warmen Zimtduft auf den Bürgersteig blies, roch es genauso wie das Affenbrot, das seine Mutter immer gebacken hatte, als er noch ein Kind war, und das sie mittlerweile backte, wenn er mit seinen eigenen Kindern zu Besuch kam – und das hatte dann den Ausschlag gegeben.

»Bei einer dieser Sachen kann ich helfen. Ich wäre fast Elektriker geworden«, sagte Walter Lavender Senior, und er ging später an jenem Tag bei dem Mann zu Hause vorbei und reparierte das Licht.

An dem Abend hatte Lucy ihren Mann geküsst und war dankbar gewesen, dass ihre eigene Mutter noch lebte, auch wenn sie einander nicht treffen konnten. Sie erklärte mir, dass Güte der Kodex war, nach dem Walter Lavender Senior lebte, seitdem sein Vater gestorben und kaum jemand zur Beerdigung erschienen war. Anscheinend war sein Sohn die einzige Person gewesen, die ihn überhaupt richtig kennengelernt hatte, während er sich im Rad seines Lebens drehte und drehte. Wie Walter Lavender Senior da auf dem Friedhof stand, konnte er vor sich sehen, wie sein eigenes Leben ablaufen würde – heute noch Inhaber eines Elektrogeschäfts, morgen schon fort, einfach so, als hätte es ihn nie gegeben, als wäre er nie von Bedeutung gewesen.

Als er im Haus seines Vaters die wenigen Habseligkeiten zusammensuchte, die es wert waren, mitgenommen zu werden, packte er auch das Bild ein, das die Meerjungfrau am Strand ihm geschenkt hatte, und er fragte sich, wer und wo sie wohl war und ob sie ahnte, wie sehr ihre Geste sein Leben verändert hatte. Er ging schließlich doch aufs College, und anschließend würde er Pilot werden. In diesem Augenblick wurde ihm klar, dass er sein Leben ein bisschen erstrahlen lassen konnte, wenn er den Menschen, die ihm begegneten, ein wenig Güte zuteilwerden ließ, und dass es dann von Bedeutung wäre, dass es ihn gab, wo auch immer er sich wiederfand.

Danach sollte er sich nie wieder damit zufriedengeben, wegzuschauen und es auf sich beruhen zu lassen. Er hatte Angst davor, ein bedeutungsloses Leben zu führen, erklärte Lucy, und er wusste, dass er nicht ewig Zeit hatte, um eine Spur von sich zu hinterlassen.

Als ich mich jetzt vom Café abwende, ist auf der Straße mehr los, und mein Aushang wird von mehr Augen gesehen. Ein Mann im Anzug gleitet auf seinem Skateboard vorbei und sagt: »Nee, Kumpel«, eine Frau mit noch feuchten Haaren und ernsthaftem Blick fragt aufmerksam nach und schürzt die Lippen, während sie sich zu erinnern versucht, zwei Frauen joggen auf der Stelle und scharwenzeln um Milton herum, ein Mann geht geduckt vorbei, als würde er gegen einen Orkan ankämpfen, und eine Frau stolpert an der Bordsteinkante und murmelt »Es geht, es geht, nein, nein« in ihrer Eile fortzukommen.

Nach einer Weile setze ich mich auf den Bordstein und sehe der Ampel dabei zu, wie sie ihre Farben wechselt. Von all dem Suchen, ohne dabei einen Lichtimpuls oder Blitzstrahl zu finden, tun mir die Augen weh. Mittlerweile wird der Unterricht angefangen haben, Lucy wird Kaffee ausschenken und die Croissants aufstocken, und ich bin hier draußen und vergeude den einen Tag, der uns noch bleibt, bis Lucy den neuen Mietvertrag unterschreiben oder die Schließung offiziell machen muss.

Ich sehe Milton an. Was, wenn ich letztendlich den ganzen Tag hier herumstehe, ohne Plan, ohne Spur, und versage? Ich muss doch etwas tun, vorankommen, aber je mehr ich mir das sage, umso hilfloser fühle ich mich.

Als Antwort stupst Milton mich mit der Schnauze an, und ich stehe wieder auf und halte meinen Zettel hoch. Ich versuche, nicht daran zu denken, was geschehen wird, wenn ich scheitere, doch ich kann an nichts anderes mehr denken, und die Angst lähmt mich.

Das Geklapper eines Einkaufswagens kommt näher. Mechanisch halte ich den Zettel höher und drehe mich um. Ein wankender Berg aus weißen und blauen Müllsäcken voller Dosen und Flaschen türmt sich vor mir auf, überall zwei bis drei Müllsäcke hoch, und er wankt immer weiter nach rechts, während er auf mich zurollt.

Ich hocke mich hin, um die Unterseite des Wagens genauer unter die Lupe zu nehmen, vielleicht klemmt ja eins der Räder, und da entdecke ich die Funken unter dem hinteren rechten Rad, das in der Tat kaputt ist. Blau-weißes Licht, das wie Sternschnuppen in alle Richtungen schwirrt. Als ich es sehe, entzündet sich auch in mir ein Funken sprühendes Licht, und meine Brust schwillt an mit Bildern vom Laden voller Kundschaft und mit dem Buch in seiner Vitrine, und ich könnte aufschreien, denn der Laden kann möglicherweise gerettet werden, und da, dort – ein Zeichen, endlich, dem ich folgen kann!

Der Einkaufswagen bleibt vor dem Mülleimer stehen, und eine ältere Chinesin schiebt sich dahinter hervor, ohne zu bemerken, dass ihr Hosenbein dort kurz aufleuchtet, wo die Funken landen. Neben den emporragenden Müllsackstapeln gibt sie eine winzige Figur ab, und ich mache einen Satz auf sie zu, den Zettel in der Hand vor mir ausgestreckt. Jetzt, wo ich die Fährte aufgenommen habe, fühlt es sich an, als würde ich fliegen.

Die Frau beugt sich über den Mülleimer, und ihr gegenüber werfe ich mich mit dem gesamten Oberkörper über die

Kante und versuche stumm, ihre Aufmerksamkeit zu erregen. Sie schließt die Hände um eine halbvolle Wasserflasche, ihre Nägel sind kurz geschnitten, bis auf ihren kleinen Finger, dort ist der Nagel eine regelrechte Kralle, und als sie sich wieder aufrichtet, scheint sie überrascht, mich auf der anderen Seite des Mülleimers herumflattern zu sehen.

Sie wackelt mit der Flasche, und ein Grinsen breitet sich auf ihrem Gesicht und den Falten aus, die Augen, Nase und Mund verbinden. Sie trägt ein rosafarbenes T-Shirt, das wie das eines kleinen Mädchens aussieht und dessen runder Ausschnitt mit Blümchen bestickt ist, von denen einige fehlen, und ihre Schuhe – knöchelhoch wie meine, nur in Blau – sind so fest geschnürt, dass die Seitenlaschen sich in der Mitte berühren.

»Noch eine, noch eine«, sagt sie leise lachend, und ich hole tief Luft und bereite mich darauf vor, sie nach dem Buch zu fragen, doch da klappt sie ohne Vorwarnung zusammen, meine Fragen lösen sich in Luft auf, und ihre Beine verdrehen sich unter ihr, als wären sie zu Pfeifenreinigern geworden, sie kneift die Augen zusammen, und ihr lückenhaftes Grinsen ist fort.

»Mein Bein«, jammert sie, in ihrer Stimme schwingen Schmerzen mit, und die Flasche rollt über den Bordstein und vor ein vorbeirauschendes Taxi.

Ich bücke mich unter ihrem Arm und stütze sie, damit sie zum leerstehenden Eingang eines ehemaligen Pizzaladens humpeln kann. Sie legt eine Hand an die Wand und lässt sich auf die Stufe hinabsinken, das Bein vor sich ausgestreckt, und dann legt sie den Kopf in den Nacken, verzieht das Gesicht und schließt wieder die Augen. Ich bedeute Milton, sich neben sie zu setzen, schiebe ihren Wagen zu ihr und renne dann über die Straße zur Apotheke.

Bei meiner Rückkehr sind ihre Augen wieder geöffnet, und sie reibt mit einer Hand ihr Bein, mit der anderen Milton. Mit einem Knacken schraube ich die Wasserflasche auf und reiche sie ihr. Sie kichert anerkennend, nickt und nippt an der Flasche. Dann tätschelt sie ihr Bein, lässt es ruhen und seufzt auf.

»Bein nicht mehr so gut. Manchmal arbeite zu hart, und wenn aufhören arbeiten, Füße bluten. Sammeln ganze Nacht, bevor Sonne auf, gehen zu Kneipe, wenn schließen, und sie stellen Tonne voll mit Flaschen raus.« Sie zieht eine Schnute und sagt trocken: »Viel Bewegung.«

Wir grinsen uns an, und ich frage sie, wo sie wohnt, indem ich so tue, als schliefe ich auf einem Kissen aus meinen Händen.

»Mein Zuhause Chinatown, Nähe Flaschenautomat, kann man gehen, nicht so weit. Aber du haben recht, das sein nur Platz zu schlafen. Zuhause sehr weit weg, sehr weit. Zuhause in China, bei Tochter. Aber ich bleiben hier, verdienen Flaschengeld, schicken Flaschengeld nach Hause zu helfen. War mit Mann, aber er sterben. Ich gehen jetzt. Bye-bye.«

Ich halte ihr meine Hand hin, um ihr aufzuhelfen, und ihre fühlt sich stark und fest an in meiner. Sie testet ihr Bein und humpelt zu ihrem Wagen, und ich folge ihr, den Blick auf die sich stapelnden Müllsäcke geheftet. Wie gern würde ich durch die Dosen und Flaschen wühlen und darunter nach dem Buch suchen.

Ich halte ihr den Aushang hin, doch sie blickt nach vorn und packt den Einkaufswagen am Griff, und ich frage, ob sie das Buch gesehen hat, doch sie ächzt nur zur Antwort, zu beschäftigt damit, den Wagen anzustoßen, doch sosehr sie sich auch gegen den Griff stemmt, der Wagen rührt sich nicht vom Fleck.

Sie ächzt noch einmal auf und drückt noch fester. Vor ihr erhebt sich der imposante Turm, der jetzt nach rechts schaukelt, und obwohl ihre Hände so stark sind, sieht sie so klein und unbedeutend aus, dass ich mich zwar bemühe, meine Frage zu wiederholen, doch sitzt mir vor Sorge ein Kloß im Hals.

Ich räuspere ihn fort und sage mir, dass sie ja weiß, wohin sie geht, und dass es nicht so weit weg ist, aber gleichzeitig ist China ja auf einem anderen Kontinent, und ihr Mann ist nicht mehr da, und sie kann weder in die Zukunft noch in die Vergangenheit reisen, sie wird es also nie nach Hause schaffen, besonders wo doch ihre Beine sie allmählich im Stich lassen.

Es macht mir Angst, wie einfach sie verlorengehen kann, und ich sehe vor mir, wie sie sich mit ihrem kleinen Gewicht gegen den Einkaufswagen wirft und er umkippt und sie dabei mitreißt, sich ihr Knöchel darunter verkeilt, die Flaschen und Dosen wild durcheinander in den Rinnstein rollen und das Blau ihrer Turnschuhe so grau wird wie die Straße, und dieses Bild kann ich nicht einfach wegblinzeln und vergessen.

Also lege ich eine Hand auf den Griff, und sie neigt den Kopf, gibt noch ein Ächzen von sich und schlurft zur Seite. Dann begleite ich sie eben, um sicherzugehen, dass sie dort ankommt, wo sie schläft, und wenn wir dort ankommen, kann ich ihr meine Fragen stellen und das Buch finden, denn das Zeichen weist auf sie, und solange ich bei ihr bin, werde ich meine Antworten finden.

Zusammen schieben wir an, das kaputte Rad quietscht über den Bürgersteig, und dann rollt der Wagen los, und mit mir auf der rechten Seite und Milton hinter uns reisen wir nach Osten der Sonne entgegen.

Sobald der Wagen fröhlich klappernd rollt und blau-weiße Funken sprüht, die auf meinen Schnürsenkeln landen, lasse ich los, hole mein Notizbuch hervor und kritzele: UNZÄHLIGE MEILEN AUF EINER VERGESSENEN STRASSE, ABER AUF DEM HEIMWEG, MIT ELAN.

Der Wagen wird langsamer und hat starke Schlagseite, also stecke ich mein Notizbuch weg und packe wieder zu. Von nahem bemerke ich, dass sich zwischen den vollen Mülltüten noch andere Dinge verbergen – eine Taschenlampe, ein Handschuh mit einem Loch vorne am Zeigefinger, eine Plastikuhr, eine Stoffpuppe mit einem Mund aus rotem Garn –, aber kein Buch, noch nicht.

»Ich vor viele, viele Jahre machen für meine Tochter«, sagt die Frau und drückt den hervorstehenden Puppenfuß. »Nehmen mit, wenn suchen nach Flaschen, kann länger suchen nach Flaschen.«

Wir gehen unter einem Gerüst hindurch, wo es nach Urin stinkt, und das Wagengeklapper und Miltons Hecheln erfüllen den Tunnel. Eine Frau kommt uns mit ihrer Tochter entgegen, und als wir an ihnen vorbeigehen, beschleunigt die Mutter ihre Stimme, zieht ihre Tochter näher zu sich heran und flüstert: »Nicht zu nahe«, doch ihr Flüstern hallt wider. Sie sieht den Blick nicht, den ich ihr zuwerfe, und bis ich ein paar Wörter mobilisiert habe, sind Mutter und Tochter schon weg, so dass mir die Wörter hinten im Rachen zerfallen, eine schmerzhafte Erinnerung.

»Du genauso stumm wie ich, wenn herkommen mit Mann«, sinniert die Flaschensammlerin. »Sprechen kein Englisch, mich schämen zu reden. Machen Leben sehr schwer. Erste Tag gehen raus, machen Erledigung, verlaufen. Gehen eine Stunde lang, nicht finden Weg nach Hause, aber viel zu viel schämen, um sprechen schlechte Englisch. Machen einsam, haben keine Freunde hier, vermissen Familie und Freunde, zu weit weg, viele, viele Meere.«

Das scheint mir in der Tat ein sehr trauriges Leben; ich habe Lucy und Milton, und wenn ich nicht in der Schule bin, habe ich die Patisserie und die Leute, die dort arbeiten und hereinkommen, und dann habe ich noch mein Suchen und Finden und all jene, die etwas verloren haben, und das reicht mir.

»Nicht nur keine Freunde – wenn nicht reden, dann nicht Geld verdienen. Ist schwer in diese Zeit. Als Mann und ich herkommen, kommen mit nichts, wir halten Hände, haben uns. Dann wir aufmachen Geschäft – Wäscherei. Dann einmal nehmen Kunde seine Kleider, aber will nicht bezahlen. Oh, ich so ärgerlich. Er gehen, ich gehen hinterher. Ich so ärgerlich, ich fangen an reden, und dann ich nicht mehr aufhören! Mehr üben, Englisch besser. Jemand sehen, dass du bemühen, und wenn gute Mensch, sie bemühen auch. Und wenn eine oder zwei lachen, egal! Wer wissen denn, was wichtig? Du machen weiter, bemühen weiter, nur das sein wichtig. Vielleicht du lachen mit.«

Es fällt ihr genauso schwer zu reden wie mir, auch wenn es bei ihr anders ist, denn für sie ist es eine fremde Sprache. Ich denke daran, wie mich früher bei meinen Versuchen zu sprechen die Verwirrung oder das Desinteresse oder die gedankenlose Grausamkeit meines Gegenübers daran erinnerten, dass meine Insel noch weiter entfernt lag, als ich angenommen hatte. Meine Versuche brachten mir nichts ein als Erschöpfung vor lauter Mühen, dabei kümmerte es letztendlich niemanden, ob ich mich bemühte, und das war für mich der Beweis, dass ich nicht dazugehörte, nicht da war.

Allerdings ist die Flaschensammlerin genau wie ich durchsichtig, unsichtbar hinter ihrem Einkaufswagen, und trotzdem versucht sie es immer weiter, schiebt sich mit kleinen forschen Schritten vorwärts und spricht die Wörter aus, die sie formulieren kann. Diesmal, heute, höre ich ihr zu, aber es gibt auch andere Gelegenheiten und Tage, wenn niemand zuhört und sie trotzdem übt und redet. Hat das einen Sinn, ganz einfach, weil diese Worte und kleinen Erfolge ihr gehören? Vielleicht haben ihre kleinen Kämpfe und ihre ungehörten Worte ihre Bedeutung nicht verloren, als sie von allen anderen beiseitegefegt wurden, denn wenn sie jetzt spricht, unvollkommen und egal an welchem Tag, kann sie prüfen, wie stark ihre Kanten sind, und sich an all die Meilen erinnern, die sie zurückgelegt hat, die unglaubliche Entfernung, die sie überwunden hat.

Bei dem Gedanken daran schmerzt mir der Kiefer, und ich frage mich, wie weit ich wohl hätte kommen können, wäre ich nicht stumm geworden und stehen geblieben.

Hinter dem Supermarkt in Chinatown stehen noch zwei andere Leute vor dem Recyclingautomaten neben den Mülltonnen an.

»Mein Zuhause gleich da. Du gehen«, sagt die Frau zu mir, doch ich lehne ab und bleibe, denn ich muss sie noch nach dem Buch fragen.

Wir bugsieren den Einkaufswagen ans Ende der Schlange, und im Vorbeigehen schaut sich die Flaschensammlerin an, was an den Snackautomaten verkauft wird.

»Manchmal mein Mann mich überraschen mit Caravelle-Riegel zum Abendessen. Auch wenn nicht viel Geld, er wissen, ich mag gern. Schmeckt gut, sehr süß. Als Mann gestorben, Laden geschlossen – kann nicht machen ich allein. Schokoriegel verschwunden aus Automat. Ich auch nicht finden in Laden. Du gucken – nicht da, oder?«

Ich schüttele den Kopf, um ihr zu bedeuten, dass auch ich keinen Caravelle-Riegel in den Automaten entdecken kann, und dann gebe ich ihr meinen Aushang und frage sie, ob sie das auch für mich machen kann: nachsehen. Sie beugt sich vor, blinzelt mehrmals, als würde sie sich die Sicht freimachen, und dann schauen wir beide auf das Bild vom Buch hinunter, und vor lauter Erwartung liegt mir ein metallischer Geschmack auf der Zunge.

»Das dein Buch?«, will sie wissen, stellt sich an den Recyclingautomat und drückt einen Knopf. Ich nicke heftig, als würde ich eine Limo schütteln, in meinem Kopf sprudelt es. »Ich finden Anfang diese Woche in Mülleimer, als ich suchen nach Flaschen. In Mülleimer vorhin, wo du und ich treffen.«

Die Geräusche und Bewegungen um mich herum rücken in den Hintergrund, und die Welt verlangsamt sich und wird weiß. Ich halte mir beide Hände vor den Mund und suche nach Worten, die groß genug sind, dass sie diesen Augenblick des Findens fassen können, wild kreisen meine Gedanken herum und wühlen sie alle durch. Wie ist das Buch nur in einem Mülleimer an einer Straßenecke gelandet? Wenn sich jemand die Mühe gemacht hatte, es zu stehlen, hätte die- oder derjenige es doch nicht weggeworfen. Vielleicht war es also doch nur ein Versehen gewesen, und jetzt spielt es ohnehin keine Rolle mehr, wo das Buch wieder da ist.

»Ich es mitgenommen für alte Dame nebenan. Als Geschenk«, redet die Frau weiter, während sie einen der Müllsäcke aufschnürt und den Automatenschlund mit Flaschen füttert. »Aber es nicht mehr haben, nicht mehr haben. Böser Mann meine Flaschen klauen, meinen Wagen klauen, weg. Ich ihn wiedersehen, aber bringt nichts, Flaschen weg, nur noch Wagen da, Mann in Baum fahren und Rad kaputtmachen.«

Der Hinweis bedeutete also nicht, dass ich das Buch hier finde, sondern dass es auf seiner Reise ins Verlorengehen hier vorbeigekommen ist. Das hier ist nicht das Ende der Fährte, wie ich angenommen hatte, sondern erst der Anfang.

Die Flaschensammlerin schließt die Augen und öffnet sie dann wieder und sagt: »Ich sehen, Buch sein sehr wichtig für dich. Tun mir leid. Ich haben eine Sache. Aus Buch gefallen, an Wagen kleben, vielleicht du wollen.«

Sie hat alle ihre Flaschen abgegeben, und als Gegenleistung grummelt der Automat und spuckt einen Zwanzigdollarschein aus. Sie nimmt ihn und faltet ihn sorgfältig entlang der Kanten.

»Ich sein Lan. Du kommen mit mir?«

Lan wohnt nicht weit vom Supermarkt in einem Wohnblock, dessen wenige schmale Fenster Eisenstreben davor haben wie in einem Gefängnis.

»Aufpassen, Licht hier gehen nicht.«

Die Stufen im dunklen Treppenhaus knarren unter unseren Füßen, und als wir auf dem dritten Treppenabsatz ankommen, geht Lans Atem schwer, und mir fällt ihr Bein wieder ein, also halte ich ihr meinen Arm hin. Sie winkt ab, ich solle vorgehen, und bleibt an das Geländer gelehnt stehen. Milton blickt mit gespitzten Ohren auf sie hinunter, und als sie nicht weitergeht, watschelt er die Stufen wieder zurück, stellt sich neben ihr auf und bellt, als würde er sie anfeuern.

»Ja, ja, eine noch«, sagt sie und schleppt sich die letzte Etage hoch. Auf dem Flur angelangt, zeigt sie nach rechts.

»Zuerst wir sagen guten Morgen zu alter Dame nebenan.« Sie nickt eifrig und grinst. »Sie kommen aus Russland. Sprechen nicht viel Englisch, aber ich kann sehen, muss viele Geschichte haben zu erzählen, muss sein sehr schön, wenn war jung. Jetzt sie haben viele schöne Hut. Gute Hut, ich mögen, aber sie sein sehr dünn. Ich glauben, sie brauchen Proteine.

Ich heben auf Sonnenblumenkern und geben ihr morgens. Machen seit fast zwanzig Jahre. Proteine! Wenn Kerne knacken, man haben auch etwas zu tun am Tag.«

Sie klopft an, sofort geht keuchend die Tür auf, und dahinter kommt eine Dame im Rollstuhl und mit Beinen wie Zahnstochern zum Vorschein. Sie sieht erst mich und Milton, und als sie Lan erblickt, verzieht sie das Gesicht zu einem zahnlosen Grinsen. Beinahe verlegen fasst sie sich an die breite Krempe ihres violetten Samthuts, den sie sich schräg aufgesetzt hat und an dem über ihrem Ohr ein Sträußchen violetter Blumen steckt.

»Das sein *herrlicher* Hut«, sagt Lan.

Die Dame tätschelt ihn noch ein letztes Mal und legt sich dann die gefalteten Hände zu einer Schale geformt in den Schoß. Lan greift in ihre Tasche und lässt eine Handvoll Sonnenblumenkerne aus ihrer Faust in die Hände der alten Dame rieseln. Die Dame schließt ihre Hände darüber, und Lan drückt ihr die Schulter. Sie sagen kein Wort, und ich bin nicht sicher, wie es gekommen sein mag, aber wie auch immer sie es bewerkstelligt haben, dieser einzelne Verbindungsfaden hat sie all die Jahre zusammengehalten.

Lan schließt die nächste Tür im Flur auf und geht hinein, und ihr Seufzen klingt, als würde man die Luft aus einem Reifen lassen. Sie wartet ab, dass ich ihr folge, und macht Licht. Ihre Wohnung hat die Form eines I. An dem einen Ende steht ein Herd mit zwei Platten und einem Hocker daneben und außerdem ein verfärbter Kühlschrank und ein Fernseher mit verbogenen Antennen auf einem umgedrehten Karton. Auf dem Fernseher hat Lan ein künstliches Blumenarrangement drapiert. Am anderen Ende der Wohnung befindet sich ihr Schlafzimmer, eine Matratze auf dem Boden und eine hohe Vase in der Ecke, und diese Vase könnte fehl am Platz wirken, doch durch die einfache Wohnlichkeit um sie herum sieht sie nur noch schöner aus.

Milton weiß nicht recht, wo er mit sich hin soll, und nachdem er eine Weile in der Küche herumgeklappert hat, schiebt er sich zum Bett durch und rollt sich daneben zusammen. Ich betrachte die Vase genauer, sie ist aus Ton und mit blauen Drachen und blauen Blumen bemalt, und die Augen der Drachen sind aus Perlmutt und leuchten. Lan setzt sich auf den Hocker, zieht sich die Turnschuhe aus und schlüpft in Sandalen, deren Riemen ausgeleiert sind, und ich hebe die Hand, als würde ich die Vase berühren, dabei bin ich zu weit weg.

»Willst du anschauen?«, fragt Lan, und ich folge ihr zur Vase. Sie reicht mir bis zur Taille und ist oben verschlossen, und ich beuge mich dicht heran und schaue einem Drachen ins Auge.

»Benutzen Krug für machen *jiang*. Paste aus Sojabohnen. Ich essen den ganzen Tag, als ich war junge Mädchen. Jetzt ich machen einmal im Jahr im Frühling, brauchen ein Jahr für Machen. So schmecken besser.« Lan setzt sich aufs Bett, schüttelt die Sandalen von den Füßen und reibt sich das Bein. »Meine Mutter mir beibringen. Brauchen Geduld.« Sie schließt die Augen und sagt in sanftem Tonfall auf: »Nehmen Sojabohnen und kochen langsam in Topf mit Wasser einen Tag lang. Sitzen auf Fußboden und klopfen Bohne, bis Bohne werden Brei.«

Die Augen immer noch geschlossen, zerdrückt sie mit einem imaginären Stößel die Luft. »Formen Paste in Quadrat. Trocknen in Sonne wie Ziegelstein. Wickeln in Papier und binden zu mit Schnur. An Wand aufhängen acht Wochen lang. Wickeln aus und stecken in Krug. Vermischen mit Flüssigkeit, salzen und würzen. Machen Deckel auf und rühren jeden Tag viele, viele Monate lang.« Sie rührt und schnarcht und klopft mit dem Fuß.

»Wenn fertig, essen mit Salatblatt, Reis, Zwiebeln.« Sie tut so, als würde sie in eine Zwiebel oder einen Salatwrap beißen. »Du finden stinken, aber für mich sein wie Geschmack von zu Hause. Wichtig für mich, genau wie Buch für dich. Warten hier.«

Sie lehnt sich übers Bett und wühlt durch einen Stapel Papiere und Rechnungen. Mir schmerzt erneut der Kiefer bei dem Gedanken an dieses ungewisse Jahr, wenn die Blätter sich knusprig zusammenrollen, während der Winter angekrochen kommt und langsam und schwelend Regen, Schnee und klirrende Kälte verbreitet, bis der Frühling wieder sprießt.

Flehend sehe ich Milton an, und er schaut zurück. Seine Augenbrauen zucken, während er meine Gedanken liest. Wenn etwas bei Lans *jiang*-Zubereitung schiefgeht, zu viel Sauerstoffzufuhr oder nicht genug Sonneneinstrahlung oder Rühren, und der beißende Geruch etwas Säuerliches annimmt, dann wäre alles vergeblich gewesen, das Jahr und die Perlmuttvase und die Mühe und die Hoffnung, die darin fermentiert. Doch Lans Hände sind fest wie Leder, und sie würde den Stößel wieder aufnehmen und von vorne anfangen.

Ich könnte das nicht. Ich muss es auch gar nicht erst versuchen oder etwa meinen, meine Bemühungen zu kommunizieren würden etwas Bedeutungsvolles ergeben. Mittlerweile weiß ich schließlich, was dabei herauskommt: nichts als ein übelriechendes Chaos, und das würde rein gar nicht nach Zuhause schmecken.

Plötzlich will ich nur noch zurück in die Patisserie und mit Lucy Croissants formen und alles andere vergessen. Wäre das hier irgendein anderer Fall, könnte ich jetzt sofort zurückgehen in dem Wissen, dass ich später weitersuchen könnte, so lange, wie eben nötig wäre, um das verlorene Objekt wiederzufinden, denn ich bringe jeden Fall zu Ende. Man gibt etwas Verlorenes nicht auf, selbst wenn es schon zwölf, bald dreizehn Jahre verschwunden ist, und selbst wenn ich herausfinde, dass etwas Verlorenes endgültig fort ist, kann der Besitzer einen Schlussstrich ziehen, nachdem ich den Fall abgeschlossen habe.

In diesem Fall aber kann ich noch nicht nach Hause gehen, und was noch schlimmer ist, womöglich suche ich den ganzen Tag und die ganze Nacht und finde das Buch trotzdem nicht. Noch nie habe ich so lange am Stück gesucht, und je mehr ich spreche, ohne mich auszuruhen, umso erschöpfter bin ich, und umso schwerer fällt es mir. Noch nie kam mir die Patisserie so weit weg vor. Ich wünschte, das Buch wäre sicher in der Vitrine. Mit dem Buch in seiner Vitrine gab es noch keine offenen Fragen. Es bedeutete eine in Magie getränkte Welt und Sicherheit und einen Platz, an den ich gehöre.

Wie lange werde ich von zu Hause fortbleiben müssen? Wie weit werde ich gehen müssen, und was, wenn ich so übermüdet bin, dass ich mich nicht mehr auf das konzentrieren kann, was ich sagen muss, und was, wenn ich versage und es alles umsonst ist?

Ich habe nicht viel Zeit. Vielleicht sollte ich schnell zurück in die Schule, bevor ihnen auffällt, dass ich nicht da bin. Wenn das erst einmal geschieht, wird die Situation außer Kontrolle geraten, die Schule wird Lucy benachrichtigen, und Lucy die Polizei, und die Polizei wird ihr Netzwerk für die Suche mobilisieren. Ich weiß nicht, ob ich mutig genug für all das bin.

Milton gähnt ausgiebig und gelangweilt wie ein Löwe. Ich drücke meine Nase an seine und sehe ihm tief in seine braunen Augen. Sie blicken mich warm und unkompliziert an und schauen bis auf den Grund der ganzen Angelegenheit und rufen mir in Erinnerung: *Siehst du? Ganz einfach.*

Er schaut weg und sieht nach, weshalb Lan immer noch in ihren Papieren wühlt. Das Buch ist weg, ich muss also Mut beweisen, ich habe gar keine andere Wahl. Wenn ich mit leeren Händen zurückkehre, werde ich alle enttäuschen – Lucy und Flora und José und Mrs Ida Bonnet und alle anderen, die sich auf die eine oder andere Art und Weise auf die Patisserie verlassen und sie in ihr Leben eingebunden haben. Anders als bei meinen anderen Fällen wird im reinen Wissen diesmal kein Trost liegen, da wird es nur Flora vor ihren leeren Schränken und der verblassten rosafarbenen Tapete bei sich zu Hause geben, wie sie Coupons ausschneidet, Junior, dessen Tumor reift wie eine Tomate, und José, der sich keine Mühe mehr macht, seine Zähne zu verstecken, denn es wird gar keinen Grund zu lächeln mehr geben, und ich werde wissen, dass ich das alles hätte abwenden können.

Ich denke an Lan, und ihre Tapferkeit verleiht auch mir Mut. Ich muss das hier zu Ende bringen, und wenn der Tag abgelaufen ist, werden wir sehen, wo wir gelandet sind, und von dort aus weitermachen.

Lan hat sich wieder aufgerichtet, und sie hält ein vergilbtes Blatt Papier mit abgewetzten Rändern in der Hand. Sie dreht es um, damit ich die Illustration darauf sehen kann: Wände wie ein weinender Wald, die sich gierig auf eine leblos auf dem Boden liegende junge Frau zuneigen, ihr Haar und ihr Kleid unter ihr ausgebreitet wie grelle Lichthöfe in einem Raum der Trauer.

Eine Seite aus dem Buch.

Verblüfft nehme ich das Blatt, und es bleibt mit schwacher elektrischer Spannung an meiner Hand haften, als wäre es aus dem Wäschetrockner gepurzelt, schmiegt sich weich und beharrlich, warm und tröstend an, und ich löse es von meiner Handfläche ab.

»Zeit für diese alte Dame, ins Bett gehen.« Lan nimmt meine Hand in ihre beiden Hände und legt sich dann eine Decke um die Schultern und seufzt. Milton schleckt ihr übers Gesicht, und sie schiebt ihn sanft fort. »Ja, ich ruhen ein bisschen aus, später aufstehen.« Er nähert sich erneut und schleckt sie ermutigend nochmals ab, und sie lacht auf. »Ja, ja, mecker, mecker. Gleich, Hund, gleich.«

Auf dem Weg aus der Wohnung bleibe ich nochmals stehen und konzentriere mich. »Wo haben Sie den Mann zuletzt gesehen?«

»Sehen ihn jeden Tag, wenn nach Flaschen suchen. Er sitzen bei Essex Subway.«

Milton bellt, und sie ahmt ihn mit einem leisen »Wong, wong« nach und wendet sich wieder an mich. »Du suchen nach Dieb? Nach Buch?«

Als ich nicke, sagt sie: »Auf Reise, denken daran. Du fangen an, du machen weiter, du finden Sonnenblumenkernfreunde.«

Das ist alles, was zählt. Ich weiß immer noch nicht, was mir bevorsteht, und vielleicht scheitere ich auch daran, aber mein Verstand ist klar, meine Bewegungen sind es auch, und meine Angst lähmt mich nicht mehr so sehr. Mein neuentdeckter Mut ist noch zerbrechlich, schlägt gerade erst Wurzeln, doch ich habe begonnen, und jetzt mache ich mich auf den Weg zur Linie F, um herauszufinden, was ich als Nächstes entdecke.

KAPITEL 12

An der Haltestelle Essex-Delancey steigen wir aus, und direkt oben auf der Straße hat der Flaschendieb sein Lager aufgeschlagen und ist gerade dabei, eine Schachtel Kräcker unter eine seiner Taschen zu schieben. Er hat kantige Wangenknochen, und seine dünnen Beine sind wie eine Brezel zusammengefaltet. Ein hölzerner Haizahn durchbohrt sein Ohrläppchen, und an seinen Schädel schmiegt sich ein Helm fettiger Locken. Seinen Schlafsack hat er neben sich zusammengerollt, und auf seinem Schild steht: **Gratis!! Bewirf mich mit einem Quarter**.

Ich fördere eine Münze zutage und bewerfe ihn damit, weil er Flaschen und Bücher geklaut hat, die nicht ihm gehören, und ein klingendes Aufprallen an seiner Stirn belohnt mich.

»Hey, du wütender kleiner Mann«, sagt der Flaschendieb und reibt sich den Kopf. »Macht einen Dollar Aufpreis, wenn man eine Narbe hinterlässt.«

Ich verschränke die Arme und bereite mein Sprechwerkzeug vor. »Pol…« Meine Zunge gehorcht mir nicht, also wedele ich stattdessen mit meinem Zettel vor seinem Gesicht herum.

»Wer ist Pol? Ich heiß Nico«, entgegnet der Flaschendieb. Als wären sie sein Thron, lehnt er sich auf seinen stinkenden Taschen zurück. »Ja, das hab ich gesehen. Mit einem deprimierenden Märchen, aber coolen Zeichnungen drin, stimmt's? Hab's in 'nem Einkaufswagen gefunden.«

Ich weiß, dass er es aus einem gestohlenen Einkaufswagen gestohlen hat, er lügt also, und deswegen werden meine Wangen ganz warm vor Wut. *Du hast es geklaut*, blaffe ich, aber es kommt als Brei heraus.

»Sprich mal laut und deutlich, kleiner Mann«, sagt Nico, und ich werde rot, aber dann denke ich an Lan, wie sie durch die Nacht humpelt und Flaschen sammelt, die ihr dann gestohlen werden, und ich zwinge mich dazu, mich aufrecht hinzustellen und die Arme wieder zu verschränken, damit ich mich wie Lucy fühle, und das hilft mir. Ich stelle mir vor, wie grimmig sie klingen würde. »Buch geklaut. Wagen geklaut.«

Er wird blass und bringt sich mühsam in eine aufrechte Position. »Woher weißt du das denn?«

Er verzieht das Gesicht, als hätte ich ihm eine verpasst, und blickt auf den Boden vor meinen Füßen. Sein Atem pfeift ihm durch die zusammengebissenen Zähne. Ich löse meine verschränkten Arme und warte ab, bis er sich gesammelt hat, dann gebe ich ihm den Aushang.

Er betrachtet ihn, nimmt einen Schluck Bier und wischt sich mit der Hand über den Mund. »Entspann dich mal. Dein Buch ist weg? Halb so wild. Ich sag dir was, früher oder später wird dir eh alles weggenommen.«

Während er redet, lasse ich meinen Blick über seinen Taschenstapel wandern. Er hat sich das Buch unter den Nagel gerissen, wo ist es also jetzt? Ich hole Luft und sage ganz deutlich: »Wo ist es?«

»Irgend so ein Typ hat es.« Er trinkt sein Bier aus und zerdrückt die Dose an seinem Knie.

Was für ein Typ? Warum? Wie sah er aus? Wo ist er hin? Ich konzentriere mich und spanne meinen Kiefer an, während Nico munter über die Lücken hüpft, die mein Schweigen hinterlässt.

»Denk jetzt bloß nicht, ich wär'n klauender Versager. Hab hart gearbeitet, Mann. Hab mich vom Scheißeputzer hochgearbeitet bis zum Assistent vom Bühnenmeister. Die Flaschen da ... ich brauchte einfach das Geld. Dringender als die Dosen-Lady, kapiert?«, sagt er mit Nachdruck und schaut mich dabei angespannt an.

Ich starre zurück, und er fixiert mich mit seinem Blick, fest entschlossen, es mir begreiflich zu machen, aber ich begreife es nicht, und mein Kopf bewegt sich von links nach rechts nach links.

»Nein?« Sein Gesicht erschlafft. »Du musst es aber verstehen – du musst doch wissen, dass ich nichts habe. Kein Zuhause, in das ich gehen kann, niemanden, der mich liebt, und ... und ...«

Er bricht ab und rückt zurück, weg von mir, und dann schlingt er die Arme um sich und beginnt, vor und zurück zu schaukeln. Ich strecke meine Hand nach ihm aus, und auf einmal ist Milton da und stupst ihn am Arm, und Nico hört lange genug auf zu schaukeln, dass Milton sich neben ihn und seinen Kopf auf Nicos Knie legen kann.

Überrascht lockert Nico seine Arme. Milton kriecht ein Stück vor, macht es sich in Nicos Schoß bequem und blinzelt unbeeindruckt in die Ferne. Nico löst seine Arme vollständig und streichelt Milton den Rücken, und Miltons Gewicht ist wie ein Anker, sein warmer Körper wie eine Sicherheitsdecke. Sobald Milton spürt, dass Nico wieder im Lot ist, steht er auf und stapft zurück zu mir, wo er sich an meine Beine gelehnt hinsetzt. Er sieht zu mir auf, und ich starre ihn an, und da neigt er den Kopf – *Was?*, und Nico sagt: »Warte – geh nicht, du musst mir zuhören – hier, setz dich, die Pappe ist neu.«

Er sieht jetzt mürrisch und ausgemergelt aus, ausgehungert nach Gesprächen, und außerdem muss ich mir den Taschenberg näher anschauen. Ich seufze und setze mich, blockiere meine Nase, so dass ich nur noch durch den Mund atme, und taste unauffällig nach dem Buch. Milton schnuppert am Boden, dreht sich dreimal im Kreis und rollt sich dann neben mir zu einer großen Kugel zusammen.

»Ich dachte immer, ich steh gar nicht so schlecht da, Mann. Ich hab's echt hingekriegt, mich um meinen kleinen Bruder gekümmert, um meine Versagereltern, wir hatten ein Leben – ich hatte 'nen Job, 'ne Freundin, ein Dach überm Kopf. Dann verlier ich meinen Bruder. Meinen Opa hatte ich schon verloren. Und eines Tages komm ich vom Theater nach Haus und seh, dass meine Eltern die Socke gefunden haben. Haben sich einfach mit meinen Ersparnissen aus dem Staub gemacht. Dann haut meine Freundin ab. Dann verlier ich meinen Job. So eine Scheiße. Dann mein Dach überm Kopf. Alles weg. Wie oft werd ich denn noch platt gewalzt?«

Die Worte sprudeln aus ihm heraus, als wären sie eingesperrt gewesen, als hätten sie sich angestaut und konnten nirgendwohin fließen. Hat er etwa die ganze Zeit schlaflos und unruhig und mit blutunterlaufenen und umherblitzenden Augen hier gesessen und darauf gewartet, dass jemand stehen bleibt, egal wer, und sich seine Geschichte anhört?

Mitunter fällt es einem schwer zu erkennen, welche Teile der eigenen Geschichte bedeutsam sind, da hilft es, wenn jemand zuhört und diese Teile für einen herauspickt, und in Nicos Geschichte erkenne ich, dass er nicht wirklich alles verloren hat. Was auch immer ihn dazu bringt, aufzustehen und hierherzukommen – da ist *etwas*, und solange er dieses Etwas hat, ist er noch nicht am Ende angelangt, ist noch nicht alles verloren.

Hoffnung, sagt Milton schlicht, steht auf und streckt die Hinterbeine.

Die Erde unter uns grollt, ein Zug fährt in die Haltestelle ein, und Nico wird munter und hält sein Schild hoch. Ein paar der herauskommenden Leute lesen es, und ihre Mundwinkel zucken, aber die meisten nehmen ihn nicht wahr. Ich notiere mir IN BEQUEMER BLINDHEIT LIEGT DIE FREIHEIT, und eine Gruppe Jugendlicher bewirft ihn mit einem fast aufgegessenen Apfel.

»Quarters, ihr Neandertaler. Das hier ist keine Münze, das ist Obst«, rügt Nico und wirft ihnen das Apfelgehäuse in hohem Bogen hinterher. Dann legt er das Schild hin. »Du denkst immer noch, ich hab was falsch gemacht«, sagt er zu mir. »Du verstehst es einfach nicht. Ich hab ihr den Einkaufswagen doch wiedergegeben, oder etwa nicht?«

Ich ziehe die Augenbrauen hoch, und mein Kopf bewegt sich wieder von rechts nach links, denn der Wagen war leer, als Lan ihn zurückbekam. Ich weiß zwar nicht, welche Kräfte Nico antreiben, vielleicht bauen sie sich so unnachgiebig vor ihm auf wie unser Vermieter, aber er hätte den Wagen nicht leeren und somit Lans Flaschen stehlen müssen, und das macht ihn zu einem Dieb.

»Ich hatte keine Wahl, das musst du doch verstehen«, widerspricht Nico und stützt sich aufgeregt auf seine Ellenbogen. »Ich bin in jedem Laden von Chinatown bis hierher gewesen, aber niemand will mich einstellen, wenn ich so stinke, weißt du.« Er hebt einen Arm, und ich bin überrascht, wie beweglich ich bin, als ich mich so weit wie möglich von seiner Achsel weglehne.

Er nimmt den Arm herunter, legt die Hände auf die Knie und lässt die Schultern hängen. Erwartungsvoll sieht er mich an, ob ich ihn von dem erlöse, was er getan hat, und schließlich zucke ich die Achseln, was bedeuten soll, dass ich es verstehe, auch wenn ich es nicht gutheißen kann.

»Na siehst du«, bricht es aus ihm hervor. »Es war wirklich schlimm. Hat mich schon beschäftigt, aber jetzt weißt du es. War nicht, wonach es aussah.« Er atmet lange aus. »Auch wenn ich mir hätte denken können, dass es gar nichts bringen würde. Aus jedem beschissenen Hotel haben sie mich rausgelacht. Mit dreißig Dollar kann man nicht mal 'ne kurze Dusche kaufen. Nur 'ne Verabredung mit meinem alten Kumpel Jim.«

Ihm ist sein Ärmel hochgerutscht, und darunter kommt sein Handgelenk als magerer weißer Knubbel hervor. Er lässt den Kopf zwischen die Knie sinken, als würde er in einen Brunnen schauen und unten nur den ausgetrockneten Grund sehen. Jetzt sieht er tatsächlich aus wie jemand, der alles verloren hat.

»Was würde ich nicht alles geben, um wieder hinter der Bühne zu stehen«, seufzt er. Um die Iris seiner Augen herum schäumen Erinnerungen auf. »Die Lichter – die Musik – die Darsteller, die Feierei, die Vorstellungen ...«

Sein Magen knurrt, und er beruhigt ihn wie einen quengeligen Säugling, tätschelt ihn und redet sanft und beruhigend auf ihn ein. Das bringt mich auf den Gedanken, dass ich auch noch nicht gegessen habe. Ich hole den Krokant aus meiner Tasche, zerbreche ihn in zwei Teile und gebe Nico einen davon. Er nimmt es, doch unter uns kommt die nächste Subway an, also legt er ihn sich vorsichtig in den Schoß und hält das Schild in die Höhe wie ein Schwert und stößt seinen Kampfschrei aus.

»Trefft mich«, ruft er. »Mit euren Quartern, euren Dimes, euren Nickeln. *Autsch* – nicht ins Auge, du Idiot.«

Er schüttelt ein paar Münzen aus den Falten seiner Jacke und rutscht dann vorwärts, um die Geldstücke aufzusammeln, die auf den Bürgersteig gefallen sind, stapelt sie der Größe nach, von Quartern bis zu Dimes, und schiebt sie sich dann in die Tasche. Als er fertig ist, neigt er den Kopf und beißt mit den Backenzähnen vom Krokant ab.

»Mannomann – kleiner Mann – das ist – wow –« Er knuspert weiter, Krümel kleben ihm am Kinn, und jeder Biss wird schwungvoller.

»Das Zeug ist ja magisch, wie ein Zauber auf der Zunge. Und in den Armen und Beinen.« Er klopft sich allerdings auf die Brust. »Woher hast du das?«

Ich zeige auf meinen Zettel.

»Ist das dein Laden? Ausgezeichnet, ausgezeichnet, mein Bursche, das ist echt magisches Knusperzeug.«

Ich sage nichts, sondern denke an den Krokant, den Lucy gerade zubereitet, und wie anders er ist, und dass es bald womöglich schon gar keinen mehr geben wird. Ich krümme mich, denn in meiner Brust ist ein Loch aufgetaucht, und ich kann meine nächste Frage nicht stellen.

»Hey, hey, was hab ich denn gesagt? Bist du noch sauer wegen dem Buch? O Mann, wie gesagt, dieser andere Typ hat es jetzt seit ein paar Tagen. Hab's gegen seinen Hamburger getauscht – er wollte es, und er hat mir leidgetan. Kannst mich verklagen, ich hab eh nix.«

Das ist doch etwas, und ich öffne den Mund, um zu fragen, weshalb der Mann das Buch haben wollte und wie er aussah, aber der Boden unter uns erzittert, und Nico legt mir sein Schild auf den Schoß, als eine neue Ladung Passagiere, begleitet von einem dunstigen Seufzer Moschus- und Blumendüften, die einem die Augen tränen lassen, aus dem Inneren der Subway hinausdrängt.

Nico wedelt mir mit den Händen zu, na los, na los, wie ein stolzer Elternteil vor dem Talentwettbewerb, und ich verdrehe die Augen und halte das Schild mutlos hoch, was sich jedoch als überraschend effektiv erweist. Als der Bürgersteig vor uns sich wieder leert, habe ich einen kleinen Berg Münzen und einen Dollarschein vor mir liegen, ein Kaiserbrötchen, einen zerdrückten Fertigkuchen und einen halben Becher Himbeersmoothie.

»Du bist das Geheimnis!«, sagt Nico und sieht dabei nur ein klein wenig gekränkt aus. »Du musst noch ein bisschen bleiben. Guck bemitleidenswert.«

Nico muss doch mehr aufgefallen sein, als er mir erzählt hat, andere Hinweise, die mir zeigen könnten, wo ich weitersuchen soll. Vorsichtig frage ich ihn, an was er sich sonst noch erinnert, aber er antwortet: »An was *was*?« Also konzentriere ich mich, spanne mein Zwerchfell an und atme tiefer, damit ich lauter fragen kann: »Was weißt du sonst noch?«

Er hält mir die Hand hin. »Abgemacht«, sagt er. »Du bleibst hier und hältst das Schild, und ich erzähl's dir.«

Ich schüttele ihm die Hand. »Wie sah er aus?«

»Keine kleinen Finger. Als hätte er sie sich abgehackt! Er konnte nicht mal seine Essenstüte mit einer Hand halten, verdammt – musste sie zwischen beide Hände klemmen.«

Ich mache die Augen weiter auf und lehne mich vor, damit mir nichts von dem entgeht, was Nico erzählt, und er legt eine dramatische Pause ein; ich kann ihm ansehen, wie sehr es ihn freut, ein Publikum zu haben. Er stupst mich am Ellenbogen, und ich wedele mit dem Schild, was einen neuerlichen Münzschauer auslöst, und auch eine Dose Chips, ein blauer Pulli mit Knöpfen, eine Mini-Schachtel Cornflakes und das letzte Paar Socken einer Dreierpackung aus der Drogerie landen bei uns.

»Du bist ein kleiner Mann weniger Worte«, bemerkt Nico. »Aber du siehst aus, als könntest du eine Menge zu erzählen haben. Warum so still? Hör auf, mich anzustarren und Notizen zu machen, das ist freaky.«

Mit einem Stirnrunzeln verstecke ich mein Notizbuch. Ich bin schon viel zu lange hier, wo das Buch gar nicht mehr ist, und ich überlege, wie ich an Nicos Redehunger vorbei an die restlichen benötigten Informationen über den Mann ohne kleine Finger komme.

»Komm schon, so hab ich's doch gar nicht gemeint, sei nicht sauer. Hier, lass es uns so versuchen – entspann dich, es tut nicht weh. Also, als Assistent vom Bühnenmeister – *ehemaliger* Assistent, meine ich – musste ich immer Stichworte geben, *Bereithalten! Los!*, so was in der Art. Und wenn jemand gerade träumt oder sich nicht an seinen Text erinnert oder zu langsam ist, um rechtzeitig an seinem Platz zu stehen, helfe ich ihnen mit einem Muhen. Ehrlich, das motiviert. Ein richtiges, anständiges Muh, etwa so –« Nico lehnt sich zurück, zieht das Kinn ein, holt tief Luft und wirft sich dann mit einem »MUUUUUUUHHH!« nach vorn.

Ich fahre zusammen, Milton springt auf und bellt, und auf der ganzen Straße drehen sich verdutzte Gesichter zu uns um. Nico winkt seinem Publikum zu und wendet sich dann an mich: »Und jetzt du«, aber ich denke: Nur über meine Leiche. Niemals wieder.

Als ich meine Worte durcheinanderbrachte, kamen stattdessen solche Geräusche heraus, und dann machte Beaver sich über mich lustig, die Lehrer wurden ungeduldig, oder der kleine Junge im Einkaufswagen ließ eine Artischocke fallen und fragte: »Was *macht* der da?« Ich hatte keine Stimme – es war eine Kuh, die muhte, eine Ente, die quakte, eine Robbe, die bellte, und es war peinlich.

Ich schaue mir Miltons aufgestellte Nackenhaare an. Nico wirft sich wieder zurück und stößt ein zweites ohrenbetäubendes Muhen aus, und beinahe reiße ich Milton eine Handvoll goldenes Fell aus, als er sich auf Nico stürzt und ihm panisch Arme, Beine und Gesicht abschnüffelt. Nico sieht mich mit hochgezogenen Augenbrauen an und macht sich für die nächste Runde bereit, saugt Luft durch die Nase ein, und bevor einem unschuldigen Fußgänger das Trommelfell platzt oder Milton durchdreht, bevor ich weiß, wie mir geschieht, hat mein Mund ein O geformt, und ein Luftstoß, begleitet von einem abgehackten Laut, schlüpft hindurch.

»Das war ja erbärmlich. Wie soll man sich denn davon inspiriert fühlen? Guck noch mal zu, so –« Mit geblähten Nüstern rudert Nico erst zurück und stößt dann mit einem Ruck das Kinn nach vorn, und heraus kommt noch ein den Bürgersteig zum Beben und Milton zum Bellen bringendes Muhen.

»Jetzt zusammen«, weist er mich an, und als er sich zurücklehnt, denke ich, dass es etwas anderes ist, wenn er es so sagt, denn wir machen beide das Geräusch, und außerdem wird seins laut genug sein, um meins zu übertönen, also ahme ich ihn nach, und während wir uns beide zurücklehnen, sehen wir uns an, und mich überkommt der Drang zu lachen, als ich sein angestrengtes, violett angelaufenes Gesicht sehe, aber dann holt er Luft, also blähe auch ich meine Nasenflügel und atme tief ein und –

»MUUUUUUUHHHH!«

Ich schnappe nach Luft. Wir waren so laut, dass von den Gebäuden um uns herum gespenstische *Muhs* zurückgeworfen werden, und mir wird bewusst, dass das einzige *Muh*, dessen Echo die Straße entlangzieht, meines ist.

Nico ballt die Hand zur Faust und stößt sie gegen meine. »Ganz allein du, kleiner Mann.«

Verblüfft starre ich Milton an, und es kommt mir vor, als würden mir die Augen aus dem Kopf treten. So höre ich mich an? Die Stimme kam aus mir, es war meine, und sie muss die ganze Zeit schon da gewesen sein, aber noch nie habe ich sie so kraftvoll gehört.

Berauscht lehne ich mich zurück, atme ein und rufe »MUUUUUHHHH!«, bis jeder letzte Atemtropfen versiegt ist und mein Hals sich wund anfühlt und vibriert.

Von etwas weiter die Straße runter ertönt ein anderes *Muh*, eine Antwort aus der Ferne. Ich kneife die Augen zusammen und entdecke zwei breite, massige Männer in reflektierenden Westen und Schutzhelmen. Einer von ihnen hat einen Fuß auf eine Kiste gestellt und die Hände zu einem Trichter an den Mund gelegt, und obwohl ich kein einziges Wort gesagt habe, nichts getan habe, als in den Wind zu muhen, wird es mir mit einem Schlag bewusst, und es erstaunt mich – elektrisiert mich: Sie haben mich *gehört*.

Fundamentaler könnte es nicht sein. Sie haben jemanden gehört, ihn verstanden und etwas geantwortet. Eine Unterhaltung ohne Worte, nur die Laute eines ungehemmten Gefühls. Bedeutet das etwa, dass auch ich eine Stimme habe, eine, für die ich mich nicht schämen muss? Kann ich so mutig sein, mich hören zu lassen, selbst wenn die Worte verkehrt aus mir herauskommen? In meinen Ohren beginnt es, heftig zu hämmern, und ich hole erneut Luft – ich schwebe und drehe mich und inhaliere den schwindelerregenden Duft der Freiheit.

Eine Horde Kinder in identischen lila T-Shirts – begleitet von Erwachsenen in einer größeren Version der gleichen lila T-Shirts – stolpert aus der Subway, und ich muhe sie an. Sie hören mich, kreischen auf und brechen dann in Kichern aus, und schon bald kichere ich mit, und ich kann mir nicht vorstellen, dass dieses neue Gefühl sich jemals abnutzen wird, diese unsichtbare Verbindung, die so stark und zerbrechlich ist wie die Bindung eines Buchs, das man immer wieder lesen kann. So sieht es also aus, wenn man sich innen auf den Seiten befindet, in der Geschichte, und könnte es denn einen besseren Blickwinkel als diesen geben?

»Muh«, singen sie. »Muh, muh, muh.«

Ich lehne mich wieder nach hinten, aber Nico fasst mich am Arm und sagt: »Ganz ruhig jetzt. Wir wollen ja nicht, dass unser kleiner Mann ohnmächtig wird, das ist schlecht fürs Geschäft.«

Das dröhnende Schnurren eines Motors verschluckt meine Antwort, und ich sehe auf und entdecke, dass ein silberner Imbisswagen am Bordstein hält. Mir macht es nichts aus; jetzt, wo ich weiß, dass mein Muhen da ist, kann ich es jederzeit wiederfinden. Nicos Taschen sacken tiefer, als er sich gemütlich dagegen sinken lässt, und ich stupse ihn in die Seite als Erinnerung daran, dass er meine Fragen noch nicht beantwortet hat.

Zu laut, formt er mit den Lippen, und ich schüttele energisch den Kopf, doch er verschränkt die Arme hinter dem Kopf und fängt an zu dösen. Da zieht eine plötzliche Bewegung meine Aufmerksamkeit auf sich, ein roter Blitz – ein Mann in einem roten Pulli hüpft aus dem Imbisswagen.

Er lässt seinen Blick über die Straße schweifen, und seine Augen nehmen dabei einen unruhigen, fiebrigen Ausdruck an. Niemals würde ihnen entgehen, wenn ein Mann ohne kleine Finger an ihnen vorbeikäme. Ich komme auf die Füße, damit ich herausfinden kann, was der Mann vom Imbisswagen weiß.

KAPITEL 13

»Heute keine Strafzettel, keine fiesen Nachbarn. Heute keine Strafzettel, keine fiesen Nachbarn«, sagt der Mann immer wieder, und es könnte ein Befehl oder ein Gebet oder ein Mantra sein. Er zieht sich gerade eine senfgelbe Schürze über, als er mich näher kommen sieht. »Ein Zauberspruch gegen Pech«, erklärt er. Er umrundet den Wagen und schiebt das hintere Fenster auf.

»Wir haben geöffnet«, sagt er und stützt die Unterarme auf den Tresen. Ein grelles Lichtband umrahmt das Fenster und blinkt hyperaktiv. »Was hättest du denn gern? Lamm mit Reis? Hühnchengyros?«

Ich presse mir das Kinn auf die Brust und schüttele den Kopf. Der Mann lehnt sich weiter aus dem Fenster, um zu sehen, ob noch jemand sich anstellen will, und ich mache einen Schritt zur Seite, damit ich in seinem Blickfeld bleibe. Als ich den Aushang hochhalte, formt der Verkäufer mit den Lippen die Worte: *Ledergebundenes Buch vermisst.*

»Hab ich nicht gesehen. Die Gegend hier ist neu für mich. Ihr drei seid von hier –« Er zeigt mit dem Finger auf mich und beschreibt dann einen Kreis, in den er auch Milton und Nico einschließt, die hinter mir schlummern, und innen an seinem Handgelenk entdecke ich eine Tätowierung, ein Stück Fleisch am Spieß. »Was meinst du? Ist das hier ein guter Platz, um gutes Essen zu verkaufen?«

Ich sehe mich um, und er folgt meinem Blick. »Du hast recht, eine Menge Kneipen hier. Das heißt doch, die Leute hier feiern gern, die Anwohner sind locker drauf. Genau das suche ich. Sonst fangen sie nur an, sich zu beschweren – du weißt schon, der Lärm, der Geruch. Weißt du was, ich habe ein gutes Gefühl bei dem Platz hier«, beschließt er und stellt einen Lautsprecher vors Fenster auf den Tresen. Es ertönt seichter Pop für Partys und zum Mitsingen, und als er den Lautstärkeregler dreht, dreht sich auch sein Fleischtattoo am Spieß mit.

Ich kehre zum Kartonteppich zurück, stupse Nico an und frage, wo der Mann ohne kleine Finger hingegangen ist, aber Nico grummelt nur. Eine Weile sehe ich ihn an, und dann lehne ich mich zur Seite und lege Milton den Kopf auf den Rücken, und er hebt ein Ohr, um mir zuzuhören. Nico hat nichts besonders Kostbares verloren und sucht auch nach nichts, was können meine Regeln und ich also ausrichten, wenn ihm keins seiner Besitztümer abhandengekommen ist, sondern … er *selbst*?

Nico hat unterwegs so viel verloren, wahrscheinlich hat er es kaum gemerkt, als auch er selbst verlorenging. Vielleicht ist ihm einfach nur die Hoffnung ausgegangen, und davon kann ich ein wenig für ihn auftreiben.

Ich habe eine Idee, wie ich ihm helfen kann, bevor ich weiterziehe. Ich ziehe den Deckel vom Himbeersmoothie ab und schütte ihn vor Milton auf den Bürgersteig. Milton sabbert und schlägt mit den Pfoten auf den Himbeerklumpen ein und schlabbert ihn dann auf. Unterdessen nehme ich den Stift aus meinem Notizbuch und schreibe **DUSCHE** auf die Rückseite von Nicos Schild, doch es dauert, und meine Hand beginnt zu schmerzen, und die Buchstaben sind riesig geworden, aber zumindest kann man sie erkennen.

Ich stelle das Schild neben Miltons roten Himbeerpfoten auf, und als der Mann vom Imbisswagen es bemerkt, sagt er: »Ich habe ein Handtuch für euch.«

Er verschwindet im Wagen, und dann fliegt ein gestreiftes Geschirrtuch aus dem Fenster und landet auf Miltons Kopf. Ich ziehe es herunter und falte es, und der Imbissmann taucht mit einer dampfenden Büchse in der Hand wieder neben seinem Wagen auf. Ich denke darüber nach, danke für das Handtuch zu sagen, und sammele mich, um die Wörter in meinem Kopf zusammenzutrommeln, doch der Mann winkt ab und schaufelt sich Reis in den Mund, ohne den Blick von der Straße abzuwenden.

Ich hole mein Notizbuch aus der Tasche und beobachte ihn einen Augenblick lang – AUF DER LAUER AUF VORBEISCHWIMMENDE GOLDFISCHE.

Er bemerkt, dass ich schaue, und sagt: »Du siehst aus, als hättest du Hunger«, aber ich schüttele den Kopf und sehe weg. Er kaut langsamer, ich schüttele erneut den Kopf, und er knallt die Büchse vor mir auf den Boden. »Ich schaff nicht alles«, beharrt er.

Ich spieße ein Stück gebratenes Fleisch auf die Plastikgabel, und er sagt: »Geheime Gewürzmischung. Erstklassiges Fleisch.« Ich nehme einen Bissen, das Wasser läuft mir im Munde zusammen, und dann merke ich, dass ich doch Hunger habe, und nehme den nächsten Happen.

»Nimm ein bisschen weiße Soße dazu«, rät er mir, und ich tunke die Gabel mit Hühnchen in die weiße Soße.

»Was meinst du? Heiß und köstlich, das schmeckt nach Geld«, sagt er. Ich gebe ihm die Dose zurück, und er kratzt den restlichen Reis und das Fleisch zusammen und schmiert dabei ein bisschen von der weißen Soße an sein Handgelenk.

»Erzähl das aber bloß nicht rum – ich kann schließlich kein

Streetfood-Imperium aufbauen, wenn ich meine Kreationen umsonst ausgebe«, sagt er mit vollem Mund. »Ich werde rund um die Uhr schuften, damit es klappt. Wenn der Laden erst mal brummt, fliege ich auf die Bahamas. Das wäre mein erster Urlaub seit Jahren. Ich werde reich.« Er leckt die weiße Soße von seinem Fleischtattoo ab.

Es ist eine lange Zeit, wenn man seit Jahren ohne Pause arbeitet. Lucy und ich fahren jeden Juni mit der Metro North von der Grand Central Station in eine Stadt sechzig Meilen nördlich von New York. Dort übernachten wir in einem Bed and Breakfast mitten im Wald, wo der Gastgeber Quiche zum Frühstück backt und tagsüber, wenn nichts zu tun ist, detaillierte maßstabsgetreue Zeichnungen von Pyramiden und Amphitheatern für Geschichtsbücher und Dokumentationen anfertigt. Morgens vor dem Frühstück wandere ich den Pfad entlang hinunter zum Hudson, und wenn ich früh genug dran bin, sehe ich Weißwedelhirsche. Ich krempele mir die Hosenbeine hoch und wate ins Wasser, und dort draußen in der Stille früh am Morgen verbindet mich ausnahmsweise mein Schweigen mit meiner Umgebung.

Der Imbissmann entdeckt eine die Straße hochkommende Frau und steigt in seinen Wagen. Er wirft ein Stück Fleisch in die Pfanne, und es brutzelt, und dann dreht er die Partymusik lauter, und das Lichtband blinkt in bunten Farben.

Die Frau kramt ein Fläschchen Shampoo in Reisegröße aus ihrer Sporttasche und gibt es mir. Ich stelle es auf das Handtuch. Die Lichter und die Musik am Imbisswagen erfüllen ihren Zweck, erwecken die Aufmerksamkeit der Frau und ziehen sie an Land, und sie bestellt eine Flasche Eistee. Nach dem Handtuch und dem Shampoo bekomme ich als Nächstes ein Flohmittel, was nett ist, aber weder für Milton noch für Nico notwendig. Die Dame, die es mir gegeben hat, erwähnt allerdings eine Selbstbedienungs-Waschanlage für Hunde nur acht Minuten von hier, wo sie selbst manchmal mit Sir Kippleton für 1,25 Dollar die Minute hingeht. Die Dame und Sir Kippleton haben den gleichen dunklen Lockenschopf. Mit Kussgeräuschen lockt sie Sir Kippleton weg von Milton.

Ich stoße Nico mit dem Ellenbogen an, und diesmal schluckt er sein Schnarchen herunter und wacht stotternd auf.

»Sehen«, verkünde ich über sein Gestotter. Als Hilfestellung stelle ich mir gurgelndes Wasser vor und wiederhole: »Gehen.«

»Jetzt hör mal zu, das hier ist mein Platz. Warum sollte ich hier weggehen? Das ist mein Platz«, protestiert Nico. Ich verschränke die Arme und starre ihn an und lasse die Stille einsickern.

»Na gut! Na gut, du herrischer kleiner Mann. Mein Arsch tut mir von der ganzen Rumsitzerei eh schon weh.«

Schmollend packt er sein Zeug zusammen und schüttelt den Schlafsack aus, und ich stiere auf die Krümel und Verpackungen und zerknickten Blätter und Zweige, die herabregnen – jedes einzelne Teil leuchtet hell, ein silberner Lichtschauer, und Nico bemerkt die vergilbte Buchseite gar nicht, die ebenfalls herausfällt.

Während er damit beschäftigt ist, seine Taschen an einen Rucksack zu schnüren, kann ich den Blick nicht von der heruntergefallenen Seite lösen, und das Nest aus Schutt, auf dem sie liegt, schimmert, als würden darauf Regentropfen im Licht glitzern.

Als ich das Blatt aufhebe, heult der Winterwind so hart und heftig auf wie ein Schlag in die Lungen, und die Seitenränder flattern wild wie ein Kolibri, und schon lande ich wieder mitten in Lucys Geschichte, und ich sehe sie vor mir, wie sie in jener Nacht im Januar aufwacht, verschlafen in den fallenden Schnee blinzelt und eine Hand an die dunkle beschlagene Scheibe legt.

Der Wind legt sich wieder, und ich streiche die vierte Seite des Buches glatt, fahre kreisend mit der Faust darüber wie über eine Glasscheibe, und darunter kommt das Bild zum Vorschein – die junge Frau, die ihre Arme anhebt wie Flügel, der Wind, der um sie herum niederfährt, und der Eisumhang, der zu einem wie Mondschein leuchtenden See schmilzt.

Nico zerrt an den Schnüren seiner Kapuzenjacke, und die Kapuze zieht sich um sein Gesicht zusammen. »Wehe, das hier wird nichts, dann bist du gefeuert.«

Acht Minuten später kommen wir vor einer Tankstelle an, Nico links neben mir, ich in der Mitte und Milton in der Hocke. Ein kleineres Gebäude ragt aus dem mit der Autowaschanlage hervor, und wir blicken auf das darüber flackernde Leuchtschild. »Dog Wash«, steht darauf, und nach einem Flackern: »Do Wash.«

Drinnen riecht es nach feuchtem Fell und fischigen Zitronen, und aus einer der Kabinen ganz hinten hören wir das Wasser laufen und eine Stimme, die sagt: »Guter Junge, brav jetzt, nicht schütteln, nicht schütteln –«

Milton versucht, mit der Wand zu verschmelzen, und als es nicht funktioniert, gibt er einen Befehl – *Nein!* Ich beruhige ihn mit einem Kraulen hinter den Ohren.

Ich überreiche Nico das Reiseshampoo, das gestreifte Geschirrtuch und die 10,55 Dollar, die wir eingenommen haben, und hänge den blauen Pulli und die Socken über eine der Kabinentüren. Nico starrt mich an, dann dämmert es ihm allmählich, und es geschieht ein kleines Wunder: Er ist sprachlos.

»Ich sag's ja, es sind immer die kleinen Stillen«, sagt er schließlich zu sich selbst, grinst dabei schief und schüttelt reumütig den Kopf. Er pfercht sich in die Kabine hinein, die Münzen machen *klapper klapper*, der Duschschlauch zischt und spuckt, und Nico trällert. Milton stimmt mit klagendem Geheul ein, und so schleppen sich Mann und Hund mit ihrem gemeinsamen Grabgesang dahin. Die Stimme am anderen Ende des Ganges bellt: »Ach du liebe Güte.«

Dampf steigt aus der Kabine auf, wabert über die Abtrennung und umhüllt mich in Schwaden, dazu das Geräusch fließenden Wassers, und beinahe fühlt es sich an, als stünde ich in der Patisserie an der Spüle in der Küche und würde zusehen, wie mir das Wasser über die Hände läuft, während der Filoteig, den ich geknetet habe, auf der Arbeitsplatte ruht. Meine Finger sind von Teig überzogen, und ich seife sie ein, so dass der Teig sich in bleichen Schichten abpellt. Darunter kommt saubere Haut zum Vorschein, rosig und belebt wie ein Neuanfang, und ich weiß, wie viel dieser Neuanfang bedeuten kann.

Fast alles, was ich wiederfinde, ist nützlich oder wertvoll oder alt. Es braucht Zeit, um Erinnerungen an etwas zu hängen und eine gemeinsame Vergangenheit zu erschaffen, weswegen es ungewöhnlich war, als einmal ein Kunde zurück in den Laden kam, um nachzusehen, ob er sein nagelneues Anzughemd liegengelassen hatte. Er war schon den Großteil des letzten Jahrzehnts arbeitslos, denn er hatte eine Reihe glückloser Wetten in einer rückläufigen Branche abgeschlossen. Nun sollte er am folgenden Tag eine neue Stelle in einem Callcenter beginnen, und dafür hatte er sich ein Hemd gekauft.

Das verlorengegangene Hemd war nicht in der Patisserie, also verlegten wir die Suche in seine Wohnung, aber dort in den Schränken oder Mülleimern war es auch nicht. Ich traf mich mit seiner Frau und der Putzkraft und der Schneiderin, und dann schlug ich vor, er solle eins der anderen Hemden aus seinem frisch aufgeräumten Schrank tragen, aber das wollte er partout nicht. Er begann einen neuen Lebensabschnitt, und den wollte er als ein neuer Mensch beginnen, und das konnte er eben nur mit seinem neuen Hemd. Letztendlich fand ich es in seinem Aktenkoffer, den er schon vorsorglich mit allem gepackt hatte, was er an seinem ersten Tag brauchen würde, damit er startklar wäre.

Nico kann keinen Neuanfang starten, wenn sich so viele Wochen alter Schmutz und Fett und Schweiß angesammelt und wie eine zweite, dritte und vierte Haut um ihn verhärtet haben. Wenn das alles abgezogen und abgeschrubbt ist und er sich endlich wieder sauber fühlt, wie neugeboren … vielleicht wird das ihm den nötigen Anstoß geben, um sich wiederzufinden.

Das Wasser schaltet sich ab, und als die Dampfschwaden sich auflösen, halte ich nach Nico Ausschau. Sein Kopf und seine Schultern tauchen über der Kabinentür auf, Wasser rinnt ihm den Rücken hinab, und von seiner Haut steigt Hitze auf. Er zieht die Schultern hoch, als würde er ein unsichtbares Gewicht auffangen wollen, dann lässt er seinen Nacken knacken, rollt eine Schulter und dann die andere. Unvermittelt richtet er sich auf und lässt die Schultern wieder locker.

»Weißt du was, kleiner Mann?«

Er rubbelt sich ab und wird ganz rosa unter dem rauen Handtuch. »Ich glaube –« Er überlegt es sich noch einmal anders. »Ich werde versuchen –« Er schüttelt einmal kurz den Kopf und dreht sich dann zu mir um und sagt: »Ich hab's.«

Er ist sauber und trocken, und ich sehe Hoffnungsperlen wie Wassertropfen auf seiner Haut, ungleichmäßig, glitzernd, schwerelos. Beinahe breche ich in Applaus aus. Nico würde das allerdings nicht gefallen, und so hole ich mein Notizbuch hervor, lehne mich lässig an die Wand und schreibe EIN BAD IM BRUNNEN DER UNENDLICHKEIT, und er wirft sich den Pulli über die Schultern.

»Konnte schon immer am besten in der Dusche nachdenken«, sagt er und balanciert auf einem Bein, um sich eine Socke anzuziehen. »Da hocke ich also und lasse das Wasser auf mich runterprasseln, und ich kippe beinah um, als mich diese Idee trifft. Ich muss es machen. Du hast mich inspiriert, kleiner Mann.«

Er stößt die Kabinentür auf. Zwar trägt er noch seine schmutzigen schwarzen Jeans, aber dazu den Pulli mit den Knöpfen, und seine Füße stecken sauber in den neuen Strümpfen.

»Du hast mich inspiriert«, sagt er erneut, als wir aus der Hundewaschanlage kommen und unsere Arme gegen das uns entgegenströmende Tageslicht hochhalten. »Nein, ehrlich, hör dir das an. Stell dir das vor – Schweigen ist Gold. Hörst du mir zu? Ich meine es ernst, ich marschiere da einfach rein und hole mir meinen alten Job zurück, und das wird dann unsere nächste Produktion. Dazu hämmernde Musik, der Bass, die blinkenden Lichter, und dann aus dem Nichts, *bäng*!« Er lässt seine Fäuste explodieren und wackelt mit den Fingern und zieht die Stille in die Länge. »Alle werden in absolute Stille getaucht, geblendet von reinem Licht. Das wird schockieren, das wird aufrütteln, das wird verdammt noch mal alles übertreffen.«

Während wir gehen, führt Nico seine Pläne weiter aus, und selbst seine Stimme hat sich verändert, sie klingt lebhafter, voller, und wo es jetzt für mich keinen Grund mehr zu bleiben gibt, wandern meine Gedanken zu meiner eigenen Suche. Zwei von sieben Seiten, noch fünf, die den entscheidenden Unterschied machen. Die Möglichkeiten sind bis ins Unendliche verstreut wie Sterne, und wenn Nico mir nichts weiter zu erzählen hat, ist die Fährte verflogen. Mir läuft ein kalter Schauer über den Rücken, ich bin ratlos.

Wir kommen an Nicos Platz an, und er nimmt seinen Rucksack ab und stellt ihn sich zwischen die Füße. Die Schlange am Imbisswagen hat sich auf vier verdoppelt, und der Imbissmann hält Hof und klatscht einen Löffel Reis nach dem anderen in seine Büchsen. Als er sich für die nächste Bestellung aus dem Fenster lehnt, entdeckt er mich.

»Was hab ich dir gesagt?«, fragt er.

Nico schiebt seinen Rucksack mit dem Fuß ein Stück zur Seite und schlingt die Arme um sich. »Eine Sache ist mir in der Dusche noch eingefallen. Zu dem Typ mit dem Hamburger, Mr Fingerlos. Er war auf dem Weg nach Hause, meinte, dein Buch würde ihn daran erinnern. Ich bin nicht schlau draus geworden, denn er war auf dem Weg zur City-Hall-Haltestelle, und von der hab ich noch nie was gehört, aber was weiß ich denn schon?«

Zum Abschied muht er mir zu, und ich muhe zurück, und erneut tauchen Milton und ich in die Subway ab.

KAPITEL 14

Ich weiß nichts über die Haltestelle an der City Hall, und als ich mit dem Finger über den U-Bahn-Plan mit seinem Netz aus Kapillaren in Primärfarben fahre, entdecke ich die Station Brooklyn Bridge – City Hall, aber City Hall an sich bleibt unauffindbar, ein Nicht-Ort, ein verlorener Ort. Ich erkundige mich bei der Aufseherin, die in einem Glaskasten vor den Drehkreuzen sitzt. Ihr Gesicht ist so glatt wie schwarzer Kaffee, und als ich herantrete, beugt sie sich zu ihrem silbernen Mikrofon vor. *Wo ist die Haltestelle City Hall?*, sage ich zu mir selbst. Eine einfahrende Bahn taucht alles in Getöse, und die Aufseherin ruft »Was?« in ihr Mikro.

Ich lehne mich zurück, atme durch die Nase ein und belle meinen vorbereiteten Satz: »Wo ist die Haltestelle City Hall?«

»Die Haltestelle City Hall?«, ruft sie zurück, nur dass die Bahn angehalten hat und ihre Stimme jetzt in der plötzlichen Stille hallt. Sie zuckt zusammen und regelt die Lautstärke. »Bist du für die Führung hier? Dann beeil dich besser, sie haben sich alle schon vor einer Weile an Gleis 1 versammelt. Letzter Wagen.«

Ich gehe an eins der Drehkreuze und ziehe meine MetroCard am Leser entlang – zu schnell in meiner Eile, die Bahn zu erwischen, und das Gerät piept zweimal, während ich gegen die starr bleibende Stange stoße. Hektisch lehne ich mich zurück und halte meine Karte erneut an den Leser, aber das Gerät piept wieder zweimal, und ich beiße die Zähne zusammen und zwinge mich dazu, die Karte noch einmal unerträglich langsam vor den Leser zu halten. Diesmal rülpst das Gerät und lässt mich durch, und Milton und ich preschen los.

An den Zugtüren tutet es, und langsam schieben sie sich zu. Das Ende des Zuges ist viel zu weit weg, ganz am anderen Ende des Bahnsteigs, aber wenn ich nur einsteigen könnte, kann ich an einer anderen Haltestelle wieder aussteigen und in den hintersten Wagen umsteigen. Wild wedele ich der Zugführerin zu, die sich aus ihrem Fenster lehnt und auf die noch geöffneten Türen ihres Waggons deutet. Ich renne noch schneller, die Türen sind gerade noch außer Reichweite, sie schließen sich – sie öffnen sich wieder, und die Fahrerin sagt: »Und wir sind bei den letzten Sekunden der Halbzeit angelangt ... wird er es schaffen?« Ich stürze mich vornüber, flutsche hinein, Milton dicht hinter mir, und die Türen schließen sich und seinen Schwanz mit ein.

»Tooooor«, schmettert die Zugführerin mit ihrer breiten, reichen, erdigen Opernstimme. Dann kehrt sie zu ihrer normalen Stimme zurück, die düster und einen Hauch scharf klingt. »Für den kleinen Jungen und seinen Hund. Ladies and Gentlemen, einen Applaus bitte.«

Milton will mit dem Schwanz wedeln und ist verwirrt, als der Schwanz nicht reagiert, und er zappelt umso heftiger.

»Was auch immer euch noch raushängt, zieht es ein!«, bellt die Zugführerin, und die Türen öffnen sich einen Spaltbreit und lassen Miltons Schwanz mit einem letzten missbilligenden »Pling« frei. Errötet von meinem Sprint und dem schwachen Applaus, schlinge ich einen Arm um eine Haltestange und lasse mich auf einen freien Platz gegenüber vom Führerhäuschen fallen. Milton kriecht unter die Sitzbank, legt die Schnauze auf den Boden und schiebt sie zwischen den Beinen hindurch, die einen Zaun vor ihm bilden.

Ich sitze da und lasse meine Schultern vom ratternden Zug wiegen, als er Fahrt aufnimmt. In der Tür vom Führerhäuschen ist ein kleines Fenster, und ich kann den Schirm der Mütze sehen, die die Zugführerin verkehrt herum trägt. Er bewegt sich zur Seite.

»Das war Broadway-Lafayette«, sagt sie über die Lautsprecher. »Der nächste Halt dieses Zuges der Linie 6 Richtung Brooklyn Bridge ist Spring Street, wo Sie Ihr Geld verprassen, nach Promis Ausschau halten und die Kunst aussterben sehen können. Wenn das in Ihren Ohren verlockend klingt, dann ist dieser Halt das Richtige für Sie.«

Die Passagiere tauschen Blicke untereinander aus, und im ganzen Wagen breitet sich ein Lächeln aus wie ein Sonnenstrahl, der durch die Wolken schneidet. Die Zugführerin ist zwar nur eine namen- und gesichtslose Stimme für die Fahrgäste, aber diese Stimme hat solch eine Kraft, dass sie bei ihnen Gefühle auslöst und sich ein Plätzchen in ihrem Gedächtnis erobert. Ich weiß nicht, ob sie als Kind genau wie Lucy im hohen Gras Glühwürmchen gefangen hat oder ob sie wie ich Höhen aus dem Weg geht, und ich kenne auch nicht die Gestalt der Menschen und Orte und Gewohnheiten, die ihren Tag ausmachen, oder die Geschichten, die ihr Leben schreibt. Ihre Stimme aber hat Arme und Beine, als könnte sie ganz allein etwas unternehmen, und mit dieser Stimme hat die Zugführerin mich an ihr als Mensch teilhaben lassen, hat sie mich dazu gebracht, ihr zuhören zu wollen. Mit einem Stich wird mir bewusst, dass ich das perfekte Gegenstück zu ihr wäre – zu dieser furchtlosen Stimme.

Der Mützenschirm bewegt sich nach unten und verharrt dann reglos, während die Zugführerin zwischen den Haltestellen in die Ferne schaut, und ich frage mich, wie sie wohl aussieht, was für ein Ausdruck auf ihrem Gesicht liegt, während sie zusieht, wie sich der Zug immer tiefer in den ihn eng umhüllenden Tunnel gräbt, ein Metallwurm, der sich durch feuchten Beton und Erde frisst, geblendet von den kleinen weißgelben Sonnen, die alle paar Meter angebracht sind. Vielleicht nachdenklich, während sie über die gelegentlichen Unterhemden oder Tennissocken nachgrübelt. Vielleicht fragt sie sich auch, wer die Kekse und die Orangenlimonade und die Pistazien gegessen und getrunken und deren leere Hüllen in Haufen dort neben den Gleisen liegengelassen hat, wo eigentlich niemand hindarf, und dann fährt sie in die Haltestelle ein und sieht zu, wie die Leute kommen und gehen und warten.

Ich springe auf die Füße, falte meinen Zettel auseinander und finde Halt an der Stange. Milton rappelt sich ebenfalls auf und stellt sich stützend auf meine andere Seite, falls die Haltestange mich im Stich lassen sollte. Womöglich hat die Zugführerin unter all diesen Passagieren den Mann ohne kleine Finger gesehen; womöglich hat sie ihn mit dem Buch zwischen den Händen auf die Bahn zuwanken sehen und einen Augenblick länger gewartet, bevor sie die Türen schloss, damit er noch hineinschlüpfen konnte.

Ich schiebe mich ein Stück vor, und als der Zug wieder loswackelt, finde ich mein Gleichgewicht und lasse den Boden unter mir weiterwackeln, als würde ich auf einer Welle reiten. Ich klopfe an die Tür, und die Zugführerin hebt einen Finger. Ihr Mützenschirm hüpft nach links, als sie den nächsten Halt ankündigt.

Die Türen klingeln und schließen sich – »Tut, tuuut!«, singt die Zugführerin herzhaft triumphierend –, und als der Zug wieder anfährt, klopfe ich erneut und halte den Aushang ans

Fenster, und ich meine, durchs Papier verschwommen ihren Kopf ausmachen zu können, wie er sich dreht und größer wird, als sie sich der Scheibe nähert. Nach einem Augenblick dreht er sich wieder weg und wird kleiner. Ich nehme das Blatt vom Fenster, und der Mützenschirm bewegt sich nach links.

»Wir unterbrechen unsere Zugsendung für eine wichtige Nachricht. Ein Buch wird vermisst. Wenn Sie ein verlorengegangenes Lederbuch gesehen haben oder irgendetwas darüber wissen sollten, melden Sie sich bitte, und zwar *pronto*.«

Ich suche den Wagen nach Zeichen ab, und die Passagiere rutschen ein bisschen hin und her und schauen sich um, ob das Buch nicht vielleicht zwischen ihren Füßen aufgetaucht ist.

»Wenn Sie etwas wissen, dann sitzen Sie nicht so faul dort herum, als wäre das hier Linie 4«, droht die Zugführerin. »Um Sie zum Mitmachen zu ermutigen, bekommen Sie von mir eine kleine Arie namens *Habanera*. Sie haben vielleicht schon mal davon gehört.«

Der Mützenschirm wackelt hin und her, und die Lautsprechanlage knistert. Ich merke, dass ich auf meinem Sitz ganz nach vorn gerutscht bin, und um mich herum haben alle gleichzeitig erwartungsvoll den Atem angehalten. Dann beginnt die Zugführerin zu singen. Beherzt schwillt ihre Stimme an, und pointiert wie ein Dirigentenstab bewegt sich der Mützenschirm, als die Leidenschaft sie packt. Mein Herz schlägt schneller, der ganze Waggon bricht in Applaus aus, und alle strahlen. Milton jault nicht mal, nur seine Schnauze zittert.

Als der Applaus abnimmt, hört man wieder ihre normale Stimme. »Sie können sich revanchieren, indem Sie nach dem Buch Ausschau halten.« Der Mützenschirm bewegt sich zur Seite, und ich stelle mir vor, wie die Zugführerin mir zuzwinkert.

»Danke schön, meine Damen und Herren. Ich bin Sally Fields, Subway-Superstar. Wenn Sie das nächste Mal in London oder Sydney eine Karte für *Carmen* haben, halten Sie Ausschau nach meinem Namen in Leuchtschrift. *Sally Fields?*, fragen Sie sich. Und dann werden Sie es wissen – das ist der Tag, an dem ich es endlich geschafft habe. Da sind wir, Canal Street. Alle Geizhälse raus. Wir sehen uns im Palais Garnieeeeeer. Nächster Halt Brooklyn Bridge – City Hall.«

Die Lautsprecher quietschen und verstummen, und Milton und ich steigen aus und hinten wieder ein. Etwa zwanzig Leute sitzen in einer Gruppe in der Mitte des Waggons zusammen, bei ihnen ein Mann in einer schwarzen Weste mit einem Logo darauf und mit einem dichten Schnauzbart und vergnügten Wangen. Er hält offenbar eine Art Ansprache, denn alle sehen ihn an und warten darauf, dass er weiterredet, und ich lasse mich auf einen Platz sinken und rutsche an den Rand der Gruppe, bevor irgendjemand sich wider Erwarten für meine Anwesenheit interessieren könnte.

»Die Station, die wir gleich sehen werden, ist seit über einem halben Jahrhundert geschlossen – sie war mit den neuen und längeren Zügen nicht mehr vereinbar. Sie werden sehen, weshalb, wenn wir gleich einfahren«, erklärt er, ohne dass er mich oder Milton entdeckt hätte.

Ich bewahre eine neutrale Miene und lehne mich zur Seite, als würde ich zu der neben mir sitzenden Familie gehören, ausgestattet mit zusammenpassenden grünen Pfeifen. Wie gut, dass mich die meisten Leute in der Regel übersehen. Der Gruppenleiter erklärt: »Sie gehören zu den wenigen Glücklichen. Die Haltestelle ist nur ein paarmal pro Jahr durch diese Führung zugänglich. Wenn Sie einen Blick in die Broschüre werfen, die ich auf dem Bahnsteig ausgeteilt habe …«

Milton schlendert auf der Suche nach Versecktem den

Gang entlang, schnuppert und schlägt mit dem Schwanz gegen Knie. Ich lehne mich auf meinem Platz zurück und schließe die Augen, während der Gruppenleiter die Regeln durchgeht, keinen Müll oder sonst irgendetwas hinterlassen, Fotos für den Privatgebrauch sind erlaubt, Stative aber nicht. Der Innenraum des Waggons wirkt formlos ohne die Stimme der Zugführerin; sie würde ihn ausdehnen. Offensichtlich sehnt sich die Zugführerin nach einer anderen, größeren Bühne. In so vielem unterscheidet sich ihre Sehnsucht von meiner, ich sollte mich mit nichts davon identifizieren können, aber ich kann erkennen, dass sie im Kern die gleiche ist, dass ihr das Bedürfnis zu suchen zugrunde liegt, selbst wenn die Zugführerin etwas anderes sucht. Flüchtig fühlte ich mich der Zugführerin zugehörig, als ihre Stimme mich streifte, wie einsam suchende Schiffe in der Nacht.

Milton kommt zu mir zurück und legt mir sein zerknautschtes Gesicht in den Schoß. Er späht so zu mir hoch, dass ich unten an seinen Augen das Weiße sehen kann. Fragend sehe ich ihn an. Wie viele andere sind noch da draußen und suchen nach etwas, das man nicht besitzen oder in Aushängen anschlagen oder überhaupt benennen kann? Muss ich etwa nur ein Licht auswerfen und mich umschauen, dann werde ich schon sehen, dass wir alle Teil des gleichen Ozeans, der gleichen Geschichte sind, egal wie abgeschottet ich mich fühle, wie allein auf dem Wasser?

Milton setzt sich auf die Hinterbeine und drückt die Brust raus – *Wir sind auf dem richtigen Weg* –, und er hechelt und kneift die Augen zusammen, als würde ihm ein Wind entgegenwehen. Ich kann ihn auch spüren. Zwei Seiten habe ich in der Tasche, und dem Rest des Buches komme ich immer näher.

Der Zug beschleunigt und bebt, und die Neonlichter flackern und beruhigen sich wieder, als der Zug verlangsamt und in die Station einfährt.

Schließlich kehrt die Stimme wieder: »Endstation. Raus mit Ihnen, meine Damen und Herren, raus mit Ihnen. Ich brauch was zu trinken.« Mit einem letzten Klicken verabschiedet sie sich.

Die Türen öffnen sich, und weil es die Endstation ist, raschele auch ich und mache mich bereit, mit den anderen Passagieren auszusteigen. Es wird sich geräuspert und aufgerichtet, Beine werden durchgedrückt und sperrige Kameras parat gehalten.

»Noch nicht ganz«, sagt der Gruppenleiter. Er zieht sich seine zu weite Hose mit den daran baumelnden Schlüsselbunden und dem Walkie-Talkie hoch und blickt seine Gruppe an, und als sein Blick auf mich fällt, lächelt er.

»Stellen Sie sich jetzt erst einmal das Jahr 1904 vor. Auf den Stahlrädern der Industrialisierung, unter Namen wie Rockefeller und Carnegie und J.P. Morgan, zur Melodie von Scott Joplins *Maple Leaf Rag*, so fröhlich und heiter wie ein Eiswagen, und dem Stöhnen Abertausender Einwanderer stürzt sich Amerika ins neue Jahrhundert. Wir schreiben den siebenundzwanzigsten Oktober. Während der Tag anbricht und die Welt himmelwärts wächst, begeben sich die Bewohner der Stadt der Träume und der Verzweiflung und vor allem der Möglichkeiten zum ersten Mal unter die Erde.«

Die Stimme des Gruppenleiters knistert so warm wie ein Kaminfeuer, und den Waggon erfüllt ein Lärm aus der Ferne, mir steigt der Duft von Schuhcreme in die Nase, meine Erwartung ist sepiafarben, ein schrilles Pfeifen ertönt. Dann setzt der Zug sich mit einem Ruck wieder in Bewegung, seine Scheinwerfer höhlen den schwarzen Tunnel vor ihm aus, und langsam kriecht er um eine scharfe Kurve.

»In den nächsten vier Jahrzehnten werden Ford Modell Ts auf den Auffahrten der Mittelschicht auftauchen, unter immer kürzer werdenden Röcken werden nackt und keck und blass die Beine zum Vorschein kommen, hinter verschlossenen Türen wird Whiskey geschüttelt und gerührt werden, der Zweite Weltkrieg wird alles dem Erdboden gleichmachen, und währenddessen wird die Haltestelle City Hall wie aus der Zeit gefallen still und stumm wie ein Grab daliegen. Aber an jenem Tag im Jahre 1904 ist noch nichts dergleichen geschehen, denn die erste Subway von New York wurde gerade eröffnet, und die Kronjuwelen sind die City-Hall-Haltestelle – vielversprechend und prächtig baut sich hier die Zukunft vor uns auf.«

Die Stimme des Gruppenleiters zerstäubt wie ein Atemhauch, die Tunnelöffnung klafft vor uns auf, und dann taucht der Zug unter dem sehnsüchtigen Sirenengesang von Rädern auf Gleisen aus dem Dunkel auf. Die Türen werden freigegeben und öffnen sich, und der Gruppenleiter verbeugt sich, einen Arm ausgebreitet.

»Es ist jetzt kurz nach elf. Sie haben eine Stunde Zeit, und ich stehe Ihnen für Fragen zur Verfügung«, sagt er, und die Gruppe klatscht höflich und steigt einer nach dem anderen aus. Ich klatsche etwas nachdrücklicher.

Die Luft fühlt sich wie altes Metall auf meiner Haut an, als ich aus dem Waggon steige. Milton schnuppert am Bahnsteig und niest. Ich schaue nach vorn, und dort entrollt sich die Haltestelle wie eine Schlange, ein weiß und smaragdgrün gefliester Tunnel, dessen hier und da abplatzende Kacheln kühl glänzen. Der Schlangenrücken ist mit drei amethystblauen Fenstern besetzt, die nach oben in den Himmel zeigen. Alles ist gewölbt: die Gleise und der sich an sie anschmiegende Bahnsteig, die Bögen, die die Decke stützen und die mit Wasserflecken übersäte Backsteinmauer begrenzen, und auch die Durchgänge zu den Gängen und Treppen und die rostigen Bleiblumen, die an den Oberlichtern blühen. Alle Farben hier, Weiß und Grün und Blau, schillern giftig im durch die Scheiben fallenden Tageslicht und im Schein der Kronleuchter, die wie schmiedeeiserne Spinnen von den gewölbten Decken hängen.

Die anderen schwärmen um mich herum und hinter mir aus und laufen flüsternd in Abständen umher, ihre Fotoapparate blinken und klicken. Ich lasse meine Hand die Wand entlanggleiten, während ich mit dem Blick nach oben gerichtet weitergehe, wie hypnotisiert von der unvermittelten Farb- und Formenpracht, dem Gefühl von verblasstem Glanz, so alt und edel und spürbar wie der Staub, der die Bögen und Leuchter überzieht, und beinahe laufe ich in eine Gruppe Touristen hinein, die sich für ein Foto hingehockt hat.

Ich ändere meinen Kurs, und als ich die Hand von der Wand löse, sind meine Fingerspitzen ganz dunkel vom Stahlpulver, und in der Mitte von jedem Fleck leuchtet ein heller Wirbel wie eine Inselgalaxie.

Ich folge dem Tunnel auf ein Zwischengeschoss mit sich elegant biegenden Wänden und einer mit Oberlicht versehenen und zum Himmel gekachelten Kuppel. Ein Lichtkegel fällt herein, und ich kann die Staubpartikel im rosig-weichen Licht wirbeln sehen, und dahinter eine an die abbröckelnde Mauer gelehnte Leiter mit einem schlaffen Stapel Sandsäcke und einem verkrusteten Eimer darunter.

Als würde ich im Ballsaal einer alternden Königin Walzer tanzen, mache ich einen Schritt und drehe mich, und dann noch einen Schritt und eine Drehung. Irgendwie macht es mich traurig einzuatmen, was einmal war, und zu sehen, dass etwas so Massives und Robustes, ein Ort, auf den man stolz gewesen war und den man mit solch enormer Hingabe errichtet hatte, zurückgelassen und vergessen werden konnte und er nun allein durch den unerbittlichen Lauf der Zeit humpeln muss, nicht mehr zu gebrauchen, nicht mehr gewollt.

DURCH DIE LINSE VERGANGENER TAGE GEFILTERT notiere ich mir rasch, während ich mich frage, weshalb der Mann ohne kleine Finger auf seinem Weg nach Hause wohl hier durchkommen würde.

Ich stecke mein Notizbuch wieder ein. Es ergibt keinen Sinn; die Zeit der Haltestelle ist bereits vergangen, sie ist geschlossen und abgeschnitten und der Öffentlichkeit nicht zugänglich. In mir kommt das beunruhigende Gefühl auf, dass etwas Bedeutendes fehlt. Eine Vertiefung unter den altmodischen und abgeschlagenen Fliesen, aus denen CITY HALL gekachelt ist, die wohlüberlegt platzierten Holzbänke und Geländer, die auf Ausgänge weisenden Pfeile, die Treppen, deren erste und letzte Stufe jeweils mit gelber Warnfarbe gestrichen wurden.

All das war eigentlich für Menschen gedacht, für Menschenmengen mit all ihrer Lebhaftigkeit, ihren Vorhaben und Zielen, die die leeren Räume füllen und beleben sollten – die Älteren, die sich auf den Bänken ausruhen, die Kinder, die am Geländer baumeln, und die Pendler, die auf und ab eilen, auf und ab. Stattdessen starren die leeren Räume, und nur eine Handvoll neugieriger Touristen huscht umher, während das verblassende Licht von gestern durch die Risse sickert.

Schritte nähern sich, als die anderen ebenfalls das Zwischengeschoss erkunden kommen, und Milton und ich weichen ihnen auf dem Weg hinunter aus. Ich weiß, dass der Mann ohne kleine Finger auf dem Weg nach Hause war, und ich weiß, dass er hierherkam, jetzt muss ich also herausfinden, wo sein Zuhause ist. In Gedanken wiederhole ich die oberste Regel: Sieh an den offensichtlichen Stellen nach. Könnte sein Zuhause *hier* sein, in der Station selbst, und wenn ja, wo hätte er dann sein Heim eingerichtet?

Mir kommen die Höhlen in den Sinn, die ich früher in meinem Zimmer gebaut habe, in der Ecke mit dem Fenster und der eingebauten Wandlampe. Da es niemanden außer mir gab, amüsierte ich mich, indem ich mit Wäscheklammern zusammengehaltene Laken über die Gardinenstange, die Lampe und herbeigeschleppte Küchenstühle warf. Die Ecken beschwerte ich mit Bücherstapeln, und Lücken zwischen den Lakenwänden wurden mit Kissen ausgestopft, während ein geflochtener Wäschekorb, dessen Boden und Deckel sich mit Reißverschlüssen abnehmen ließen, als Eingangstunnel herhielt. Ich nahm etwas zu knabbern, Wasser und eine Taschenlampe mit hinein und spielte und döste und tagträumte ganz für mich allein.

Als meine Höhlen mir irgendwann eher das Gefühl gaben, ich sei verlassen worden und würde ersticken, anstatt mir Sicherheit zu vermitteln, hörte ich damit auf. Ich machte mir Sorgen, man würde mich darin vergessen, eingezwängt mit all meinen Gliedmaßen, aber der Mann ohne kleine Finger ist vielleicht noch in seiner Höhle. Ein Geheimversteck in der vergessenen Haltestelle, in dem er sich – und das Buch – verstecken könnte.

Ich überlege, wo man hier am sinnvollsten eine Höhle bauen könnte. Genau wie meine Höhle wäre seine etwas abseits, irgendwo in einer kleinen Ecke und nicht mittendrin, also halte ich aufmerksam Ausschau nach Nischen in den gefliesten Wänden und den im Schatten liegenden Winkeln und Nebengängen.

Einer der Gänge führt in einer Schleife zurück zur Haltestelle, und ich beginne von vorn, gehe eine andere Treppe hoch und stecke meinen Kopf in einen zweiten Gang, und dieser steigt an und endet vor einer mit Graffiti besprühten Wand, vor der ein Wust aus Plastiktüten und weich werdenden Zeitungen liegt sowie eine dünne, lila-grau melierte Decke, die aussieht wie die Flusen aus dem Trocknersieb.

Milton schnuppert sich den Gang entlang, bleibt am Ende stehen und sieht mich mit dem gleichen verwirrten Ausdruck an, den er trug, als Lucy ihn von Füllmaterial umgeben vorfand, das er aus dem Osterhasen gezerrt hatte, der eigentlich für die Dekoration auf dem Tresen vorgesehen gewesen war. Miltons Schwanz klopft zwischen der Backsteinmauer und dem Müllmaterial hin und her.

Ich lasse meinen Blick über die Mauer schweifen, eine Leinwand geschwärzter Backsteine, beginnend bei den Namen in Sprechblasenoptik ganz oben, JACKIE + JOHNNY, darunter eine grüne Krake, die sich wie ein Neuron ausbreitet, ein Totenschädel mit Affenohren und auf halber Höhe ein Dickicht aus dornigen Buchstaben.

Der Riss in der Mauer ist dünn wie ein Faden und kaum zu erkennen, doch ich kann das Innere so hell wie Quecksilber daraus hervortröpfeln sehen. Mein Herz macht einen Satz, und ich eile den Gang hoch, bis ich neben Milton ankomme. Mit zusammengekniffenen Augen studiere ich die Steine unterhalb der Graffitifarbe, bis ich einen zweiten Blick auf den Hinweis erhasche: das flüssige, silbrig-blaue Licht, das aus einer Fissur in der Mauer blutet. Das Buch ist hier gewesen. Die Spur führt die Wand hinab und scheint direkt auf den Müllhaufen zu zeigen, aber dort kann sie unmöglich hinführen.

Mit dem Fuß schiebe ich den Abfall in eine Ecke, und es kommt zum Vorschein, was dahinter verborgen lag: ein ungleichmäßiges Loch unten in der Mauer, wo anscheinend jemand einen Lüftungsschacht eingetreten hat. Ich bücke mich und schaue hinein, als wäre ich wieder vier oder fünf und würde unter meinem Bett nach Monstern gucken, und entdecke einen Raum wie ein Sarg: ein etwa sechzig Zentimeter hoher Zwischenraum zwischen nackter Erde und gepflasterter Decke, und dahinter Dunkelheit.

Ich lege mich auf den Bauch und spüre mein Herz gegen den Betonboden schlagen. Mit spitzen Ellenbogen und Knien stütze ich mich auf und ziehe mich so weit vor, dass ich den Kopf durch das Loch stecken kann. Darin riecht es nach grauem Sand und Eisen. In dieser Enge fühlt sich die Dunkelheit dichter an, wie eine warme Decke legt sie sich mir mit sanftem Druck in den Nacken.

Ich ziehe meinen Kopf wieder hervor, richte mich auf und setze mich tief durchatmend auf die Knie. Die Luft fühlt sich wieder ungleich leichter und lockerer an. Ich sehe nach links, wo der Gang zurück zum Bahnsteig führt, und dann nach rechts, blinzele und rücke erneut vor, um noch einen Blick auf den silbrig-blauen Schimmer zu erhaschen. Dann beuge ich mich nach unten vor und schaue direkt in den dunklen Tunnel. Wieder denke ich an meine Höhlen und an den umgekippten Wäschekorb: der Tunnel in meine Höhle – ein Eingang, ein Ausgangspunkt.

Selbst wenn ich den Hinweis verpasst habe, der die Richtung anzeigt, wo sonst sollte das Buch sein, wenn nicht hier drin?

Ich knie mich vor Milton und bedeute ihm mit der Hand hierzubleiben, denn ich weiß, dass er mir instinktiv folgen würde, mit aufgestellten Ohren und zuckender Nase, wachsam ob potentieller Gefahren. Als ich einmal an einem verregneten Nachmittag von der Schule kam, lief ich eilig über die Straße, um schnell im Laden Zuflucht zu suchen, während Milton vom Fenster aus zusah, da hupte es, und Reifen quietschten, und plötzlich, bevor irgendjemand überhaupt hätte reagieren können, war er bei mir und drückte sich mir bebend an die Schienbeine, und während ich noch blinzelte und sah, dass sein Schwanz, normalerweise wehend wie eine Fahne, vom Regenguss ganz schlaff und strähnig war, war der arglose Kleinbus schon ausgewichen und vorbeigefahren.

Milton mag vielleicht vor Höhleneingängen und Tunnelrutschen auf Spielplätzen und Hundezwingern beim Tierarzt und Erdhörnchenbauen, die einzubrechen und ihn zu verschlingen drohen, zurückschrecken, doch ich weiß, dass er mir überallhin folgen würde, auch wenn geschlossene Räume für ihn das Gleiche sind wie Höhen für mich. Ich beschließe, allein weiterzugehen, ihm diese Schrecken zu ersparen, und wiederhole meine Geste, doch er neigt nur den Kopf, versteht nicht, weshalb, und ich wende mich ab, bevor ich den Mut verlieren kann.

Ich lege mich flach hin und krieche vorwärts, krabbele wie eine Schildkröte über den nackten Boden, und als das Licht schwächer wird, presse ich die Lippen zusammen, atme trocken und gepresst durch die Nase und versuche, nicht an die gepflasterte Decke direkt über mir zu denken.

Nach gut einem Meter recke ich den Hals nach hinten, um Milton daran zu erinnern, dass er nicht nachkommen soll, aber natürlich hat er sich bereits durch den Eingang geschoben und zieht sich langsam durch den klebrigen Sirup seiner Angst.

Bleib, denke ich mit erhobener Hand, und seine goldenen Augen blicken mich ängstlich an. Sachte schiebt er eine Pfote vorwärts, als befürchte er, der Raum um ihn würde zusammenbrechen und Stein und Mörtel wie Hagel auf ihn niederprasseln.

Ich wiederhole meinen Befehl, diesmal bestimmter, und Milton jault und kriecht wieder hinaus und setzt sich vor den Tunnel, um Wache zu halten. *Ich bleibe hier*. Ich kann seine stolzgeschwellte Brust sehen und wie er sich stockstill hält, den Schwanz fest auf den Boden gepresst.

Ich krieche so weit, dass ich Milton nicht mehr sehen kann, als ich mich vergewissernd noch einmal umschaue, selbst meine Unterarme, auf denen ich mich abstütze, sehe ich nicht mehr. So ganz ohne Licht um mich herum scheint mein Kopf sich wie ein Ballon aufzublasen und wegzufliegen, mein Atem geht viel zu laut und gleichzeitig gedämpft, die schwammige Dunkelheit saugt meine Atemzüge so schnell auf, wie meine Lungen sie hervorpressen.

Mich auf eine Seite drehend, taste ich nach den beiden Buchseiten in meiner Tasche, um mich daran zu erinnern, wonach ich suche, und dann wandere ich am Kloß in meinem Hals vorbei und kann die Umrisse vom Stahl in meiner Brust und vom *Muh*, das dort eingezogen ist, spüren. Ich bewege mich weiter vorwärts, einen Arm nach dem anderen, ein Knie nach dem anderen, die Augen aufgerissen, blind und unerschrocken.

Meine Arme und Beine zittern von der Anstrengung, mein Gewicht zu halten und vorwärtszutragen. Mein Kopf streift die Steine, und vielleicht bilde ich es mir ein, aber es fühlt sich an, als würde der Raum um mich herum enger, als käme die Decke näher.

Ich krieche weiter, noch mal drei Meter ... sechs Meter ... Anhalten geht nicht, und so robbe ich vorwärts in der Dunkelheit, winzige Härchen stellen sich in meinen Ohren und meiner Nase auf und kribbeln, und schon bald kribbelt es überall, unter den Fingernägeln und hinter den Augen, während meine Sinne sich ausdehnen und schärfen. Ich bin schätzungsweise zehn Meter weit gekommen, als ich eine beinahe unmerkliche Veränderung in der Luft wahrnehme, eine wässrige, farblose Beschaffenheit, die sich in der tintenschwarzen Finsternis ausbreitet wie in dem Augenblick kurz vor der Morgendämmerung, wenn Nacht und Tag sich berühren und ineinander übergehen.

Weiter geht's, und die Dunkelheit weicht zurück, bis ich die Ahnung einer Bewegung wahrnehmen kann, als ich meinen linken Arm hebe und wieder sinken lasse. Das anschwellende Schwindelgefühl ebbt ab, mein Kopf schrumpft wieder auf seine Normalgröße, und dann sehe ich dort, wo der Boden aufhört, einen vagen Lichtkegel, der von einer Lichtquelle weiter unten hochgeworfen wird.

Ich schiebe mich näher heran, und aus dem hellen Loch steigt eine feuchte Kühle auf, eine leichte Brise, der Luftaustausch zwischen zwei Orten. Ich lehne mich über den Rand, zucke jedoch unmittelbar darauf vor dem Lichtstoß zurück. Meine Augen füllen sich mit Tränen, während ich heftig blinzele, und ich warte kurz ab, ehe ich mich erneut vorbeuge und mit zusammengekniffenen Augen über den Rand luge.

Diesmal kann ich einen groben Schacht ausmachen, so rund und schmal wie ein Strohhalm, den man durch die Erde und Steine gesteckt hat. An einer Seite lehnt eine Leiter aus Metall. Das Licht kommt von irgendwo unten aus dem Schacht, und es ist so hell, dass man nicht auf den Grund sehen kann, was wohl auch besser so ist.

Ich drehe mich um und schiebe meine Beine über den Rand. Mit den Zehen suche ich Halt, finde eine Sprosse, stelle die Füße seitlich darauf und belaste sie vorsichtig. Die Leiter quietscht protestierend, gibt aber nicht nach und bricht auch nicht in der Mitte durch, also hole ich Luft und beginne den Abstieg.

Ich achte darauf, nicht nach unten zu schauen, bis ich festen Boden unter den Füßen habe. Erleichtert seufze ich auf, mache ein paar Schritte und sehe mich um.

Mein erster Gedanke ist, dass ich irgendwo zwischen zwei Stationen gelandet sein muss, nur dass ich die Szenerie nicht von hinter einer ratternden Fensterscheibe aus beobachte. Der Tunnel erstreckt sich, so weit mein Auge reicht: festgetretene Erde, übersät mit teefarbenen Pfützen, zerstampftem gelben Absperrband und zerknüllten Plastikverpackungen; rohe, schmutzverkrustete und von Holzbalken umrahmte Steinmauern, an denen offen Stromkabel und Rohre entlangführen; trübe Lampen, deren schwaches Licht den Tunnel kaum erleuchten kann, sondern die nur kleine Lichtkugeln abgeben, die alles in Graustufen tauchen.

Als ich losgehe, merke ich allerdings, dass der Tunnel doch nicht zwei Haltestellen miteinander verbindet. Er ist kleiner, und in der Mitte verlaufen keine Gleise, auf denen Züge mit schrillem Pfeifen entlangdonnern. Ich kann lediglich ein Tropfen in der Ferne vernehmen, ansonsten ist es so aufgeladen und still, als würde man mich beobachten, und ich schaudere, als der Drang mich überkommt, mich zu verstecken.

Ich vergrößere meine Schritte, bleibe dicht an der Mauer in der Nähe der Glühbirnen. Ich frage mich, wo dieser Ort sich befindet, wo ich mich befinde. Vielleicht verläuft der Tunnel unter der Haltestelle City Hall und unter den Gleisen der Linie 6, oder darüber. Ich stelle mir die unzähligen Lagen Erde vor, die sich über mir stapeln, mit einem Deckel aus Asphalt darauf, auf dem die Menschen und Autos sich hin und her bewegen und ihrem Alltag nachgehen.

Sinnierend schaue ich die Mauer an. Vielleicht verläuft der Tunnel auch parallel zur Haltestelle City Hall. Ich bleibe stehen und halte ein Ohr an die Mauer, stelle mir den Bahnsteig auf der anderen Seite vor, auf dem ein Tourist sich gerade vorbeugt und gegen eine der glänzenden grünen Kacheln klopft, ohne zu ahnen, dass dahinter dieser Tunnel liegt, in dem ich stehe und das Ohr an die Mauer presse.

Die Vorstellung jagt eine Woge von Einsamkeit durch mich wie Nostalgie, nur regengrau, und ich ziehe die Rollläden in meinem Kopf herunter, so dass ich mich einzig und allein auf die Suche nach dem Buch konzentrieren kann. Während ich immer weiter laufe, halte ich die Augen auf und lasse meinen Blick systematisch vor und zurück schweifen.

Ich komme an einer schrankgroßen Einbuchtung in der Mauer vorbei, und im schwachen Licht sehe ich, dass sie leer ist, vielleicht ein Ort, um auszuruhen oder Vorräte zu lagern, obwohl es dann auch jemanden geben müsste, der so etwas braucht. Mich durchläuft ein Schauer, aber trotzdem suche ich die Schatten mit dem Blick nach dem Funkeln von Augen, Zähnen, Nägeln ab und sage mir dabei, dass die Einbuchtung nichts zu bedeuten hat. Vermutlich wurde die Mauer hier beim Bau des Tunnels ausgehöhlt, damit man sich hineinducken konnte, wenn Rinder auf dem Weg zum Schlachthof vorbeigetrieben wurden, oder vielleicht kamen auch Müllwagen vorbei, die spuckend Richtung Deponie rumpelten. Jetzt jedoch ist der Tunnel hier einfach nur ein verlassener Tunnel – in dem der Mann ohne kleine Finger seine Höhle gebaut und das Buch versteckt hat.

Ich sehe mich um, falls er das Buch hiergelassen haben sollte, aber die flache Kammer ist in erster Linie dunkel und leer und buchlos. Aus einer Ecke ertönt ein Quieken, winzige Finger mit winzigen Nägeln kratzen über den Erdboden, und schon bin ich wieder dort, wo der Lichtschein hinreicht.

Ich komme an einer zweiten Einbuchtung vorbei, ein zweiter Raum, und dieser ist ein wenig größer und nicht komplett leer: Nach Typ sortierte Kleiderstapel liegen dort, Oberteile und Unterteile, Pullis und Socken. Ich sehe einen Stapel kurze Hosen nach dem Buch durch und frage mich, ob das hier wohl ein vergessenes Fundbüro ist, auch wenn die kurzen Hosen seltsamerweise alle in Kindergröße sind und sich steif und knubbelig anfühlen, als wären sie im Trockner eingelaufen.

Als ich mit der Hand auf dem harten Boden ankomme, nehme ich mir den T-Shirt-Stapel vor. Ein grauweißes T-Shirt mit einer Basketball spielenden Kartoffel darauf falte ich auseinander. Es trägt die Zeichen eines bevorzugt getragenen Kleidungsstücks, ein Rostring vorn an der Schulter und ein Riss am Kragen, der Stoff am Bauch ist beinahe durchsichtig. Ich lege es beiseite und frage mich, wie es wohl hierhergekommen ist und wo der Besitzer sein mag; er muss doch in Panik sein, weil er vergebens nach seinem Lieblings-T-Shirt sucht.

In keinem der Kleiderstapel liegt das Buch vergraben, also verlasse ich den Raum und gehe weiter den Tunnel entlang, doch ich merke, dass ich zu schnell gehe, also zwinge ich mich dazu, langsamer zu werden, damit ich nichts übersehe.

Der nächste Raum ist voller auf der Seite liegender Wanduhren, Fotoapparate mit gesprungenen Objektiven, Telefone mit Wählscheiben und Spielkonsolen mit von Staub verstopften Schlitzen. Noch ein Fundbüro?

Das sind schon zwei Kammern voller gesammelter und wie im Museum in Rubriken aufgeteilter, nicht verwendbarer Gegenstände. Ich schaue mich nach Hinweisen auf das Buch um, doch alles, was ich sehe, ist ein Gerätefriedhof. Einst ständige Begleiter, unter Kopfkissen geschoben und in Jackentaschen umhergetragen, und jetzt hier, kaputt und nutzlos. Ich wühle mich durch den Raum, werfe einzelne Teile über die Schulter, und als ich fertig bin, klopfe ich mir die

Hände ab, doch der Geruch des Vergessens – Mottenkugeln und Schimmel – bleibt haften.

Meine Verzweiflung wächst, und im Laufschritt mache ich mich auf zum nächsten Raum, wo es unter meinen Schuhen knirscht, als ich ihn betrete. Hier liegt alles voller zerbrochener Tassen, angeschlagener Gläser und Kaffeebecher ohne Griffe, Weingläser, von denen nur noch die Stiele übrig sind, gesprungener Teetassen und zertrümmerter Sektflöten.

Stampfend umrunde ich den Raum zweimal, dann kehre ich in den Tunnel zurück und schüttele abtrünnige Glasscherben ab. Was ist dieser Tunnel nur, ein Ort für ungewolltes Zeug? Ich komme mir wie ein Einbrecher vor, wie ich mich hier hereinschleiche, wo ich nicht hingehöre, und ich muss an die Mittagspausen denken, in denen ich irgendwo am Rand sitze, während die Papierkügelchen über mich hinwegfliegen.

Vielleicht gehöre ich ja doch hierher, und was würde geschehen, wenn ich den Weg zurück nicht fände? Verlorengegangenes kann man wiederfinden, doch was hier seinen Platz hat, nicht – das sind ungewollte Dinge, sie sind niemandem wichtig, und keiner wird sich auf die Suche nach ihnen machen. Milton würde mich suchen, sage ich mir. Lucy würde mich finden.

Trotzdem überkommt mich das Grauen, und ich renne los, so schnell ich kann, flüchte vor dem Grauen dieser Museumssäle voller trauriger beschädigter Dinge. Ich darf hier nicht verlorengehen. Ich muss das Buch finden, damit das auf keinen Fall passiert, und jetzt ist es wichtiger denn je, dass ich die Patisserie rette und an dem letzten Ort und den Menschen festhalte, die mich wollen.

Der Tunnel fällt ab, so dass ich am nächsten Raum vorbeipresche und mich wieder nach oben kämpfen muss. Es ist eine Vorratskammer voller Produkte in grellen, bunten Behältern, die ich noch nie irgendwo im Supermarkt gesehen habe. Hastig durchforste ich die Regale, stoße dabei in meiner Eile mehrere Müslischachteln und Süßigkeitenpackungen um, überprüfe die Schachtel mit Carnation-Frühstücksriegeln auf Luftkräuselungen und den Boden unter der radioaktiv leuchtenden Flasche Squeezit-Saft nach Lichtpfützen. Auf dem mittleren Regalbrett sehe ich einen weiß verpackten Caravelle-Riegel, und meine Hand erstarrt.

Der Aufdruck zeigt einen mit Schokolade umhüllten Riegel aus knusprig gepufftem Reis, der von unsichtbaren Händen auseinandergebrochen wird, so dass man den sich dazwischen in die Länge ziehenden glänzenden Karamell sehen kann. Ich stelle mir Lan und ihren Mann vor, wie sie dicht nebeneinander an einem Kartentisch sitzen, einen Teller mit einem Schokoriegel vor sich, wie sie den Riegel auseinanderziehen und um die Karamellfäden ringen, wie der knusprige Reis und die Schokolade auf ihrer Zunge zergehen, wie sie nach frischer Wäsche duften.

Ich nehme den Riegel und stecke ihn mir vorne in die Hosentasche, um ihn aufzubewahren, bis ich Lan wiedersehe, und dann eile ich weiter, immer noch im Laufschritt, aber ich verliere an Schwung. Der Tunnel fällt noch etwas weiter ab und wird dann wieder eben. Ich versuche es im nächsten Raum, diesmal ein größerer, eine Höhle, die von ihren eigenen schummerigen Glühbirnen erleuchtet wird und in deren Mitte sich ein Berg aus gestapelten Kartons erhebt, um ihn herum kleine Hügel weggeworfener Spielzeuge.

Hier gäbe es unzählige Stellen, an denen der Mann ohne kleine Finger das Buch versteckt haben könnte, und wer weiß, wie lang der Tunnel noch ist und wie viele Räume ich noch durchforsten muss. Die Verzweiflung schwappt in mir hoch, aber ich versuche, sie, so gut es geht, abzuwehren. Ich schaue Teddybären unter die Arme, durch deren geplatzte Nähte die Füllung quillt, schaue hinter augenlosen Schaukelpferden, armlosen Plastikpuppen und auf Badmintonschlägern mit gerissener Bespannung nach, und es gibt noch so viele andere Stellen, an denen ich suchen muss ... *Hoppla!*

Ein Springteufel schnellt aus seiner Schachtel heraus und springt gegen mein Knie, und ich komme ins Wanken und stoße einen Spielzeughaufen um, so dass sich eine Lawine aus farbenfrohem Plastik und sprudelndem Licht und verzerrtem Gebimmel um mich herum ergießt. Eine Plastikkuh streift mein Schienbein, und ich trete auf ein Keyboard mit Zahnlücken, das daraufhin Gitarrenriffs und Schlagzeugsoli vom Stapel lässt, und durch eine Kakofonie von Bauernhofgezeter stellt sich ein Regenbogenteddy immer wieder von Neuem vor. Ich halte mir die Ohren zu und hoffe, die Lawine möge versiegen. Ein Donutring wackelt und fällt gegen den Kartonberg, und die darauffolgende Stille ist genauso ohrenbetäubend.

Ich lasse meine Hände sinken. In der Luft grummelt es, als würde sich die Dunkelheit zusammenbrauen, und ich warte reglos ab. Hinter dem Kistenstapel ertönt ein leiser Laut, etwas bewegt sich, ein schwaches Zwitschern wie aus einem Nest mit frisch geschlüpften Vöglein. Diese Stille, die keine ist, ist mir nicht ganz geheuer, aber dort hinten könnte das Buch sein, direkt hinter dem Berg.

Langsam, vorsichtig schiebe ich mich an den Kartons vorbei aus dem staubigen Licht in die langen Schatten der Stapel, und auf dem Boden dahinter liegen sogar noch dunklere reglose Haufen – noch mehr Spielzeughügel –, und ich erkenne das unscharfe Rechteck einer kleinen Tür in der Mauer. Ich mache einen Schritt darauf zu, als ich plötzlich ein diffuses

Flackern unter der Tür wahrnehme und ein erfreuter Ausruf die Stille entzweireißt – »Na so was, ein Kind!«

Mir schießt das Adrenalin durch die Adern, als der Raum zum Leben erwacht. Ein Mann tritt ins Licht und auf mich zu, und ein Dutzend Ratten mit pinken Händchen und pulsierenden Körpern und Augen wie pralle Käfer hockt auf der Krempe seiner Melone und klammert sich an seinen Armen und Schultern fest wie dunkle Flusen auf seinem Mantel.

Die Ratten verrenken sich in meine Richtung, angespannt und bebend und quietschend wie Geigensaiten. Als der Rattenmann sich bewegt, sehe ich, dass er einen Eimer in der Hand hält. Er reibt sich mit dem Daumen über die Nase und will gerade etwas sagen, als eine der Ratten oben auf seinen Hut krabbelt, um nicht herunterzufallen. Eine zweite Ratte, so groß wie ein Kätzchen, verliert den Halt und schlägt einen Salto durch die Luft, landet auf den Pfoten und sprintet auf mich zu. Wie ein Blitz schlägt die Panik in mich ein, und ich renne los.

Bevor ich weiß, wie mir geschieht, rutschen meine Beine unter mir weg, und eine Plastikrassel trudelt zur Seite, der Boden rast mir entgegen, und meine Knie versinken darin. Das Quieken hinter mir wird lauter, wird zu einem Teppich aus schrillem Lärm, so zäh wie das Schreien der Zikaden an einem schwülen Abend.

Ich drücke meine Wange vom Boden ab und versuche, meine Beine wiederzufinden, sicher, dass die Ratten jeden Moment bei mir sein werden, mir ihre Krallen in den Rücken bohren und die Haarwurzeln anknabbern werden, doch stattdessen packen mich zwei Hände unter den Achseln, und als ich die Augen aufschlage, sehe ich fünf plumpe Finger, und ich winde mich – das teigige Gesicht einer Frau rückt in mein Blickfeld, breit und kantig und mit Augen, die wie verschrumpelte Rosinen hineingedrückt wurden, und auf ihrer Schulter balanciert eine Ratte –, und dann wird mir schwarz vor Augen und ich zappele wie ein Fisch am Haken.

Es gelingt mir, mich umzudrehen und mich aus dem Griff der Rattenfrau zu befreien, und ich krabbele weg, bis ich an die Kartons gepresst dahocke. Meine Augen klappern in ihren Höhlen wie Würfel in einem Würfelbecher, so hektisch sehen sie sich nach einem Fluchtweg um, und ich denke an die Seitentür, aber dann müsste ich durch die Ratten waten, und während meine Ohren rauschen, so heftig geht mein Puls, höre ich jemanden in flehendem Tonfall sagen: »Halt – warte – wir wollen dir nichts Böses …«

Mein Blick fällt auf den Rattenmann. Er steht noch an der gleichen Stelle wie zuvor, nur kehrt er mir jetzt den Rücken zu, so dass ich nur seinen Hut von hinten sehen kann und wie sein abgewetzter Mantel sich um seine Schultern bauscht, während er seinen Eimer schwingt.

»Sie haben bloß Hunger«, keucht er über die Schulter, während er den Eimer heftig bewegt, als würde er Wasser aus einem sinkenden Boot schöpfen. »Sieh nur, jetzt fressen sie, sie verziehen sich – hab keine Angst.«

Erneut schüttelt er den Eimer, und es regnet Gemüseabfälle. Die Ratten klettern von ihm herunter, von ihm fort, folgen dem Wasserfall aus Maiskolben, Wassermelonenschalen und Blumenkohlblättern.

Nachdem er seinen Eimer abgestellt hat, dreht er sich schlurfend wieder zu mir um, und sein weiter Hosenaufschlag schwingt mit ihm zusammen von einer Seite zur anderen. Er sieht aus, als würde er sich eigentlich irgendwo verstecken wollen, doch er bleibt und sieht mich an, sein Gesicht so glatt und arglos wie das eines Kindes.

Er strafft die Schultern und lächelt mich dann zaghaft an,

und sein Lächeln ist offen und klar, so als würde kurz ein wenig blauer Himmel aufblitzen. Ich bin sprachlos und völlig entwaffnet.

Er sieht zu Boden. »Wir wollten dich nicht erschrecken. Willkommen in unserem Reich«, murmelt er, die Hände in die Taschen geschoben.

Ich wende mich der Frau zu, die noch vor mir kniet, und jetzt, wo die Ratten angenehm weit weg sind, kann ich auf ihrem zerdrückten Gesicht und in ihren Augen mit den Fältchen darum ganz deutlich ihr schüchternes Bedauern ablesen.

Ich denke daran, wie ich in blinder Panik davongestürmt bin, als der Rattenmann aus der Tür kam. Scham überkommt mich. Die zwei sind einfach nur ein Rattenpaar, das nichts Böses wollte, und ich habe ihnen nicht einmal eine Sekunde gegeben, um hallo zu sagen.

»Hast du dich verletzt?«, fragt die Rattenfrau.

Ich bemerke, dass meine Knie wund summen, und krempele meine Jeans hoch, aber es ist im Grunde nichts, die Knie sind rot, wo die Haut abgeschürft wurde, und ein paar Tropfen Bluttau bilden sich, aber ansonsten geht es mir gut, und verneinend schüttele ich den Kopf.

»Du blutest ja«, widerspricht sie mir und kauert sich näher vor mich hin. Sie wirft ihren Mantel zur Seite, und darunter kommen ein Flanellhemd und eine Wollhose und pelzige Schuhe in sich beißenden Karos zum Vorschein, wie Muster mottenzerfressener Sofastoffe aus einem Lagerhaus.

Mit einem Finger zerrt sie ein Loch in ihrem Ärmel auf, so dass ein Stück Stoff abreißt. Sie schüttelt es aus, und auf ihrem Unterarm kann ich drei runde Narben sehen, bevor sie in ihren Mantel greift und ein Fläschchen mit angerostetem Boden und eingedelltem Bauch hervorholt.

Sie schraubt die Flasche auf und hält sie über Kopf, und auf dem Stück Stoff bildet sich ein dunkler Fleck. Dann beugt sie sich über mein Knie, und mir stockt der Atem, so sehr brennt es, aber die Frau macht schweigend weiter. Ich schaue zur Decke, um nicht an das Brennen zu denken, und dann zum Rattenmann, als er zu uns getrottet kommt. Er stellt sich neben die Rattenfrau, wippt auf den Füßen vor und zurück, nimmt seinen Hut ab und hält ihn sich vor den Bauch, und mir fällt auf, dass ihm keine kleinen Finger fehlen.

»Was bringt dich in den Untergrund, mein Kind?« Er fährt zusammen, als würde er an etwas Schmerzhaftes erinnert, und reibt mit dem Daumen über die Hutkrempe.

»Ich finde«, sage ich. Ich hebe die Hüfte an, um meinen Aushang aus der Hosentasche zu ziehen.

Die Rattenfrau gibt noch etwas Alkohol auf den Stoff und macht sich an meinem zweiten Knie zu schaffen.

»Ich weiß, weshalb du hier bist. Mich hat man da draußen auch zurückgewiesen und gemieden. Und ihr wollte man da draußen nur wehtun. Aber hier wirst du den Frieden und die Liebe finden, nach der du suchst, genau wie wir.«

Ich schüttele den Kopf und zeige ihm meinen Zettel, da drückt die Rattenfrau das Stück Stoff an mein Knie, und ich rolle mich fest zusammen und fauche, so sehr brennt es.

»Ich hätte es auch nicht für möglich gehalten«, erklärt der Rattenmann, nestelt an seinem Hut und sieht mich mit seinen großen Augen unverwandt an. »Ich habe die Ratten gefüttert und mich mit ihnen angefreundet, und sie haben mich dann zu ihr geführt, wie sie mit einem Klumpen altem Kerzenwachs und einem Teller verbrannter Tagliatelle im Tunnel saß.«

Wieder dieses Lächeln, als würde ein wenig Himmel aufblitzen. Er leckt sich den Daumen und beugt sich dann vor, um der Frau eine Konstellation von Gurkensamen von der Wange zu wischen. Sie hält inne und nimmt den getränkten Stoff von meinem Knie, und als sie einander in die Augen sehen, zupft mich eine Geschichte am Ärmel, und mir fällt ein, wo ich diesen Gesichtsausdruck schon mal gesehen habe.

Als Lucy und Walter Lavender Senior sich begegneten, gab es keinen Kerzenschein und keine Tagliatelle, doch Lucys Blick wurde genauso sanft, als sie mit sich hebender und senkender Stimme die Geschichte erzählte, begleitet vom rhythmischen *schack-schack-schack* des Rührgeräts, mit dem sie Eischnee für Soufflés schlug.

Sie trafen sich auf einem Schiff, das einst die Küste North Carolinas patrouillierte und mittlerweile in New York City vor Anker lag, wo es hergerichtet und in eine Bar mit Restaurant umgewandelt worden war. Es war ein sonniger Nachmittag, und die Hälfte der Gäste schwankte bereits.

Kurz zuvor hatte Lucy erfahren, dass sie einen Praktikumsplatz beim Chefkonditor eines Restaurants mit zwei Michelin-Sternen ergattert hatte, und sie wollte eigentlich in der Küche bleiben und so lange üben, bis sie sicher Soufflés zubereiten konnte, die hoch genug aufgingen und nicht so sehr nach Ei schmeckten, doch die Frau, mit der sie sich den Herd teilte, legte ihr Veto für dieses Vorhaben ein und schleifte sie aus der Wohnung, um zu feiern.

Deswegen also stand Lucy mit dem Ellenbogen auf die Reling gelehnt und einem Bier in der Hand an Bord des Schiffs und aalte sich im Salz und in der Sonne. Neben ihr tanzte ein Mann mit geröteten Wangen ganz allein den Foxtrott, langsam, langsam, schnell, schnell – direkt in Lucy hinein. Die Bierflasche plumpste ins Wasser, und Lucy wäre ihr womöglich gefolgt, wäre Walter Lavender Senior nicht so schnell zur Stelle gewesen.

»Ich hab dich«, sagte er und hielt sie aufrecht, während sie noch von dem Beinahe-Unglück taumelte.

Sie strich sich die Haare zurück, und er sah sie sich genau an und lachte, als sie dem selbstvergessen tanzenden Mann einen aufrührerischen Blick zuwarf. Dann lud er sie und ihre Freundin ein, sich auf ein Bier zu ihm und ein paar Freunden von der Flugschule zu gesellen, und ehe Lucy wusste, wie ihr geschah, standen die Sterne am Himmel und berührten sich ihre Knie unter dem Tisch.

Jemand tippt mir an mein Knie, und mit einem Kopfschütteln wische ich die Sterne weg, und die Rattenfrau sagt: »So.«

Versuchsweise beuge ich mein Knie, und der Rattenmann hustet und fasst sich an den Saum seines verstaubten Mantels.

»Überhaupt kein Problem«, sagt er. »Wir wünschen uns schon lange ein Kind, und hier bist du jetzt, die Antwort.«

Er senkt den Kopf noch tiefer, als wäre ihm dieses Geständnis peinlich, und die Rattenfrau steht auf und umarmt strahlend seine gebeugten Schultern. Sie könnten jede Art von Paar sein, das sein gemeinsam aufgebautes Leben bewundert: Landwirte, die ihre Ländereien betrachten, Eltern, die ihrem Kind bei seinen ersten Gehversuchen zuschauen.

Ein Übelkeitsgefühl steigt zäh in mir hoch, und ich senke den Kopf und beschäftige mich damit, meine Hosenbeine wieder herunterzukrempeln. Der Mann und die Frau denken, ich sei hergekommen, um bei ihnen zu bleiben, ich sei wie sie und die Antwort, aber nichts davon ist wahr. Ich habe schon eine Mutter und einen Vater, auch wenn er verschwunden ist, und ich verspüre den Drang, darauf zu beharren, dass ich nicht zu den beiden hier gehöre, bis wir alle wissen, dass es stimmt.

Doch ich schlucke den Drang herunter, denn ich kann

sehen, wie sehr sie sich das hier gewünscht haben. Lucy sagt mir auch immer, ich sei ihre Antwort, ein Segen, und ich weiß, wie lange sie und Walter Lavender Senior auf mich gewartet haben, wie sie dabei über die Zukunft sprachen, um sich die Zeit zu vertreiben, und die Einzelheiten unseres bevorstehenden Lebens wie ein komplexes Diorama ausmeißelten, und ich weiß auch, wie enttäuscht sie jedes Mal waren, wenn es nicht klappte, und wie sie sich freuten, als das Warten ein Ende hatte und ich real wurde.

Ich komme auf die Füße, zeige ihnen erneut meinen Zettel und erkläre, dass ich nach einem Buch und einem Mann ohne kleine Finger suche, der das Buch fälschlicherweise für nicht mehr gewollt hielt und es verschwinden ließ, und dass ich ihn deswegen finden und darauf bestehen muss, dass er es zurückgibt, denn es ist nicht ungewollt, sondern verlorengegangen, es wird vermisst, und das mag wie das Gleiche erscheinen, ist aber grundlegend verschieden.

Das strahlende Gesicht der Rattenfrau gleitet in die Dunkelheit wie eine Sonnenfinsternis, und es ist hart, das mit anzusehen, denn ich weiß, wie es sich anfühlt, sich nach etwas zu sehnen, das einem fehlt. Die beiden hier gleichen mir, gehören ebenfalls nicht dazu, auch wenn es scheint, als würden sie das auch gar nicht mehr wollen. Sie haben selbst entschieden, sich in ihrer eigenen Welt abzuschotten, und das wiederum unterscheidet sie von mir, denn ich sehne mich nach dem Gegenteil.

Als ich zu Ende erklärt habe, streckt der Rattenmann die Hand nach der Rattenfrau aus, als würde er sie vorm Umkippen bewahren wollen, doch sie wehrt ihn ab. Aus den Falten ihres Mantels holt sie einen Feuerwehrwagen hervor, dem die Farbe ausgesaugt wurde, und hält ihn mir hin. Ich blicke auf ihren abgerissenen Ärmel hinab, der mit Zacken wie Haifischzähnen über ihrem Handgelenk endet, und erkenne, dass ihre Narben dort von Zigaretten kommen.

»Geh weiter«, sagt sie und lässt den Wagen meinen Arm hochfahren. »An den restlichen Kammern vorbei. Bis du am Ende ankommst.«

Sie parkt den Wagen auf meiner Schulter und fügt hinzu: »Da findest du Junker, den Schrottkönig.«

Ihre Augen gehen fast in den Wogen um ihre Iris unter, doch sie lächelt.

Sie zieht den Rattenmann am Ärmel, und er dreht sich um und watschelt voraus, um den Eimer aufzuheben. Dann streckt er seine freie Hand aus, wartet ab, bis die Rattenfrau sie ergreift, und gemeinsam gehen sie zur Seitentür, das Rattenmeer teilt sich und schließt sich wieder und reißt sie mit sich fort.

Ich gehe um den Kartonberg herum und behalte dabei die Seitentür im Auge. Es gibt keinerlei Anzeichen von Bewegung, keine kätzchengroße Ratte, die zurück in den Spielzeugraum sprintet. Erneut bin ich allein in der Stille, und diesmal ist sie tief und durchdringend, und mir fällt ein, woran mich das Rattenpaar erinnert – an das eine Mal, als ich den Mülltonnendeckel anhob und in der dunklen Feuchtigkeit zwei sanftbraune Pilzhüte auf dem schleimigen Boden sprießen sah, ganz ohne Nahrung, ganz ohne Licht.

Ich gehe an den Ausgang des Spielzeugraums zurück, und meine aufgeschürften Knie pochen dumpf und heiß. Ich werfe einen Blick den Tunnel hinunter. Das Rattenpaar ist zufrieden hier, sie leben von Liebe und Einsamkeit und warten darauf, dass das eine, was ihnen noch fehlt, zu ihnen gelangt. Was mich betrifft, ich habe keine Zeit zu warten, ich muss mich weiterbewegen, rennen, rennen, rennen, ohne anzuhalten, ohne mich umzuschauen, fort vom Grauen und hin zum Buch, und solange ich es finde, werde ich nicht enden wie sie, werde ich mich nicht damit zufriedengeben müssen, ungewollt zu sein.

Das Donnern in meiner Brust wird zum Rauschen des Windes, und obwohl ich weiß, dass das Rattenpaar die Ratten davon abhalten wird, mir zu folgen, renne ich doch mit brennenden Lungen weiter, denn ich weiß, dass der Tunnel mich direkt zum Buch führen wird und an den Ort, an den ich gehöre, und dass ich mich nicht verirre, wenn ich nur weiterlaufe.

Ich öffne den Mund, um die Luft in mich einzusaugen, und sie schmeckt nach Felsen und Erde, Feuchtigkeit und Mineralien, aber in Gedanken bin ich bereits zurück in der Patisserie, wo der Ofen warm und butterrein seufzt, und noch nie in meinem Leben hat etwas so köstlich geschmeckt.

KAPITEL 15

Nach und nach verlangsame ich mein Tempo, verfalle in Joggen und dann in Schritttempo. Die Glühbirnen im Tunnel leuchten in immer größeren Abständen, und ich komme unter blendenden Lichtflecken hindurch, gehe finstere Abschnitte entlang und an noch mehr Kammern vorbei, doch ich mache mir nicht mehr die Mühe, sie zu durchsuchen, jetzt, wo ich weiß, dass ich Junker, den Schrottkönig, am Ende des Tunnels finde.

Ich gehe, setze einen Fuß vor den anderen, und ich gehe in einer geraden Linie, und die Linie, die ich beschreite, ist so gerade, dass meine Sinne sich verzerren.

Ich bin bis an die Enden dieser Welt gegangen.

Ich bin nirgendwohin gegangen.

Die Zeit löst sich auf, wird zu einer nahtlosen Schleife in Form einer Acht. Vor mir erstreckt sich beständig der Tunnel, die Steinmauern undurchdringlich, meine Knie tun mir weh, und ich weiß nicht, wo ich bin oder wohin ich gehe oder wie lange ich brauchen werde, um dorthin zu gelangen, und all das bestätigt meine Ahnung, dass ich mich eventuell verlaufen habe.

Die Vorstellung, dass man, ohne es zu merken, einen Teil von sich verlieren könnte, war mir noch abstrus und abstrakt vorgekommen, als ich neben Nico saß. Würde man es nicht spüren, dass man falsch abgebogen war – einen kalten Schauer über den Rücken, die Dringlichkeit, nicht zu wissen, wo man ist, die Gefahr?

Doch vielleicht ist es auch so wie in diesem Moment, und die Reise, das Herumirren dauert endlos an, und es gibt nicht viele Anhaltspunkte, ob man sich in trügerische Gefilde begibt, wo man einfach nur meilenweit einen Tunnel der Banalität entlangläuft. Dennoch setze ich einen Fuß vor den anderen, denn ich habe es angefangen, also muss ich es auch zu Ende bringen.

Der Tunnel geht immer weiter, und sind inzwischen fünf Minuten vergangen oder eine Stunde? Die Gruppe wird nach einer Stunde wieder in den Zug steigen, aber es spielt keine Rolle, ob sie ohne mich abfahren; ich gehe nicht, ehe ich das Buch nicht gefunden habe.

Meine Füße beginnen zu pochen, bis ich sie schließlich kaum mehr wahrnehme und sie im Auge behalten muss, um sicherzugehen, dass sie noch laufen. Als ich wieder aufblicke, taucht vor den Tunnelmauern vor mir ein Maschendrahtzaun auf, und hinter dem Zaun steht eine Schaukel in Schwarz- und Weiß- und Grautönen, und noch ein Stück weiter den Tunnel entlang sind Hüpfekästchen auf dem Boden mit gemalten Kängurus darin.

Diesen Ort, diese Cartoon-Kängurus kenne ich: Es ist der Spielplatz meiner Grundschule. Ich betrachte den Zaun und gehe hindurch. Die Schaukeln sind leer bis auf einen kleinen Jungen, der geistesabwesend mit einem Fuß schaukelt und mit dem anderen trübsinnige Muster auf den Boden malt, und als ich Metall quietschen höre, erinnere ich mich daran, wie verrostet die Schaukeln waren und wie sie jedes Mal lauter quietschten, wenn die Luft feucht wurde, bevor es anfing zu regnen.

Der kleine Junge sieht mir mit weit aufgerissenen Augen

zu, wie ich näher komme, und die Enden seines Schals schlagen sanft gegen seine Brust, während er vor und zurück schaukelt. Sein Pulli ist meerblau, und die drei Fische vorn und der Seestern auf dem Ellenbogen sagen mir, zu welcher Zeit und in welcher Szene wir uns befinden. Es ist der allererste Schultag, und damals dachte ich, Vara Mae und ich könnten Freunde werden.

»Hi«, sage ich zu Mini-Walter.

»Was machst du da?«, fragt er misstrauisch.

Ich seufze und lehne mich an die Tunnelwand. »Ich suche das Buch. Es ist verschwunden.«

Bestürzt springt Mini-Walter von der Schaukel. Sie schlägt ihm in die Kniekehlen. »Du musst es finden«, sagt er.

»Ich weiß. Wenn nicht, verlieren wir die Patisserie. Aber keine Sorge. Ich weiß, wie man Verlorengegangenes findet.«

»Okay.« Er sieht nicht überzeugt aus und rührt sich nicht, blinzelt nicht.

Ich versuche es erneut. »Weißt du noch, als du die Pilotenanstecknadel verloren hast? Die habe ich auch gefunden. Weißt du noch, wann du sie zuletzt hattest? Du hast am Tisch neben dem Bücherregal gesessen. Du hast sie abgenommen und in der Hand gehalten und mit deinem T-Shirt poliert. Dann hast du sie wieder angesteckt, und dann war sie weg.«

»Wo war sie?«

»Unter dem Bücherregal, hinter einem der Füße.«

»Das ist gut.« Mini-Walter setzt sich wieder. »Hast du ihn auch gefunden?«

»Noch nicht. Aber ich suche noch, die Öllampe steht noch im Fenster.«

»Bist du schon kurz davor, das Buch zu finden?« Sein Gesichtsausdruck spricht Bände, die Augen fragend aufgerissen und darin Welten sich kreuzender Lichtstrahlen und verborgener Muster, und alles dreht sich nur um das Buch, die Patisserie.

Während ich Mini-Walter und die drei Fische auf seiner Brust betrachte, spüre ich ein Prickeln unter der Kopfhaut, gefolgt von einer kühlen Erkenntnis.

»Ich glaube schon. Aber ich weiß nicht, ob es alles wieder in Ordnung bringt, wenn ich es finde«, gebe ich zu. »Seitdem ich hier bin, sind mir ein paar Sachen aufgefallen, die ich bisher absichtlich übersehen habe.«

Ich hatte mir stets gesagt, ich sei allein, weil ich anders war – ich hatte eine Sprechstörung, ich hatte keinen Vater. Und weil ich eben so war, würde ich immer einsam und ein Außenseiter bleiben. Ich konnte gar nicht anders. Doch jetzt habe ich das Rattenpaar getroffen, und das hat mir gezeigt, dass ich mich genau wie sie dazu entschieden habe, aufzugeben und allein zu bleiben und in einer Welt nur für mich zu leben. Es war nicht so vorherbestimmt, ich selbst habe es so gewählt. Ich bin dem Rattenpaar ähnlicher, als ich zunächst angenommen habe. Auf gewisse Art und Weise laufe ich schon sehr lange durch diese Tunnel, von dem Moment vor sechs Jahren an, in dem ich mich dazu entschied, es nicht weiter zu versuchen. Werde ich etwa genau wie sie, wenn ich weiter in meinem Schweigen verharre? Ich denke an die tief vergrabene Angst davor, nicht mehr gewollt zu sein, das entfesselte Grauen, und ich stelle mir vor, wie ich Hosen aus einem Sofabezug schneidere und Schuhe aus einem anderen, und wie mir dabei Ratten an den zu einer Girlande gewucherten Haaren baumeln.

Zumindest hat das Rattenpaar akzeptiert, dass sie selbst diese Wahl getroffen haben, und sie versuchen nicht, sich vom Gegenteil zu überzeugen. Ich hingegen habe mich von der Wärme der Patisserie einhüllen lassen und mir eingeredet, dass die flüchtigen einseitigen Aufschübe, wenn ich Menschen durch ihre verlorengegangenen Besitztümer kennenlerne, bedeuten, dass ich doch nicht allein bin.

Ich lasse eine Hand über den rauen Fels an der Tunnelmauer gleiten, und unter meiner Berührung bröckeln Krumen wie Seepocken ab. Ich sehe ganz deutlich vor mir, in was für ein Leben ich mich selbst hineinbefördert habe, und dass ich gelernt habe, mich damit zufriedenzugeben. Und das kann das Buch nicht in Ordnung bringen. Ich schlucke und zwinge mich dazu weiterzureden. »Aber ich weiß auch, dass ich die Suche nach dem Buch nicht aufgeben kann.«

Mini-Walter sieht mich ernst an. »Ich hoffe, du findest es«, sagt er.

»Ich auch. Mehr als alles andere.«

Mini-Walter beschreibt einen Kreis mit seinem Zeh.

»Und was machst du?«

»Ach, du weißt schon«, entgegnet er, und das tue ich. Er sieht nach unten und verblasst ein wenig, als er versucht, nicht an den ersten Schultag zu denken, doch ich denke daran, denn das war der Tag, an dem der Samen gestreut wurde, das begreife ich jetzt.

Eine geschlagene Stunde hatte ich gebraucht, um mich zu entscheiden, was ich anziehen sollte, diesen meerblauen Pulli mit dem Seestern am Ellenbogen und den drei Fischen, die über die Brust schwammen, jeder Einzelne davon einzigartig in Farbe und Form. Als Lucy mich im Klassenzimmer der Erstklässler ablieferte, nahm sie die Lehrerin beiseite, um ihr von meinem Sprechen zu erzählen, und ich sah mich im Raum um, sah die auf dem Teppich kreisenden Planeten an, die in Vierergrüppchen zusammengeschobenen Tische und das Mädchen, das heulte, weil es Klebstoff auf sein Kleid bekommen hatte. Ich wusste seinen Namen nicht, aber ich erkannte es sofort.

Sie kam manchmal auf ihrem Fahrrad an der Patisserie vorbei, ein weißes und himmelblaues Rad, an dessen Lenker rechts und links blaue Bänder wie Mähnen neben ihr im Wind flatterten. Im Licht des Klassenzimmers glänzte ihr glattes Haar rotblond und golden, und in der Mittagspause sah ich sie auf dem Spielplatz und beschloss, mich ihr vorzustellen. Ich war ein wenig aufgeregt, aber sie war mir so vertraut, und ich hatte den Sommer über zusammen mit Lucy die Bewegungen für meine Begrüßung geübt.

Als ich dann aber zu ihr hinüberging und meine Sätze sorgsam aufsagte – *Ich. Hei. Sse. Wal. Ter. Wie. Heißt. Du* –, starrte sie mich nur verständnislos an und sagte weder »Hi, Walter, ich bin Vara Mae« noch »Dich hab ich schon mal in der Patisserie gesehen« oder »Fährst du auch gern Fahrrad?«. Stattdessen tat sie etwas, worauf ich nicht vorbereitet war.

Sie rümpfte die Nase und blieb stumm.

Mir schnürte sich die Kehle zu, und ich probierte es noch einmal. Beim zweiten Versuch hörte es sich noch schlimmer an, und ich konnte schmecken, wie die Angst und die Bestürzung hinten auf meiner Zunge zu etwas Saurem geronnen. Beinahe verschluckte ich mich daran, doch ich zwang mich zu einem dritten Versuch, und diesmal machte Vara Mae den Mund auf, und mit einer Mischung aus Verwirrung, Ekel und Aufregung platzte es aus ihr heraus: »Du redest aber komisch!« Und so fing das ganze Chaos an.

Eine Gruppe Kinder bildete einen Kreis um uns, während Vara Mae mit den Füßen stampfte und kreischte: »Sag das noch mal! Sag ihm, er soll es noch mal sagen!«, und sie krümmte sich, so heftig rief sie.

Es gab kein Entkommen; ich stolperte auf Lücken im Kreis

zu, doch jedes Mal schloss er sich enger um mich und stieß mich zurück. Ich saß in der Falle. Auf der Suche nach einem freundlichen Gesicht drehte ich mich wild um meine eigene Achse, aber die Kinder holten nach mir aus und gackerten, und eines von ihnen stichelte: »Sprich doch normal.«

Und: »Gleich heult er.«

Und: »Du bist so dämlich.«

Und: »Heulsuse.«

Es waren harte kleine Worte, die sie mir entgegenschleuderten, und ich zuckte zusammen, und obwohl mein Kiefer sich öffnete und meine Kehle sich verengte, bekam ich nichts hervor, kein einziges Wort, das ich zu meiner Verteidigung hätte zurückschleudern können. In der Mitte des Kreises schrumpfte ich und sank in mich zusammen, und ich umschlang mich selbst mit den Armen, damit man die drei Fische auf meinem Pulli nicht sah.

Die Menge löste sich erst auf, als eine x-beinige Lehrerin mühsam hermarschiert kam, woraufhin Vara Mae sofort in Tränen ausbrach. Ich versuchte, der Lehrerin zu erklären, dass ich lediglich mit ihr hatte reden wollen, doch Vara Mae heulte lauter, als ich stotterte, damit sie keinen Ärger bekam, und jaulte jedes Mal auf, wenn ich etwas zu sagen versuchte.

»Genug«, sagte die Lehrerin, und sie packte mich an den Schultern und schüttelte mich ein wenig. »Du hast jetzt genug von dir gegeben.«

Dann wandte sie sich tröstend an Vara Mae, und ich versuchte hysterisch, »Ich habe mit ihr geredet, ich habe mit ihr geredet« zu sagen, doch das löste einen so heftigen Weinkrampf bei Vara Mae aus, dass ihr eine Schmetterlingsspange aus den Haaren fiel, und die Lehrerin wirbelte zu mir herum.

»Was redest du? Sei still, du machst es nur noch schlimmer«, fuhr sie mich über Vara Maes Schluchzer hinweg an.

Getroffen wich ich zurück. Die Lehrerin strich Vara Mae eine rotblonde Strähne aus den verweinten Augen und wendete sich von mir ab, bevor sie sehen konnte, wie ihre Worte auf meiner Haut haften blieben und schwache schwarze Äderchen bildeten, wie eine Ansammlung hässlicher Warzen.

Nach dem ersten Schuljahr sah ich Vara Mae nie wieder, aber die Erinnerung an sie blieb, und seit diesem Tag fragte ich mich jedes Mal, wenn ich es probierte und wieder versagte, ob die Lehrerin nicht recht hatte. An jenem Tag tauchte die Angst auf, die zu meiner Entscheidung führen sollte. Ich hörte auf, es zu versuchen, weil ich mich nicht öffnen und mein zartes blau-violettes Inneres offenbaren wollte, denn das ist die Voraussetzung für echte Bindungen – nicht nur zuzuhören und aufzunehmen, sondern auch etwas von sich selbst zurückzugeben. Doch mit dieser Art, sich auf Bindungen einzulassen, geht ein Risiko einher, und ich befand, das sei es nicht wert, nicht, wenn ich das Gefühl an sich ganz ohne Risiko nachahmen konnte.

Ich dachte, ich hätte einen einfacheren Weg gefunden, Verbundenheit zu schaffen, und einen Platz, an den ich gehöre, doch obwohl ich mich nach Freundschaft sehne, war ich doch insgeheim die ganze Zeit über nicht dazu bereit, der Wahrheit dessen ins Auge zu blicken, was echte Freundschaft erfordert.

Mini-Walter muss mir meine Zerrissenheit angesehen haben, denn er springt auf und ruft alarmiert: »Du musst jetzt gehen.«

Er wedelt mich mit den Armen fort. »Geh weiter«, drängt er mich, so oft, bis ich endlich gehe, an den Schaukeln vorbei und über die Hüpfekästchen.

Eins … zwei … drei.

Ich senke den Blick und zähle meine Schritte, und die

Szene und Mini-Walter verschwinden, als ich sie hinter mir zurücklasse.

Dreiundzwanzig … vierundzwanzig … fünfundzwanzig.

»Ich bin ja nicht besonders ansehnlich, aber wenn du nicht guckst, wo du hinläufst, rennst du mich über den Haufen.«

Eine nasale, höfliche, mürrische Stimme. Ich hebe den Blick von meinen Turnschuhen, und vor mir sitzt der traurigste Mann, den ich je gesehen habe. Mitten im Tunnel rutscht er vorsichtig auf einem Stuhl hin und her, als wäre die Sitzfläche an genau den falschen Stellen uneben. Sein Gesicht sieht aus wie das eines Bassets, und sein rundes Bäuchlein liegt ihm auf dem Schoß. Sein langer Mantel ist aus schmuddeligen schwarzen Federn, und als eine verirrte Feder ihn zum Niesen bringt, erzittern seine Tränensäcke, Nase und Hängebacken.

»Dir gefallen meine Tunnel nicht.« Trübselig sieht er mich aus seinen hellroten Augen an, und als ich den Kopf schüttele, sickert das Elend so dickflüssig aus ihm heraus, dass ich schon beinahe damit rechne, dass er gleich wie ein platter Reifen vor meinen Füßen am Boden liegt. Ich blicke auf seine Hände, die er flach auf den Knien liegen hat, und als ich vier Finger an jeder Hand zähle, weiß ich, dass ich am Ende des Tunnels angelangt bin und den Junker gefunden habe – oder besser gesagt er mich gefunden hat. Ich wende den Blick ab, bevor er ihn bemerkt, und sehe ihm wieder ins Gesicht, aber er hat mich die ganze Zeit nicht aus den Augen gelassen.

»Als ich eine Aufschnittmaschine geputzt habe, die hinter einem Deli herumstand«, sagt er und hält die rechte Hand hoch. Dann hebt er die linke. »Hier hatte sich eine Säge verkantet, als ich einen zweiten Eingang aussägen wollte. War nicht zu vermeiden.« Er seufzt tief und lässt die Hände sinken. »Das hier ist kein Ort für Dinge, die vermisst werden.

Was machst du also hier? Du bist allein und verstaubt, aber beschwingt. Zielstrebig«, beschuldigt er mich. »Wer bist du? Was willst du?«

»Ich suche das hier.« Ich hole den Zettel aus meiner Hosentasche und falte ihn auseinander.

»Wenn du danach suchst, dann kann es nicht hier sein«, sagt er, rutscht aber trotzdem freudlos auf seinem Platz vor, um sich die Zeichnung des Buches näher anzuschauen. Ich warte auf das Aufflackern seiner pinken Augen, doch zu meinem Entsetzen ziehen sie sich hoch wie Jalousien und verschwinden hinten in seinem Schädel, und sein unförmiger Körper krümmt sich und zittert. Ich stürze mich auf ihn, obwohl er eine Hand hochhält, um mich abzuwehren, und alarmiert sehe ich zu, wie das Weiße seiner Augen von einer Seite zur anderen rollt. Dann bleiben sie still und rollen wieder zurück, und er dehnt sich den Nacken und steht auf, wobei sein Federmantel ihn erneut tränenreich niesen lässt.

Das Niesen ruft ein Echo hervor, und als ich am Junker vorbei- und den Echos hinterherschaue, entdecke ich hinter ihm eine leerstehende und mit Blech und getigerten Schildern tapezierte Halle, als wäre er der Wächter eines Baustelleneingangs.

»Das Buch kenne ich«, sagt er zu mir. »Es gehörte einem übelriechenden jungen Mann, der es nicht gebrauchen konnte, und deswegen gehört es jetzt hierher, zu mir. Du weißt vermutlich nicht, wer ich bin, oder?« Seine Tränensäcke rutschen noch tiefer.

Ich nicke, doch, und damit hat er nicht gerechnet.

»Junker, stets zu Diensten.« Einen Augenblick lang sieht er beinahe erfreut aus, doch dann legt sich erneut der melancholische Ausdruck auf sein Gesicht.

Ich frage, ob ich das Buch sehen darf, bereit dazu, wie Lucy die Arme vor der Brust zu verschränken und gegen seinen Widerwillen anzukämpfen, doch er zuckt die Achseln und sagt: »Es wird dich sicher enttäuschen, aber es gibt keinen Grund, weshalb du es nicht sehen solltest. Folge mir.«

KAPITEL 16

Wir durchqueren die Halle, und in meinem Kopf herrscht Chaos, Tausende Gedanken rasen voraus, zu wild und halb fertig, als dass ich sie einfangen könnte. Vor drei Türen bleiben wir stehen. Sie sehen alle gleich aus, schlicht und weiß mit glänzenden Türknäufen aus Eisen, und sind fest verschlossen, und es würde lediglich den Bruchteil einer Sekunde benötigen, nur die leichteste Veränderung, und Junker könnte es sich anders überlegen. In mir baut sich die Sorge auf, und, ohne nachzudenken, sage ich: *Das Buch hat Nico nie gehört, und es gehört auch nicht hierher, es wird vermisst, und du musst es mir zurückgeben.*

Zu lang, zu übereilt; ich höre, wie Geräusche aus meinem Mund hervorplatzen, vertauschte Konsonanten, verschluckte Silben und seltsame Anordnungen.

»Dabuha. Nionie. Es-gö?«, wiederholt Junker vorsichtig. Verständnislos runzelt er die Stirn, und meine Haut kribbelt, so peinlich ist es mir.

»Auch gut. Ich wusste ja, dass es irgendwann passieren muss – die Hände schon beeinträchtigt, dann macht das Gehör schlapp. Nicht mehr lange, und ich kann nicht mehr anständig gucken und riechen«, murmelt er und fällt sich dann mit einem forschen Flattern seines Mantels selbst ins Wort. »Das ist dir natürlich egal. Such dir eine Tür aus. Dein Schicksal liegt in deinen Händen.«

Ich sehe mir die Türen an, und keine sieht besser oder schlechter aus als die andere. Ich zeige auf die Tür in der Mitte, und meine Waden spannen sich an, als würden sich Fäden und Drähte fest zusammenschnüren, doch Junker dreht lediglich den Knauf, stößt die Tür auf, winkt mich hindurch und schließt sie hinter uns wieder.

»Sie führen alle an den gleichen Ort«, gesteht er mir, als wir durch einen kurzen Tunnel auf einen Lichtkreis zugehen. »Heutzutage sind ja alle am Häuserbauen. Wo all die zusätzlichen Türen herumliegen, dachte ich mir, da kann ich sie ebenso gut anbringen.«

Der Geruch nach angekokeltem Gummi und verfaulten Eiern weht in den Tunnel, als wir uns dem Ende nähern, und Junker tritt ins Licht und bedeutet mir, ihm zu folgen. Ich ziehe mir den Ärmel über die Hand, halte sie mir vor die Nase und stelle mich zu ihm auf eine Plattform, die wie die oberste Stufe einer Feuertreppe aussieht, und sofort hebe ich mein Kinn, damit mein Blick nicht durch das Stahlgitter unter meinen Füßen fällt. Vor uns öffnet sich ein gewaltiger Raum, eine Betonhalle so groß wie ein Football-Stadion, und ich vergesse den Gestank und atme unvermittelt tief ein.

Dieser Ort sieht aus, als wäre er für etwas bestimmt gewesen, bevor man die Pläne wieder verwarf, eine Endstation, die niemand mehr wollte, als erst einmal die Erde ausgehoben und der Zement getrocknet und eine verlorene Welt unterhalb der bevölkerten erschaffen worden war.

Das Licht ist weich und diffus wie durch Nebel und fällt durch kleine, in Grüppchen in die Decke eingelassene Glasscheiben. Ich stelle mir die Menschen darüber vor, wie sie über die Eisenabdeckung gehen – und mich selbst, all die Male, die ich Rissen und Ritzen auf dem Bürgersteig ausgewichen bin. Vielleicht bin ich auf genau diese Oberlichter getreten, reihenweise violette Linsen, eisengerahmt und mit Bläschen darin, nur dass sie aus meiner Perspektive nach nichts Besonderem aussahen.

Wenn man allerdings darunter steht und hochschaut, erleuchten diese schlichten Prismen alles um einen herum – ein Flickwerk aus Grau- und Blautönen mit dem gelegentlichen Rot oder Orange an der Decke, eine Miniaturstadt.

»Willkommen in meinem Königreich«, sagt Junker und geht die Stufen hinab, die von der Mitte der Plattform nach unten führen. Durch den Mund atmend folge ich ihm bis zum Boden.

Hier unten ist die Erde mit Dreckklumpen und verschlungenen gummiartigen Kabelhaufen bedeckt, die wie gestrandeter Seetang aussehen, mit zersplitterten Holzbohlen und verrostetem Metall, und Junker geht voraus durch ein Netz aus Gängen wie Straßen, die durch den Schutt führen und von bunt zusammengewürfelten Hütten aus Metallschrott und Planen und verblichenen Plakaten und Schnur gesäumt sind.

»Du wünschst dir bestimmt, du wärst woanders«, bemerkt Junker. »Diese Bruchbuden stürzen jeden Moment ein.«

Wir gehen trotzdem weiter, steigen über Flaschen und Kippen, und überall sehe ich Bettlaken und Kleidungsstücke, Hosen und Blusen und Unterwäsche hängen an Drähten und liegen ausgebreitet auf Dächern und tropfen von Vorsprüngen. Ich bemerke kaum noch den Geruch, denn ich horche angestrengt nach undeutlichem Stimmengewirr, weinenden Babys, klapperndem Geschirr und Hundegebell. Auf den Straßen sollte es vor Leben nur so wimmeln, aber egal wie sehr ich lausche und mich umsehe, um uns herum bleibt es menschenleer und trostlos.

Wie sein Hüter ist auch das Königreich das Traurigste, das ich je gesehen habe.

Wir biegen rechts ab in eine von Schlaglöchern übersäte Straße, und Junker bückt sich und hebt ein tragbares Tonbandgerät auf, das halb in einer Staubpfütze versinkt. »Das muss neu sein«, ruft er. »Kommt mir nicht bekannt vor. Ich muss es letztes Mal mitgenommen haben.«

Er schüttelt es und drückt den Knopf mit einem auf der Seite liegenden Dreieck darauf. Dann hält er es sich mit beiden Händen ans Ohr und wartet ab. Nach einem langen Knistern drückt er den Knopf mit dem Quadrat. Das Band ist leer, und ich frage mich, wie das Gerät hier gelandet ist und was es hier überhaupt macht.

Als ich darauf zeige und mit einem Schulterzucken nachfrage, legt Junker den Kopf in den Nacken und sieht zu den Oberlichtern hinauf.

»Weißt du, wie viele Dinge da draußen niemand mehr haben will, wenn man nur danach Ausschau hält? Wenn es hier unten zu ruhig wird, unternehme ich oberirdische Ausflüge, und da finde ich sie überall. So habe ich auch diese Stadt hier aufgebaut, Schaufel für Schaufel und Stück für Stück.«

Wir gehen weiter die Straße mit den Schlaglöchern entlang, und Junker fummelt an dem Tonbandgerät herum, spult zurück und drückt wieder auf Play. »Mir gefallen solche Projekte ganz gut, etwas zu erschaffen aus – na ja, aus schlimmer als nichts, wenn man mal drüber nachdenkt. Wenn ich nichts mit all diesem unerwünschten Zeug machen würde, würde es sich nur anhäufen, und das wäre ein heilloses Durcheinander, aber zufällig habe ich nichts als Unmengen von Zeit zur Verfügung.«

Das klingt zugleich hoffnungslos und edel, und ich hole mein Notizbuch hervor. DENN JEDER GEGENSTAND BRAUCHT SEINEN PLATZ UND SEINEN GRUND, schreibe ich.

Erneut biegen wir rechts ab. Noch mehr Häuschen, und über uns kreuzen sich die Wäscheleinen, und die Straße ist gesäumt mit munteren gelben und lilafarbenen Tupfern, Löwenzahn und Disteln, die Junker in zerbrochene Töpfe gepflanzt hat.

»Wo gehen wir hin?« Die wackligen Hütten starren mich an, sanftmütig und unheimlich, und ich frage mich, in welcher von ihnen wohl das Buch ist.

»Wo sollte ein Buch wohl hingehören, wenn nicht in die Bibliothek?«, fragt er, und aus irgendeinem Grund haut mich das um, und ich lache.

Junkers Miene erhellt sich. »Ich mag Geschichten unglaublich gern.«

Dann macht er wieder ein langes Gesicht, und zunehmend hektisch drückt er die Knöpfe auf dem Tonbandgerät. »Ich vermute, du kennst keine Geschichten«, sagt er halbherzig, aber die Spitzen seiner schwarzen Federn zittern ein klein wenig, und seine Fingerknöchel treten weiß hervor, so fest umklammert hält er den Apparat in seinen Händen.

Ich schüttele den Kopf. Ich würde sie nicht richtig wiedergeben, und er würde falsch darauf reagieren, wie es meiner Erfahrung nach die meisten tun, und es nicht verstehen. Ich kann ihn nicht ansehen, also schaue ich mich um. Das Haus neben mir hat ein Fenster aus Klarsichtfolie. Drinnen hat Junker einen Tisch mit altmodischen Teetassen und Tellern und nicht zusammenpassende Stäbchen aufgestellt.

Ich gehe näher ans Fenster. Die Teetassen mit pflichtgemäß auf drei Uhr ausgerichteten Griffen. Die Stäbchen sorgsam links neben dem Teller angeordnet. Der mit Klebeband zusammengehaltene Tisch. Jeder Gegenstand nicht mehr gewollt, aber hier wurde ihm wieder eine Existenzberechtigung gegeben. Trotzdem, letztendlich tun sie nur so.

Wie ich so in diesem Zuhause stehe, das Junker in seiner Einsamkeit erschaffen hat, Schaufel für Schaufel und Stück für Stück, frage ich mich, ob dieser Mann noch eine mögliche zukünftige Version von mir darstellt.

Das gleiche traurige Dasein, und doch von Grund auf verschieden.

Junker hat keine andere Wahl, und er schirmt sich nicht von seiner Misere ab. Stattdessen blickt er ihr direkt ins Auge und empfängt sie mit offenen Armen, und das ist zumindest mutig und wahrhaftig. Er ist nicht ich.

Federn rascheln. Junker steht neben mir, das Tonbandgerät in den Händen, und schaut sich die Küchenszene an, die er nachgestellt hat, und mir wird klar, dass er dem Gerät einen Sinn geben will, und ich verstehe auch den Zweck seiner Geschichten, denn es ist der gleiche wie bei meinen – für eine Weile lenken sie ihn vom Schmerz ab.

Ich kann nicht erahnen, wie viel größer Junkers Schmerz sein muss und wie lange er ihn schon erträgt, und das bedeutet, dass er diese Geschichte nötiger braucht, als ich mich schützen muss.

Ich wende mich vom Fenster ab und öffne den Mund, schließe ihn dann aber wieder. Es ist schwer, einen Schritt nach vorne zu machen, weg von der alten Lüge, dass es alles nur schlimmer macht, wenn ich spreche, auch wenn ich weiß, dass man meine Stimme hören kann. Selbst wenn ich es nicht schaffe, ich kann es versuchen.

Ich nehme Junker das Tonbandgerät aus den Händen und wähle meine Worte mit Bedacht. »Ich kenne eine. Geschichte.«

Während ich so tue, als würde ich in die Flamme meiner Öllampe schauen, rufe ich mir den endlosen Strudel ins Gedächtnis, die Erinnerung aus Wasser und Sonne, die tiefe

Stimme, die mich umgibt, so zeitlos und unendlich wie der Nachthimmel. Darauf konzentriere ich mich, und an die von Leben erfüllte Patisserie und die unerschütterliche Flamme, und dann drücke ich den roten Knopf.

»Es war einmal ein Junge, der sich nie hätte träumen lassen, dass er eines Tages fliegen könnte.«

Meine Stimme ist leise und zerbrechlich und nicht wie ich mir Walter Lavender Seniors Stimme vorstelle, und beinahe höre ich direkt wieder auf, als ich sie so im Freien höre, aber dann erzähle ich langsam und holprig, so gut ich eben kann, die Geschichte, die Walter Lavender Senior mir erzählte, bevor er verschwand, die Geschichte, von der ich glaube, dass ich sie am besten erzählen kann, weil ich sie so oft in meinem Kopf erzählt habe.

Wir biegen rechts ab in Richtung Stadtzentrum, und ich fixiere das blinkende rote Lämpchen, damit ich nicht aus Versehen einen Blick auf Junkers Gesichtsausdruck erhasche, und solange das Lämpchen blinkt, erzähle ich weiter, und irgendwann höre ich wieder seine Stimme in meinem Kopf, ganz allmählich, wie sie sich über meine eigene legt, bis meine Worte schließlich seine werden.

Ich erzähle Junker, wie das Leben des Jungen aussah, als er die Meerjungfrau traf, und wie es sich veränderte, nachdem sie ihm zu seinen Flügeln verhalf, und dann ende ich: »Und eines Tages tat er es. Breitete die Arme aus und flog übers Wasser.« Doch es fühlt sich nicht richtig an, die Aufnahme damit zu beenden. Ich habe die Eingebung, noch etwas Neues hinzuzufügen.

»Und eine ganze Weile lang sah ihn niemand mehr. Aber das ist noch nicht das Ende.«

Wie alles, was verlorengeht, musste er Hinweise hinterlassen haben, die einem die Richtung weisen. Ein silbriger

Dunst, eine zu Wolken gefrorene Tränenspur. Ich habe alles gelernt, was ich über Walter Lavender Senior lernen konnte; ich weiß, wonach ich Ausschau halten muss: Wenn ich die Zeichen sehe, würde ich sie erkennen. Auch wenn ich bisher nur auf Leerzeichen gestoßen bin, weiß ich doch, dass ich nicht aufgeben darf, denn ich habe schon Fälle gehabt, bei denen die Person genau dann aufhörte zu suchen, als sie kurz davor stand, das verlorengegangene Objekt zu finden.

Die Frau mit dem Unternehmen für eingelegtes Obst hatte nur einen Moment zu früh aufgegeben, und deswegen traf ich sie auch nicht über einen Aushang, sondern lernte sie auf dem Bauernmarkt kennen. Ich war mit Lucy dort, die ein Rezept für eine Napoleon-Torte entwickeln wollte, das von Mango und klebrigem Reis inspiriert war. Das hatte sie oft gegessen, als Walter Lavender Senior einen Monat lang die Strecke nach Thailand flog. Am Stand mit den eingelegten Früchten bestellte sie zwei Dutzend Gläser eingelegte Mango, und die Verkäuferin entschuldigte sich für ihre Zerstreutheit, die daher rührte, dass sie gerade eine Sammlung Zinnfingerhüte verloren hatte, die ihrer Mutter gehörten.

Als ich die Frau nach den Fingerhüten ausfragte, offenbarte sie mir Geheimnisse, die man nur einem Freund oder einer Freundin anvertraute – wie sie die Adoptionspapiere in einem Paar Pantoffeln gefunden hatte, das ihre Mutter nie trug, dass sie deswegen nicht mehr mit ihrer Mutter redete und dass ihre Mutter einen Autounfall hatte, als sie immer noch nicht miteinander sprachen. Seitdem hatte sie die Fingerhüte ihrer Mutter immer bei sich, manchmal trug sie sie auf den Fingern und unterhielt sich mit ihnen über ihr Leben, und wie kleine Zinnfiguren antworteten sie ihr.

Sie hielt eine Hand hoch und zeigte mir ihre bloßen Finger, und dort entdeckte ich die silbernen Spitzen wie dauerhafte

Lichtfingerhüte – und die größere Wahrheit, die die Frau nicht offenbarte, nämlich dass sie die Fingerhüte die ganze Zeit trug. Ihr Bedauern, das Vermissen.

Die Fingerhüte waren nicht in ihrer Schachtel auf der Kommode, also fragte ich die Verkäuferin, wo sie ihre Nähsachen aufbewahrte. Sie tat den Gedanken ab, sagte, sie habe ihren Geschirrschrank aus Kiefernholz bereits komplett auf den Kopf gestellt, doch ich sah ihn mir trotzdem genauer an, und um den Griff der untersten Schublade gewickelt entdeckte ich, was sie übersehen hatte: das Ende eines transparenten Garns, dessen Anfang, der dort aus ihrem Ärmel hing, wo sie einen Riss geflickt hatte, nun ebenfalls aufleuchtete.

Ganz hinten in der Schublade fand ich die verlorenen Fingerhüte. Die Frau hatte tatsächlich den Geschirrschrank durchsucht, doch mit jeder herausgezogenen Schublade wuchs ihre Verzweiflung an, und als sie bei der untersten angekommen war, ging sie bereits davon aus, dass die Fingerhüte weg waren, und gab auf, bevor sie ganz hinten angelangt war.

Sie war nicht die Erste, die zu früh aufhörte zu suchen – kein ungewöhnlicher Fehler, aber ein großer, und ich werde das juckende, nagende Gefühl nicht los, dass ich an der Schwelle dazu stehe, ein Zeichen von Walter Lavender Senior zu finden, und deswegen suche ich weiter, direkt und auf Umwegen.

Das rote Lämpchen am Aufnahmegerät blinkt nun schneller, und ich komme wirklich zum Ende: »Fortsetzung folgt.«

Schließlich werfe ich einen verstohlenen Blick auf Junker. Das Gesicht merkwürdig verzogen, blickt er in die Ferne. Ich lasse den roten Knopf los, um die Aufnahme zu beenden, und mache mich auf das Stechen und das Brennen gefasst. Junker niest und kommt wieder zu sich. Ich gebe ihm das Tonbandgerät. Er steckt es sich in den Mantel, und seine Federn erzittern. Wir biegen rechts ab, weiter Richtung Zentrum.

»Genau das ist es«, sagt er und tätschelt seinen Mantel, ertastet die harten Kunststoffkanten des Tonbandgeräts, und da begreife ich, dass er sich freut.

Ich stelle ihn mir vor, wie er Unkraut in gepflegten Reihen aussät und Tische für Mahlzeiten deckt, die nie eingenommen werden, und sich, sooft er möchte, diese neue Geschichte anhört, während er auf immer und ewig vergraben vor sich hin ackert. All die Male, die es nicht wert waren – diesmal war es das wert, und nie zuvor ist es wichtiger gewesen, dass ich da bin.

Die nächste Straße, in die wir einbiegen, ist von Straßenbahnwagen und Bussen und Lieferwagen gesäumt, und ich denke, dass es jetzt nicht mehr weit sein kann.

Junker hustet sich die Spinnweben aus dem Hals und sagt schüchtern: »Da sind wir. Die Bibliothek.«

Er bedeutet mir vorzugehen, und ich sehe mich erneut um. Nur verlassene Fahrzeuge stehen auf dieser Straße, keine einzige heruntergekommene Hütte ist in Sicht. Hilfesuchend sehe ich Junker an, doch er lehnt an einem Bus ohne Räder und pult mürrisch die abblätternde Farbe ab wie lose Hautschuppen. Ich wandere die Straße entlang, spähe unter Stoßstangen, nur um sicherzugehen, und dann bleibe ich mitten auf der Straße stehen, lasse meinen Blick eine Reihe kaputter Fahrzeuge entlanghüpfen und lande auf einem Straßenbahnwagen.

Junker muss ihn erst kürzlich neu gestrichen haben; er ist strahlend blau, an einer Seite fehlt komplett die Verschalung, und das Innere ist nicht leer – es ist dicht gefüllt wie eine geriffelte Lunge, und als ich näher komme, erkenne ich Bücherregale, die den gesamten Innenraum ausfüllen und vollgestopft sind mit Büchern. Das also hat er getan: eine Bibliothek aus nicht mehr gewollten Fahrzeugen gebaut.

Ich überquere die Straße und ziehe die hinteren Türen eines Lieferwagens auf. Das Äußere ist verrostet, doch die Scharniere sind geölt und leichtgängig. An den Seiten ragen Regalbretter voller Bücher hervor. Ich werfe die Türen wieder zu und hüpfe in einen ehemaligen Schulbus. Statt der vinylbezogenen Zweiersitze hat Junker auch hier Bücherregale eingebaut, eins auf jeder Seite, und ich schüttele staunend den Kopf.

Ich laufe den Gang entlang, lasse meine Hand über die Buchrücken streifen und suche nach einer Spur, aber es springt mir kein Hinweis entgegen. Wo hat er das Buch einsortiert?

Ich sause die Straße hinunter zu Junker.

»Ich hab doch gesagt, es würde dich enttäuschen«, sagt er umgehend, doch ich schüttele heftig den Kopf, und er sagt: »Oh! Gefällt es dir?«, und ich nicke ebenso heftig.

Er duckt sich, kann aber den Schimmer, der von seinem Scheitel strahlt, nicht unterdrücken. »Ich hab mich gefragt, ob sie vielleicht versucht haben, eine Strecke für die Abfallzüge durch diese Tunnel zu bauen. Also habe ich nach vernagelten Eingängen auf den Betriebshöfen gesucht und da einen gefunden, der hierherführte.«

Er starrt weiter auf seine Hände hinunter, und deswegen fällt mir auf, dass er ein Buch umklammert hält. Zögerlich wie die zarten Triebe einer jungen Erbsenpflanze breitet sich die Wärme in meiner Brust aus. Den Blick immer noch gesenkt, streckt er mir die Arme entgegen, und da zwischen seinen Handtellern, nur fünf Zentimeter von meiner Nase entfernt, ist das Buch. Wie geschmolzenes Sonnenlicht durchströmt mich die Freude, warm und sprudelnd.

Ich hole tief Luft. »Das ist mein verlorenes Buch. Es ist wieder da.«

Ich strecke eine Hand aus, doch Junker sieht angespannt aus. Dann klopft er leicht auf seinen Mantel, viermal, für jede Ecke des Tonbandgeräts, und seine Miene hellt sich wieder auf, er nickt mir entschlossen zu und öffnet seine Hände. Ich presse mir das Buch an die Brust, bis meine Hände aufhören zu zittern, damit ich die beiden bereits gefundenen Seiten hervorholen kann.

Ich schlage das Buch auf und balanciere es auf einer Hand, und da sehe ich die erste Seite, nun wiedergefunden. Ich schließe die Augen, und etwas leuchtet vor meinen Lidern auf, weiß und kalt wie Schnee im Mondschein. Aus dem Gedächtnis fahre ich die Linien der Zeichnung nach, das spinnennetzartige Straßenlabyrinth, die sich über die ganze Seite wölbenden Sternschnuppen.

Dann blättere ich um, bekomme einen Schlag in die Magengrube und blättere wieder zurück. Die zweite Seite fehlt. Doch die dritte Seite ist da, und ich spüre, wie mein Herz schneller zu schlagen anfängt, genau wie die Räder des Zuges, der von der Seite angefaucht kommt und in den Tunnel hineinrast, der Wind ihm hinterher, der mir ins Haar und unter die Ärmel fährt. Genauso still und verzaubert wie der junge Mann, der die Frau auf der anderen Seite der Subway-Haltestelle ansieht, stehe ich da. Ihr Haar schlägt ihr ins stolze Gesicht, ihr Umhang aus Eis auffallend hell vor der banalen Szenerie aus Beton und Mülleimern und Säulen und Subway-Plänen.

Die vierte Seite ist die aus Nicos Schlafsack – auf der sich auch die Frau verliebt und ihren Umhang aus Eis ablegt –, und ich lege sie ins Buch. Dann geht die Geschichte mit der Seite von Lan weiter, auf der die junge Frau verlassen und allein ist, und ich streiche die Seite glatt und lege sie ebenfalls hinein.

Dann blättere ich weiter –

Und das war es. Es gibt keine Seiten mehr, die man umblättern könnte, aber so sollte es nicht sein.

»Der Großteil der Geschichte fehlt«, erklärt Junker eilig. »Der Mittelteil fehlte schon, als ich es gefunden habe. Als ich es auf dem Heimweg las, hat das Mädchen neben mir angefangen mitzulesen. Sie hat gesagt, sie würde sich auf der zweiten Seite wiedererkennen, und auch, dass das Ende immer das Spannendste sei. Der Teil, der bleibt. Sie wollte die Seiten so sehr, dass sie nicht wegsehen konnte, also konnte ich die Seiten nicht mitnehmen, sie gehörten nicht mehr hierher. Selbst mit der Lücke war die Geschichte noch verzaubernd, ich hätte es besser wissen sollen, als zu glauben …«

Junkers Federn welken ein wenig, und er sieht mich niedergeschlagen an und sagt: »Ich dachte, dass du vielleicht sofort gehen würdest, wenn du es wüsstest.« Ich spüre, wie auch mein Herz welkt, und die riesige Höhle ist zu klein, zu eng, so grau.

Ich klappe das Buch zu, drücke es nochmals an mich und stecke es ein. Noch drei Seiten. Es sollte sich wie ein Sieg anfühlen, aber ich fühle mich geschlagen. Ich habe das Buch gefunden und im nächsten Augenblick wieder verloren, und ich bin erschöpft von der Anstrengung zu suchen und noch mehr von der Anstrengung zu sprechen.

»Sei nicht traurig«, sagt Junker und wedelt betrübt mit den Armen, so dass ein paar Federn auf meine Turnschuhe segeln. »Du kannst sie finden. Ich erzähle dir, woran ich mich erinnere, und dann kannst du sie suchen gehen.«

Seine Worte schicken einen Schuss Energie durch meine Adern. Die Hälfte habe ich schon geschafft. Milton wartet sicherlich auf mich und macht sich Sorgen, und Lucy ebenfalls, wenn sie nicht sogar schon eine Suchaktion gestartet hat. Die Zeit läuft wieder, und ich muss mich beeilen und den Rest des Buches finden, bevor der Vermieter sich den Laden schnappt oder ein Polizist mich.

»Wie kann ich sie finden?«, frage ich nun wieder lebhafter.

Junker verkrampft sich, und seine Augen rollen wieder nach hinten, so dass das Weiße glänzt wie ein gepelltes gekochtes Ei. Eine Sekunde später rollen sie wieder vor, und Junker wischt sich eine Feder von der Nase.

»Sie hatte schwarze Haare in einem Dutt. Und einen Rucksack. Auf dem Schild daran stand *Ruby Fontaine*. Und auf dem T-Shirt stand Rudolf Steiner Schule und Turnen.«

»Gehen wir«, sage ich.

Der Rückweg spiegelt unseren Hinweg, wir nehmen dieselbe Strecke, diesmal zuerst den gelben und lilafarbenen Weg entlang, dann über die Straße mit den Schlaglöchern und der Wäsche auf der Leine und den Baracken aus Metallschrott. Als wir uns der Feuertreppe nähern, wird Junker langsamer und tonnenschwer und kämpft mit jedem Schritt dagegen an, nicht zu Boden zu sinken. Selbst seine Mundwinkel werden nach unten gezogen.

»Du willst wahrscheinlich nicht, aber du kannst gern noch bleiben«, sagt er.

Er blickt hoch zum grauen Fenster in der Decke, als würde er darauf warten, dass eine riesige Hand herunterreicht und ihn einsammelt. Das fahle Licht fällt wie die Morgendämmerung herein, darunter breitet sich die Miniaturstadt aus, und ich spüre, wie eine furchtlose Energie mir über die Haut strömt.

Ich kann nicht bleiben, nicht, wo ich ein Buch finden und einen Laden retten muss. Vor allem aber will ich auch gar nicht bleiben. Das Rattenpaar hat mir die Augen geöffnet;

anstatt dass ich durch diese Tunnel spaziere, bis auch mich niemand mehr will, muss ich mich zu meiner Angst bekennen und mich ihr stellen, damit sich mein Kopf öffnen kann und meine Stimme, meine Worte, herausströmen.

Vielleicht bemerkt Junker die Veränderung, denn er tritt aus dem Dämmerlicht und übernimmt wieder die Führung. Mein Verstand ist klar, und ich hole Luft. »Ich brauche einen kürzeren Weg zurück.«

»Du willst eine Abkürzung, damit du so schnell wie möglich wegkannst«, stellt er fest, und das kann ich nicht abstreiten. Er lässt den Kopf hängen. »Im Gang gibt es eine Abstellkammer.«

Wir steigen die Feuertreppe hoch und gehen zurück in den Gang, wo Junker sich auf seinen unebenen Stuhl setzt.

»Da hoch«, sagt er und zeigt auf eine Tür links von sich.

»Dank ...«

»Hoch, hoch«, wiederholt er barsch und wedelt mit seinem gefiederten Arm Richtung Tür, also sage ich stattdessen: »Auf Wiedersehen.«

Er beugt sich über sein Tonbandgerät und weigert sich, mich anzusehen. Als ich an ihm vorbeigehe, drückt er einen Knopf und starrt auf die Speichen des Bands, während es zurückspult.

Ich gehe in die Abstellkammer und blicke eine Wendeltreppe hoch, die sich bis in die Dunkelheit erstreckt, und im Gang ertönt meine aufgenommene Stimme, brüchig, aber entschieden, und ich schließe die Tür hinter mir und beginne meinen Aufstieg, klammere mich dabei ans Geländer und bin dankbar, dass ich nicht sehen kann, wie der Erdboden sich unter mir immer weiter entfernt.

KAPITEL 17

Meine Beine fühlen sich schwer an, und meine Knie sind taub, als ich oben anlange. Ich lasse mich gegen die Tür fallen, sie schwingt auf, und ich stolpere in den Tunnel. Dann schwingt sie wieder zu, und ich sehe die fröhlichen Verpackungen auf dem Boden und in den Regalen liegen – durch die Vorratskammer gelangt man also auch in einen Geheimgang.

Im Tunnel ist es leer, aber ich will kein Risiko eingehen und laufe zügig los, wobei ich auf Hinweise auf Ratten oder das Rattenpaar achte. Die verrostete Leiter hoch, und dann taste ich mich durch die Dunkelheit in dem niedrigen Gang, bis ich ein paar bernsteinfarbene Augen leuchten sehe. Milton bellt, und ich schwimme schneller auf die Öffnung zu. Er kriecht aus dem Tunnel, ich krabbele hinterher. Als sich meine Augen an die Lichtveränderung gewöhnt haben, liegt Milton bereits sich windend und rudernd auf dem Rücken, und ich kraule ihm die zottelige Achsel, während sein linkes Bein in die Luft tritt. Irgendwo nicht weit weg pfeift ein Zug.

»Noch fünf Minuten«, ruft der Reiseleiter, und ich brauche einen Moment, um seine Stimme einzuordnen, und noch einen, um zu verstehen, dass ich in weniger als einer Stunde wieder zu meinem Ausgangspunkt zurückgekehrt bin.

Milton und ich kommen aus unserem Gang hervor, und wir gesellen uns wieder zu den Touristen, die auf dem Bahnsteig umherschwirren und sich gerade versammeln. Der Gruppenleiter winkt uns in den Zug, und ich drehe mich um und sehe zu, wie die Station inmitten von freundlichem Gesumme und Geplauder wieder in der Dunkelheit versinkt.

An der Haltestelle Broadway-Lafayette steigen wir aus, denn ich weiß, dass es dort die Straße runter eine Bibliothek gibt, wo ich Ruby Fontaines Schule nachschlagen kann.

»Keine Tiere«, weist mich der Mann am Eingang an, und ich bleibe stehen und sage nichts, bis er mich hereinwinkt. Drinnen riecht es warm nach Schlaf, und der Computer hat Fingerabdrücke auf dem Bildschirm. Es ist 12:19 Uhr. Lucy wird inzwischen definitiv wissen, dass ich nicht in der Schule angekommen bin, und sie würde sicher keine Zeit verlieren, mich als vermisst zu melden, und aufgrund meines Alters und meiner Sprechstörung gibt der zuständige Polizist dem Fall womöglich Priorität – und was, wenn schon offiziell eine Vermisstenmeldung rausgegangen ist?

Ich suche nach meinem Namen, und auf dem Bildschirm erstrahlt mein Gesicht. Angst durchfährt mich – ein Klotz aus Buchstaben schreit VERMISST –, und ich beeile mich, das Fenster zu schließen, bevor irgendjemand es sieht.

Ich starre auf die Tastatur und warte ab, dass meine Angst abklingt. Meine Hand zuckt noch vom Nachbeben. Solange ich meine eigene Suche durchführe, muss ich dieser Suche nach mir um jeden Preis ausweichen, also muss ich unsichtbar sein und die Augen offen halten nach angehaltenen Streifenwagen und anhaltenden Blicken. Es stört mich, dass Lucy womöglich denkt, ich sei von zu Hause weggelaufen, aber ich hoffe, sie weiß, dass ich auf der Suche bin und so schnell ich kann nach Hause zurückkomme. Ich sende ihr ein telepathisches Update, dass es mir gutgeht.

Ohne noch mehr Zeit zu verlieren, suche ich nach der Rudolf Steiner Schule und notiere mir 79 und MADISON in mein Büchlein. Dann nehmen Milton und ich die nächste 6 nach Uptown. Ich bin enttäuscht, als die Stimme der Ansage nicht die von Sally Fields, Ausnahmesängerin, ist. Ich setze mich und schaue mich im Waggon um, und als Erstes sind es die geschwungenen Nudel-Schnürbänder an den Laufschuhen eines Mannes, dann der den Mittelgang hinunterrollende Schnuller, dann das leuchtende Futter einer liegengelassenen Baskenmütze, eine sonnige Flasche Saft, eine Tube Lippenbalsam – alles Gelbtöne, die mir ins Gesicht springen und mich an Junkers Löwenzahn erinnern, und ich denke an ihn, wie er sie in ordentlichen Reihen anpflanzt und Teetassen auf drei Uhr ausrichtet.

Als ich dort mit ihm im Dämmerlicht stand, war ich von meiner mutigen Entscheidung überzeugt, mich zu verändern, und auf diese Überzeugung konzentriere ich mich nun, als der Zug an der Seventy-seventh Street hält und wir aus der Haltestelle klettern. Das ist der Beginn meiner zweiten Chance.

Die Ampel wird grün und lässt einen sintflutartigen Schwall gelber Taxis los. Es ist mitten am Tag, und Menschen in maßgeschneiderten Neutralfarben und Laufschuhen überqueren die Straße mit Kopfhörern und Rucksäcken und Umhängetaschen, und eine Dame mit hochgestecktem Haar und Gehhilfe bleibt am Obststand neben uns stehen und untersucht ein Bund Bananen.

Obwohl ich weiß, dass es noch zu früh ist – erst in zwei Stunden wird die Steiner-Glocke läuten und kann Ruby Fontaine nach Hause gehen –, orientiere ich mich und gehe in Richtung Uptown, weil ich ebenfalls weiß, dass Ruby Fontaine sich irgendwo im Schulgebäude befindet, und ich kann es nicht ertragen, auf die Glocke zu warten, während die Minuten dickflüssiger werden und zerlaufen wie Toffee.

Ich stelle mir vor, wie Ruby Fontaine über eine Klassenarbeit gebeugt sitzt und das Feld für D ausfüllt, *Keine der Aussagen trifft zu*, und einen Blick auf die Wanduhr wirft, um zu sehen, wie viel Zeit sie noch hat, was dann meine Gelegenheit sein wird, ihre Aufmerksamkeit durchs Fenster auf mich zu lenken, sie nur für eine Minute aus der Klasse zu holen und ihr zu erklären, weshalb ich gekommen bin. Es besteht auch die Möglichkeit, dass es gar nicht so weit kommt und ich die Schulflure auf und ab laufe und über ein Zeichen stolpere, das mich zu ihrem Spind und den darin versteckten Buchseiten führt, ohne dass ich überhaupt eine Frage hätte stellen müssen.

Geduckt gehe ich unter einem in orangefarbene Netze gehüllten Baugerüst durch und lasse mir alle möglichen Ausgänge des Falles durch den Kopf gehen, als mein Blick in ein schuhkartongroßes Restaurant fällt, das grünes Curry und Baba Ghanoush und Sushirollen serviert. Ich denke an andere naheliegende Orte, an denen die Buchseiten sein könnten, damit ich einen Plan habe, bis ich angekommen bin – wenn nicht in ihrem Spind, dann in ihrem Rucksack, irgendwo an ihrem Pult –, und komme an einer Baulücke vorbei, in die sich ein Flohmarkt gequetscht hat.

Lucy verlangsamt gern ihre Schritte, wenn wir an solchen Orten vorbeikommen, um den Ständen unter den Zeltdächern die Gelegenheit zu geben, ihr ins Auge zu fallen, und aus Gewohnheit werden auch meine Schritte etwas langsamer.

Möglicherweise hat Ruby die Buchseiten auch zu Hause gelassen, fällt mir ein, und dann bemerke ich, wie sich das Licht kurz kräuselt, etwas unter ein paar aufgestellten Retro-Nussknackern hindurchrollt und die Sonne reflektiert, und so schnell wie ein Schluckauf fokussiere ich meinen Blick, aber es ist schon wieder verschwunden, und jemand rempelt mich am Ellenbogen an und sagt: »Weitergehen«, aber es war da, ich bin ganz sicher, schillernde Wellen, die sofort wieder weg waren.

Ich trete einen Schritt zur Seite und mache dem Mann hinter mir auf dem Bürgersteig Platz, und als er an mir vorbeieilt, spüre ich, wie sich seine Erleichterung auf meine Schultern senkt wie Pfefferminzdunst. Ich lasse mich auf meine Hände und Knie sinken und taste unter dem Stand mit den Nussknackern herum. Der Asphalt fühlt sich so rau an wie Baumrinde, und dann finden meine Finger etwas Glattes.

Es ist eine Schachfigur, den einfachen Umrissen seiner Krone nach zu urteilen ein König. Ich drehe ihn in meiner Handfläche, und wieder schillert etwas, als wäre er aus schmelzenden Spiegeln und nicht aus Elfenbeinplastik, und das bedeutet, dass ich die Spur aufgenommen habe, wenn auch nicht dort, wo ich sie erwartet hätte. Wo führt sie also nur hin, und wie kann das sein? Eigentlich soll doch Ruby Fontaine die Buchseiten haben, und eigentlich sollte sie ein paar Häuserblocks von hier in der Schule sein. Ist sie etwa hier und schwänzt, genau wie ich?

Ich untersuche die Nussknacker auf weitere nachhallende Hinweise, und sie klappern mit den Zähnen in ihren halb geschlossenen Mündern. Unsicher rolle ich den König zwischen meinen Handflächen. Soll ich wirklich den Weg verlassen, den ich mir bereits zurechtgelegt hatte? Ich schaue hinab auf Milton, und er wedelt mit dem Schwanz – *was dauert da so lange?*

Es ist entschieden: Wir folgen dem Zeichen. Milton schüttelt sich und trottet auf den Flohmarkt, wo wir an einem Stand mit Fotos von Leuten mit Helmen auf dem Kopf vorbeikommen, die durch kalte Elemente jagen – Schnee, Luft, Wasser –, und daneben steht ein Zelt mit zwei Plastiktischen darunter, an denen Schach gespielt wird. Ich drücke den König in meiner Hand, helles Licht flackert an einer Seite auf, und ich folge dem Hinweis ins Schachzelt.

Am ersten Tisch sind zwei Partien im Gange. Schaulustige beugen sich über die Schachbretter und reiben sich das Kinn, aber es scheint keine Figur vermisst zu werden. Am zweiten Tisch allerdings baut eine Frau gerade ein drittes Schachbrett auf, und wäre ich jemand, der gern um etwas wettet, dann würde ich ein Dutzend Mäuse und eine Handvoll Marzipandrachen darauf verwetten, dass ihr ein König fehlt.

Sie nimmt eine Figur von einem kleinen Haufen auf dem Tisch und reibt sie unter ihrem Kragen. Ein tätowierter stolzer Löwe frisst sich in die Falten an ihrem Hals, und neben ihr, am anderen Ende der Bank und so weit wie möglich von ihrer gewaltigen Gestalt entfernt, hockt ein kleiner Junge mit einer dunklen Brille. Er klopft mit einem weißen Stock auf den Boden, das Gesicht ausdruckslos und desinteressiert nach vorn gerichtet. Ich stelle mich an den Tisch, als die Frau gerade die polierte Schachfigur aufs Brett stellt.

»Hast du etwa die *cojones*, gegen Center Sammie und Roman anzutreten?«, fragt sie, ohne von ihrer Aufgabe aufzusehen. Ich halte ihr den König hin. Sie wirft einen kurzen Blick darauf und sagt wegwerfend, reflexartig: »Brauch ich nicht«, doch dann entblößt sie die Zähne und hält inne, um darüber nachzudenken. Sie hebt ihren fleischigen Arm und durchwühlt den Haufen auf dem Tisch, nur noch vier Figuren sind übrig, einer der Springer ist etwas verdreckt an der Mähne, und kein König.

»Hm«, macht sie und hält einen Finger hoch. Dann wühlt sie in ihren Taschen.

Zum Vorschein kommen eine Handvoll Münzen und ein fester Klumpen Taschentücher und Kassenzettel, den sie auf den Tisch fallen lässt, und aus der anderen Tasche holt sie einen Schlüsselbund und einen Nagelknipser hervor, die ebenfalls auf dem Tisch landen, und schließlich noch ein gefaltetes Stück Papier aus ihrer Brusttasche, das ungewöhnlich dick ist und vergilbt und abgewetzt an den Rändern, und das zieht sie vorsichtiger hervor und beschwert es mit dem Nagelknipser.

»Hab ihn auch nicht bei mir. Ist mir gar nicht aufgefallen, dass ich ihn verloren hab.« Sie lehnt sich vor, um den König zu nehmen, und sagt widerwillig: »*Gracias, niño.*«

Sie knallt ihn neben den Nagelknipser, und ich kann mich nicht abwenden, geschweige denn fortgehen, denn mein Blickfeld umfasst nur noch das gefaltete Blatt Papier, es ist alles, was ich noch sehe, das und den König daneben, der sich nicht bewegt und auf dessen Oberfläche das Licht klimpert.

»Was ist das?«

Sie zuppelt das gefaltete Stück Papier unter dem Nagelknipser hervor und faltet es auseinander.

»Es erinnert mich daran, weshalb ich spiele«, sagt sie und legt es ausgebreitet auf den Tisch. Ich mache einen Satz nach vorne, schlage mir das Knie am Tisch und klammere mich an die Tischplatte, als würde nur sie mich noch auf den Beinen halten, denn genau hier – auf dem Tisch, neben dem leuchtenden König – liegt eine Seite aus dem Buch.

Ich zerre meinen Zettel hervor, zerreiße ihn beinahe in meiner Eile, ihn auseinanderzufalten, und halte ihn Sammie hin. Das ist eine Seite aus dem Buch, sage ich, aber die Luft strömt zu schnell aus mir hinaus, so dass ich nicht genug zum Sprechen habe. Ich rede also langsamer und sage: »Das weg ist. Ich suche es.«

Sie sieht sich die Buchseite an, dann den Zettel und schließlich mich, und ihr Mund bekommt einen harten Zug.

»Pech gehabt«, sagt sie. »Habe ich vor ein paar Tagen von einer Freundin bekommen.«

Um meine Lungen schnappt ein Gummiband zu. »Von wem?«

»Ein Mädchen namens Ruby. Hab ihr Schachspielen beigebracht.«

Dann hat Junker die Seiten also Ruby gegeben, und aus welchem Grund auch immer hat sie eine davon Sammie gegeben. Ich hole das Buch hervor, um zu beweisen, dass die Seite hineingehört, und als ich Sammie die Seiten zeige, die ich bereits gefunden habe, streckt sie sich und kratzt an ihrer Tätowierung und schüttelt kurz den Kopf, als würde sie eine Mücke von ihrer Nase vertreiben wollen.

»Verstehe. Aber sie ist mir schon ans Herz gewachsen. Sie ist eben von meiner Freundin, und ich brauche auch immer noch die Erinnerung.« Mir sinkt der Mut, und sie sieht es und wirft dem Jungen neben sich einen Blick von der Seite aus zu. Dann sieht sie wieder mich an, und der stolze Löwe neigt die Mähne, und seine Augen sehen mich fast mütterlich sanft an.

»Na gut, ich denk drüber nach. Aber ich sag ja immer, was man haben will, das muss man sich *verdienen*.« Ihr Auge zuckt so flüchtig, dass ich nicht sicher bin, ob es ein Zwinkern ist. »Wie willst du sie dir also zurückverdienen?«

Ich denke an das, was ich sonst noch in meiner Tasche habe – einen Schokoriegel, eine MetroCard, ein Notizbuch. Nichts, was sie würde haben wollen. Meine Kehle wird ganz trocken, die Wärme entweicht, und ich umklammere die Tischkante noch fester, versuche, mich irgendwie daran festzuhalten. »Es ist mein verlorenes –«

»Das sagtest du bereits, *niño*. Wenn du also sonst nichts anzubieten hast, ich hab hier ein Spiel zu spielen …« Sie bricht ab, und mir wird klar, dass sie darauf wartet, dass ich sie frage, ob sie mit mir spielt, doch ich bleibe stumm. Sie schnaubt verächtlich, der Löwe hebt seinen Kopf mit stolzgeschwellter Brust, und sein Nacken wölbt sich kraftvoll.

Sammie schirmt die Buchseite mit ihrem Arm ab und schaut weg, um das Gespräch zu beenden, aber das würde auch das Ende der Patisserie bedeuten, und wie soll Walter Lavender Senior dann den Weg finden, und wie wir anderen?

Ich denke an das Rattenpaar, das darauf wartet, dass ein Kind zu ihnen findet; ich denke an mich, wie ich am Rand stehe und darauf warte, dass man mich einlädt mitzuspielen. Ich begreife, dass ich selbst die Einladung aussprechen, den ersten Schritt machen muss. Mit geballten Fäusten setze ich mich vor Sammie an den Tisch. Ihre Mundwinkel wandern nach oben, und sie trommelt mit den Fingern auf die Uhr, ta-da-da-*dam*, und das Schachbrett liegt dünn und schwarz und weiß vor ihr wie eine Klassenarbeit.

Ich werde nicht gut im Schachspielen oder sonst einem Spiel sein, denn ich habe immer nur zugesehen, aber ich kann nicht weglaufen, als sei das hier ein Völkerballspiel und ich Beavers lebendige Zielscheibe. Ich muss Sammie dazu bringen, die Seite herzugeben, die sie so ins Herz geschlossen hat, und das kann ich einzig und allein, indem ich es mir durch eine Partie Schach mit ihr verdiene.

Ich atme tief durch und biete ihr an, um die Seite zu spielen, doch meine Worte kommen nicht klar heraus, und sie runzelt die Stirn, verkrampft sich, und ich spüre, wie die alte Angst sich ihren Weg durch meine Gedanken bahnt und die Verbindungen in meinem Gehirn erstarren lässt.

Aber ich habe mich im Tunnel anders entschieden. Aufgeben und mich zurückziehen ist keine Option mehr, und es geht um nichts anderes als darum, es weiter zu versuchen. Es gibt inzwischen Schlimmeres, wovor ich mich fürchten sollte, und anstatt in Panik zu verfallen, verdoppele ich meine

Bemühungen, konzentriere mich und verkünde: »Ich spiele mit dir darum.«

Erst taucht Verständnis auf Sammies Gesicht auf, dann Dankbarkeit, und dann verzieht sich ihr Mund zu einem wetteifernden Grinsen – und ich habe es geschafft! Ein Satz kam aus meinem Mund, den ich nicht geübt habe, Wörter, die nichts mit Suchen und Finden zu tun haben, Wörter, die dazu da sind, es auszuprobieren und mitzumachen, zu hören und zu verstehen.

Meine Welt explodiert vor Möglichkeiten. Was wird Lucy sagen? Wenn ich nach Hause komme und den Mund aufmache und sie meine Stimme hört, wie sie ihr zum ersten Mal sagt, dass ich sie liebhabe und sie mir gefehlt hat – was wird sie sagen? Was wird sie tun?

»Das hört sich schon besser an«, sagt Sammie, und ich bleibe bei ihr am Tisch sitzen, immer noch bebend vor Aufregung und Anstrengung und einer tiefen Erleichterung, als hätte ich eine ausgekugelte Schulter wieder eingerenkt. Ich bin wirklich hier und spiele gleich mit ihr.

Unter dem Tisch dreht sich Milton zweimal im Kreis, bevor er sich hinhockt, und ich schiebe unauffällig die Füße beiseite, doch er ändert nochmals die Position und zerquetscht mir mit einem langmütigen Seufzer die Zehen. Nicht mehr lange, und die Taubheit wird sich anschleichen, doch in den klaren goldenen Weiten von Miltons Verstand beschützt er mich vor dem Erfrieren oder Verschwinden. Ich lasse meine Füße, wo sie sind.

Sammie schlägt auf die Uhr, und mit einem hohlen Klick setzt sie sich zurück. »Ich werde Center Sammie genannt, weil mir eine Kugel mitten im Brustbein steckt, ich habe als Beweis die Narbe. Ein bisschen links von der Mitte, und es würde keine Sammie geben. Das hier ist mein Enkel Roman.«

Roman runzelt die Stirn, als er seinen Namen hört. »Ich will nicht spielen. Ich will nach Hause«, sagt er. Selbst wenn er es wollte, kann er nicht sehen, wie seine Worte Sammies entschlossenes ledriges Gesicht durchbohren.

»Ich will Zeit mit dir verbringen, solange ich noch kann, *nieto*. Das hier ist das Einzige, was ich dir geben kann«, erklärt sie.

Roman sieht griesgrämig aus, entgegnet aber nichts, sondern klopft weiter mit seinem Stock, bis er Miltons Flanke erwischt. Den Kopf weiter erhoben, tastet er unter dem Tisch. Milton streckt den Kopf aus und drückt ihn gegen Romans Hand – *hier drüben* –, und Roman greift nach seinem Ohr und zieht es lang.

»Roman und ich lernen uns gerade erst kennen«, erklärt Sammie, während sie zusieht, wie Roman Miltons Ohr streichelt. »Ich hatte lange keinen … engen Kontakt zu seinen Eltern.« Sie schweift ab, doch das Spiel erinnert sie daran zurückzukehren. »Also, wie willst du eröffnen?«

Sie startet die Zeit und zieht Roman mit ihrer großen Pranke näher zu sich heran. Er windet sich aus ihrem Griff und tastet sich vorsichtig mit der rechten Hand auf seiner Seite vom Schachbrett vor.

Sammie ist ganz still und beobachtet ihn aufmerksam dabei, und von einem anderen Stand her ertönt eine aufdringliche Stimme – »Sie sehen aus wie ein Kitesurfer. Wie wär's mit einer Luftpumpe?« –, so dass ich einen Blick auf das Nachbarzelt für Extremsportarten werfe.

Ein kleiner Mann in Militäruniform und mit einer Glatze, die glänzt, umkreist einen Kunden, der aufgehört hat zu stöbern. Er zeigt ihm einen noch stärker glänzenden Helm und fragt: »Fallschirmspringausrüstung?« Seine Stimme ist zu laut, als würde er sich Sorgen machen, dass niemand die wichtigen Dinge mitbekommt, die er zu sagen hat. Ein zartes Geklapper lenkt meine Aufmerksamkeit zurück auf das Schachbrett. Roman hat ein paar Figuren umgestoßen, als er sich auf die Knie gezogen hat.

»Das kriegen wir schnell wieder hin«, sagt Sammie und streckt die Hand nach den Figuren aus.

»Nein!«, ruft Roman, und er schubst Sammies Arm weg und greift selbst wild über den Tisch nach den Figuren.

Eine nach der anderen stellt er sie wieder auf und nimmt sich dabei die Zeit, sie in peinlich geraden Reihen anzuordnen. Dann zieht er die Hand weg, um noch einmal anzufangen, aber er hält sie dabei zu niedrig, so dass die Figuren erneut über das Brett klappern wie Dominosteine, nur dass wir nicht Domino spielen. Seine Unterlippe zittert, und auf seinem Gesicht tauchen vor Wut rote und weiße Flecken auf.

»Ich hab doch gesagt, dass das ein blödes Spiel ist! Ich hasse dieses Spiel! Ich hasse dich! Ich will nach Hause.« Er nimmt einen Springer und schmeißt ihn auf den Boden, was Milton genauso interpretiert, wie er alles interpretiert, was sich von ihm wegbewegt – nämlich, dass er für Milton bestimmt ist –, und er stürzt unter dem Tisch hervor, um den Springer zu holen.

Besorgt sehe ich Sammie an, und ihr Gesicht ist unter ihrer sattelbraunen Haut genauso weiß und rot wie Romans, doch sie sagt: »Schon in Ordnung. Ich weiß – er ist nur frustriert. Ich hätte mich eher wieder mit seinen Eltern vertragen sollen. Seine Geburt, Feiertage, Geburtstage – ich war zu stolz, um zu fragen, ob ich wieder an ihrem Leben teilhaben dürfte. Ich fand, sie sollten auf mich zugehen. Sie sollten es sich *verdienen*, dass ich ihnen vergebe.« Der Löwe auf ihrem Hals zieht sich zusammen, und ihre enormen Schultern krümmen sich hilflos.

»So dumm. Lungenkrebs im vierten Stadium – da bleibt einem nicht mehr viel Zeit. Aber wir lernen uns schon noch kennen. Bis ich mich verabschieden muss, hat er ein paar schöne Erlebnisse mit seiner *abuela*, an die er sich erinnern kann. Garantiert.«

Trotz ihrer großen Worte sehe ich doch, wie sie Roman anschaut und wie ihre Pupillen in die Ferne blicken, als würden sie etwas außerhalb ihrer Reichweite erfassen wollen, und ich weiß, dass sie nach einer Brücke Ausschau hält, genau wie der ehemalige CIA-Agent, der seinen alten Ausweis verloren hatte.

Er war ein stiller, bescheidener Typ, und wäre da nicht der Ausweis gewesen, ich hätte niemals geglaubt, dass er früher bei der CIA war. Er wohnte bei seiner Tochter und ihrer Familie, und je stärker sein Alzheimer wurde, umso mehr übernahm seine Tochter, und so half sie ihm beim Rasieren und Essen und Waschen und beim Gang zur Toilette. Sein Ausweis war abgelaufen und nutzlos, aber er steckte immer unter seinem Kissen, damit er den Mann an sein früheres Leben erinnerte und an das, wozu er damals fähig gewesen war.

Verlorengegangene Dinge sind Brücken. Sie verbinden uns mit einer anderen Zeit, einem Ort, einer Person oder einem Gefühl, und für den ehemaligen Agenten war der Ausweis eine Brücke zu dem Menschen, der er einst gewesen war. Ich fand den Ausweis schließlich im Portemonnaie der Tochter; er war aus dem Bett gefallen, und sie hatte ihn aufgehoben und eingesteckt in der fälschlichen Annahme, es sei eine ihrer eigenen Karten.

Sammie hat nichts verloren, aber sie ist weit von Roman entfernt und braucht eine Brücke, um ihn zu erreichen. Milton kommt zurück und legt mir den Springer in den Schoß. Er blickt ihn konzentriert an, damit er nicht verschwindet, und ich schaue weg, um Sammie etwas Raum für sich und zum Nachdenken zu geben. Unbeachtet tickt unsere Uhr weiter, während die Partien um uns herum in rasendem Tempo voranschreiten, und als am Nachbartisch ein Mädchen mit strengem Topfschnitt den weißen König schachmatt setzt, fängt ihre Mutter den Augenblick mit einem geübten Fokus und Klick ein.

Ich sage Sammie, dass ich gleich zurück bin, und gehe hinüber zu den Extremsportarten.

»Ein Anti-Beschlag-Set für deine Sonnenbrille? Paragliding-Stiefel?«, brüllt der Verkäufer mich und alle und niemanden an.

Ich zeige auf ein Messer.

»Zweihundertfünfundachtzig«, schießt es sofort zurück wie von einem Auktionator.

Ich schüttele den Kopf, nehme das Messer in die Hand und klappe es auseinander, um mir selbst Zeit zu verschaffen, damit ich mich konzentrieren und die Wörter vorbereiten kann. Ich hole Luft.

»Für zehn Minuten?«, versuche ich es, und er sagt: »Zehn …?«, und ich zeige auf seine Armbanduhr.

»Zehn Minuten? Das hier kann ich dir leihen.« Er klappt sein eigenes Taschenmesser auf und gibt es mir. Ich setze mich wieder an den Picknicktisch und schiebe die Schachfiguren vom Brett, doch Sammie lässt es mich nicht hochheben, bis ich frage: »Noch ein Versuch?«

Sie sieht mich eindringlich an und lässt das Brett los. »Noch ein Versuch.«

Ich setze die Messerspitze auf einem Feld an der Ecke an, drücke das Messer hindurch und säge dann einen Kreis aus, als würde ich kleine Schoko-Turtle-Kuchen aus ihren Backformen heben, und ich stelle mir vor, wie ich mit der Klinge am Innenrand entlangfahre, um den Kuchen zu lösen, und denke an die dunkle, üppige Oberfläche des Kuchens, und dann bin ich einmal herum mit dem Messer, und ein schwarzer Kreis springt heraus.

Ich halte das Brett hoch, puste die Kartonspäne fort und spähe durch das Loch. Dann nehme ich einen Bauern und drücke ihn mit dem Sockel ins Loch, aber es ist zu klein. Erneut stecke ich das Messer hinein und vergrößere den Durchmesser, und als ich damit fertig bin, erhöhe ich das Schachbrett, indem ich es auf die Schachtel vom Spiel stelle, mit je einer Kante auf die beiden Schachtelhälften, und da steht Sammies Brücke. Als ich diesmal den Bauernsockel durch das Loch schiebe, passt er und bleibt stecken, und jetzt sitzt die Figur mit der Rille im Brett fest.

Sammie nimmt den Bauern am Kopf, zieht ihn heraus und tauscht ihn gegen die Königin aus, und als die ebenfalls passt, verzieht sie den Mund zu einem Lächeln, das breiter ist als ihre Schultern. »*Nieto*, guck mal, was unser Freund hier für eine Überraschung für uns hat.«

Roman streckt die Hand nach dem Brett aus. Seine Lippen kräuseln sich, als würde er etwas Säuerlich-Süßes schmecken, und als er die Königin, die Sammie ins Brett gesteckt hat, mit der Handfläche wegschieben will, fällt sie nicht um.

Er reißt sie aus dem Brett, stopft sie zurück ins Loch, legt die Hände an die zwei Schachteln und ruckelt daran, und dann schaut er mit seinen Händen nach, und die Königin steht immer noch da.

Sein Gesicht öffnet sich, er macht den Mund weit auf, und über seiner dunklen Brille tauchen seine Augenbrauen auf. »Es funktioniert«, sagt er.

Ich gebe Sammie das Messer, die sich daraufhin das nächste Feld vornehmen will, doch dann legt sie das Messer ab.

»Das hier hast du dir verdient, *amigo*.«

Sie schiebt mir die Buchseite unter der Schachbrettbrücke zu, und ich nehme sie und schaue auf das Bild – die sich öffnende Tür, das Licht, das auf die Seite fällt und die bedrohliche Böe in die Ecken und an den Rand drängt, und im idyllischen Lichtschein im Eingang symbolisieren ein paar einfache Striche die Tische und Stühle in der Patisserie.

Über uns reißt die Wolkendecke auf, Sonnenstrahlen fallen in warmen Flecken auf den Tisch, und ich betrachte die über meine Brust tanzenden Lichtmuster, als würde ich in ein Schwimmbecken schauen. So muss es sich anfühlen, wenn man sieht, wie sich eine neue Tür öffnet. Das Licht springt mir die Arme hinunter und rieselt über meine Hände, und dort, in meinen Händen, liegt die siebte Seite aus dem Buch.

»Ist das Brett fertig?«, will Roman wissen, der auf den Knien balanciert und gegen Sammie wankt.

Sammie blickt hinab auf sein zerzaustes braunes Haar, und ihr Mund öffnet sich angesichts der ungewohnten Perspektive, und mir wird klar, weshalb es ihr bisher schwergefallen ist, sich von der Seite aus dem Buch zu trennen: Sie hat sie daran erinnert, es so lange weiter zu versuchen, bis Roman die Tür öffnet und ihr die Chance gibt hereinzukommen, doch jetzt braucht sie sie nicht mehr. Ich hole mein Notizbuch hervor und denke an die Kraft, die es ihr aus den enormen Schultern gezogen haben muss. Es hat sicher wehgetan, wenn Roman sie bei jedem ihrer Versuche wegstieß und der Abstand zwischen ihnen jedes Mal ein bisschen größer wurde.

Sie hätte auch ohne die Seite weitergemacht, nur welches Wissen hielt sie davon ab aufzugeben? Ich stecke den Kopf unter den Tisch, um Milton anzusehen, und er schabt mir mit der Zunge übers Gesicht, wie wenn ich auf dem Fußboden liege und so tue, als würde ich schlafen, und da fällt mir der einfache Grund wieder ein – AM ENDE EIN TRAUM, FÜR DEN ES SICH AUFZUWACHEN LOHNT. Genauso hat es sich angefühlt, nachdem ich Junker die Geschichte von Walter Lavender Senior erzählt habe, und diese bedeutenden Augenblicke muss ich im Gedächtnis bewahren.

»Gleich ist das Brett fertig, *nieto*«, sagt Sammie.

Einen Kreis nach dem anderen sägt sie aus, und als sich eine Wolke vor die Sonne schiebt, wird es wieder dunkel. Ich war mutig und habe mitgespielt, und deswegen habe ich noch eine Buchseite gefunden, und jetzt wird es Zeit, dass ich meine Suche fortsetze.

Bevor ich das Zelt verlasse, frage ich Sammie noch, was sie über Ruby Fontaine weiß.

»Heutzutage nicht besonders viel. Ist schon lange her, dass wir Schach gespielt haben – abgesehen davon, dass wir uns diese Woche zufällig über den Weg gelaufen sind, habe ich sie seit Monaten nicht gesehen. Tut mir leid«, sagt sie, und als ich den Kopf schüttele, um ihr mitzuteilen, dass es mir nicht leidtut, meine ich es auch so. Dann stehe ich auf, und Milton steht auch auf und streckt sich und drückt den Rücken durch, und dann atmet er aus und hält die Pose wie ein Yogalehrer.

Mit der Buchseite in meiner Tasche verlasse ich den Flohmarkt und marschiere zielstrebig nach Westen Richtung Rudolf Steiner Schule. Die möglichen Orte klingen mir in den Ohren, schlagen mir gegen die Brust – Ruby, Schule, Zuhause; Spind, Schreibtisch, Rucksack –, und trotzdem kann ich nicht anders, ich spähe in die Fenster, achte auf Pausen im Verkehr, warte auf den richtigen Augenblick, halte Ausschau nach dem Zeichen.

KAPITEL 18

Auf der Seventy-eighth Street, an der Park und der Madison Avenue vorbei, schlängeln sich Lichterketten um die Äste der Bäume, an den Straßenlaternen prangen rote Schleifen, und in den Schaufenstern liegen mit Tannenzapfen verzierte Kränze und flauschiger Schnee. Milton und ich trotten schmale, mit Brownstones, Bäumen und schmiedeeisernen Zäunen gesäumte Straßen entlang und kommen an eleganten Vordächern und liebenswürdigen Pförtnern und zu Spiralen gestutzten Büschen vorbei.

Die Schule ist in einer viergeschossigen Villa aus Kalkstein untergebracht und leicht zu erkennen an der weißen Flagge über der ersten Fensterreihe. Als ich mich dem Gebäude nähere, kommt eine Frau in einer grauen Bluse aus dem Türbogen und die Treppe herunter, ihre schulterlangen Haare im gleichen Grauton wie ihre Bluse. Sie steckt sich eine Zigarette in den Mund und setzt sich auf eine rote Bank.

Eine Lehrerin? Eine Angestellte aus der Verwaltung? Sofort verlangsamen sich meine Schritte, meine Gedanken überschlagen sich, und Milton läuft mir in die Beine hinein. Welche Vermutungen wird die Frau wohl anstellen, wenn sie mich um diese Zeit auf der Straße sieht, Milton meine einzige Begleitung?

Selbst wenn sie zu dem Schluss kommt, dass ich kein flüchtiger Schüler von ihrer Schule bin und sie daher nichts angehe – wenn sie sieht, wie ich herumschnüffele oder versuche, das Gebäude zu betreten, wird sich das ganz schnell ändern, und das war's dann.

Die Frau hält sich die Hände vor den Mund, ein Licht leuchtet auf, und dann inhaliert sie und atmet Rauch aus, ebenfalls grau. Sie legt sich eine Hand aufs Knie, über ihr schweben Rauchschnörkel, und wie ein aufmerksamer Drache blickt sie in die andere Richtung. Sie zieht erneut und wendet den Kopf, und daran, wie sie ihn neigt, kann ich erkennen, dass sie mich entdeckt hat.

Ich senke den Blick und lasse ihn auf meine Turnschuhe gerichtet, während ich mich weiter auf sie zubewege und versuche, dabei so auszusehen, als würde ich genau das tun, was ich tun sollte. Ich spüre ihren Blick auf mir, als ich an ihr vorbeigehe, die Luft zwischen uns zwickt, doch die Frau sagt oder tut nichts, und ich bin schon fast auf Höhe des Eingangs. Vielleicht habe ich es falsch eingeschätzt, und sie ist lediglich eine Besucherin und macht sich gar keine Gedanken wegen mir. Ich werfe einen heimlichen Blick auf sie: Sie sieht aus, als würde sie gerade ein Sudoku lösen, doch als sie merkt, wie ich kurz vor den Stufen innehalte, schiebt sie Miltons Nase von ihrer grauen Strumpfhose weg und steht auf.

»Walter Lavender?«, fragt sie unsicher und wartet auf Bestätigung von mir.

Rauch brennt mir in der Nase, und die Alarmglocke in meinem Kopf schrillt. Nicht reagieren, befehle ich mir selbst. Das bist du nicht.

Ich presse mein Kinn auf die Brust, eile weiter und sage zu Milton, *komm*. Im Eiltempo gehe ich bis zur nächsten Kreuzung, weg von Ruby Fontaine und dem Buch, doch auch weg von der grauen Frau. Milton galoppiert hinter mir her, und ich werfe einen kurzen Blick über die Schulter. Die Frau läuft mir nicht hinterher, doch ein paar Schritte hat sie gemacht, bis ihre Unschlüssigkeit sie wieder angehalten hat.

Mit großen Schritten marschiere ich weiter und schicke der Frau eine stumme Nachricht – *Es ist nichts, Es ist nichts* – in der Hoffnung, dass sie ihre Zurückhaltung nicht über Bord wirft und die Verfolgung aufnimmt. Erst wenn sie fertig ist mit ihrer Raucherpause – nachdem sie die Zigarette unter ihrem grauen Schuh ausgetreten hat, die Stufen hochgegangen und im Gebäude verschwunden ist –, kann ich zurückgehen und mich hineinwagen.

Die überfüllte und von Wagen gesäumte Straße führt auf die breite Prachtstraße Fifth Avenue und zur östlichen Grenze des Central Park. Ich schlängle mich durch Autos und Touristen und überquere die Straße. Auf der anderen Seite angekommen, riskiere ich noch einen Blick über die Schulter und erschrecke vor einem grauen Fleck, doch es ist nur ein Doppeldeckerbus, und ich versuche zu lachen, obwohl ich immer noch einen Knoten im Bauch habe.

Das war zu knapp, und an dieser Straßenecke sind wir immer noch viel zu leicht zu entdecken. Wir müssen verschwinden. Vor uns liegt die unendliche Weite des Central Park, also gehen wir weiter westwärts und hoch, schlüpfen neben Radfahrern, Läufern und Kinderwagen durch ein Labyrinth aus gewundenen Pfaden, gehen auf Steinbrücken über Teiche und Seen, über Wiesen voller Blätter und Stativen und Decken, und überall greifen Bäume nach dem Himmel, kahl und wild und filigran wie Spitze aus Tinte. Die Stadt fällt weg, und auch meine Schreckhaftigkeit fühlt sich weich und gedämpft und wie von fern an.

Wir stolpern auf eine breite Rasenfläche. Milton spürt die unendliche Weite um uns, und mit im Wind flatternden Ohren rennt er los über die Wiese, bis er nur noch als kleiner

Fleck auf dem graugrünen Gras zu erkennen ist. Einen Moment lang rührt sich der Fleck nicht, und dann wird er wieder größer und verwandelt sich schließlich zurück in Milton, und er hat Schaum am Maul und atmet schwer wie ein Rennpferd, als er langsamer wird und in einem Kreis um mich herumläuft.

Ich gehe am Wegrand entlang und komme an einer warm eingepackten Frau vorbei, die auf dem Bauch liegend durch eine Zeitschrift blättert, und an zwei Männern, die ein Baby im Arm halten, und an einer Gruppe, die Feldhockey spielt – der Grasuntergrund eignet sich jetzt besser dafür als im Frühling oder im Sommer. Dort, wo mein kleiner Zeh sich am Loch in meinem Turnschuh reibt, bekomme ich eine Blase, und der Hunger höhlt mir den Bauch aus, und ich frage mich, wie lange ich noch laufen muss, bevor ich umkehren kann. Noch ein paar Minuten. Nur um sicherzugehen.

Ich komme gerade durch einen abgeschiedenen Winkel, als mir der Geruch nasser Steine in die Nase steigt und der Boden unter meinen Füßen ein klein wenig nachgibt, als hätte er sich unter der harten Oberfläche in Matsch verwandelt.

Zunächst etwas peinlich berührt, dass ich in jemandes Kummer einfach so hereinplatze, forsche ich nach, doch es ist niemand zu sehen, nur ein großer Baum, an dem ein riesiger Drachen lehnt, unter dessen Flügel wiederum etwas verdreht eine längliche Tasche mit einem Reißverschluss entlang der Mitte liegt. Der Erdboden gibt noch mehr nach, je weiter ich mich dem Baum nähere, und ich bleibe stehen und stochere mit den Zehen in die seltsam weiche Erde; ich vermute, dass sich die Tränenquelle hinter dem Baum befindet.

BETRACHTUNGEN AN EINEM REGENTAG, schreibe ich in mein Notizbuch, und dann nähere ich mich dem Baum, um nach der Person dahinter zu sehen.

Lucy erzählt mir immer gern davon, halb kopfschüttelnd, halb lächelnd, dass Walter Lavender Senior stets zur richtigen Zeit am richtigen Ort zu sein schien, als sie zum Beispiel beinahe über Bord ging, oder als er dem weinenden Mann an der Straßenecke begegnete, der einen Elektriker brauchte. Einmal ging er gerade an einer Parkuhr vorbei, als die Zeit abgelaufen war und eine Frau in Uniform auf einem Roller angefahren kam, also blieb er stehen, um zwei Quarter hineinfallen zu lassen. Und einmal stand er an der Kasse hinter einer Frau, die rot anlief, als drei ihrer Karten abgelehnt wurden. Da sagte er dem Kassierer kurzerhand, das Brot und die Eier seien seine.

Wann immer Lucy mir diese Geschichten erzählte – von seiner Gabe, genau dann aufzutauchen, wenn er gebraucht wurde –, es schien einfach nie der richtige Zeitpunkt, sie zu unterbrechen und daran zu erinnern, dass er das gar nicht tat, zumindest nicht immer, oder nicht dann, wenn er es felsenfest versprochen hatte.

Trotzdem war Walter Lavender Senior niemand, der einfach wegsah, also klopfe ich dreimal an den Baumstamm und drehe mich abwartend um, während Milton einem weißen Ball mit eingelassenen Noppen hinterhersieht, als ein Feldhockeyspieler in roten Kniestrümpfen vorbeisprintet, den Ball mit dem Schläger einfängt, ihn zurückschlägt und weiterrennt.

Es kommt niemand hinter dem Baum hervor, also spähe ich um den Stamm herum, und dort sitzt ein Mann, die Beine vor sich ausgestreckt, den Kopf an den Baum gelehnt, und isst in Ruhe ein Sandwich. Neben ihm lehnt der Drachen, schwarz und rot und gelb gebändert. Miltons schwerer Atem erfüllt die Luft, und der Mann richtet sich auf und dreht sich nach links, und als er mich entdeckt, erschlafft sein Mund mit einem Bissen von seinem Sandwich darin.

Sein Gesicht ist trocken, und er sieht müde aus. Auch seine

Augen hinter der randlosen rechteckigen Brille wirken schlapp und ausgelaugt. Bekümmert ist er nicht, oder nicht mehr. Ich winke ihm entschuldigend zu und mache einen Schritt zurück, um ihn allein zu lassen. Milton neben mir wird jedoch munter, als er das Sandwich sieht, und bis ich reagiere und nach seinem Halsband greife, ist es bereits zu spät, und er hechtet nach vorn.

Mit der Nase stupst er dem Mann ans Knie, und dann setzt er sich kerzengerade vor ihn hin und sieht ihn ernst an, bis der Mann ihm das restliche Sandwich überlässt, die Plastikverpackung abzieht und es auf den Boden legt.

Entschuldigungen stammelnd, greife ich nach Milton, und irgendwo hinter uns ertönt der ohrenbetäubende Knall eines gegen den Ball schlagenden Hockeyschlägers, und Milton zerrt, während ich ziehe, und verschlingt ein Stück Roastbeef.

»Ist schon in Ordnung«, sagt der Mann schroff und mit hartem Akzent. Er ist dünn und kantig – Ellenbogen und Knie und spitze Nase – und trägt einen Rollkragenpullover und darüber eine Tweedjacke.

»Ich habe ziemlich viel eingepackt. Es ist im Grunde ein bisschen zu viel für mich. Hättest du gern etwas zu essen?« Er tippt sich dabei ans Grübchen in seinem Kinn. Seine braunen Haare sind fettig und in der Mitte gescheitelt, und er streicht sie sich aus dem Gesicht, um mich besser betrachten zu können. Ich lasse Milton los, und der Mann schiebt einen Farbeimer zur Seite und macht den Reißverschluss an seiner Kühltasche auf.

»Heute habe ich spanisch angehauchtes Roastbeef mit marinierten Artischockenherzen, gefüllte Oliven, rote Paprika und Focaccia mit Provolone.« Er wickelt ein Sandwich aus, reicht mir die eine Hälfte und nimmt selbst einen Bissen von der anderen. Mein Magen knurrt.

»Das ist ein gutes Rezept. Ich muss es irgendwann noch mal machen«, sagt er, nachdem er geschluckt hat. Milton wirft ein Stück Focaccia in die Luft und ringt mit dem Roastbeef, als würde es versuchen zu entkommen. Ich beiße ab und nicke dem Mann nachdrücklich zu.

»Es ist – wie sagt man dazu – ein neues Blatt.« Er schiebt seine Brille zurecht und hinterlässt einen Olivenölfleck auf dem Glas. »Seit sieben Jahren esse ich jeden Tag Sandwiches mit Truthahn und Schweizer Käse in einem Verhältnis von zwei zu eins. Das mag ich gern. Meine Frau hat es gehasst, die ganze Zeit diese langweiligen Sandwiches zu machen. Seit sie … ach …«

Er macht ein schroffes, trauriges Geräusch, als würde er den Kummer lösen wollen, der ihm hinten im Rachen steckt.

»Letztes Jahr ist sie *gegangen* – und ich habe ein paar neue Dinge in meinem Leben ausprobiert. So wie zum Beispiel andere Sandwiches zum Mittag. Gestern hatte ich Schinken und Mango mit Dijonsenf und Petersilie auf einem Weizenbrötchen. Das war nicht so lecker. Ich glaube, ich werde es nicht noch einmal machen. Für morgen habe ich gebratenen Truthahn mit Frischkäse auf einem Cranberry-Walnuss-Brot geplant. Ah –« Er nimmt seine Brille ab und putzt sie mit einem Tuch. »Ich habe vergessen, dass wir uns noch nicht kennen. Ich bin Karl.«

Ich finde die Wörter, um mich vorzustellen, und bevor ich zu viel nachdenken kann, werfe ich mich hinein und sage: »Ich heiße Walter.«

»Freut mich, dich kennenzulernen«, sagt Karl.

Ermutigt füge ich hinzu: »Das hier ist Milton.«

»Freut mich ebenfalls, dich kennenzulernen«, sagt Karl.

»Ich bin auf der Suche nach dem hier.« Ich beuge mich vor, um ihm den Aushang zu zeigen.

»Ich sehe eine Menge Bücher, aber das habe ich nicht gesehen«, sagt er zwischen zwei Bissen.

»Ein Mädchen. Ruby Fontaine?«

»Es tut mir leid, dass ich so gänzlich unbehilflich bin«, sagt er kopfschüttelnd. »Ich werde nach deinem Buch und deiner Ruby Fontaine Ausschau halten, wenn ich in der Luft bin.« Mit dem Daumen zeigt er auf seinen Drachen.

Ich nehme einen Bissen dort, wo ich stehe, und er nimmt einen Bissen dort, wo er sitzt, und ich kaue und betrachte den Drachen. Er sieht aus wie ein Vogel, kurz bevor er losfliegt, er schwebt auf einem Dreieck aus Metall, die Nase in die Luft erhoben, und seine Haut aus Tuch spannt sich über metallene Flügelknochen in einem umgekehrten V.

Ich esse meine Sandwichhälfte auf und wische mir die Krümel von den Händen. Die graue Frau sollte inzwischen verschwunden und die Luft rein sein, um sich in die Schule zu schleichen.

Zeit, es noch einmal zu versuchen, denke ich und schaue auf Milton hinunter, der sich für ein Nickerchen auf die Seite hat plumpsen lassen. Dann sehe ich Karl an, um mich zu bedanken und zu verabschieden, doch Karl hat vergessen, dass er den Mund voll hat, und starrt sein Sandwich mit einem schmerzerfüllten Ausdruck an, als hätte er in eine Fliege gebissen.

Er lässt das Sandwich sinken und bemerkt, dass ich ihn anschaue.

»Es ist schon komisch«, sagt er, während er mühsam schluckt, »etwas zu vermissen, das man niemals hatte.«

Seine Worte lodern grell in mir auf wie Scheinwerfer in der Dunkelheit. Ich bin entlarvt. Wie kann er das von mir wissen, hat er mich etwa durchschaut? Was weiß er sonst noch?

Ich will wegrennen, doch meine Füße bleiben am Boden

kleben, und Karl spricht weiter: »Heutzutage habe ich solche Gedanken – aus heiterem Himmel, könnte man meinen – wie beispielsweise, würde das Sandwich hier meinem Sohn oder meiner Tochter schmecken, wenn er oder sie geboren worden wäre?«

Mir wird klar, dass er von sich selbst spricht. Es könnte ebenso gut um mich gehen, nur weiß er das nicht, und das ist gut und sicher und erleichternd.

Und trotzdem – damit kann ich mich nicht zufriedengeben. Ich bin durch die Tunnel gereist und habe es wieder herausgeschafft, und ich weiß jetzt, dass es nicht reicht, wenn nur ich etwas Wesentliches über Karl erfahre; wir würden in einem schiefen, ungleichen Verhältnis zueinander stehen.

Der Druck hinter meiner Stirn lässt sich kaum mehr ignorieren, als würde jemand unablässig an eine Tür hämmern, weil er rausgelassen werden will. Diese Sehnsucht nach etwas, das es nie gegeben hat – das ist ein Teil von mir, den ich streng geheim halte. Aber ich möchte die Gelegenheit haben, eine Verbundenheit aufzubauen, die über das Verlieren und Wiederfinden hinausgeht, und ich glaube, ich möchte, dass Karl dieses wesentliche Detail von mir weiß, denn ich glaube, es würde auch ihm helfen – ich glaube, sein Vermissen ist etwas, was wir gemeinsam haben.

Ich zupfe einen Grashalm aus und zerrupfe ihn, während ich nach den richtigen Worten suche, und als ich sie finde, fließen sie kraftvoll und furchtlos durch mich durch: »Ich finde das nicht komisch. Mir passiert das auch.«

»Was vermisst du denn, was du nie hattest?« Karl hält Milton sein Sandwich über die Schnauze wie Riechsalz und sieht zu, wie Milton wieder zum Leben erwacht und danach schnappt. Ich zupfe noch einen Grashalm aus. Dieser fühlt sich entzündlich an wie Stroh, und das tut auch mein Hals.

»Meinen Dad. Was er mir beibringen würde. Alles, was ich nicht weiß.«

Karl gibt einen zustimmenden Laut von sich und sagt: »Ich glaube, wenn ich Papa geworden wäre, hätte ich ziemlich schnell gelernt, dass es sogar noch mehr Dinge gibt, die ich nicht weiß.«

Während ich darüber nachdenke, fährt Karl fort: »Natürlich habe ich auch überlegt, was ich ihm oder ihr beibringen würde. Sie sollten sich für Physik interessieren, aber nicht zu sehr, sie sollten zumindest die Physik der kondensierten Materie verstehen, müssten aber keine Teilchenphysiker sein. Sie sollten über die Liebe Bescheid wissen und ...« Er wedelt mit der Hand. »Na ja, so würde ich es nicht formulieren. Ich würde es besser ausdrücken, etwa so –« Er senkt die Stimme, so dass sie in seiner Brust vibriert, und sagt zu seinem Sandwich: »Nichts hält ewig an, aber meine Liebe zu dir schon. Dann werde ich ihnen beibringen, kein Geld und keine Zeit zu verschwenden. Stolz auf sich selbst zu sein.«

Ich kann hören, dass es wahr ist, was er sagt. Ich kann die Liebe eines Vaters darin hören. Die ganze Zeit über habe ich mir Sorgen darüber gemacht, Walter Lavender Senior nicht gerecht werden zu können, dabei wollte er vielleicht einfach nur, dass ich stolz auf mich bin.

Milton peitscht mit dem Schwanz über das Gras, so dass er gegen das Buch in meiner Tasche klopft – *Das solltest du auch sein* –, und mich überkommt etwas Strahlendes und Tiefes wie Frieden, und ich denke an die Suche, zu der ich mich aufgemacht habe, und die Menschen, denen ich begegnet bin, und die Stimme, die ich in mir entdecke. Milton schläft wieder ein, und ich überlege, ob ich ihn aufwecken soll, ob es der richtige Zeitpunkt ist, um zur Schule zurückzugehen und dort weiterzusuchen ...

Ein Chor aus Geschrei und ein Klatschen auf Holz schrecken mich auf, und Karl zuckt zusammen und duckt sich, als würde der Ball ihn gleich treffen. Er kommt nicht einmal in unsere Nähe, doch es bringt Karl in Bewegung, und er macht sich daran, seine Kühltasche zu öffnen und zu durchstöbern.

»Entschuldige. Wolltest du noch ein Sandwich?«

Ich wickele es aus der Folie, und Karl steht auf, streckt sich und stellt sich unter den Drachenvogel. Mit dem Fuß schiebt er unsanft die längliche Tasche mit dem Reißverschluss beiseite, und ich stelle mich neben ihn, und wir blicken auf zu den Tuchflügeln.

»Ein toller Hängegleiter, nicht? Jedes kleinste Detail muss perfekt sein, vor allem an den Flügeln, sonst fliegt er nicht. Man kann es kaum glauben, aber das hier zu bauen hat mich wochenlang mehr eingenommen, als meine Physikforschungen es je getan haben.«

Er tritt unter den Flügeln hervor und zeigt auf die Buchstaben, die er mit einer Schablone innen auf die Kante des rechten Flügels, dort, wo er gelb ist, aufgemalt hat – CARRIE –, und sagt: »Heute bin ich mit der Namensgebung fertig geworden. Carrie, für meine Frau.« Die Buchstaben selbst sind etwas uneben geraten, aber perfekt parallel zum Aluminiumrohr ausgerichtet.

Ich fahre mit der Hand über das Metalldreieck, und Karl zeigt auf die unterste Stange. »Das ist die Trapezstange. Damit kann ich den Hängegleiter lenken, indem ich mein Gewicht nach links und rechts verlagere. Wenn ich mich nach vorn ziehe, beschleunige ich, wenn ich mich nach hinten drücke, werde ich langsamer.«

Als mir klar wird, dass Karl mit dem Drachen fliegen will, starre ich ihn an, aber er sagt: »Die Wettervorhersage verspricht ideale Startbedingungen heute Abend, Windgeschwindigkeit etwa dreißig km/h, auch wenn ich abwarten muss, um sicherzugehen.«

Ich klopfe an die Stange, und sie gibt ein schwaches *Kling* von sich, doch Karl ist unbesorgt, denn er erklärt mir, dass sie aus einem Aluminiumrohr mit einem Edelstahltau darin besteht. Er zeigt auf die Gurte und Metallringe, die von der oberen Spitze des Dreiecks herunterhängen, und sagt: »Daran hänge ich dann und fliege wie Superman.« Er streicht mit der Hand über den Flügel. »Das Tuch ist aus Polyester-Folie. Das Tuch und das Gestell sind gleichzeitig leicht und stabil. Polyethylenterephthalat.« Ich lege beide Hände auf die Trapezstange und versuche, den Drachen anzuheben, und ein klein wenig löst er sich vom Boden. Er fühlt sich an wie ein Fünfzig-Pfund-Mehlsack – nicht schwer genug, um stabil zu sein, nicht leicht genug zum Fliegen. Ich stelle mir vor, wie ich in dem Gurtzeug hänge und auf die Erde weit unter mir schaue, und mein Magen macht einen Hüpfer, alle Kraft weicht mir aus den Händen, tröpfelt aus den Handflächen und lässt sie klamm werden, und ich wische sie mir an meiner Jeans ab.

»Das ist der beste Teil.« Karl zeigt auf ein Instrument an einer der seitlichen Stangen des Dreiecks. »Ein Luftgeschwindigkeitsmesser, der mir anzeigt und aufzeichnet, wie schnell der Hängegleiter fliegt. Es hat etwas gedauert, bis ich ihn bestellt habe und er geliefert wurde, aber – hach, das war es wert.« Er holt sein Poliertuch hervor, streichelt das Messgerät und wischt mikrofeine Staubkörnchen von der Anzeige.

»Denk nur an all die Daten, die ich damit erfassen werde«, sagt er, und sein Gesicht nimmt einen entspannteren, natürlicheren Ausdruck an. Man sieht ihm deutlich an, weshalb er Physikprofessor ist. »Beim Fliegen bin ich mir nämlich nicht so sicher, ob ich es hinbekomme. Aber in dieser Hinsicht bin ich mir sicher – das bekomme ich hin.«

Ich beuge mich vor, um den Luftgeschwindigkeitsmesser näher zu betrachten. Er sieht aus wie ein Thermometer im Reagenzglas. Dann knackt es hinter mir, als würde Holz splittern, jemand bellt: »Pass auf!«, und wie ein Komet saust der Feldhockeyball auf mich zu. Ehe ich weiß, wie mir geschieht, mache ich einen Satz zurück und werfe mir schützend die Arme über den Kopf, und statt mich trifft der Ball den Drachen und landet anschließend mit einem dumpfen Knall auf dem Boden.

»Sorry«, ruft ein Mann, während er losrennt, um vor Milton den Ball zu erwischen. Ich lasse die Arme sinken, und meine Hände zittern vom Adrenalin, so dass ich sie hinter dem Rücken verberge.

»Ach –« Karls Stimme klettert hoch wie die einer jaulenden Katze, und er hechtet zum Hängegleiter, und erst da wird mir klar, dass der Ball womöglich den Drachen beschädigt hat, da ich ja zur Seite gesprungen bin, anstatt den Ball abzuwehren. Ich eile zu Karl, doch da ist nichts zu machen: Karl sammelt bereits die Einzelteile seines Luftgeschwindigkeitsmessers ein und schneidet sich dabei an einer Scherbe, dass es blutet, und ich kann den Schnitt spüren und wie sich die Schuldgefühle ausbreiten.

Karl versucht, die größten Teile zusammenzustecken, doch sie fallen auseinander, sobald er sie loslässt. Er versucht es ein zweites Mal und starrt hinab auf seine Hände. »Er ist kaputt«, sagt er verblüfft.

»Es tut mir leid, es tut mir leid«, plappere ich los, während er mit den Teilen hantiert, unterschiedliche Kombinationen ausprobiert und wiederholt versucht, sie zusammenzusetzen. Die eine Sache, von der er sich sicher war und auf die er sich gefreut hat, habe ich zerstört. Ich denke an den mühsam zusammengebauten Hängegleiter, benannt nach der Frau, die gegangen ist, und daran, dass er den Sohn oder die Tochter vermisst, die er nie hatte, und wie ein zerlaufender Fleck breiten sich meine Schuldgefühle weiter aus. Krampfhaft reibe ich mir die Hände.

Karl verlangsamt seine Bewegungen und hält schließlich inne. Dann öffnet er die Hände und lässt die Einzelteile in seine Kühltasche zu den Sandwiches fallen. Er macht die Tasche zu, und dann steht er mit in Trauer gesenktem Kopf davor, die Kühltasche bleiern und grau auf dem Gras wie ein Grabstein.

»Ich brauche ihn ja nicht unbedingt«, sagt er wie von fern, als würde jemand anders es ihm versichern. »Damit hat sich die Sache erledigt.«

»Es tut mir leid, es tut mir leid«, sage ich immer noch, aber er schüttelt den Kopf und sagt jetzt mit festerer Stimme: »Es muss dir nicht leidtun. Solange das Wetter mitspielt, fliege ich auch ohne. *Carrie* und ich werden endlich herausfinden, woraus wir gemacht sind.«

Er hat also schon lange auf diese Gelegenheit gewartet. Meine Schuldgefühle breiten sich noch mehr aus, und der Fleck kribbelt und kratzt. Ich frage mich, was das wohl alles bedeutet, seine Sorge und seine Erwartungen und das Bedauern, das ihm im Halse steckt, und warum ist seine Frau letztes Jahr gegangen, wenn sie sich liebten?

Ich kenne diese Frage nur zu gut. Ich sage mir, dass Walter Lavender Senior nicht fort- und dann verlorengehen wollte, doch mit jedem verstreichenden Jahr, in dem ich wieder gewartet und gesucht habe, bin ich immer öfter wütend auf ihn und gebe ihm die Schuld, oder ich schäme mich und gebe mir selbst die Schuld – obwohl ich mir jetzt, nachdem ich gehört habe, was Karl gesagt hat, sicherer bin, dass Walter Lavender Senior nicht mit Absicht versucht, verschwunden zu bleiben. Es scheint auch nicht so, als hätte Karls Frau gehen wollen. Ich muss einfach wissen, ob sie verlorengegangen ist und gefunden werden muss, also frage ich: »Wo ist sie?«

Auf dem Drachenflügel glänzt ihr Name so schwarz wie Seide bei Mitternacht.

»Sie ist tot«, sagt Karl, und der Geruch nach nassen Steinen verstärkt sich und wird zu Gestank, und meine Schuldgefühle wegen des zerbrochenen Messgeräts schrumpfen angesichts des weiten Ozeans von Karl. Seine Trauer ist so enorm, sie könnte mich mir nichts, dir nichts verschlucken.

Er lässt sich gegen den Baum sinken. »Weil ich sie vergessen habe«, erklärt er, und dann überfluten ihn die Trauer und die Schuldgefühle und reißen ihn mit sich.

Ich setze mich auf die andere Seite vom Baum und mache Platz für Milton, der aufgestanden ist, um mir zu folgen. Er ist der Meinung, dass er unter das Zelt passt, das meine Knie bilden, wenn er sich nur tief genug duckt, also hebe ich die Beine an und lasse die Füße baumeln, damit er weiter daran glauben kann.

Es spielt keine Rolle, dass ich Verlorengegangenes wiederfinde. Ich werde nicht nach Carrie suchen, sobald meine Suche nach dem Buch vorbei ist, und auch sonst niemals.

Das flaue Gefühl in meinem Magen wird stärker, und obwohl ich weiß, dass Carrie wirklich nicht mehr da ist, wünschte ich doch, ich könnte die Zeit zurückdrehen und den Ball fangen. Warum habe ich ihn bloß nicht abgewehrt, bevor es zu spät war?

Karl ist in Schweigen verfallen, und ich schaue um den Baum herum. Mit dem gleichen harten, besorgten Gesichtsausdruck wie zuvor studiert er ein Blatt voller Formeln. Ich sehe mir die Seite genauer an, die Skizzen von Hängegleitern und die Windpfeile und das Labyrinth aus Kästchen. Sie sehen aus wie das Durcheinander von Ständen auf dem Flohmarkt, und ich kann spüren, wie es zwischen meinen Rippen aufgeregt pocht.

»Ich weiß, wo. Sie einen neuen finden«, sage ich zum Baum.

»Ich müsste ihn bestellen. Ich brauche ihn nicht«, sagt Karl regungslos, aber ich erzähle ihm vom Flohmarkt und dem Stand mit den Extremsportarten, und dass es die Chance gibt, dass der Verkäufer unter den Paragliding-Stiefeln und den Helmen fürs Fallschirmspringen und den Luftpumpen fürs Kitesurfen auch einen Luftgeschwindigkeitsmesser für Hängegleiter im Angebot hat.

Es raschelt, und Karl steht vor mir und fragt: »Wo?«, und ich lasse meine Beine von Miltons Rücken rutschen und biete ihm an, ihn hinzuführen. Ich habe noch Zeit, auch wenn es bedeutet, dass ich meine Suche nach Ruby Fontaine fünfzehn oder dreißig Minuten später aufnehme. Das Messgerät ist kaputt, und das kann ich nicht mehr rückgängig machen, doch ich kann sicherstellen, dass Karl den Stand findet.

»Zeig mir den Weg«, sagt Karl, reicht mir den Farbeimer und hängt sich die Kühltasche um.

Auf meine Frage, ob er den Drachen hierlassen will, entgegnet er: »Als ich zum ersten Mal mein Fahrrad nicht abgeschlossen habe, habe ich durchs Fenster gesehen, wie jemand darauf wegfuhr. Nein, es gibt ein Labor in der Nähe, wo ich *Carrie* aufbewahre.«

Er baut ein paar Teile des Hängegleiters ab und faltet die Tragflächen wie ein Akkordeon zusammen, dann verstaut er alles in der länglichen Tasche und stemmt sich das eine Ende auf die Schulter. Ich nehme das andere Ende und lege es mir auf den Kopf wie ein Kanu, und im Gänsemarsch machen wir drei uns auf den Weg durch die Bäume zu Karls Labor.

Mit einer Karte lässt Karl uns in den Keller eines mit Weinreben und verrosteten Klimaanlagen bewachsenen Gebäudes. Im schwach beleuchteten Flur steht die Luft, und der belegte Geruch nach Morgenatem löst eine Sehnsucht nach der Patisserie in mir aus, wie sie war, bevor das Buch verloren ging – frische Luft und über die Auslagen und Tische und Regale und Leuchter wirbelndes Licht.

»Nicht mehr viele nutzen die Räume hier«, erklärt Karl, führt mich den Flur entlang und schließt eine Tür auf. Die Tasche mit dem Hängegleiter auf der Schulter balancierend, dreht er den Knauf und stößt die Tür mit dem Knie auf. »Der perfekte Ort, um ungestört an *Carrie* zu arbeiten.«

Er muss vergessen haben, das Licht auszuschalten, als er hinausging, denn es ist bereits an, und neben der *Willkommen*-Fußmatte stehen drei Paar Schuhe, ein Paar Hausschuhe und ein Paar Stiefel, und Milton schiebt seine Schnauze in einen Wasserschuh, der zu klein ist, um Karl zu gehören, außerdem sind die schwimmhäutigen Zehen knallpink.

»Sie war die Abenteuerlustige«, sagt Karl mit einem Nicken auf die Schuhe. »Hatte alle möglichen Interessen, Trekking und Patagonien und Menschenrechte und Marilyn Monroe und so weiter. Ich bin nur der Professor mit der Nase in den Büchern. Hier entlang«, fordert er mich auf, und wir gehen zwischen langen Arbeitsflächen voller Bücher und Pizzakartons und klebriger Ringe darauf durch den Raum. Ich steige über Getränkedosen, und am Ende der Arbeitsflächen gibt es ein Waschbecken, neben dem zwei Zahnbürsten in einem umfunktionierten Eisbehälter stecken.

Wir legen die Tasche auf dem Boden ab. Karl richtet sich auf, rollt seine Schulter und deutet Richtung Gang, und als ich an ihm vorbeigehe, bemerke ich einen Kuchen auf der Arbeitsplatte gegenüber. Er ist klein und voller Kerzen, und als ich näher herantrete, sehe ich, dass es ein Vanillekuchen ist, an dessen Rand eine graue Schimmelrosette blüht, was aber keinen Sinn ergibt, denn die Kerzen sind nicht angezündet worden, und der Kuchen ist unberührt.

»Sie wäre sechsunddreißig geworden«, sagt Karl, der sich neben mich gestellt hat. »Ich weiß, dass sie nicht hier ist, um ihn zu sehen, aber als sie … als sie fünfunddreißig wurde, da habe ich es nicht bemerkt.«

Ich zähle die Kerzen, sechsunddreißig an der Zahl, und ich schaue mir den Stapel Decken unter der Arbeitsplatte an und die PopArt-Tasse mit Marilyn Monroe darauf – als könnte Karls Frau unvermittelt durch die Tür gestolpert kommen, ihre persönlichen Gegenstände entdecken und somit wissen, dass dieser Raum ihr gemeinsamer ist. Ich kann mir vorstellen, wie viel Zeit Karl hier unter den fahlen, summenden Neonröhren verbringt, nur er und die *Carrie* und die Tiefen seiner Trauer. Dagegen bin ich bislang nur ins seichte Wasser gewatet.

Langsam frage ich: »Was ist mit Ihnen und Carrie passiert?«

Er versteht mich nicht, also versuche ich es noch einmal mit einfacheren Wörtern, knie mich hin und lege eine Hand auf den zusammengepackten Drachen.

»Warum?«

»Der Hängegleiter? Den habe ich angefangen zu bauen, nachdem er mir im Traum erschienen ist.« Er zerrt an seinem Rollkragen und sieht mich von der Seite an, als gäbe er mir die Erlaubnis zu lachen, aber das tue ich nicht. Er kniet sich neben mich.

»Es war am Abend des Fakultätsempfangs in *The Cloisters*«, sagt er leise, während er den Drachen aus der Tasche hebt. »Einen Monat vorher waren wir auf rotgetränkten Laken aufgewacht. Sie waren voller grellroter Blutklumpen. Carrie ist aufgestanden und machte ein Sandwich mit Truthahn und Schweizer Käse. Ich ging zur Arbeit, blieb lange, wie gewohnt. Wie über andere Dinge sprachen wir auch darüber nicht. Aber am Abend des Empfangs sah sie wunderschön und glücklich aus und hatte sich extra Zeit genommen, um sich die Haare auf Lockenwickler zu drehen und roten Lippenstift aufzutragen. Ich dachte, sie hätte sich von der Fehlgeburt erholt, und ich war erleichtert.«

Einmal hatte eine Frau den Lippenstift verloren, den sie am Morgen ihrer Hochzeit getragen hatte, 99 *Pirate*. Aus meiner Befragung mit ihr weiß ich, dass ein Klecks Farbe bestimmte Emotionen und Denkweisen hervorrufen kann, und ich stelle mir vor, wie Karls Frau sich mit sicherer Hand die Lippen rot anmalt, und das macht mir ein ungutes Gefühl.

»In meinem Traum geht es allerdings anders weiter«, sagt Karl, als er die Flügel auf seinem Schoß ausbreitet. »Ich bemerke es und sage ihr, sie sehe aus wie Marilyn Monroe. Sie trinkt, wir beide trinken, und irgendwann später geht sie an die frische Luft. Es sind bekannte Professoren da, mit denen ich mich noch unterhalten will, aber ich gehe trotzdem raus, um sie zu suchen.

Es ist ein milder Abend, und man hört die Bäume und schnelle Autos. Ich rufe nach ihr – keine Antwort. Ich folge dem Pfad. Er klettert immer höher am Hudson entlang Richtung Heather Garden. Schließlich sehe ich sie auf der Überführung. Sie steht auf der Steinmauer, unter ihr die pfeifenden Autos und vor ihr in fast greifbarer Nähe der Fluss. Irgendwie rutscht sie aus.

Es sieht leicht aus, anmutig. Es könnte ein Unfall gewesen sein. Ich renne auf sie zu, irgendwie befinde ich mich auf einer Klippe oberhalb der Überführung, und ich renne so schnell, dass meine Füße den Boden nicht mehr berühren. Als ich ein Gewicht auf meinem Rücken spüre, sehe ich nach oben, und aus meinen Schulterblättern sind Flügel gewachsen. Dann renne ich geradewegs über die Felskante, um Carrie zu retten.«

Karl hat den Drachen wieder zusammengebaut und schnipst ein an der frisch getrockneten Farbe klebendes Blatt fort. »Heute Abend bin ich so weit, ich werde von derselben Klippe losfliegen, genau wie in meinem Traum. Heute Abend«, wiederholt er mit einem Klaps auf das Drachengrüst, »werden *Carrie* und ich hoch über den Stadtlichtern schweben.«

Er stützt sich am Rahmen ab und starrt über die Tragflächen hinweg. Wie wir so in dem kränklichen weißgrünen Licht stehen, in der seltsamen Stille aus Pizzarändern und langen Arbeitsflächen und Schimmelrosen und ungetragenen Schuhen, entdecke ich noch etwas anderes in seinen Gesichtszügen, etwas so Scharfes, es könnte das, was noch von seiner zerfetzten Zuversicht übrig ist, endgültig zerreißen. Diese Geste soll für sie beide sein, dabei kann er sich selbst kaum noch über Wasser halten.

Nicht Carrie ist verloren, nicht mehr. Ich sehe, wie Karl sich bewegt, ohne sich zu bewegen, und wie er versucht, auf große und kleine Weise die Trauer und die Schuldgefühle zu meistern, und die größte Art davon ist der Drachen.

Milton kommt wieder zu mir, befriedigt, nachdem er alle Geheimnisse des Raumes ausgeschnuppert hat, und setzt sich vor mich hin und wartet auf seine nächste Aufgabe. Ich denke zu ihm: Leute verlieren sich selbst öfter, als man meinen würde. Er schaut mit schief gelegtem Kopf zu mir hoch, nachdenklich auf was auch immer er aufgetan hat kauend. *Menschen sind manchmal komisch.*

Es ist so ähnlich wie bei meinen Fällen, aber doch nicht das Gleiche. Ich kann niemanden finden, der sich selbst verloren hat, doch Nico hat mir gezeigt, dass ich ihnen hin und wieder dabei helfen kann, sich selbst zu finden. Das Buch zupft an mir, und die Wanduhr steht auf zwanzig vor zwei. Die Glocke läutet um halb drei, und wenn ich es so plane, dass ich direkt davor an der Schule bin, kann ich Ruby Fontaine unter dem Eingangsbogen treffen, wenn sie aus der Schule kommt. Vielleicht ist der Plan wirkungsvoller, als auf der Hut vor der grauen Frau durch die Flure zu schleichen.

Ich sehe Karl an. Seine Wangen sind derart eingefallen, dass die Trauer hineinflutet und ihn überwältigt und er daran zusammenzubrechen und unterzugehen droht.

Ich kann ihn jetzt nicht allein lassen, wo seine Zweifel immer stärker werden und die Löcher in seiner Zuversicht immer größer. Auf unserer einsamen Suche haben sich unsere Wege gekreuzt, und wenn er eigentlich nach Vergebung sucht, kann ich etwas auftreiben, das ihm den Rücken stärkt und woran er sich auf dem Weg dorthin festhalten kann, damit er nicht untergeht.

Ich konzentriere mich auf die Muskeln an meinem Mund und sage: »Mein Dad. Ist Pilot.«

»Wirklich? Das ist aber interessant«, findet Karl und entfernt sich ein Stück vom Drachen.

»Ja. Er liebt fliegen. Es war, wie Mark Twain gesagt hat. Die Luft da oben. Rein. Gut. Er-frisch-end.«

»Und du? Bist du schon mal geflogen? Findest du das auch?«

Er kann ja nicht ahnen, wie niederschmetternd das ist. »Ich – ich fliege nicht. Ich weiß es nicht. Aber für Sie. Wird es so sein.«

»Rein und gut und erfrischend.« Karl schluckt die Bergquellenluft hinunter, die aus der Lüftungsanlage zu tröpfeln scheint.

»Vor dem Abheben. Hat er einen Sicherheitstanz getanzt.«

»Es ist gut, dass er die Sicherheitsmaßnahmen befolgt«, sagt Karl zustimmend.

»Ja. Hat er – aber das hier ist ein echter Tanz. Er gehört zum Lied, *Safety Dance*. Von *Men Without Hats*.«

Karl sieht verblüfft und neugierig aus. »Ich vermute, wenn man wie die Männer ohne Hüte keine Kopfbedeckung hat, wird einem kalt, vor allem dort oben in den Wolken. Tanzen bringt das Blut in Gang.«

Seltsamerweise hat Lucy das auch gesagt, als sie mir den *Safety Dance* beibrachte. Es war an einem dieser endlosen, heißen und faulen Sommertage, an denen die Leute sich nur bewegen, wenn man sie anstupst, und dann auch nur in Zeitlupe, und an denen die Klimaanlagen zischen und auf nichtsahnende Köpfe tröpfeln. Als der Abend hereinbrach, brachte er Erleichterung mit sich, und nachdem wir den Laden geschlossen hatten, wagten Lucy und ich uns wie der Rest der Stadt hinaus. Auf dem Union Square ging es wie auf einem Fest zu. Verkäufer boten Leinwanddrucke und Postkarten von der Skyline und T-Shirts mit Sprüchen darauf feil, ein Clown torkelte auf Stelzen vorbei, und eine Frau zog ihre Bluse aus, um sich den Rücken mit Henna bemalen zu lassen. Alle fläzten sich auf den Geländern und Stufen und kümmerten sich um ihre eigenen Angelegenheiten, und der Asphalt war noch aufgeheizt von der Sonne.

Lucy reichte mir eine in eine Serviette gewickelte salzige Brezel, und wir gesellten uns zu einer Menschenansammlung um eine Truppe Breakdancer. Die Tänzer drehten sich auf ihren Köpfen und erstarrten in verschlungenen Verrenkungen, während im Hintergrund *Safety Dance* plärrte.

»Halt deine Brezel gut fest – es ist Zeit, das Blut in Gang zu bringen«, sagte Lucy, und dann: »Mach mir nach.«

Sie hüpfte und schwenkte die Arme und ermutigte mich, es ihr gleichzutun, und während ich auswich und mich wiegte und hüpfte, konnte ich ihn mir neben uns vorstellen, wie er allen auswich, die sich so eng und laut und klebrig aneinanderdrängten, sich neben Lucy wiegte und hüpfte und mir seinen Tanz beibrachte.

Dieser Augenblick scheint jetzt Lichtjahre entfernt, hier beim monotonen Summen der Lampen und vor den neutralen genormten Oberflächen, die so hart sind, dass selbst Gedanken an ihnen abprallen könnten.

»Ich kann es Ihnen beibringen. Wenn Sie wollen«, schlage ich achselzuckend vor, als wäre es mir egal.

Mit der Innenseite seines Fußes schiebt Karl ein paar Getränkedosen zur Seite. »Wenn es ein Kniff von deinem Pilotenvater ist, würde ich es auch gern vor meinem Flug machen. Wie man so sagt – leg los!«

Wir schlängeln uns durch den Gang und machen dabei den Boden frei, und heraus kommt eine sich windende Piste. In Gedanken spiele ich das Lied ab, und ich klopfe mit dem Fuß und nicke mit dem Kopf, und Karl stellt sich so hin wie ich, winkelt seinen Fuß genau wie ich an und ahmt mein Klopfen nach. Als das Klopfen durch den Raum hallt, wird mir klar, wie albern es ohne Musik ist, aber das können wir nun nicht ändern, nicht, wenn Karl mit dem Kinn wippend und mit den Hüften kickend neben mir steht und auf die nächste Bewegung in der Abfolge wartet.

Ich laufe hüpfend auf unsere Startbahn, erst links, dann rechts, und Karl folgt meinem Beispiel und hüpft hinter mir den Gang herunter. Ich biege links in den nächsten Gang ab und fange an, mit den Armen über meinem Kopf zu wedeln, erst den linken, dann den rechten. Karl macht es mir nach, aber er ist nicht im Takt, und seine Arme sind ganz steif, aber er beobachtet mich noch immer ganz genau, so dass ich mir Mühe geben muss, ernst zu bleiben. Er ist so vertieft darin, mich nachzuahmen, dass er sich am hervorstehenden Griff eines Waschbeckens stößt, als er um die Ecke hüpft.

»Du hättest mich warnen sollen, dass dieser Sicherheitstanz ganz schön gefährlich sein kann«, sagt er, während er sich die Seite reibt, und wir grinsen uns an und gehen in die nächste Runde um die Arbeitsflächen.

Ich lasse meine Arme locker und lasse sie schwingen, und wir hüpfen in entgegengesetzte Richtungen und die gleiche Richtung, unsere Wege laufen zusammen und wieder auseinander, und immer weiter fädeln wir uns durch den Raum, bis Karl seine Zweifel abgeschüttelt hat und den Rhythmus findet, und seine Arme und Beine sind dabei steif und schlaksig, unberechenbar, aber selbstsicher.

»Sie sind bereit«, sage ich zu ihm, lehne mich an einen Tresen und sehe ihm dabei zu, wie er die Startbahn entlang sicherheitstanzt und über seine Trauer gleitet. Er biegt rechts ab und kommt im Sicherheitstanz bis zu mir.

»Super«, verkündet er und wischt sich mit seinem Poliertuch über die Stirn.

Auf dem Weg zur Tür hebt er den pinken Wasserschuh auf, den Milton hat fallen lassen. Er lockert den Riemen, so dass man direkt hineinschlüpfen kann, und stellt ihn ordentlich auf die Matte neben den anderen Schuh und streicht dann am Lichtschalter entlang, ohne das Licht auszuschalten.

Als wir auf dem Flohmarkt ankommen, schaue ich zum Schachzelt hinüber, aber anstelle von Sammie und Roman sitzt nun ein rotgesichtiger Mann in einem zotteligen blauen Kostüm dort mit einem Krümelmonsterkopf auf seinem Schoß. Der Verkäufer am Extremsportstand schmeißt sich über eine Reihe Tische wie ein übers Wasser hüpfender Stein, als er Karl näher kommen sieht.

»Noch jemand auf der Suche nach dem Kick?«, ruft er dröhnend. »Wie wär's mit einem Stativ?«

Karl bringt sein Anliegen vor, und der Verkäufer springt zur Tat und zerrt einen Behälter hervor. Die aufgewühlten Fluten in meinem Bauch ziehen sich zurück. Karl stößt einen verworrenen Ausruf hervor und drückt sich die Faust vor den Mund, da blitzt das Zifferblatt seiner schwarzen Plastikuhr vor mir auf. Auf der Anzeige sind zwei Kästchen, eins mit dem Wochentag und eins mit der Zeit auf die Sekunde genau. FR zeigt sie an, und 2:01:10. Bald läutet die Schulglocke. Zeit für mich, weiterzuziehen und Ruby Fontaine zu finden.

Ich bedanke mich bei Karl für das Mittagessen, und er sagt »Viel Glück« und gibt mir einen Klaps auf die Schulter.

»Immer eine Handbreit Luft unter dem Flieger«, sage ich, denn Lucy hat mir erzählt, dass sich Piloten untereinander so einen sicheren Flug wünschen, und außerdem ist das ein guter Rat für jeden.

Als ich gehe, kann ich nicht anders, als mich für einen letzten Blick noch einmal umzudrehen, gerade rechtzeitig, um mitzubekommen, wie Karl seinen unbeholfenen Sicherheitstanz anfängt, vor und zurück hüpft, während der Verkäufer hinter ihm durch seine Kisten wühlt und sich sein Glatzkopf hin und her dreht wie ein glänzender Türknauf.

Ich lächele ein wenig beim Gedanken an Walter Lavender Senior, wie er in seinem Flugzeug herumtanzt, und während ich weitergehe, wächst zwar die Entfernung zwischen mir und Karl, doch ich habe immer noch seine hageren Gesichtszüge vor Augen und kann mir vorstellen, wie sie sich genug füllen, um ihn daran zu erinnern, jung und unverfroren in seiner Zuversicht zu sein. Ich bin wieder allein auf meiner

Suche nach dem Buch, und auf meiner Suche nach Walter Lavender Senior bin ich noch nicht fündig geworden, doch Karl den Sicherheitstanz beizubringen, hat auch meine Zuversicht gestärkt und mich daran erinnert, wie ich meine eigene Trauer um das, was mir fehlt, abwehren kann, und ich kann mich an dem Wissen festhalten, dass Walter Lavender Senior zu mir zurückkehren wollte und dass er immer noch gefunden werden will, ob es mir nun gelingt oder nicht.

KAPITEL 19

Die Glocke läutet, und die hohe Flügeltür schwingt auf und erwischt mich, wie ich gerade die Steinmauer begutachte. Von den fliehenden Schülern mitgerissen, wirft es mich ins Abseits und in Sicherheit, und dort stelle ich mich auf die Zehenspitzen und überfliege das Treiben. Die Haare in einem Dutt, hat Junker gesagt, und ein Rucksack mit einem Namensschild. Ich halte nach einem Haarknoten Ausschau, und schon habe ich drei Mädchen und einen Jungen damit entdeckt. Ich hole Luft.

»RUBY!«, rufe ich laut, und ein paar Blicke fallen in meine Richtung, aber keine Antwort. Die Kinder laufen an mir vorbei, die Daumen in ihre Rucksackriemen eingehakt, und so schnell ich kann, überfliege ich eine Reihe Gesichter nach der anderen.

»Ruby!«, rufe ich noch einmal. Was, wenn ich sie verpasse, wenn ich sie bereits verpasst habe? Erneut rufe ich ihren Namen, und mir wird das Herz immer schwerer, je mehr sich die Menschenmenge verläuft.

Die letzten Nachzügler kommen herausgetrödelt. Ein Mädchen mit einem Hacky-Sack kick-kickt an mir vorbei, und ich frage: »Ruby?«, und der Hacky-Sack kommt auf ihrem Zeh auf. Sie ist es nicht, und ich lehne mich an den schwarzen Eisenzaun und lasse die bezahnten Spitzen sich in meinen Rücken bohren. Milton sitzt neben mir und wartet ab, bis ich fertig bin mit Nachdenken. Wie soll ich sie jetzt finden? Kann ich in der Schule etwas über sie in Erfahrung bringen? Das ist meine beste Option, und gerade als ich meine Hand nach Milton ausstrecke und zur Tür gehen will, geht sie auf.

Ein Mädchen, gefolgt von drei Freundinnen, kommt heraus. Sie stellt sich an die Seite neben der Tür und neben mein Stück Zaun, und die anderen scharen sich um sie. Das Schild an ihrem Rucksack baumelt, und das Mädchen mit den Sommersprossen rechts neben ihr zupft sie am Ellenbogen und sagt: »Ruby, da ist meine Mom. Wir sehen uns auf meiner Geburtstagsfeier am Sonntag?«

Da ist sie also – ich habe Ruby Fontaine gefunden, es ist noch nicht alles verloren, und ein Rettungsboot aus Hoffnung bläst sich unter mir auf.

»Ich weiß noch nicht«, antwortet Ruby. Sie hat ihre glatten Haare oben auf dem Kopf in einem dicken Knoten zusammengebunden, wippt ungeduldig auf ihren rosa beschuhten Füßen und schiebt das Kinn hoch, als würde sie das näher an den Ort bringen, an dem sie eigentlich sein will.

Das sommersprossige Mädchen wird rot, und Ruby fügt heiter hinzu: »Ich werde mein Bestes geben. Ich flehe meine Großmutter an, mich hinzubringen. Wenn nicht, sehe ich euch heute Abend bei der Regatta. Tschüs, Jane, tschüs, Heather, tschüs, Gabby.« Sie schüttelt ihre Freundinnen ab und dreht sich zu mir um, und ihre im Kontrast zu ihrer karamellfarbenen Haut grün glitzernden Augen verengen sich zu schmalen Schlitzen.

»Wie bist du denn hierhergekommen? Hinter mir war niemand.« Sie bewegt sich auf mich zu, und wie sie auf ihren pinken Schläppchen gleitet, sieht sie aus, als könnte sie Feuer spucken. Ich weiche zurück, und die Spitzen des Eisenzauns bohren sich in mein Fleece.

Sie reißt die Augen auf. »Du hast geschwänzt! Hast du doch, oder?«, stellt sie vergnügt fest. »Du bist nicht bei mir in der Klasse. Bist du auch zwölf? Du musst bei Blaise sein. Oder Kenner? Wer bist du überhaupt?«

Milton spürt mein Zögern und schlägt mich mit seinem Schwanz, bellt und macht dann als Erster einen Schritt vorwärts und schnuppert zur Begrüßung an Rubys Hand. Sie streichelt ihn und bewundert sein Fell, und das nimmt ein wenig den Druck von mir.

»Das ist Milton«, sage ich, dankbar, dass er mir diese Brücke gebaut hat. »Ich bin Walter.« Der nächste Teil ist einfach, einer meiner vertrauten Suchsätze, also zeige ich ihr das Buch und frage: »Hast du das gesehen?«

Sie schnappt es mir aus der Hand, blättert es durch und erstarrt.

»Das kenne ich. O mein Gott, findest du die Zeichnungen nicht auch einfach großartig? Sieh mal, wie die Künstlerin die Kontraste herausstellt, wie sie Licht und Schatten einsetzt – du hast es doch nicht etwa gestohlen!«, platzt es leidenschaftlich anklagend aus ihr heraus.

Ich schüttele den Kopf und hole Luft. Vielleicht wird es zu lange dauern, bis ich es erklärt habe, aber das darf mich nicht davon abhalten, es zu versuchen, also erzähle ich ihr, dass das Buch zu unserem Laden gehört und verlorenging. Ein paar Wörter kommen nicht ganz korrekt heraus, aber ich rede weiter, erzähle, dass ich der Spur gefolgt bin und mir noch ein paar Seiten fehlen, und ihr strenger Blick wird sanfter.

»Ich habe nur noch eine der Seiten, die mir der kleine Vogelmann gegeben hat. Meine Lieblingsseite. Ich würde sie dir ja zurückgeben, aber sie liegt in meinem Zimmer, und jetzt gehe ich erst mal ins Museum. Im Met gibt es gerade eine Ausstellung über den Tod, die ich mir ansehen will.«

Sie zieht ihren Rucksack höher. »Bis dann«, wirft sie mir über die Schulter zu, und weg ist sie.

Ich laufe ihr hinterher. »Ich kann mitkommen.«

»Nein danke«, sagt sie. Erneut versucht sie, mich abzuschütteln, doch ich passe mich ihrem Tempo an, woraufhin sie noch schneller geht, als wären wir in einem Wettbewerb.

»Es ist wichtig«, sage ich und setze die Arme ein, um mit ihr mitzuhalten. Abrupt bleibt sie stehen, und ich marschiere an ihr vorbei. »Sehr wichtig«, wiederhole ich mit Nachdruck, während ich zurückrudere.

Sie verschränkt die Arme und fixiert mich mit drohendem Blick. »Na schön. Aber sei ja kein Spaßverderber.« Sie geht weiter. »Es geht um Todesmode«, erklärt sie, ohne darauf zu achten, ob ich ihr folge. »Was für Kleider und Schmuck die Frauen zu den verschiedenen Stadien der Trauer trugen und wie sich die Stile im Laufe des Jahrhunderts weiterentwickelt haben.«

»Gruselig«, sage ich erschauernd, und im gleichen Augenblick seufzt Ruby: »Glamourös.«

Das Metropolitan Museum ist nur vier Blocks entfernt. Keiner von uns redet. Am Fuße der Treppe rennt Ruby plötzlich los, und ich sehe mich wild danach um, wovor sie wohl wegläuft oder wohin.

»Wer als Erster oben ist«, ruft sie.

Ich blicke auf die Treppe, die wie eine geknickte Decke daliegt, und die Zeit scheint von mir wegzuströmen. Wie lange wird das hier wohl dauern? Versteht Ruby, wie wichtig das Buch ist? Milton sieht mich an und hüpft dann mit den Vorderbeinen ein Stückchen zur Seite – *na dann mal los.*

Ich springe die Stufen hoch und schlängele mich an den dort hockenden oder lesenden oder sich das Treiben anschauenden Leuten vorbei. Über mir ragt das Museum in den Himmel, ein Steinpalast mit Bögen über den Fenstern und gewaltigen Säulen, verziert mit kunstvollen Skulpturen.

Wir schlittern ins Foyer, wo Ruby bereits ungeduldig im Kreis geht. Mit Lichterketten geschmückte Bäume funkeln, und kleine Grüppchen ziehen umher und warten und diskutieren in unterschiedlichen Sprachen, die unter dem Dachgewölbe von den weit auseinanderliegenden Mauern und dem marmornen Fußboden widerhallen.

»Das war einfach«, sagt Ruby und zieht die Riemen an ihrem Rucksack stramm.

Ich strecke ihr die Zunge heraus, und sie kichert. Als wir an den Einlass vor dem Ägyptenflügel kommen, zeigt Ruby dem Wächter eine Karte und sagt zu mir: »Großvater ist ein Förderer«, was praktisch ist, denn die Schlange scheint sich aufgelöst zu haben. Der Wächter macht eine strenge Handbewegung Richtung Milton, der sich daraufhin prompt auf dessen polierte Schuhe setzt.

»Blindenhund«, sagt Ruby und zerrt uns fort.

»Früher ist Großvater ständig mit mir hergekommen«, erzählt Ruby, während wir durch einen Raum mit ägyptischen Vasen und Reliefs gehen. »Dann haben wir den ganzen Nachmittag lang das Cubiculum und den chinesischen Innenhof erforscht und über das alte Ägypten und van Gogh geredet. Wusstest du, dass er *Sternennacht* in der Irrenanstalt gemalt hat, nachdem er sich sein Ohr abgeschnitten hat? Zum Abschluss haben wir dann oben auf dem Dach heiße Schokolade getrunken. Ab und zu hat er auch einen Martini bestellt, laut E.B. White das Elixier der Stille, aber ich erzähl dir was – du musst schwören, dass du es nicht weitersagst, Walter –«

Sie hakt ihren kleinen Finger unter meinen und drückt einen Kuss auf ihren Daumen. »Okay, einmal habe ich heimlich einen Schluck probiert, als er zur Toilette gegangen ist.«

Sie macht eine Pause und flüstert dann: »Es hat *höllisch* gebrannt.« Sie bekommt Tränen in den Augen, und ich mache ein unterdrücktes Geräusch, denn es scheint mir nicht angemessen, im Museum laut loszulachen.

»Schsch«, ermahnt sie mich trotzdem. »Wir sind da.«

Der Eingang ist die Treppe hinunter, weiß und schwarz und sparsam und erlesen. Wir betreten einen gedämpft beleuchteten Ausstellungsraum, in dem die Besucher, getragen von einem Strom Choralmusik, im Gleichklang um ein in der Mitte aufgestelltes Podest gleiten – gegen den Uhrzeigersinn –, und ich habe das Gefühl, ich würde in eine feierliche Veranstaltung hineinplatzen. Ruby ignoriert den Fluss der Prozession, nimmt ihren Rucksack ab und setzt sich vor ein Trio Schaufensterpuppen, die Kleider mit eingeschnürten Taillen und Röcken wie Glocken in Schwarztönen und trübem Creme und Blutergussviolett tragen. Ihre kühlen, eleganten Hände zupfen in die Luft oder schieben sich unter Tücher.

Eine Frau weht vorbei, ihr weiter weißer Jumpsuit bläht sich wie ein Fallschirm, und Milton trottet ihr hinterher, geleitet von seiner Nase. Ich setze mich neben Ruby und hole mein Notizbuch hervor. Ein Rascheln neben mir lässt mich aufsehen. Ruby blättert durch ihr eigenes Notizbuch. Es sieht meinem nicht unähnlich. Bleistiftstriche treten aus den Seiten hervor, die Glockenärmel eines Kleids, der Hauch eines Schwungs, um den Hals anzudeuten, und mit dem Finger verschmiert sie einen der Striche.

Mir fällt die Kinnlade herunter, und ich starre auf das Notizbuch, schüttele dann den Kopf und schreibe: MOMENTE DES WIEDERERKENNENS AN ZUFÄLLIGEN STELLEN, da lässt mich ein Husten innehalten. Ruby hebt ihr aufgeschlagenes Notizbuch und stößt mit dem Buchrücken an meines.

»Prost, Kumpel«, sagt sie, und das fängt die ganze Seltsamkeit ein.

»Bei mir zu Hause geht es ziemlich schräg zu«, warnt Ruby mich vor, als wir die Stufen hinter Milton hinuntergehen, der uns den Weg freiwedelt.

Ich muss an die Patisserie denken und an mich und sage: »Das macht mir nichts aus.«

Ruby guckt mich wieder mit Katzenaugen an. »Was spielt es für eine Rolle, ob es dir etwas ausmacht oder nicht?«

Sie zieht sich auf einen an einer Kirchenmauer entlangführenden Sims hoch, breitet die Arme aus und balanciert mit ausgestreckten Zehenspitzen weiter. »Und sowieso. Du hast auch ein Kunsttagebuch. Wir sind also quasi der gleiche Typ Mensch. Ich meine bloß, du musst vorbereitet sein. Du darfst nichts berühren, auch nicht aus Versehen. Meine kleine Schwester, Debbie, sie ist acht und ein Engel. Sie sollte eigentlich bei ihrer Geburt sterben, hat aber überlebt. Nur dass meine Mama und mein Daddy eigentlich leben sollten und gestorben sind, als ich sechs war und Debbie im Krankenhaus, aber sie waren auch Engel.«

Ich hätte nicht gedacht, dass sie so etwas sagen würde. Ich dachte, sie wäre das Gegenteil von mir, dass es ihr an nichts fehlte in ihrer Welt. Ich habe gesehen, dass sie Freunde hat, oder zumindest Menschen, die ihre Freunde sein wollen und sie auf ihre Geburtstagsfeiern einladen. Ich bin davon ausgegangen, dass sie zwei Elternteile hat, und das hatte sie auch. Aber jetzt nicht mehr, und obwohl es sich nicht unabgeschlossen anfühlt und sie nicht zu suchen braucht, sind sie doch nicht hier, und das entspricht nicht der vollkommenen Zufriedenheit, die ich mir für sie vorgestellt habe, und ich sage: »Das tut mir leid.«

Sie zieht eine Schleife mit ihrem Fuß. »Der Einbrecher hat Daddy erschossen, als er mich und Mama schützen wollte, und als er Mama dann trotzdem erschossen hat, hatte sie mich schon eingewickelt, so dass er nicht mehr an mich gedacht hat.« Sie gerät ins Schwanken, und ihre Zehen krümmen sich durch das pinkfarbene Leder um die Kanten. Ich halte ihr meinen Arm hin, aber sie breitet ihre nur weiter aus und bringt sich wieder ins Gleichgewicht. Dann hebt sie sie zum Himmel und streckt die Zehen erneut aus und schwingt dann ein Bein in einem kühnen Bogen herum.

»Wir wohnen bei Großmutter und Großvater, und da gehen wir jetzt hin. Sie sind früher Boot gefahren, und ich war immer bei ihnen, wenn Mama und Daddy sich um Debbie gekümmert haben. Jetzt müssen sie sich die meiste Zeit um Debbie kümmern, und das ist eine Menge Arbeit. Debbie hat starke geistige und körperliche Behinderungen, Zwangsneurosen, Lymphödeme ...«

Manche dieser Begriffe habe ich noch nie gehört. Ruby sagt: »Du wirst schon sehen«, hüpft mit einer Pirouette von der Kante und landet sanft auf dem Boden wie eine sich drehende geflügelte Ahornfrucht. Auf den Ballen wippend, wartet sie auf mich.

»Das Buch, das du verloren hast und jetzt suchst. Was ist daran so großartig?«

Ich zeige ihr den Aushang. »Es gehört zur Patisserie«, sage ich.

»Da steckt noch mehr dahinter«, beharrt Ruby, also versuche ich, mir vorzustellen, wie Lucy es erzählt, und ich erzähle Ruby, wie das Buch entstand und geschenkt wurde und die Patisserie zum Leben erweckte.

»Es war Teil des Zaubers«, sage ich und bin in Gedanken bei den Leuten, die den Laden entdecken, die zum ersten oder zum fünfzehnten Mal hereinkommen, mit wachem Blick und offen für kleine Wunder und ehrfürchtig angesichts ihrer Entdeckungen. Beziehungsweise, bis sie es nicht mehr taten. Ich denke an Lucys farblose Finger, die zitternd den Brief halten, und stelle mir vor, wie der Laden schließt, meine Öllampe erlischt und ein Flugzeug darüber hinwegdröhnt.

»So einen Ort gibt es *wirklich*?« Rubys Augen werden noch grüner, doch mich erinnert es nur ernüchternd daran, dass es diesen Ort im Moment nicht gibt und vielleicht auch nie wieder geben wird. Auch wenn Ruby mir die eine Seite gibt, die sie behalten hat, fehlt immer noch eine. Ich komme meinem Ziel näher, aber die Suche ist noch längst nicht vorbei.

Ich nicke, und sie bleibt unter einem Vordach stehen, das bis über die Bürgersteigkante reicht. »Da sind wir«, sagt sie, und ein Pförtner drückt die goldenen Gitter der Flügeltür auf.

»Guten Tag, Miss Fontaine und ihre Gäste.«

Milton zieht sein Hinterteil über den roten Teppich bis in die Lobby, und der Pförtner runzelt die Stirn und zupft an der Truthahnhaut an seinem Hals. Milton bemerkt nichts, und mit schlagenden Pfoten und schwingenden Hüften schlendert er weiter in die stille Eingangshalle mit ihrem glänzenden Parkett und den goldgerahmten Gemälden und den Stühlen mit geschwungenen Armlehnen und Beinen wie Throne. In der Mitte erhebt sich ein Marmorpodest, das vor sowohl echten als auch gemeißelten Blumen überquillt.

Am Ende der Lobby gibt es mehrere Aufzüge nebeneinander, und wir betreten einen davon. Er ist holzverkleidet, und darin ist es warm, und wir fahren nach oben, wo Ruby die Tür mit der Nummer 1442 aufschließt. Milton schiebt sich an uns vorbei und kippt vor unseren Füßen um wie ein dickbäuchiges Boot. Ich steige über ihn hinweg und sehe mich in der Wohnung um, und ich habe keine Ahnung, was ich davon halten soll.

Ich habe schon genug Wohnungen gesehen, um zu wissen, wie unterschiedlich und wenig vorhersehbar sie sein können. Immer gibt es Möbelstücke, auf denen man sitzen oder schlafen oder Gegenstände wie Bücher und Teller abstellen kann, und es stimmt ebenfalls, dass in den Wohnungen, die ich betrete, in der Regel Unordnung herrscht, denn dann gehen am ehesten Dinge unter und verloren. Aber abgesehen davon habe ich keine Erwartungen.

Manchmal saugt die Wohnung einen Teil vom Wesen der in ihr lebenden Menschen in sich auf, wie bei dem Großwildjäger, in dessen Flur lauter gerahmte Tierköpfe hingen wie Porträts verstorbener Familienmitglieder. Manchmal steht das Zuhause auch im Widerspruch zum Bewohner, wie bei der Handflächenleserin, die sich gern minimalistisch und weiß einrichtete, obwohl sie sich in mystische, klimpernde Stoffe hüllte und ein Bindi trug, das wie das Auge auf der Schwanzfeder eines Pfaus aussah.

Bei Ruby zu Hause ist alles offen, und es gibt Fenster, die wie Wände aussehen, und prall gepolsterte Damastsofas, und meine Füße versinken im Teppich. Die Oberflächen sind mit Vasen und asymmetrischen Schalen dekoriert, und der Küchenbereich rechts von uns ist aus Glas und Stahl. Dann sind da noch die anderen Details, und die verschlagen mir die Sprache.

»Fünfundvierzig Grad«, höre ich Ruby hinter mir. »Verstell ja nichts an den Winkeln, sonst dreht Debbie durch, wenn sie nach Hause kommen.«

Ich vermute, dass sie von der Wand aus silbernen Vitrinen spricht. Es gibt etwa zwanzig an der Zahl, und jede einzelne Tür ist im gleichen Winkel geöffnet, glänzend und tadellos aufgereiht wie Soldaten. Die Schubladen sind ebenfalls zur Hälfte aufgezogen, so dass man ihr Inneres sieht, Messer und Besteck und Frischhaltefolie und Scheren. Überall in der Küche und dem Wohnzimmer sind Keksdosen und Versandkartons verstreut, sie sind aufgestellt oder liegen auf dem Boden oder lehnen an den Beinen der Möbel.

»Bleib«, flüstere ich Milton ins Ohr, und er seufzt und lässt sich auf den Boden hinter der Tür sinken. Ich ziehe den Bauch ein und mache vorsichtig ein paar Schritte, als könnte der Boden unter mir explodieren, doch Ruby rauscht an mir vorbei.

»Wie geht das?« Ich deute auf den Raum um uns herum, darauf achtend, dass ich die Vitrinen und die Schubladen und das Minenfeld der kantigen Kisten nicht durcheinanderbringe.

Ruby muss lachen und stimmt an: »Willkommen in der Twilight Zone.« Dann hüpft ihr Dutt nicht mehr auf und ab, und sie tippt sich an ihren Wangenknochen. »Hier kommt meine erste Erinnerung an Debbie«, sagt sie. »Wie Mama und Daddy sie nach Hause bringen. Sie war ewig im Krankenhaus, und es steckten immer noch ein paar Schläuche in ihr drin, aber ich konnte sehen, wie ihre Faust aus den Decken herausguckte. Sie war so winzig, aber ich wusste einfach, dass sie wollte, dass ich ihre Hand nehme. Schwesterntelepathie. Ich wollte ihr nur sagen, dass ich mich gut um sie kümmern würde, aber Daddy sagte, *Noch nicht anfassen*, und Mama und Großvater und Großmutter brachten sie in ein anderes Zimmer. Sie machten die Tür zu, und ich musste draußen warten, dabei wollte ich so gern reingehen und Teddy holen.«

Sie reckt das Kinn. »Auf jeden Fall habe ich mein Versprechen gehalten. Ich weiß jetzt, wie man sich um sie kümmert. Ich helfe mit der Nahrungssonde. Man muss den Knopf richtig abnehmen, sonst blubbert Säure aus dem Loch, das die Ärzte ihr in den Bauch geschnitten haben.«

Etwas pikst mir in den Bauchnabel, und ich passe nicht auf und stoße gegen einen Beistelltisch, so dass die Keksdose, die daran gelehnt war, umfällt, und als ich nach unten sehe, schaut mich ein runder Schneemann mit Möhrennase an. Achtgebend, dass sie genauso steht wie vorher, stelle ich die umgekippte Dose wieder hin. Dann bahne ich mir weiter einen Weg durch den Raum.

»Ich lerne noch, wie man es besser machen kann für sie. Ich werde Künstlerin und Ärztin. Es wird allerdings bestimmt lange dauern, bis ich studiert und meine Fachärztin gemacht habe und das Staatsexamen, also übe ich mich jetzt erst mal in der Kunst der Geduld, wie mein Großvater mir rät … Kannst du mal das Licht da anmachen?«

Sie zeigt auf einen Schalter links von mir. Ein Spot über dem Couchtisch geht an. »Das muss an sein. Wie hast du das Buch überhaupt verloren?«, wechselt sie abrupt das Thema. »Das ist doch dämlich.«

Ich beiße die Zähne zusammen. »Gestohlen«, berichtige ich sie verärgert.

»Heikles Thema«, sagt sie.

»Der Laden ist gestorben. Wenn ich die Seiten nicht finde. Macht er zu.« Ich kann mich nicht dazu durchringen auszusprechen, was uns bevorsteht, wenn die Patisserie für immer geschlossen wird. Was werden wir dann tun, und wo werden unsere Kunden ihre tägliche Dosis Magie herbekommen, und wohin soll Walter Lavender Senior dann zurückfinden, wenn es den Laden, von dem er wusste, dass Lucy ihn eröffnen wollte, nicht mehr gibt?

»Das wusste ich nicht«, sagt Ruby. »Das ist ernst.« Sie berührt die Quasten am Rand eines Wandteppichs und betrachtet eindringlich die Paradiesvögel darauf. »Wenn es gestohlen wurde, dann ist der Dieb schuld. Ich hasse Diebe.« Die Worte zischen zwischen ihren Zähnen, und sie spuckt sie aus.

Im Flur überprüft sie die Tür am Wäscheschrank. »Die hier muss zu sein. Komm, mein Zimmer ist dahinten. Wir holen deine Seite.«

Sie wirft sich aufs Bett, und ich atme wieder freier und lasse mein Gewicht wieder in meine Füße sickern.

»Ist es schwer?« Ich gehe durch ihr Zimmer und setze mich aufs Bettende, die Hände unter mich geschoben.

Sie holt ihr Kunsttagebuch hervor und blättert es unruhig durch. »Wie gesagt, sie ist ein Engel. Sie ist rein. Alles Mögliche, was ich nicht mal sehe, macht sie glücklich. Regen, der ans Fenster prasselt. Händchen halten. Die Adern an einer Orchidee. Zu lächeln, wenn jemand anders lächelt. Sie erinnert mich daran, dass ich mir auch wünsche, ich könnte das – sie bemerkt, was zählt, sonst nichts. Sie kann nur nicht wie wir essen.«

»Du bemerkst doch Sachen«, sage ich und zeige auf ihr Notizbuch und die Zeichnung eines Trauerkleids darin, die übergroße Krempe an der Haube, wie sie sich geheimnisumwoben schlängelt und einen herüberwinkt. Ruby klappt das Buch zu.

»Nur den Tod.« Sie springt vom Bett. »Jetzt aber, weswegen du hergekommen bist …« Sie hüpft zu ihrer Kommode, die weiß und bauchig ist und einen ovalen Spiegel hat wie in einem Märchen. Darauf stehen eine goldene, herzförmige Schachtel und ein Modellboot mit einem hohen Dreieckssegel, das mit Lichtern besetzt ist. Sie nimmt das Boot in die Hand und drückt einen Knopf, und die Lichter gehen an, und zugleich leuchtet auch die goldene, herzförmige Schachtel auf, obwohl sie nicht mit Lichtern besetzt ist.

»Ziemlich gut geworden, oder? Großvater und ich haben es für das *Light-the-Night*-Bootsrennen gebaut – das ist die Wohltätigkeitsveranstaltung auf dem Conservatory Water im Central Park heute Abend, sie soll das öffentliche Bewusstsein für Kinder mit geistiger Behinderung schärfen.«

Sie tauscht das Boot gegen die goldene Schachtel ein, und schwer wie nasser Sand zieht die Erwartung an mir. Ruby lässt sich wieder aufs Bett fallen, öffnet den Deckel und faltet ein Blatt mit zerfledderten Rändern auseinander.

»Ich will es nicht hergeben«, sagt sie, während sie das Bild ansieht und sich auf die Lippe beißt. Dann sieht sie weg, hält mir mit einem Ruck das Blatt hin und sagt: »Aber es gehört dir.«

Ich nehme es, und ich weiß, dass es eine Seite aus dem Buch ist, ohne dass ich sie umdrehen und anschauen muss – sie wirft ein paar glitzernde Lichtsprenkel an die Wand wie ein Anhänger, den man geschenkt bekommen und ausgepackt hat und ins Sonnenlicht hält. Ich neige sie nach rechts und nach links und inspiziere sie. Natürlich würde Ruby die zweite Seite aus dem Buch gern behalten: die junge Frau, so frei wie der Wind und auf der Suche nach Abenteuer, wie sie auf Sturmwolken heruntertost, die sich mit ihrem Umhang zu Himmel, Schnee und Eis verschlingen.

Ich halte die Seite an die Wand und streiche mit der Faust die Falten glatt. Dann lege ich sie dort ins Buch, wo sie hingehört, und nun fehlt nur noch Seite sechs. Ich klappe das Buch zu, und das glitzernde Licht geht aus. Ruby starrt auf die Hände in ihrem Schoß, die so reglos wie getrocknete Schmetterlinge dort liegen.

»Danke«, sage ich feierlich, der Stimmung entsprechend.

Während ich darauf warte, dass Ruby sich erholt und mir sagt, wo die sechste Seite ist, stecke ich die Möglichkeiten ab – es gibt drei: verlorengegangen, weggegeben und verkauft, was ich nicht für wahrscheinlich halte –, und dann sagt Ruby: »Okaaaaay … also … jetzt nicht aufregen, aber ich habe gute und schlechte Neuigkeiten.«

Sie sieht mich gequält an, und ich denke, das muss es sein – sie muss die letzte Seite verloren haben –, doch dann holt sie tief Luft und stößt hervor: »Ich habe die anderen beiden Seiten weggegeben, aber die *gute* Nachricht ist, dass ich weiß, wo wir heute noch nach der einen suchen können, nur die *schlechte* Nachricht ist, dass wir auf die andere bis Sonntag warten müssen – die hat eine alte Schachmeisterin, mit der ich immer im Chess and Checkers House Schach gespielt habe, Center Sammie. Ich bin ihr über den Weg gelaufen, nachdem der kleine Vogelmann mir die Seiten gegeben hatte, und ich wusste ja nicht, dass sie dir gehören, und zu dem Zeitpunkt schien es das Richtige zu sein – sie fing schon beim bloßen Anblick der Seite fast an zu weinen, und Großvater und ich sind schon so lange nicht mehr im Chess and Checkers House gewesen –, aber wie dem auch sei, es ist eigentlich keine schlechte Nachricht, weil wir einfach warten müssen, und dann am *Sonntag* gehen wir hin und –«

Ich tippe ihr auf den Arm, und sie hört auf zu reden. Ihre Augen blitzen fest entschlossen, und es fällt mir schwer, mir vorzustellen, wie sie Schach spielt, mit unter dem Tisch wippenden Beinen und einem bebenden Schachbrett. Ich zeige ihr die siebte Seite, Sammies Seite, die bereits wieder mit dem Buch vereint ist.

»Oh«, sagt Ruby und verliert an Fahrt. »Super. Dann also nur die gute Nachricht.«

Die Wohnungstür schlägt zu, und Ruby hebt den Kopf und sagt: »Sie sind früh wieder da. War wahrscheinlich einer der besseren Termine.«

Plastiktüten rascheln, Schlüssel fallen auf den Tresen, und dann kommt ein *Stampf* ... *Stampf* ... Rubys ovaler Spiegel vibriert. *Stampf!* Das schwerfällige Stampfen hält irgendwo im Flur inne, und ich sehe Ruby an.

»Das ist Debbie«, erklärt sie. »Sie weiß gern, wo ihre Füße sind. Hey Deb.« Sie rutscht vom Bett und sagt: »Walter, falls du es vorgehabt haben solltest, komm ja nicht auf die Idee, deine Beine zu überschlagen.«

Ich stelle mir vor, meine Beine wären Eisenbahngleise, und klebe sie an die Kante von Rubys Bett, als Ruby die Tür aufmacht und sich mit ausgebreiteten Armen hinkniet. Ein Durcheinander aus Armen und Beinen wirbelt durch die Luft, und dann wirft sich ein Körper in Rubys Arme, und Debbie hebt den Kopf, und ein nacktes, freudiges Lachen läuft über ihr Gesicht.

Ruby summt die ersten Töne eines Van-Halen-Lieds, und Debbie lässt sich auf den Boden fallen. Ihre Lippen lösen sich voneinander, und zuerst klingt es nur wie ein Jammern, aber dann bemerke ich die Pausen, die immer wieder etwa zur gleichen Zeit wie Rubys Pausen einsetzen, und Debbies Fäuste, die wie pummelige Schlägel auf den Boden trommeln. Sie verdreht die Augen, und dann fällt ihr Blick auf mich. Ihre Augen sind wie eine durchsichtige Linse – ohne Filter, ohne die Abfolge aus Verarbeitung, Beurteilung und Schlussfolgerung. Sie nimmt mich einfach nur wahr und strahlt über das, was sie sieht, und ich kann nicht anders, ich lächele zurück.

»Das ist Walter. Ich kenne ihn aus der Schule«, sagt Ruby, und Debbie stemmt sich auf die Füße und stapft hinaus. In der Tür taucht Rubys Großmutter auf und neigt den Kopf.

»Freut mich«, sagt sie und streicht dabei über ihren Pelzkragen. Ich winke. »Es ist schön, einmal einen Freund von Ruby zu Besuch zu haben.«

»*Großmutter*«, sagt Ruby. »Es ist ja nicht meine Schuld, dass die anderen Kinder nicht gerade interessant sind. Ich sehe sie schon oft genug in der Schule, fünf Tage die Woche, sechsunddreißig Wochen im Jahr.«

»Ich glaube, du bist gern schwierig«, sagt Rubys Großmutter, und Ruby grinst sie ungezogen an. Die Großmutter wendet sich mir zu und sagt: »Fühl dich wie zu Hause, Walter – oh, entschuldige, nicht so schnell, Debbie.« Sie eilt wieder in den Flur, und Ruby schließt sachte die Tür und legt die Wange ans Holz.

»Wo soll ich suchen?«

Ruby wedelt die Frage mit einer Bewegung des Handgelenks fort. »Ich helfe dir beim Suchen. Ich habe sie schließlich auch weggegeben. Außerdem ist man zu zweit schneller als allein – wie lange suchst du schon?«

»Den ganzen Tag. Verrückt, ich weiß. Ein ganzer Schultag. Aber diese eine verrückte Sache –«

»Das kann doch nicht dein Ernst sein. Du bist *zwölf*, und das ist das einzige Verrückte, was du je getan hast? Dabei ist es nicht mal verrückt. Du bist so langweilig«, sagt Ruby, und es zieht ihr den Kopf nach hinten, so schwer wiegen das Drama und ihr riesiger Dutt.

»Ist es … nicht?«

»Das kann ich nicht akzeptieren!«, ruft sie und greift nach meiner Hand. »Aufstehen, Milton. Wir haben zu tun.« Mich hinter sich herziehend, läuft sie zur Wohnungstür und scheucht Milton hoch, just in dem Moment, in dem ihr Großvater versucht hereinzukommen.

Ich gehe davon aus, dass er Ruby fragt, wo sie hingeht und wer ich bin, so wie Lucy es tun würde, doch er sagt nur: »Deine Schuhe. Denk dran, dir Schuhe anzuziehen. Genau wie die alten Ägypter ihre Füße mit Papyrussandalen vor dem sengenden Sand schützten, müssen wir unsere vor dem Manhattan-Matsch bewahren.«

Ich zögere, und für den Fall, dass ich die unausgesprochene Frage beantworten soll, räuspere ich mich. »Ich bin Wal…«, setze ich an, doch Ruby fällt mir ins Wort.

»Sie vertrauen mir. Debbie braucht die meiste Aufmerksamkeit, und ich brauche meine Freiheit.« Sie schiebt sich an seiner wollummantelten Taille vorbei und gestikuliert in Richtung ihrer Schläppchen. »Wusstet ihr, dass der Ballettschuh von Bill Nye perfektioniert wurde? Sein Spitzenschuh verleiht eine Aufwärtskraft, die der Schwerkraft entgegenwirkt, und kommt somit dem Tanzen auf Spitze entgegen.«

Der Aufzug läutet. Rubys Großvater grummelt wohlwollend interessiert: »Was du nicht sagst. Der Wissenschaftler.«

KAPITEL 20

Ruby führt uns in den Central Park. Und verliert prompt die Orientierung.

»Ich verstehe nicht, wie man sich hier jemals zurechtfinden soll. Ich muss irgendwie sehen können, wo wir sind«, meckert sie.

»Ich kann helfen. Wo ist die Seite?«, frage ich sie.

»Wir suchen jetzt gerade nicht nach der Seite. Wir suchen das Karussell, damit wir deine übertriebene Wohlerzogenheit in Ordnung bringen können.«

Ich weiß nicht, was sie meint, aber ich will nichts tun, was mich nicht zur letzten fehlenden Seite führt, und deswegen verkrampfe ich mich vor Sorge und schüttele den Kopf. *Nein*, will ich sagen, und *Was könnte denn wichtiger sein?*, und *Lass uns gehen*, doch Ruby nimmt mich am Ärmel und zieht mich den Weg entlang.

»Wir müssen warten, bis es Zeit für die Post ist, um nach der Seite zu suchen. Wie dämlich wäre es denn, nichtstuend rumzusitzen, während wir warten?«

Darüber denke ich nach. Ihre Logik ist nicht verkehrt, und als ich nicht antworte, sagt sie: »Schlau, für einen Jungen«, und sieht die Bäume um uns herum mit einem Funkeln in den Augen an, dass mir ganz mulmig zumute wird.

»Du kannst helfen, indem du einen guten Baum zum Klettern findest«, schlägt sie vor.

Ich verspüre nicht den Wunsch, auf einen Baum zu klettern; soweit ich weiß, ist nur das Risiko, herunterzufallen und Arme, Beine und Wirbelsäule wie die Zweige unter meinen Füßen knirschen zu hören, beachtenswert, wenn man den Erdboden verlässt. Ich sehe mir einen Baumstamm genauer an, von dem die Rinde in harten Plättchen abblättert, unsicher, wie man einen Baum hinsichtlich seines Kletterpotentials überprüft. Bäume sind als Unterstand da, und um Geheimnisse und Gerümpel der Zeit zu bewahren, nicht, um weit nach oben zu klettern.

Ruby bleibt unter einem Baum stehen, dessen Äste über ihrem Kopf beginnen.

»Eine ausgewachsene Buche. Stabile Äste«, murmelt sie und macht einen Schritt zurück, um den Baum besser in Augenschein nehmen zu können. »Seitlich wachsend. Ausgewogen, gleichmäßige Abstände.«

Für mich sieht es so aus, als hätte der Baum sich nicht entscheiden können, ob er nach oben oder zur Seite wachsen sollte, so dass er eine Armee von Ästen losgeschickt hat, damit sie beides übernimmt. Ruby nimmt Anlauf, springt und streift den niedrigsten Ast an seiner Rinde. Erneut mustert sie den Baum, stemmt die Hände in die Hüften und stellt sich auf die Zehenspitzen.

»Mit dem hier dürfte es klappen. Du bist groß genug, um allein hochzukommen, aber vorher hilfst du mir. Von oben kann ich gucken, wo wir lang müssen.«

Die Haut an meinen Handgelenken wird ganz trocken, und es pocht mir in den Adern. »Huch. Hoch.« Ich nehme die Hände herunter und weiche zurück, woraufhin Ruby die Augen verdreht und die Hände hochwirft.

»Dann hilf halt nur mir rauf«, sagt sie.

Widerwillig stütze ich sie, und sie greift nach dem Ast und

wandert mit den Füßen den Baumstamm hoch. Dann zieht sie sich auf den Ast, während Milton um den Baum herum nach Eich- und Erdhörnchen schnuppert. Ich atme ein, und die Luft pfeift mir durch die Nase wie ein wehleidiger Wind. Als Ruby sich hinstellt und nach dem zweiten Ast greift, fühlen sich meine Beine fiebrig an. Ich beschließe, ihr nicht länger zuzuschauen, sondern stattdessen Blätter zu sammeln und sie nur für den Fall unter ihr auf einen Haufen zu werfen.

Ein paarmal tollt Milton unangekündigt durch den Laubhaufen, und jedes Mal bleibt er danach stehen und schaut sich schnaufend nach mir um, um zu demonstrieren, wie viel Spaß das macht. Trotz seiner Versuche, mich zu ködern, werfe ich weiter Laub auf den Haufen, bis in unmittelbarer Umgebung keins mehr liegt und mir somit nichts anderes übrig bleibt, als nach oben zu schauen. Mein Blick wandert den Baum hoch, springt von Ast zu Ast, und ganz oben hockt Ruby wie ein Vogel, vollkommen unerschrocken, und überblickt die kleine, vor ihr ausgebreitet daliegende Welt.

Es ergibt keinen Sinn. Bei allem, was Ruby mit ihren Eltern und ihrer Schwester gesehen und erlebt hat, würde ich eine Art von Vermeidungsverhalten erwarten. Diesen Begriff hat der Zoowärter benutzt, als wir Jerry den Pinguin im begehbaren Gefrierschrank fanden, in dem der Zoo Rinderschenkel und Pferdeköpfe für die Löwen lagerte.

Auf den Vermisst-Aufruf hin hatte der Zoo Anrufe von Leuten erhalten, die Jerry in The Narrows und diversen anderen Gewässern um seine Freiheit hatten paddeln sehen, inklusive des Pools oben auf dem Standard Hotel. Anstatt mit diesen Hinweisen anzufangen, sah ich mich im Pinguingehege um, ob Jerry selbst irgendwelche Hinweise hinterlassen hatte. Hinter den auf ihren Felsen herumwackelnden und durch das Wasserbecken sausenden Pinguinen entdeckte ich die Absperrung vor dem Eingang zur Höhle, wo die Ecken und Risse mit Zement verputzt waren, der wie Eis leuchtete.

»Wir renovieren gerade«, erklärte der Tierpfleger. »Jerry mussten wir raustragen. Er ist schüchtern.« Ich erfuhr, dass es Jerry sichtlich Unbehagen bereitete, wenn zu viele Menschen und zu viel Lärm ihn umgaben. Am liebsten blieb er in der Höhle, weg von der Menge, bis der Zoo schloss, und deswegen konnte ich mir nicht vorstellen, wie er zwischen dröhnenden Schiffen und mit Passagieren beladenen Fähren herumpaddelte. Er musste irgendwo sein, wo es kühl, dunkel und still war.

Wir machten die Gefrierkammer auf, der Tierpfleger schob das Fleisch ein bisschen hin und her, und da war Jerry, ausgeruht und kugelrund wie ein Wasserball.

»Warum habe ich nicht daran gedacht?«, sagte der Tierpfleger. »Vor einer Weile haben ihm ein paar randalierende Kinder mal einen ganz schönen Schrecken eingejagt und ihn beworfen. Seitdem geht er Menschenmengen aus dem Weg.«

Als ich jetzt daran denke, wallt Mitgefühl für Jerry in mir auf; ich hatte mich schließlich genauso verhalten. Angst und Vermeidung. Nicht so Ruby, die nicht nur keine Angst vor Situationen hat, in denen sie dem Tod knapp entrinnt, sondern die in einer unvorhersehbaren Wendung von solchen Situationen sogar angezogen wird und geradezu danach sucht. Sie ist aufsässig und wagemutig und will etwas beweisen, und deswegen stichelt sie und kommt dem immer näher. Ich schlage mein Notizbuch auf – TROTZT DEM TOD, INDEM SIE IHM IN DIE AUGEN SIEHT.

Ruby blickt nach unten, geradewegs durch die Äste, und meine Handflächen werden feucht, als wäre ich derjenige, der tief fallen könnte. Sie kniet sich hin und schwingt sich auf den Ast unter sich, und ich stecke mein Notizbuch ein. Als sie den untersten Ast erreicht, lässt sie sich baumeln und dann fallen, und das Laub stiebt in alle Richtungen. Milton springt ihr hinterher, und sie taucht mitten im platt gedrückten Laubhaufen wieder auf und wirft einen Arm voll zerbröselndem Rot und Gelb und Orange in die Luft.

»Ich hab es dahinten gesehen, etwas nach rechts. Mir nach«, sagt sie und deutet in eine Richtung, doch dann schlendert ein Pärchen im Partnerlook in uns hinein, das sich umarmt und für einen Fotografen posiert. Ruby zieht mich zur Seite, aber Milton bleibt mitten auf dem Weg stehen und wedelt mit dem Schwanz.

»Genau so«, sagt der Fotograf. »Erzählen Sie mir, warum Sie sie lieben.«

»Nur ein Blick von ihr, und selbst ein beschissener Tag ist wieder in Ordnung«, sagt der Mann. Sein Grinsen reicht ihm bis an die Ohren, und der Fotograf sagt: »Gut, sehr gut, mehr davon.«

Das Paar küsst sich über Milton hinweg, der in die Kamera hechelt, und ich schaue mir die Frau genauer an, die einen beschissenen Tag wieder in Ordnung bringt. Es geht keine Brise, aber trotzdem durchläuft sie ein Schauer, und ihre Haare wehen nach hinten und hoch, als würden sie im Wind tanzen. EINE BERAUSCHENDE WOGE GLÜCK, notiere ich mir, und dann stecke ich mein Notizbuch wieder ein und staune über die bemerkenswerte Kraft der Frau, denn es ist kein leichtes Unterfangen, alles, was schiefläuft, wieder in Ordnung zu bringen.

Selbst das Buch konnte nicht alles für mich in Ordnung bringen, auch wenn ich mich davon zu überzeugen versuchte, dass immerhin der Großteil eines schlechten Tags wieder in Ordnung kam, wenn es mich auf andere Gedanken brachte.

Es konnte einen Laden erwecken und für jemanden den Tag zum Funkeln bringen, doch einseitige Bindungen in lebendige Freundschaften verwandeln und mich davor bewahren, allein zu sein, das konnte es nicht. Die Patisserie retten kann es allerdings immer noch, und das ist das Wichtigste, und ich denke wieder an die Kunden, für die wir ein Teil ihres Lebens geworden sind, ich denke an Flora und José, die auf ihre Stelle bei uns angewiesen sind, und an Walter Lavender Senior und Milton und Lucy, und ich frage mich, wie viele Leute wohl gerade nach mir suchen, und ich hoffe, ich finde die letzte Seite, bevor sie mich finden.

Das Paar tritt auseinander, und wir gehen weiter. Milton trottet hinter mir her, und Ruby beschleunigt ihre Schritte und zieht mich so hastig hinter sich her, dass ich das Gefühl habe, ich sei in einem fahrenden Fahrzeug gefangen.

»Es sollte nicht mehr weit sein …«, murmelt sie zu sich selbst, und dann hält sie mich mit einem zur Seite ausgestreckten Arm auf. Vor uns in die Bäume eingebettet steht ein Gebäude, das wie ein Pavillon aussieht. Es ist aus rostroten Backsteinen mit elfenbeinfarbenen Streifen dazwischen, und in jede der schräg ausgerichteten Wände sind Türen und Fenster eingelassen, die jedoch im Moment hinter eisernen Rollläden versteckt sind. Das Kassenhäuschen ist verriegelt.

Das Karussell ist eindeutig geschlossen, und wer weiß, was Ruby vorhatte, aber ich bin erleichtert, dass ich es jetzt nicht herausfinden muss, und mehr als dazu bereit, die Suche wie geplant wiederaufzunehmen.

Ruby zieht eine Haarnadel aus ihrem Dutt und sagt: »Gib mir Deckung.«

»Warum?«

»Was du nicht weißt, macht dich nicht heiß«, sagt sie weise und zieht eine zweite Haarnadel aus ihrem Dutt. Dann macht sie einen Satz nach vorn und kniet sich vor eine Tür mit einem Vorhängeschloss daran.

Ein beunruhigtes *Muh* baut sich in mir auf, und ich schlucke und schaue mich hilfesuchend nach Milton um, doch der stupst Ruby seine Schnauze in den Rücken – *Das macht aber Spaß* –, also runzele ich die Stirn.

»Lass das«, zische ich. Sie verbiegt trotzdem eine der Haarnadeln und steckt sie ins Schloss, und dann nimmt sie die andere Haarnadel und biegt sie auseinander. Nervös schiebe ich mir die Hände in die Hosentaschen und sehe mich um mit dem Wunsch, ich könnte pfeifen, doch die Leute, die an uns vorbeikommen, nehmen uns gar nicht richtig wahr, weil wir nur zwei Kinder sind.

»Aus dem Handgelenk. Mit Geschick. Behutsam genug, um jede Nadel erfühlen zu können«, sagt sie, das Schloss in der einen Hand haltend und mit der zweiten Haarnadel am Schlüsselloch, um Gegendruck auszuüben. Als es einrastet, dreht sie ihr Handgelenk.

»Klick«, sagt sie zufrieden, und die Haarnadel rutscht ins Schloss. Ruby richtet sich wieder auf, zieht gleichzeitig den Rollladen mit hoch und verschwindet mit Milton im Innern. Ich bleibe vor dem Eingang stehen, bis Rubys Hand daraus hervorschnellt, mich packt und hineinzerrt.

Sie schlüpft weiter, und ich versuche, im Dunkeln etwas zu erkennen. Vor mir in der Mitte taucht eine pechschwarze Form auf. Dann geht das Licht an, und ich schirme mir die Augen gegen die grelle Helligkeit ab. Das Getriebe ächzt, Holz knarrt, und dann sprudelt Musik hervor, eine einlullende Melodie auf der Orgel und das *Ratatatatat* einer Trommel. In meiner vorübergehenden Erblindung füllen meine übrigen Sinne die Erinnerung auf – salzig-süßer Teig in der Pfanne, ein knuspriger Bissen Schmalzgebäck zwischen meinen Zähnen, das Zischen erhitzten Öls und das Klappern der Kelle, wenn Lucy das aufgebauschte spiralförmige Nest heraushebt.

Das Licht ist nun weniger schmerzhaft, und ich lasse die Hände sinken und blinzele ein paarmal.

»Ist es nicht herrlich?«, sagt Ruby, die sich herangeschlichen hat und auf den Füßen wippt. Ich schaue zu, wie das Karussell sich um die eigene Achse dreht, die Pferdchen dekoriert mit glitzernden Edelsteinen, wie sie sich sanft und friedlich auf und ab bewegen, und hingerissen mache ich einen Schritt nach vorne. Bei näherer Betrachtung sieht man allerdings, dass die Pferde die Köpfe nach oben werfen, die Nüstern blähen und die Mäuler in endlosem Entsetzen verziehen, und sie drehen sich vor einem Hintergrund von Clowns und Engelchen, die auf Raketen gebunden sind und mit Pfeil und Bogen auf Kaninchen zielen. Ein absurder kandierter Alptraum.

»Als Großvater und Großmutter zum ersten Mal mit mir hierhergekommen sind, habe ich siebenundfünfzig Pferde gezählt«, erzählt Ruby, während sie neben mir und Milton um das vorbeirauschende Karussell läuft. »Das erste Karussell wurde noch mit echten Pferden betrieben, die in einem Graben unter der Plattform liefen …«

Ihre Stimme löst sich immer mehr auf, während die Pferde immer schneller an uns vorbeigaloppieren, bis sie zu rauschenden Farben verschwimmen, und Euphorie überkommt mich und trägt mich von mir selber fort, so dass ich nicht mehr einfach nur jemand mit einer Behinderung und ohne Vater bin. Ruby nimmt das als Teil von mir an, als sollte ich so sein. Vielleicht hat es sie geprägt, Debbie als Schwester zu haben; vielleicht ist sie schon immer so gewesen. Jedenfalls behandelt sie mich wie einen ganz normalen Jungen, und mir wird bewusst, dass ich aufgehört habe, an das zu denken, was ich verbergen und was ich zeigen möchte. Mit ihr kann ich einfach jemand sein, der sowieso dazugehört.

Ich fange an zu rennen und jauchze. Dann packe ich eine der Stangen, nehme noch extra Anlauf, springe, dass ich fast abhebe, und lande in einem Haufen auf der sich drehenden Plattform. Schon purzelt Ruby über mich drüber, wir flitzen zwischen den galoppierenden Pferden umher, lassen uns in einen Streitwagen fallen und ziehen uns dann schließlich jeder auf einen Pferderücken, und die Welt biegt sich vor Farben und Rubys Lachen und dreht und dreht und dreht sich wie verrückt.

Wir kreischen und lehnen uns mit ausgestreckten Armen von unseren Pferden, und das Verrückteste daran ist, dass ich, seitdem ich meine Suche begonnen habe – die erste Suche, bei der ich wirklich die Sicherheit und Geborgenheit meines Zuhauses verlassen musste –, das Gefühl habe, ich hätte auf diesen Augenblick hingesteuert wie auf den letzten Satz eines Opus des Seins, in dem ich Liebe und Angst und Wut und Einsamkeit bereits erlebt habe und in dem ich unterwegs Mut und Verletzlichkeit und Verbundenheit und Überzeugungen fand, und das alles läuft auf das hier hinaus: ein Kontrapunkt, so lieblich und echt und schlicht wie der Dampforgelmarsch, der aus den Lautsprechern plärrt.

Ich schaue mich nach Rubys Pferd um und sehe, dass sie nicht mehr im Sattel sitzt, also drehe ich mich um und entdecke sie auf einem anderen, wo sie bereit zum Absprung hockt, und mir stockt der Atem, als sie loslässt und springt. Das Karussell bebt, als sie auf der Kutsche landet.

»Hast du das gesehen?«, ruft sie augenblicklich, während sie sich nach mir umschaut. Mein Blick trifft ihren, und ich feiere diesen kleinen Sieg zusammen mit ihr, mit meiner Sonnenblumenkernfreundin.

Die Musik spielt weiter, das Karussell dreht sich weiter, doch in Windeseile wird es langsamer, und Ruby verkündet: »Damit ist deine erste Lektion in Sachen Spaß abgeschlossen.«

Sie wartet ab, dass auch das Drehen in ihren Augen langsamer wird, und dann springt sie von der Plattform, löst den Hebel, und die Musik hört auf.

Draußen lässt Ruby das Schloss wieder zuschnappen, und mir klingeln die Ohren. Wir werfen einen Blick hinter uns. Alles sieht noch so aus wie vorher, Spaziergänger gehen vorbei, und wir grinsen uns an, als hätten wir ein Geheimnis.

Ich habe schon gesehen, wie Geheimnisse zwischen anderen Kindern ausgetauscht werden, das verstohlene Flüstern hinter vorgehaltenen Händen wie Wände, Augen, die hin- und herschnellen wie kleine Fische, flink und funkelnd, gefaltete Zettelchen, die die Hände wechseln, und Geburtstagseinladungen, die in undurchsichtige Umschläge gesteckt werden. Ich weiß, wie Geheimnisse auszusehen haben und wie sie sich anhören sollen, nur wie sie sich anfühlen sollen, das wusste ich nicht. Ich sah nur zu, wenn die anderen einander Einladungen wie Staffelhölzer weiterreichten, zu einer ihrer Mannschaften gehörte ich nicht.

Nach Vara Mae waren die anderen Kinder zwar höflich, ließen mich aber gern in Ruhe, es sei denn, ich ergriff zuerst das Wort, und wenn ihnen das zu lange dauerte, hielten sie sich nicht damit auf, ihre begrenzten Pausenminuten an mich zu verschwenden. Ein paar Wochen vor meinem sechsten Geburtstag sah ich, wie ein Junge Einladungen verteilte, die wie ausgeschnittene Rennautos aussahen, und wie üblich überging er mich, da er nicht wusste, dass ich ebenfalls Rennautos mochte. Ich dachte an meinen bevorstehenden

Geburtstag und überlegte, ob ich selbst eine Feier geben und die gesamte Klasse einladen sollte, denn das würde ihnen einen Grund geben, sich zu versammeln und zu bleiben, und sie würden bemerken, dass ich sie kennenlernen wollte und dass wir etwas gemeinsam hatten, wenn wir erst mal miteinander redeten.

Je mehr ich jedoch darüber nachdachte, umso nervöser wurde ich. Ich stand doch nicht gern im Mittelpunkt, und was, wenn niemand zu meiner Feier käme – *Sei still, du machst es nur noch schlimmer,* fiel mir wieder ein –, und ich beschloss, dass es das nicht wert war. Meine Geburtstage waren kleine Feiern mit Lucy und Milton und Flora und José, auf denen wir einen immer größer werdenden Ahorn-Crèpe-Kuchen mit meinem Namen in geschwungenen Buchstaben darauf aßen.

Jetzt, als Ruby und ich uns angrinsen, weiß ich, wie sich ein Geheimnis anfühlt: als würde man eine Kordel fester zuziehen und wir zwei durch unser gemeinsames Wissen näher zusammengebracht, und mir tun die Seiten weh, so sehr muss ich ein Lachen unterdrücken.

»Hey, Kinder – alles in Ordnung bei euch beiden?«

Die Schwerkraft verlässt meinen Körper. Ich sehe den dunklen Schimmer eines breiten Gürtels, aufgenähte Taschen und ein Holster und ein Funkgerät, durch das Codewörter und Rauschen geknistert kommen, und mir wird klar, dass genau das hier nicht passieren darf – ein Polizist hat uns ertappt.

Vor Schreck wende ich mein Gesicht ab, doch Ruby versetzt mir einen heftigen Stoß in die Seite mit ihrem Ellenbogen und sagt: »Ja, Officer«, und zeigt ihm all ihre Zähne, während ich nach Luft schnappe und nur denken kann: *Nicht hierhergucken, die Suche ist noch nicht vorbei, ich darf nicht gefunden werden.*

Der Polizist schaut von mir zu ihr und sagt: »Na gut. Ich habe euch zwei nur dort hocken sehen und wollte sichergehen, dass ihr euch nicht verlaufen habt. Dann ab mit euch –«, doch da muss Milton plötzlich würgen, und ein brauner Brocken landet auf dem Weg, und ich bete, dass der Polizist es nicht bemerkt hat, doch dann rülpst Milton einen grasigen Schaumsee hinterher.

Langsam rinnt der See auf den Schuh des Polizisten zu. Man kann ihn nicht übersehen. Ein zweites Mal sieht der Polizist Milton an, diesmal genauer, und dann noch einmal mich. »Wartet mal.« Seine Augen huschen nach oben, als würde er etwas in einem Winkel seines Gehirns nachsehen. Dann kriecht seine Hand zu seinem Funkgerät, und das kann ich auf keinen Fall zulassen, nicht ausgerechnet jetzt, nicht, wenn ich nur noch eine Seite entfernt bin, also schnappe ich Rubys Hand, und weg sind wir.

Hinter einer Kurve schicke ich Milton ins Gebüsch, ich selbst nehme einen Baum, Ruby einen zweiten, ich halte mir den Zeigefinger an die Lippen, und wir machen uns so gerade und schmal, wie wir können, und noch schmaler, als der Polizist vorbeimarschiert. Ich zähle, und als ich bei *zweihundert Mississippi* angekommen bin, spähe ich hinter dem Baum hervor, und benommen vor Erleichterung gebe ich Ruby und Milton Entwarnung.

Ruby macht sich eilig auf den Weg, und Milton bleibt rücksichtsvoll neben mir, nur dass er schräg läuft, damit er dicht bei mir bleiben kann, so dass er mich schließlich vom Weg drängt. Als wir Ruby eingeholt haben, trifft mich ein Regentropfen an der Schläfe, und er ist kalt und erschreckt mich.

»Die letzte Seite«, sage ich schwer atmend und schiebe in Gedanken hinterher: Bevor es zu spät ist.

»Zeit für die Post«, antwortet Ruby.

KAPITEL 21

Sie zupft an meinem Ärmel, und wir rennen weiter, und das Prasseln des Regens mischt sich unter unsere Schritte.

Die Fifth Avenue ist ein Knäuel aus Regenschirmen und Verkehr, Reifengummi zischt auf dem nassen Asphalt. Der Regen rinnt mir über die Haare und perlt mir die Nase hinunter. Ruby tritt vom Bürgersteig auf die Straße, ihr Dutt scheint das Regenwasser in sich aufgesogen zu haben, so voluminös ist er geworden, und sie stellt sich auf die Zehenspitzen und streckt den Arm so weit aus, wie sie kann, doch die meisten Taxis bringen bereits andere Fahrgäste fort.

»Na endlich«, schnauft sie, als ein Taxi vor uns hält. Wir rennen darauf zu, doch genau in dem Moment, in dem ich meine Hand nach dem Türgriff ausstrecke, stürzt sich ein Mann vor mich, reißt die Tür auf, stolpert dabei rücklings in mich hinein, und ich bekomme einen Mund voll nasser Jacke, Rasierwasser und noch etwas Salzig-Scharfes ab. Seine Absätze zerquetschen mir die Zehen, da rammt Ruby ihn in die Hüfte wie ein Bulle, ihre Augen funkeln flammend hell, doch der Mann lässt meine Zehen wieder frei, ohne es überhaupt zu bemerken; er winkt eine klimpernde Frau ins Wageninnere, gibt ihr einen kräftigen Klaps auf ihr Hinterteil, sie greift nach seinem Hemd, und die beiden purzeln auf den Rücksitz.

»Unerhört! Un-er-hört!« Zu jeder Silbe schlägt Ruby auf die

Fensterscheibe, doch die beiden hören sie nicht, die Scheibe beschlägt, und die Ampel wird grün. Als das nächste Taxi vor uns anhält, stürzen wir uns mit aller Kraft darauf, und Ruby bellt ihre Adresse. Als auch Milton hineingesprungen ist, knalle ich die Tür fest zu, und wir sind in einen grauen Kokon eingehüllt, die einzigen Geräusche das Trommeln des Regens auf dem Autodach und der zum Kopfnicken anregende Hip-Hop aus dem Radio.

»Über dreizehntausend Taxilizenzen ausgestellt, und dann verdunsten sie quasi in die Regenwolken«, sagt Ruby, die Arme verschränkt und in den Sitz gesunken. Dann schießen ihre Arme und Beine auseinander, und sie wirbelt herum, und zum Glück hat Milton den Sitz in der Mitte ausgesucht, wo er groß und zufrieden und unerschütterlich hockt. »Es ist so weit! Gleich hast du alle Seiten beisammen, und dann bist du iiiiiiin Sicherheit.« Sie macht Armsignale wie eine Schiedsrichterin.

Manchmal, wenn sich die Auflösung sofort und unerwartet präsentiert, dauert eine Suche nur ein paar Minuten. Andere Fälle dauern länger, bei ihnen geht die Auflösung langsam vonstatten, und ich kann sie kommen sehen, wie bei dem halben Dollar, der unten in einem zugefrorenen Teich lag. In Erwartung des Endes sah ich hinunter, während die Tage wärmer und das Eis dünner wurden. Nur noch eine Seite ist übrig auf meiner Suche nach dem Buch, meine Brust quillt vor Nervosität fast über, so wie ich es kenne, wenn ich kurz vor dem Fund stehe, und in meinen Lungen schmeckt es nach Silber und Blut, wie wenn man zu schnell rennt.

Ich frage Ruby, wem sie die letzte Seite gegeben hat.

»Unserem Postboten.« Sie zupft an ihren Fingernägeln und weicht meinem Blick aus. »Ich habe sie ihm gestern gegeben, weil er … weil er nicht gepfiffen hat. Ich kam bei den Briefkästen an ihm vorbei, und er war aschfahl und außer Atem und hielt sich irgendwie an den Päckchen fest.«

Die Taxifahrerin steigt in die Bremsen, was Milton plumpsend auf den Boden befördert, und ich schlage mir fast den Kopf an der Abtrennung an. Die Fahrerin drückt auf die Hupe und flucht wie ein Bierkutscher, und sicherheitshalber lässt sie die Hupe noch gedrückt, während das Auto des Anstoßes die Kreuzung verlässt.

»Ich kenne ihn zwar noch nicht lange, aber irgendetwas stimmte mit ihm nicht«, erzählt Ruby weiter, als die Fahrerin die Hupe loslässt, und Ruby lässt auch ihre Nägel wieder in Ruhe und sieht mich an. »Er hat mich zwar wie immer mit ›Bitte sehr, Mizz Ruby-angelo‹ begrüßt, aber er sah aus, als gehörte er ins Bett und als sollte ihm jemand Hühnerbrühe bringen, nur wollte er das gar nicht hören, als ich das meinte. Großmutter hat zu ihm gesagt, er sei ein echter Fang, warum sei er denn immer noch allein, aber da hat er nur gelacht. Ich dachte, das Bild aus dem Buch könnte ihm vielleicht genug Angst machen, damit er sich jemanden sucht, der ihm Hühnersuppe macht. Liebevolle Strenge«, fügt sie noch erklärend hinzu.

Ich zwirbele Miltons Fell und sammele noch mehr Informationen für meine Suche. »Wird er die Seite wieder hergeben?«, frage ich.

»Er wird dafür sorgen, dass du deine Seite bekommst, wirst schon sehen, wenn du ihn triffst – er ist unglaublich nett. Deswegen hat meine Großmutter auch angefangen, Käsegebäck für ihn aufzuheben. Er sieht auch schon nach Debbie.« Ruby bauscht die Lippen zusammen, und ein dünnes Pfeifen entweicht. »Wenn er für sie pfeift, dann platzt sie fast vor Freude, und Großmutter hat erzählt, dass Marybeth Gallagher vor drei Wochen gestürzt ist und sich das Bein gebrochen hat und niemanden rufen konnte, aber er hat bei ihr geklingelt, wie sie es ihm aufgetragen hatte, wenn sie mal ein Paket bekam. Als sie dann aber nicht aufmachte, ist der Pförtner hochgegangen, und da lag sie zusammengerollt auf dem Boden. Zum Glück kommt der Postbote jeden Tag mit einem Lächeln und etwas Fürsorge vorbei.«

Das kann ich von unserem neuen Briefträger nicht gerade behaupten, ich habe nicht mal sein Gesicht vor Augen, nur das Geräusch des zuklappenden Briefschlitzes im Ohr und das *ssst*, als der Umschlag aufgemacht wird, und Lucy, die so bleich wird wie das Briefpapier.

»Klingt wie ein Betrüger«, sagt die Taxifahrerin.

»Wer hat Sie denn gefragt?«, will Ruby wissen, aber die Fahrerin hat die Musik aufgedreht, stampft mit dem Fuß, wedelt mit den Armen und zieht im Rückspiegel eine Schnute.

Die Ampel wird grün, und sie dreht die Musik wieder leiser und legt beide Hände aufs Lenkrad, um sich auf die Kreuzung zu konzentrieren, guckt durch die Windschutzscheibe, genauso aufmerksam wie ich, wie alle, und ich weiß, dass Lucy auch irgendwo da draußen ist und nach mir Ausschau hält, und stumm sage ich zu ihr, dass sie sich keine Sorgen machen soll; es ist Zeit für die Post, und nicht mehr lange, dann kann ich nach Hause gehen, das komplette Buch dabei, die Patisserie wird wieder erwachen, und die Kunden werden kommen. Selbst bei Regen war der Laden immer voll, dann klappten die Leute ihre Schirme zu und drängten sich zu so vielen, bis niemand mehr zur Tür hereinpasste, und dann machten sie sich mit ihren Löffeln über ihren Blaubeer-Maisbrot-Trifle her, den ich empfahl, um die nasse Kälte aus ihren Knochen aufzusaugen.

Die Scheibenwischer sausen hin und her, und breite Regenspritzer schlängeln sich verzerrt nach oben Richtung

Autodach. Die Fahrerin verzieht angeekelt das Gesicht. Als sie das Lenkrad herumreißt, um an den Bordstein zu fahren, schlittert Ruby in mich hinein, und ich werde in die Tür gesogen. Unbeschadet richtet Ruby sich wieder auf und verkündet munter: »Da sind wir wieder.«

Ich stoße die Autotür auf und schiebe den Kopf in den Regen, weiche aber sofort wieder zurück, damit ich dem vorbeisausenden Radfahrer keine verpasse. Dann öffne ich erneut die Tür, und unter der Kuppel eines Regenschirms taucht das Gesicht des Pförtners auf.

»Willkommen zurück«, sagt er und zuckt zusammen, als Milton aus dem Taxi springt und mit einem schmutzigen Spritzer in einer Pfütze landet.

»Post schon da?«, fragt Ruby.

»Noch nicht«, antwortet der Pförtner. »Sie sind nicht die Erste, die fragt. Mrs Gallagher hat schon bei mir angerufen, Ihre Großmutter ebenfalls, aber bisher weiß niemand etwas. Ich vermute, es liegt am Wetter.«

»Möglich«, sagt Ruby zweifelnd. Sie lässt ihren Blick über die graue Düsternis, die die Straße verstopfenden Autos und die Menschentrauben schweifen, die den Bürgersteig auf und ab laufen. »In dem Fall sollten wir mal nachschauen, wo er bleibt.«

Wir leihen uns den Regenschirm vom Pförtner und stolpern wieder nach draußen, gemeinsam unter unser tragbares Dach gequetscht, und ein unschlüssiger Milton verheddert seine vier mit unseren vier Beinen. Aus den dicht gedrängten Autos, den lärmenden Hupen, gedämpften Rufen und dem Regen um uns herum steigt eine dissonante Symphonie auf. Die Menschen stapfen in Stiefeln und mit gesenktem Kopf an uns vorbei, darauf bedacht, die tropfende Umgebung auszublenden, und ich sehe mich nach der Quelle des Hupkonzerts um: ein nur halb an der Bordsteinkante geparktes Postauto, dessen Hinterteil noch auf die Straße hinausragt. Ein mittelalter gedrungener Mann in blauer Uniform steht neben dem Wagen und stützt sich daran ab, und seine Mütze ist ihm ins Gesicht gerutscht.

»Das muss er sein«, sagt Ruby. Jemand geht an mir vorbei und versperrt mir kurz die Sicht, aber dann sehe ich, wie der Briefträger ein Bündel Briefe fallen lässt und seine Taschenuhr herunterbaumelt, und da steht die Zeit still. Wie Kristallleuchter hängen die Regentropfen über uns in der Luft; ohne Zweifel ist das das Gesicht von Mister Philipp, und das ist seine Uhrkette aus Messing.

Dann fällt mir auf, dass er zittert, als würde ein Erdbeben ihn in Stücke reißen, und wer weiß, wie lange er dort schon so steht und ihm seine graue Stoffhose zu nassem Zement wird. Gleichzeitig rennen Ruby und ich los.

Er bebt und drückt seine Stirn gegen den Lieferwagen, mit einer Hand klammert er sich vorne an seine Arbeitsweste, mit der anderen bückt er sich schlotternd nach den ruinierten Briefen. Die Krempe seiner Mütze klappt nach oben, und aus seinen braunen Augen mit den Fältchen darum sieht er mich an, erkennt mich jedoch nicht. Sein Gesicht glänzt wie mit Eis überzogen, und hinter seiner Brille tröpfelt es feucht hervor, während er sich krümmt und nach Luft schnappt wie ein Fisch aus dem Wasser.

»Raus aus dem Regen«, rufe ich Ruby zu, aber unter dem Stress verdrehen sich meine Worte und schmelzen, so dass ich sicher bin, dass sie mein Gestammel nicht versteht, doch das hat sie, also schiebe ich Mister Philipp meine Schulter unter die Achsel und lege seinen Arm um mich. Er reagiert und versucht, einen Schritt zu machen, und schwankend manövrieren wir ihn auf den Fahrersitz.

Dann wirbele ich herum, suche Bürgersteig und Straße ab, und die Welt um mich pulsiert und nimmt schärfere Konturen an. Ich höre mich nach Hilfe rufen, doch es kommt keine, und dann spüre ich den Druck von Rubys Hand um meinen Arm.

»Komm, wir müssen den Pförtner holen«, sagt sie, dann noch einmal, lauter. Ich will ihr hinterherrennen, doch Mister Philipp ist in sich zusammengesackt. Er sieht aus, als hätte er keine Knochen, und seine Umrisse laufen dunkelviolett an. Die Hände hat er fest geballt, als würde er etwas nicht loslassen wollen. Ich kann nicht gehen.

Kopfschüttelnd sage ich Ruby, sie solle allein Hilfe holen gehen, und sie eilt davon, während ich auf der Beifahrerseite in den Lieferwagen hüpfe und mich in die Mitte neben Mister Philipp knie. Milton lässt sich vom Regen durchweichen und schleckt Mister Philipp die kalt hinabhängende Hand. Ein Laut dringt aus Mister Philipps Mund, und ich halte mein Ohr näher hin.

»David«, sagt er. Sein linker Fuß rutscht nach draußen in den Regen, und ich krieche hinüber, um ihn wieder hereinzuziehen. Die Schuhsohle löst sich ab, und ich denke daran, dass seine Socken nass sein müssen und seine Zehen eingelegt und verschrumpelt wie dunkle Pflaumen. Ich greife über ihn und schiebe die Tür zu. Meine Zähne fangen an zu klappern, und ich denke, *Beeil dich, Ruby*, und dann fühle ich mich wie ein Hochstapler, weil ich hiergeblieben bin und dachte, das könne vielleicht irgendwie helfen.

Was kann ich denn für Mister Philipp tun? Ich bin kein Rettungsassistent wie die Frau, die zu Beginn des Sommers eine milchige Perlenkette verloren hatte, und ich kann auch den Heimlich-Handgriff nicht, so wie der junge Rettungsschwimmer, der einem Jungen das Leben rettete, als der sich in der Patisserie an einer Macadamianuss verschluckte. Sie beide würden sich besser eignen als ich; ich habe Mister Philipp nichts zu bieten. Mit leeren Händen hocke ich in seinem Postauto, nehme ihm Platz weg und die Luft zum Atmen.

»Bist du das, Davey«, murmelt Mister Philipp wieder, als hätte er Sand im Mund, seine Augen sehen durch mich durch, und darin spiegeln sich Formen, die nicht da sind.

»I-I-Ich bin's, Walter«, stottere ich.

»Ich war jung, und es war dumm von mir wegzulaufen.« Es tut weh, seine Stimme zu hören, und mein Gesicht verzieht sich genau wie seines. Sein Atem geht schwächer, und er kann nur noch wimmern.

»Sie sollten sich ausruhen«, sage ich, die Knie bis unters Kinn gezogen. Der Regen schlägt gegen den Wagen, und am Fenster ziehen Gesichter im Profil vorbei, und wäre es ein anderer Tag – ein wolkenloser, heller Tag wie jener, an dem Lucy beinahe im Atlantik versank und Walter Lavender Senior zur Stelle war, um sie aufzufangen –, dann gäbe es vielleicht gar keine Tragödie, dann würde Mister Philipp sich aufsetzen, sich seine Tasche über die Schulter streifen und sagen: *Heute nicht, mein Junge*.

Stattdessen murmelt er: »Ich hab versucht, dir zu zeigen, dass es mir leidtut. Wo bist du hin?« Verängstigt huschen seine Augen hin und her, ohne etwas wahrzunehmen. »Bist du zu einem anständigen Mann herangewachsen?«

Ich balle die Hände zu Fäusten und lege den Kopf auf die Knie. Mister Philipps Hand hängt schlaff herunter. Sein Atem geht immer flacher und angestrengter, und immer tiefer sackt er in den Sitz, sein Kopf ist ihm nach vorn auf die Brust gefallen, und man könnte meinen, er schlafe, hätte er nicht eine so seltsame Farbe und wären seine Augen nicht geöffnet.

Er strampelt matt, bewegt sich dabei kaum. »Reicht es?

Ich war allein. Auge um Auge. Sag mir, wie ich es wieder in Ordnung bringen kann.«

Er gibt ein gurgelndes Geräusch von sich, als würde er ertrinken, alles, was er sagen will, steigt in seinen Lungen auf, bis hinter seine Augen, rinnt ihm aus dem Mund, und während ich darüber nachdenke, dass er an diesem verregneten Tag in einem Postauto an der Seite eines Jungen stirbt, dem er mal die Post gebracht hat, wächst meine Hysterie immer mehr an, und ich wiege mich vor und zurück, umklammere meine Knie noch fester und sage vor mich hin: *Wenn ich doch, wenn ich doch, wenn ich doch nur etwas darüber wüsste, wie man Leben rettet.*

»Ich geb mein Leben, um es in Ordnung zu bringen. Begreifst du das, Davey?«

Dieser Davey – ist er der Grund, weshalb Mister Philipp noch allein ist? Ein absichtliches Opfer, eine Entschädigung dafür, dass er ihn zurückließ? Jetzt schließt Mister Philipp die Augen und treibt dahin, und wir warten. Nun, wo die Straße dunkel und leerer geworden ist und der Verkehrslärm immer mehr nachlässt, überkommt mich das einsame, kribbelnde Gefühl, das nur noch wir zwei am Leben sind, und trotzdem warten wir.

Aus irgendeinem Grund denke ich an die Stelle an seinem Rücken und frage mich, ob sie ihn wohl gerade juckt. Ich betrachte ihn ganz genau, schaue, ob seine Lider flattern, und es könnte jeder andere Tag sein, an dem ich nach ihm Ausschau gehalten und darauf gewartet habe, dass er mir das Zeichen bringt, von dem ich wusste, dass es irgendwie kommen würde, wenn Walter Lavender Senior schon nicht selbst kommen konnte.

Ich kann mir jetzt sicher sein, dass er gefunden werden will, wenn es also kein Zeichen gibt, dann kehrt er zurück und hält Ausschau nach dem Licht wie versprochen. Vielleicht ist er irgendwo falsch abgebogen, wurde aufgehalten und konnte es nicht verhindern, und deswegen braucht er etwas länger, als wir dachten.

Bevor Mister Philipp versetzt wurde, wusste ich, käme das Zeichen mit der Post, ich würde es erhalten. Sein Kommen war eine Konstante, so fest und gleichbleibend wie der Horizont. Einmal bot Lucy ihm eine Pause vom Winterwetter an, doch er wischte sich den grauen Schneematsch aus dem Gesicht und lehnte ab, denn es war seine Pflicht, pünktlich zu sein. Die Leute erwarteten ihn, und sie brauchten diese Kleinigkeiten, auf die sie sich verlassen konnten. Es war sein implizites Versprechen an sie, dass er auftauchen würde, und zwar pünktlich, und dass er worauf auch immer sie warteten nicht fallen lassen, zerbrechen, zerreißen oder verlieren würde.

Genau das hatte er auch für mich getan, und ich hätte mich fragen sollen, wer es wohl für ihn tat. Gab es jemanden, der ihm sagte *Heute nicht*, damit auch er eine Pause vom ganzen Warten einlegen konnte?

Ich habe nicht danach gefragt, als ich es noch konnte, und nun werde ich es vielleicht nie herausfinden. Ich weiß bereits, dass keine Zeit für Fragen bleibt, wenn man etwas unerwartet verliert, und man auch keine Gelegenheit mehr hat, sich zu verabschieden.

Mister Philipps Augen sind geschlossen, und das dunkle Violett ist noch dunkler geworden. »Ich zahle, wenn es nicht reicht. Wo bist du?«

Er sucht noch immer nach Davey, nur weiß ich nicht, wie ich ihn retten kann, damit er weitermachen und seine Suche wie geplant beenden kann. Ich kann ihm lediglich zeigen, dass er in diesem Augenblick nicht allein ist, aber das ist noch nichts Verbindliches.

Wenn es um das Ende geht, reicht es womöglich schon, wenn man etwas zum Anlehnen und seinen Frieden gefunden hat.

»Hab dich alleingelassen. Ich war auch allein. Will es wieder in Ordnung bringen.« Er schlägt die Augen auf, und sie sind so rund wie sein Gesicht, wie seine Brillengläser. Suchend sieht er mich an, sieht mich und sieht mich doch nicht. »Verstehst du, wie ernst es mir ist? Bist du erwachsen, Davey?«

Er verstummt wieder, aber diesmal schließt er die Augen nicht, und er treibt weiter, wartet, schaut. Ich presse meine Gedanken zusammen, bis sie ganz flach und ruhig und reglos sind, wie Walter Lavender Senior es wohl getan hat, als er die Wogen wie schimmerndes blaues Glas auf die Cockpitscheibe zurasen sah, schäumende Wolken, als würde er in den Himmel eintauchen. In seinen letzten Augenblicken muss ihm die Sonne ewig hell in die Augen gestrahlt haben. Blinzelnd hebt er die Hand.

Ich greife nach Mister Philipps Hand. Sie ist größer als meine und schlapp.

»Ich bin hier«, sage ich.

Seine Finger zucken und ziehen an mir, und dann sackt er gegen meinen Arm. Damit er weiß, wo ich bin, fange ich an zu pfeifen, aber ich kann es nicht richtig, also summe ich stattdessen, und von draußen prasselt der Regen auf den Wagen, und es ist ein Lied, das ich Lucy zu dieser Jahreszeit habe singen hören, wenn sie heißen Glühwein und Apfelwein ausschenkt.

»*Should old … acquaintance be … forgot …*«

Unter seinem Gewicht schläft mir der Arm ein. Ich denke an Walter Lavender Senior und singe Mister Philipp vor. »*For auld … lang syne … we'll take a cup … of kindness yet …*«

Während ich summe, blitzen Lichter im Rückspiegel auf.

Die Türen zu beiden Seiten werden aufgeschoben, Mister Philipp wird von laut rufenden Leuten aus dem Wagen gehoben und weggetragen, und Ruby und Milton sind da und drängen sich um mich, als ich aus dem Lieferwagen steige. Meine Gelenke und Nerven sind ganz steif geworden, und als ich ihnen entgegenstolpere, nimmt Ruby mich fest in den Arm, und Miltons durchnässter Schwanz schlägt mir gegen mein Knie.

»Walter, guck mal«, sagt Ruby und dreht mich um.

Zerknittert und platt gedrückt auf Mister Philipps Sitz liegt die letzte Buchseite – pünktlich wie eh und je, noch eine Zustellung für mich.

Ich kann mich nicht vom Fleck rühren. Ruby nimmt das feuchte Blatt vom Sitz, und wir schlüpfen in die sich ansammelnde Menge Schaulustiger. Im Durcheinander schenkt uns niemand mehr Beachtung, und wir kehren zu Rubys Wohnhaus zurück. Ich nehme ihr die Seite aus der Hand und betrachte sie und denke dabei an Walter Lavender Seniors letzte Lektion, und mir kommt in den Sinn, dass ich irgendwann heute im Laufe des Tages noch etwas anderes über echte Güte gelernt habe – zu beschließen, nicht wegzuschauen, wenn man etwas sieht.

In meinen Knochen knirscht etwas und rastet dann ein, und endlich rückt die Welt wieder an ihren richtigen Platz.

KAPITEL 22

Das Buch ist wieder da. Die Patisserie ist in Sicherheit. Ich probiere meine Arme, meine Beine, strecke mich, und es ist immer noch da – es ist wirklich passiert. Ich sehe mich im Spiegel an und sage mir: *Die Suche ist vorbei*, und ich sehe Milton an und sage ihm: *Die Suche ist zu Ende*. Der Alptraum ist vorüber, und beim Aufwachen erwarten mich Tausende umwerfende Tage. Was kommt als Erstes? Vol-au-vent-Mäuse, entscheide ich – Dutzende davon, so dass die Leute sie durch die Auslagen jagen sehen, und dann wissen sie Bescheid und kommen herbeigeeilt.

Ruby und ich lassen den Händetrockner auf der Toilette in der Lobby viermal laufen und halten abwechselnd die letzte Seite unter den warmen Luftschwall. Milton wirft den Mülleimer um und wühlt im Haufen benutzter Papierhandtücher, seine Kiefer wie ein Fangeisen.

»Das Rennen fängt um sieben an«, sagt Ruby über den Trockner hinweg. »Wir gehen nach oben und holen das Boot und Großvater, und dann kann ich dich noch zur Subway bringen, bevor wir in den Central Park gehen. Es sei denn, du willst zugucken?«

Ich ziehe Milton gerade seinen schwarzen und rosafarbenen Lefzenlappen herunter und pule ihm einen Pfropfen Kaupapier aus dem Maul, da geht der Trockner aus. Die Stille ist ohrenbetäubend und erinnert mich daran, dass ich das

Buch so schnell wie möglich dorthin zurückbringen muss, wo es hingehört, bevor die Patisserie staubig-still wird und die Stühle und Tische in einer Ecke gestapelt werden, damit man sie hinausschaffen kann.

»Macht nichts, hab ich mir schon gedacht«, sagt Ruby leichthin und springt von der Waschbeckenplatte. »Dein Pech, das wird ein Heidenspaß.«

Ich lege das Buch auf die Platte und blättere es vorsichtig durch, und als ich auf der dritten Seite ankomme, einer von Junker, löst sich der letzte Faden, der sie noch an den Einband heftete. Ruby hebt die herausgefallene Seite auf und legt sie wieder hinein, lehnt sich erwartungsvoll über meine Schulter, und ich blättere noch zwei Seiten weiter und streiche dann die sechste Seite glatt und lege auch sie zurück.

Mit angehaltenem Atem schauen wir auf das Buch, auf die letzte fehlende Seite, die vom Trocknen etwas gekräuselt ist, aber vollständig, und sich sacht an ihrem Platz bewegt: das scheinbar endlose Raster aus Häuserblocks und Straßen, Türmen und Wolkenkratzern und Bauklötzen, und die Menschen und Erinnerungen und Schatten, die sie bewohnen und hinausfluten auf die Straßen und in die Luft.

Eine Stadt, eine Frau, eine Armee der Verlorenen.

»Und das erweckt den Laden zum Leben?«, fragt Ruby, die mir die Toilettentür aufhält. »Lass uns noch was essen, bevor du gehst.«

»Du musst gucken kommen«, sage ich.

»Das werde ich. Wer hätte gedacht, dass auch das Leben so … glamourös sein kann.« Ruby hakt sich bei mir unter und hüpft auf einen auf uns wartenden Aufzug zu. »Hüpf mal ordentlich«, weist sie mich an und zerrt meinen Ellenbogen in die Höhe. »So wie Milton.« Milton hört auf, herumzutollen und nach seinem eigenen Schwanz zu schnappen, als er seinen Namen hört, und ihm hängt die Zunge an der Seite aus dem Maul.

Wir hören die Schreie schon im Flur. Ruby rennt los und schließt die Tür auf, und ein erneuter Schrei lässt sie auffliegen. Die schreiende Stimme klingt erstickt vor hilfloser Wut, und mir wird das Blut in den Adern sauer, und es brennt. Mit zerzausten Haaren eilt Rubys Großvater an uns vorbei. Ruby packt ihn am Arm.

»Ist mit Debbie alles in Ordnung?«

»Ja, ja. Sie hat nur … nur einen ihrer Ausbrüche. Wer weiß, vielleicht stand die falsche Tür offen, oder ein Karton ist heruntergerutscht …«

Der Rest geht in einem weiteren wutentbrannten Schrei unter, und seine blutunterlaufenen Augen werden leer und huschen zum Flur. »Tut mir leid, Liebes, aber ich muss zurück, bevor Debbie sich wehtut.«

Ruby starrt ihm nach. Ich kann nicht sehen, was sie denkt, aber nach einer Weile stößt sie lange den Atem aus. Ohne ans Essen zu denken, geht sie auf ihr Zimmer, und ich folge ihr, machtlos wie ein Geist. Sie macht sich nicht die Mühe, das Licht anzuschalten, und vor dem kühl glitzernden Spiegel ragt das Segel ihres Modellboots in einer dunklen, soliden Spitze in die Höhe. Sie nimmt das Boot und einen Klotz mit einer Antenne daran in die Hand.

»Ich mach mich dann mal besser auf den Weg.« Sie zuckt die Achseln, schiebt sich die Steuerung unter den Arm und fabriziert ein stahlgepanzertes Lächeln. »Und du, du musst natürlich den Laden aufwecken!«

Sie hat recht – das Buch ist wieder da, und nichts hält mich mehr davon ab. Hinter Rubys Fenster lauert das dunkle Ungewisse, und ich hebe die Hand und lege sie an die Scheibe. Sie fühlt sich kühl an, und das lässt mich erschauern.

Den ganzen Tag habe ich darauf gewartet, zur Patisserie zurückkehren zu können. Lucy muss dem Vermieter morgen ihre Entscheidung mitteilen, und bestimmt stirbt sie vor Sorge darum, wo ich bin. Die Nacht ist hereingebrochen, und ich sollte das Buch gut festhalten und so schnell wie möglich in den warmen und hellen Kokon des Ladens zurückkehren. Das bedeutet jedoch, ich müsste Ruby sich allein nach draußen wagen lassen, und das fühlt sich verkehrt an, denn ich kann auch einen anderen Weg ausarbeiten, eine neue Möglichkeit: sie zum Rennen begleiten, auch wenn da draußen kalter, unerforschter Raum ist, in dem alles passieren kann, aber zumindest wären wir zusammen.

Ich brauche nicht länger für meine Entscheidung.

Ich sage »später« und »Ich muss noch zu einem Rennen«, und ich sehe ihre Zähne aufleuchten, als sie sich zu mir umdreht, sie öffnen sich und leuchten wie das Gesicht einer Sonnenblume.

Der Regen hat die harte Schale der Stadt weggespült, und darunter kommt glitzernd die Nacht zum Vorschein, frisch und rau. Als wir im Central Park ankommen, reihen wir uns in den Menschenstrom ein und werden Teil der Masse aus Mänteln und Schals, Stiefeln und Turnschuhen, kleinen und großen Modellsegelbooten, die alle gegen den Wind ankämpfen, hin zur gedämpft dröhnenden Musik. Ganz automatisch halte ich nach Lücken Ausschau, durch die ich schlüpfen kann, werde langsamer und wieder schneller, doch als das nicht funktioniert, lasse ich mich einfach weiterschieben, einen schlurfenden Schritt nach dem anderen.

Es ist die gleiche Art Menschenansammlung, in der ich einmal landete, als mein Auslieferungsplan mit dem Andrang in den öffentlichen Verkehrsmitteln vor einem Spiel der *Yan-*

kees zusammenfiel – Unmengen von Menschen, die alle ähnliche Accessoires trugen und sich wie ein einziges Wesen vorwärtsbewegten. Damals kam es mir sinnlos vor, umgeben von so vielen gleich aussehenden Menschen – außer mir mit meiner Schachtel und meinem auffallenden Mangel an Baseballstreifen. Während ich mich jetzt weiterschieben lasse, sehe ich mich genauer um und entdecke einen Jungen mit einem Plastikboot in der Hand, einen Mann, der sich die Nase putzt, und eine Frau mit Haaren, die ihr bis an die Kniekehlen reichen. Ich frage mich, was sie wohl gesehen und was sie verloren haben – nicht nur Gegenstände, Besitztümer, sondern auch Teile von sich selbst, die ihnen fehlen und nach denen sie suchen, von denen ich mir von meiner Warte aus gar keine Vorstellung machen kann. Es sehen sich nicht alle besonders ähnlich. Ich fühle mich nicht so anders als sie.

»Wir dürfen uns nicht verlieren«, ruft mir Ruby ins Ohr, und ich greife Milton fester am Halsband, drücke das Buch enger an mich und achte darauf, Ellenbogen und Absätzen und Bootsbugen auszuweichen. Der Weg schlängelt sich abwärts, und ich erhasche einen Blick auf den dunkel und ruhig daliegenden Teich vor uns in der Senke – er ist erfüllt von schwimmenden Lichtern, Hunderte davon, die laternenorange auf der dunkel spiegelnden Wasseroberfläche leuchten. Ich nehme mir einen Augenblick und schreibe: WIDERHALL EINER VERLORENEN STADT, VERSUNKEN UNTER WASSER.

Die Menschen um uns herum strömen in alle Richtungen aus, und wir werden mit der Masse und der Musik mitgerissen, die wie ein Sturm um den klar und still glitzernden Teich wogen. Wir drängeln durch die Menge zu den in der Nähe aufgestellten Ständen, und als Ruby sich angemeldet hat, hängt sie ihre Nummer seitlich an ihr Boot. Eine Windböe fährt darunter und lässt die Nummer gegen das Segel schlagen.

»Die nächste Runde geht in fünfzehn Minuten los«, sagt Ruby. Sie legt einen Schalter um, und ihr Boot erstrahlt und taucht ihr Gesicht in Schatten. »Wünsch mir Glück!«

Ich sehe zu, wie Ruby ihr Boot schützend vor sich hält und ans andere Ende des Teiches geht, wo ein Torbogen aus Luftballons sich bauscht und leuchtet. Sie trifft ein Mädchen, das sie kennt, und bleibt kurz stehen, und dann werden sie beide von der Menschenmenge verschluckt. Die Hand fest an Miltons Halsband, hole ich tief Luft, als würde ich tauchen wollen, und stürze mich vorwärts. Nicht weit vom Wasser finde ich einen guten Platz hinter zwei Jungen, die auf dem knöchelhohen Granitrand sitzen. Sie haben sich zum Wasser gedreht und machen Tsunamiwellen mit ihren Händen, so dass die eifrig durchs Wasser tuckernden Boote vom Kurs abgebracht werden und zusammenstoßen.

»Erwischt«, ruft der eine juchzend. Der Größere der beiden schlägt seine Hand weg.

»Sei still – hör auf rumzuspritzen – guck dir das da an.« Er zeigt auf ein durchs Wasser in unsere Richtung schneidendes Boot. Es ist größer als die meisten anderen, und anstatt von zwei Dreiecken ist es mit einem regelrechten Netz schwarzer Segel geschmückt, und rote Flaggen mit Totenköpfen darauf flattern oben an den schwarzen Masten. Das Piratenschiff erinnert mich an die zahnlosen Ingwerplätzchenkanonen, die Lucy gebacken hat, nachdem das Buch verloren ging. Wenn das Buch erst mal zurück an seinem Platz ist, werden sie endlich wieder Luft holen und mit kandiertem Speck gespickte Ricottabällchen ausspucken.

»Sieht gar nicht so aus, als hätte ein Spasti das gebaut«,

bemerkt der größere der beiden Jungen. »Pass auf, dass niemand guckt –« Er streckt den Arm in Richtung des sich nähernden Piratenschiffs aus, seine Fingerspitzen streifen den Bug, und er beugt sich noch ein Stückchen weiter vor. Dann weht eine Sturmböe das Boot wieder aus seiner Reichweite. Er flucht und schlägt mit beiden Händen auf den Boden, und als er sich umdreht, erkenne ich seine flache Nase und mache rasch einen Schritt zurück, und dabei gleiten meine Finger von Miltons Halsband.

Die Bewegung zieht Beavers Aufmerksamkeit auf sich. Seine Lippen ziehen sich nach oben, und er bleckt geradezu die Zähne. »Ich Glückspilz – wenn das nicht Walross ist, der König der Spastis.«

Mein Mund ist wie ausgetrocknet. Ich befeuchte mir die Lippen und sehe mich nach einem Fluchtweg um, doch die Menge um mich herum jubelt und drängt sich immer weiter vor, als die nächste Runde Boote startet, also versuche ich, an Beaver und Todd vorbeizuschauen, und suche stattdessen mit dem Blick nach Rubys Boot. Ich weiß, dass sie das Interesse verlieren und sich nach etwas anderem umsehen, das sie ärgern können, wenn ich sie lange genug ignoriere.

»Hier drüben, Walross.« Beaver schnipst vor meinem Gesicht mit den Fingern, und Milton stellen sich die Nackenhaare auf wie die Stacheln von einem Stachelschwein, und er knurrt.

»Der Hund kann ja besser sprechen als du«, sagt Beaver verächtlich. Argwöhnisch beäugt er Milton. Todd täuscht eine Bewegung in meine Richtung an, und ich halte schützend eine Hand vor die Tasche mit dem Buch darin.

»Was versteckst du denn da, Spastikönig?«, stichelt er, und Milton schnappt nach seiner Hand, erwischt sie jedoch nicht. Todd lacht, da packt Milton seinen Fuß, so schnell und sicher, dass ich glaube, er hat es von vornherein so geplant. Todd jault auf wie ein Chihuahua und versucht, Milton abzuschütteln, doch der gibt keinen Zentimeter nach, aber dann ist plötzlich Beaver neben mir und greift sich ruck, zuck das Buch aus meiner Tasche.

»Ganz ruhig, er weiß es eben nicht – er ist ja so dumm wie ein Spasti. Wir müssen es schon selbst herausfinden.« Er schlägt das Buch auf der ersten Seite auf und hält es hoch, und der Anblick des Buches in seiner Hand lähmt mich. Ich spüre, wie seine Fingernägel mir in den Arm bohren und wie er mir den Fuß um den Knöchel gehakt hat.

Eine Woge von Booten segelt hinter ihm vorbei, und mein Blick wird wieder klarer. Ich sehe Beaver als Silhouette vor den Lichtern auf dem Teich, und seine Umrisse sind nicht deutlich und solide, sondern voller Löcher und gezackt wie Scherbenränder. Sein Saum lässt sich leicht zerknittern und ist nichts, wovor man Angst haben müsste. Ich dachte, ich wäre ein Feigling, weil ich Risiken scheue, aber jetzt sehe ich hier nur einen Feigling, und das ist er.

Ich schaue ihm direkt in die Augen und singe leise wie ein Wiegenlied ein Muh, und Milton gibt Todds Fuß wieder frei.

»Was sagt er da?« Beaver und Todd schauen erst einander und dann mich an.

Ich hebe die Stimme. »*Spastis* sind nicht dumm. *Ich* bin nicht dumm.« Die Wörter strömen nicht einfach so aus mir heraus, und sie sind auch nicht klar zu verstehen, doch meine Stimme gibt nicht nach, und ohne ihn aus den Augen zu lassen, mache ich zwei entschlossene Schritte auf Beaver zu. »Aber *du* bist ein trauriges Häufchen Elend.«

Den Blick fest auf ihn geheftet, mache ich einen letzten Schritt vorwärts und bleibe nur einen Hauch entfernt vor Beaver stehen, und die Wucht und die Absicht dahinter bringen ihn ins Straucheln. Eine Ferse stößt an den Granitrand, die andere wird vom Schwung in die Höhe getragen, und Beaver biegt sich nach hinten und rudert mit den Armen. Die lose zwischen den Buchdeckeln liegenden Seiten flattern, und während die Leute um uns herum auf uns aufmerksam werden und nach Beavers Armen und seinem Mantel greifen, hebt der Wind an und weht ihn mit einem gewaltigen Platsch in den Teich, und ich zähle eins, zwei, drei, vier, fünf, sechs Blätter, die wie abgezupfte Rosenblätter in den tiefschwarzen Nachthimmel wirbeln.

Beaver schreit, aber ich wende mich ab, dränge mich durch die Menge und hechte nach der ersten Seite, die ich entdecke, doch sie ist bereits außer Reichweite, flattert hinauf in die Nacht, also drehe ich mich eilig nach den anderen noch sichtbaren Seiten um, sprinte nach links und nach rechts und wo immer der Wind sie gerade hinträgt, jage ihnen vergeblich hinterher, bis das letzte Blatt außer Sichtweite verschwunden ist.

»Hilfe! Ich ertrinke!« Beaver schlägt wild um sich, greift nach den Booten um sich herum und bricht dabei deren Masten entzwei, und mich trifft der Gedanke: die siebte Seite. Wo ist der Buchdeckel, und wo ist die siebte Seite?

Ich renne zurück ans Ufer und weiche den Händen aus, die nach Beaver greifen und ihn wieder auf die Füße ziehen. Als er wieder auf den Beinen steht, reicht ihm das Wasser kaum bis an die Knie, und neben ihm schwimmt wie ein braunes Seerosenblatt der Buchumschlag.

Ich haste an den Rand und schlittere auf die Knie, und der ganz aus der Fassung geratene Beaver packt mich, während er versucht, über das Mäuerchen zu klettern, und dabei schwappt Wasser über den Rand. Ich lehne mich weg, Beaver rutscht ab, und dann beuge ich mich vor und strecke die Hände nach dem Buchumschlag aus, doch etwas schnürt sich mir um die Brust, zieht mich nach hinten, und als ich mich umdrehe, guckt Milton mich mit einem Maul voll Jacke an, die er fest zwischen den Zähnen hält, damit ich nicht auch noch hineinfalle.

Mit Milton als Anker lehne ich mich noch ein Stück weiter vor und erwische den Buchumschlag, gerade als Beaver Halt findet und platschend aus dem Teich steigt. In aller Eile wische ich den Buchumschlag trocken und schlage ihn auf, aber die siebte Seite ist nicht darin, also stecke ich den Umschlag ein und beide Arme ins Wasser, wo ich so hektisch herumwühle, dass noch mehr Wasser über den Rand rauscht.

»Da bist du ja. Dachte mir schon, dass ich dich nur schwer wiederfinden würde.«

Ich höre auf, mit den Armen durchs Wasser zu fahren. Mit ihrem Boot im Arm steht Ruby hinter Milton. Sie sieht erst mich an und meine ins Wasser getauchten Arme und dann Beaver, der seine Kleidung auswringt.

»Habe ich was verpasst?« Sie ist außer Atem und noch ganz berauscht vom Rennen.

»Kümmer dich um deinen eigenen Kram«, schnauzt Beaver sie an und drängelt sich dann an ihr vorbei, und während sie ihm einen wütenden Blick hinterherwirft, drehe ich mich wieder zum Teich um, doch das Wasser liegt wieder ruhig da, und auch ich halte still, während sich ein bitterer Schmerz unter meiner Zunge ausbreitet.

Am Rande meines Blickfelds tauchen schimmernd die nächsten Boote auf, und vor mir vermischen sich die zerbrochenen Überreste einiger der vorherigen Boote mit durchweichten Papierklumpen. Der größte Papierfetzen zieht all meine Aufmerksamkeit auf sich, als er in der Mitte durchhängt und dann versinkt, und die düster faszinierenden Blau-

und Schwarz- und Silbertöne verwischen zu einem alles andere als faszinierenden grauen Klecks. Die letzte verbleibende Seite, die erste aus dem Buch – nunmehr marmorgrau und nicht mehr zu retten.

KAPITEL 23

»Könnte schlimmer sein«, sagt Ruby und rutscht auf ihrem Pilz hin und her. Wir sitzen auf einer Bronzestatue von Alice im Wunderland ganz in der Nähe des Teichs. Da ich nicht weiß, was ich sonst mit mir anfangen soll, und um meine Gefühle zu verbergen, klopfe ich dem verrückten Hutmacher auf den Hut.

»Wirklich. Die Seiten wurden weggeweht – du kannst weitersuchen. Natürlich helfe ich dir. Und ich spanne auch Großvater und Großmutter mit ein, und Jane und Heather und Gabby und alle, die ich kenne …«

Sie verstummt, als ich nicht reagiere. Meine Haut fühlt sich seltsam schlaff an, als wäre sie ein weiches, schlabberiges T-Shirt. Ich zupfe an der locker sitzenden rauen Haut an meinem Ellenbogen und entdecke keinerlei Spannung, keine Spur des Sogs, der mich sonst in eine Suche hinein- und durch sie hindurchzieht. Nicht, dass ich Angst hätte oder zu müde wäre: Ich habe begonnen, einen langen Weg zurückgelegt und es zu Ende gebracht, und wenn das Buch erneut verlorenginge, könnte ich noch einen Tropfen auswringen und es weiter versuchen.

Doch zum ersten Mal bei einer Suche habe ich den Mut verloren; jetzt, wo die erste Seite sich im Teich aufgelöst hat, ist das Buch unwiderruflich verloren, und das bedeutet, es ist zu spät. Selbst wenn ich die anderen sechs Seiten finde und zusammenlege, ist das Buch immer noch unvollständig. Außerdem habe ich schon beinahe den ganzen Tag aufgebraucht, und wie weit könnte ich denn überhaupt noch laufen, wo mir die Waden zittern und mir eine Blase am kleinen Zeh brennt?

Die Patisserie ist so gut wie gestorben. Morgen wird Lucy den Vermieter anrufen und ihm sagen müssen, dass wir seine Bedingungen nicht erfüllen können, und was wird dann aus uns?

Ich hebe mein Gesicht zum Mond, und er strahlt so blass und silbrig wie mein gehauchter Atem.

Ruby lässt nicht locker. »So weit können die Seiten ja nicht sein – der Wind kam in kurzen Stößen. Ich habe ein Fernglas. Morgen klettere ich auf einen Baum und verschaffe mir einen schönen Überblick von weit oben. Oder ich helfe dir, auf einen Baum zu klettern.«

Sie überlegt noch immer, wie sie mir helfen kann, weil sie nichts von der ruinierten Seite weiß, und sie weiß auch nicht, dass es morgen bereits zu spät ist. Ihre Fingerknöchel klopfen auf den Bronzepilz, weil sie sich nicht zurückhalten kann, und obwohl das Buch zerstört und das Schicksal der Patisserie besiegelt ist, leuchtet etwas warm in meiner Brust auf und zischt wie ein winziges Feuerwerk.

Ruby rattert noch ein paar Ideen herunter, aber mitten in einer Idee unterbreche ich sie. »Zu spät. Frist läuft morgen ab.«

Anstatt zusammenzuschrumpfen, springt sie auf wie ein Fächer. »Es ist *nicht* zu spät. Und wenn wir die ganze Nacht suchen müssen.«

Ein paar Kinder rennen an uns vorbei zum Teich, die Musik schallt, und der Mond steht hell und voll über uns, und ich schaue Milton ratsuchend an. Seine Augen schimmern dunkel und flüssig, und ich kann darin meine roten Turnschuhe sehen wie in der Spiegelglasur eines Schokoladenkuchens. Ich stelle mir Lucy vor, wie sie die Glasur über den Kuchen gießt und rasch die Luftbläschen mit einer Nadel aufsticht, so dass die Glasur, wenn die Gelatine abkühlt, zu einem glatten Spiegel wird, der einem die besten Seiten von sich zurückwirft.

Milton verzieht sein Maul zu einem Grinsen und setzt sich entschlossen vor Ruby hin – *Ich bin auf ihrer Seite* –, und weil sie beide in Übereinkunft sind, überdenke ich nochmals meine Annahme, es sei zu spät. Ich denke an meine bisherigen Fälle; was konnte ich unternehmen, wenn etwas Verlorengegangenes nicht mehr zu retten war?

Da war das verschwundene fünfjährige Mädchen, dessen Schneeball geschmolzen war, als jemand die Tür zum Gefrierschrank aufgelassen hatte. Anstatt sich darauf zu konzentrieren, was bereits zerstört war, und davon auszugehen, dass es zu spät war, beschloss das Mädchen, von Park Slope in Brooklyn bis in die Catskills zu laufen – wo sie den ursprünglichen Schneeball herhatte –, um sich einen neuen zu holen. Sie ging ihre Suche auf andere Weise an, und vielleicht kann ja auch ich diesen Ansatz ausprobieren, sowohl für die zerstörte Seite als auch für die Seiten, die weggeweht wurden.

Es ging nicht um genau diesen Schneeball, sondern um den Ort, von dem er stammte, und welche Bedeutung und welches Gefühl dazugehörten. Was, wenn es beim Buch das Gleiche war – wenn ich das zerstörte Original mit einer neuen Seite ersetzen konnte, die den gleichen Ursprung hatte?

Die ursprüngliche Seite war ein Geschenk von einer Künstlerin und Freundin. Ich denke an Ruby, wie sie einen geschwungenen Hals zeichnet und Mister Philipp sie Ruby-angelo nennt. Ruby ist Künstlerin, und sie ist eine Freundin – wenn sie also die Seite neu erschafft und mir schenkt, kann ich das Buch wieder vervollständigen.

»Gute Nachricht. Schlechte Nachricht.«

Ruby kneift besorgt die Augen zusammen, und ich erzähle ihr, dass die erste Seite in den Teich gefallen ist. Sie schnappt nach Luft und hält sich beide Hände über den Mund, doch ich sage: »Nicht aufregen.«

Sie stöhnt auf und haut mir auf den Arm, als sie ihre eigenen Worte aus meinem Mund hört.

»Du kannst sie neu zeichnen«, sage ich. »Während ich die anderen suche. Hilfst du mir?«

Ohne zu zögern, sagt sie: »Einverstanden. Ich male sie. Aber wie willst du die anderen finden?«

Diesen Teil habe ich noch nicht zu Ende gedacht, aber ich habe eine Vorstellung davon, welchen anderen Ansatz ich ausprobieren sollte, eine Art zu suchen, die ich bisher noch nicht probiert habe. Bisher habe ich mich immer allein auf die Suche gemacht, war es etwas für mich ganz allein; Lucy hat mir ihre Hilfe zwar angeboten, aber ich habe sie nie angenommen.

Jetzt aber sind meine Gedanken ein heilloses Durcheinander, das sortiert werden muss, ich habe eine bedeutende Idee, die zu Ende gedacht werden muss, und ich weiß, dass es Ruby interessieren wird. Ich spüre, wie der Druck von mir abfällt und die Wattebäusche aus meinem Mund, meiner Nase und meinen Ohren verschwinden. Ruby klopft auf den Pilz und summt, und ich bin nicht sicher, ob ich es mir einbilde, aber ihr Summen ist lauter geworden, doch in dem Moment, in dem ich den Mund aufmache, hört sie auf zu klopfen und schnellt zu mir herum.

»Ja?«

»Ich weiß es nicht. Kannst du mir helfen? Einen Plan zu schmieden. Wenn ich dir von meinem Tag erzähle?«

»*Himmel*. Ich dachte schon, du fragst nie.« Sie schiebt sich ihren Dutt zur Seite und lehnt sich an das weiße Kaninchen, und ich fange an zu erzählen. Ruby kichert, als ich ihr von Nico in der Hundewaschanlage erzähle, und sie kaut an ihren Nägeln, als ich zu den Ratten komme. Sie wird nachdenklich, als ich von Junker und seinem Kummer berichte, der so enorm ist, dass ganze Königreiche darin errichtet werden können. Erst zögere ich, weil es ein unbedeutendes Detail ist, doch dann zeige ich ihr den Caravelle-Riegel, und ich will schon mit dem nächsten wichtigen Abschnitt weitermachen, weil ich annehme, dass Ruby das auch tut, da greift sie nach dem Riegel.

»Was ist das? Wo hast du das her? Was machst du damit?«, will sie wissen und unterbricht mich dabei, wie ich nach Wörtern suche, um ihr von Karl zu erzählen, und in meiner Überraschung stammele ich etwas Unsinniges.

»Supercalifragilisticexpialigetisch«, stimmt Ruby schnell mit ein, um sich nicht ausstechen zu lassen.

Ich mache meinen Kopf frei, sortiere meine Gedanken neu. Wenn man eine Verbindung schafft, geht es darum, sich über die wesentlichen Dinge auszutauschen, und bei Freundschaft geht es ebenfalls darum, und dazu noch um eine Art Eintracht, um Augenblicke von geteiltem Freud und Leid. Die übrige Zeit jedoch ist geprägt von Alltäglichkeiten, der banalen Routine des Lebens und den unbedeutenden Gedanken und Ereignissen, die auftauchen. Auch das macht Freundschaft aus: jemanden außer Lucy zu haben, den es interessieren würde, dass ich schmutzige Socken aus dem Wäschekorb trage und einen neuen Rekord im Croissantformen aufgestellt habe.

Ruby bombardiert mich mit Fragen: *Wann gibst du ihn Lan? Was lag daneben?*, und mir geht das Herz auf, während ich sie alle beantworte. Als sie mir den Riegel wieder aushändigt, stecke ich ihn ein und mache weiter mit Karl und seinen Flugplänen.

»Er wollte heute Abend losfliegen. Der Regen hat aufgehört. Vielleicht fliegt er noch. In diesem Moment.«

»Walter.« Ruby starrt mich an, als hätte ich etwas Unverzeihliches getan, und halb aus Angst, halb aus Schuldgefühlen heraus überdenke ich, was ich gesagt habe. »Das wolltest du dir entgehen lassen? Würdest du denn nicht dein Leben dafür geben, um mit ihm fliegen zu können?«

Ich denke, dass ich womöglich buchstäblich mein Leben geben würde, wenn ich mit ihm fliege, aber Ruby sagt: »Ich wäre Feuer. Und. Flamme. Und du solltest es auch sein, wenn du die restlichen Seiten finden willst.«

Milton und ich werfen uns einen Blick zu und schauen dann mit geneigtem Kopf wieder Ruby an – *Wieso?*

»Du hast doch gesagt, du bist dieser Spur gefolgt, oder?«

Milton windet sich bescheiden und nimmt das Lob an.

»Na ja, könnte man es auch nachts machen?«

Meine Gedanken überschlagen sich wieder vor Angst, offenbar meine standardmäßige Reaktion auf Rubys Ideen.

»Wie gesagt, man braucht nur einen guten Überblick von weit oben. Von dort kannst du *alles* sehen.«

Ich bin Höhen immer aus dem Weg gegangen, und allein der Gedanke an einen guten Überblick von weit oben bringt meine Nerven und Gedanken und meinen Puls ins Rasen, aber wenn ich hoch genug komme, um zu sehen, wohin der Wind die Blätter getragen hat – die aufleuchtenden Zeichen aller sechs zugleich, wie auf einer Landkarte –, dann muss ich sie nur noch schnellstmöglich einsammeln, bevor keine

Zeit mehr bleibt. Höher kann ich nicht kommen, als über der Stadt zu fliegen, und genau das hat Karl heute Abend vor. Wenn ich ihn davon überzeugen kann, mich mitzunehmen – dann habe ich meine Landkarte aus Vogelperspektive.

»Ich muss los«, sage ich und komme auf die Füße.

»Ich komme mit«, sagt Ruby, die auf ihrem Pilz Walzer tanzt. »Nein, doch nicht. Ich sitze in der Lobby und zeichne die Seite.«

»Mit Milton«, sage ich, und Ruby klatscht in die Hände und quietscht.

»Zeit zu feiern«, sagt sie und hält die Hand zum Einschlagen hoch, doch Milton versteht es falsch und stupst sie stattdessen mit der Schnauze an, und mir tut es leid, dass ich ihn zurücklasse, aber ich glaube nicht, dass er es gut aufnehmen würde, wenn er mit dem Drachen fliegen müsste.

KAPITEL 24

Mit der Aussicht auf das bevorstehende Wochenende, zwei komplette Tage, verpackt und mit Schleife versehen, ist der Zug proppenvoll, und alle sind bester Laune, als wir unter der Stadt entlangrattern. Drei Frauen in paillettenbesetzten Kleidern drängeln sich in eine Ecke, posieren stolz vor der Fensterscheibe und verteilen Kaugummi, während ein kleines Mädchen in einem Buggy mich zahnlos anlächelt und ein ungekämmter Mann in einer fremden Sprache ein Gespräch mit einem asiatisch aussehenden Mann beginnt, der ein Bündel Angelruten und einen Eimer frisch gefangener Fische trägt.

Köpfe passen unter Achselhöhlen, Ellenbogen biegen sich um Rucksäcke, und hier und da ragt ein Kinn über eine Schulter – Fremde, die sich ineinander verschachteln wie Teile eines Puzzles. Es riecht nach Zigaretten und Hitze und Frittiertem und Shampoo und Fischmarkt. Die hinterste Tür geht auf, und ein Stoß kühle Luft weht für einen Moment den Dunst hinaus.

Je weiter wir Uptown kommen, umso mehr leert sich der Zug. An der Dyckman Street ziehe ich die Schnürsenkel meiner Turnschuhe fester und strecke die Hand nach Milton aus, und es versetzt mir einen Stich, als mir wieder einfällt, dass er bei Ruby geblieben ist.

Ich folge den Anweisungen des Fahrers und nehme den

Ausgang auf der linken Seite und gehe dann die Anhöhe hinauf, bis ich an ein Tor mit einem Schild komme, auf dem Fort Tyron Park steht. Dahinter klettert ein Pfad weiter hoch und verschwindet dann hinter einer Wegbiegung. Ich will das Tor aufdrücken, aber es ist über Nacht verschlossen. Ich tue, was auch Ruby tun würde, sehe mich erst um und schiebe dann einen Fuß zwischen die Gitterstäbe und klettere über das Tor.

Der Pfad windet sich um den Hügel wie die Schichten einer mehrstöckigen Torte, und so schnell ich kann, erklimme ich eine nach der anderen. Meine Ohren müssen sich in der Dunkelheit anstrengen, denn meine Augen sehen nichts als Schatten. Um mich herum raschelt es in den Bäumen, Zweige knacken, und der faulige Geruch des zersetzten Laubs steigt mir in die Nase.

Immer höher geht es, neben mir rauscht der Highway wie ein Fluss, und dahinter, scheinbar direkt mir zu Füßen, fließt der eigentliche Fluss, flüssiges Metall im Mondlicht, eingerahmt von Wäldern, in denen die Bäume dichtgedrängt wie Brokkoliköpfe stehen. Ich beschleunige meine Schritte und stelle mir meine Beine so lang und zierlich vor wie die eines Rehs, und es fühlt sich ganz selbstverständlich an, dass ich die mich umgebende Stille wie einen Umhang überstreife und darin verschwinde.

Oben angekommen, verläuft der Pfad an einer mittelalterlich aussehenden Burg vorbei und dann geradeaus weiter und steigt immer steiler an. Ich gehe weiter, unter mir die Baumkronen und der darunter glitzernde Highway und Fluss. Ich wage einen Blick über die moosbedeckte Steinmauer und weiche dann vor dem steilen Gefälle zurück. Stattdessen schaue ich nach oben und entdecke dort auf einem großen Felsen zwei Lichtscheiben – aufgestellt, um das Ende einer

Startbahn anzuzeigen. Ich kann weder Karl noch seinen Drachen sehen, doch ich weiß, dass sie dort oben sind und sich auf den Abflug vorbereiten, und ich habe Angst und gleichzeitig die Hoffnung, dass es noch einen Platz für mich gibt.

Ich komme an einer höher gelegenen Terrasse an, und als der Weg seinen höchsten Punkt unter einem Steinbogen erreicht, sehe ich den Drachen: wie ein wachsamer Raubvogel thront die *Carrie* direkt hinter dem Steinbogen, vom Wind gebeutelt und an den Pfosten eines Schilds gebunden, der aus einem Zementblock herausragt. UMLEITUNG steht auf dem Schild, und ich muss lächeln, als ich einen Luftgeschwindigkeitsmesser am Dreieck entdecke. Karl muss ganz in der Nähe sein.

Ich umrunde den Drachen, und der Weg spult sich in einer schnurgeraden Linie den steilen Hang hinab und wird von Markierungen erleuchtet, die auf den Felsen zeigen, unter dem ich eben noch stand. Auf dem daran angrenzenden Grashügel hüpft eine schlaksige Gestalt umher, die dazu unberechenbar die Arme schwingt und wild herumrudert, als würde sie versuchen, nicht unterzugehen. Den Sicherheitstanz erkenne ich überall.

Ich atme in den Bauch und presse die Luft wieder hervor, damit meine Stimme nicht vom Wind davongetragen wird. »Karl!«

Als er seinen Namen hört, erstarrt er mitten im Sprung, so wachsam wie ein Jagdhund, der etwas gewittert hat und mit einem Vorderbein in der Luft stehen bleibt. »Wer ist da?« Er starrt in die Finsternis, abwartend, dass ich daraus auftauche.

»Ach, du bist es. Hallo, Walter«, sagt er verblüfft. »Ich bereite mich gerade auf den Abflug vor. Wie du siehst, wurde der Start aufgrund des Wetterumschwungs und Windwechsels auf circa einundzwanzig Uhr verschoben. Die aktuellen Bedingungen sind meiner Einschätzung nach günstig, wenn auch nicht ideal. Gerade vollführe ich das Ritual vor dem Abflug, wie es mir beigebracht wurde. Es freut mich, dass du gekommen bist, um mir bei meinem Abflug beizustehen. Ich habe dich nicht einmal darum gebeten. Das ist sehr nett von dir.«

Ich schabe mit meiner Fußspitze auf dem Boden herum. »Ich bin gekommen. Um dich zu fragen –«

Nur was frage ich ihn? Es würde zu lange dauern, alles zu erklären, und die Zeit rennt; unter meinem Bauchnabel spüre ich diesen beharrlichen Zug, so fein und spitz wie ein Haken. Karl hält sich abwartend einen Finger an sein gespaltenes Kinn, und mir fällt eine Frau ein, die im Sommer in die Patisserie kam, eine Stunde nach dem morgendlichen Andrang und mit einem Pappkarton in den Händen, in dem unten Stifte herumkullerten und oben eine Schreibtischlampe hervorlugte.

»Ich brauche etwas Leichtes«, sagte sie zu Lucy, eine simple Forderung, ganz offen, doch ich konnte die verschiedenen Ebenen darin hören, und diese Kombination verlieh ihrer Bitte Dringlichkeit und Eloquenz. Lucy fragte nicht nach und machte auch keine Bemerkung, als sie nach den Miniaturschüsseln mit Stachelbeercreme griff, die auf Stelzen balancierten und sich drehten, und ich weiß, dass ich Karl genauso fragen kann.

»Ich brauche Flügel«, sage ich, und vor jedem Wort nehme ich mir ein klein wenig Zeit, damit ich es sammeln und zu etwas formen kann, das Karl klar und deutlich hört. Dabei belasse ich es dann und stelle mir vor, wie Fragen und Bedenken und Ausreden seine eckige Brille vernebeln.

Karl nimmt die Brille ab und poliert sie mit seinem Tuch,

dann setzt er sie sich wieder auf und strahlt Richtung *Carrie.* »Wer hätte das gedacht, ich bin für einen Kopiloten gewappnet«, sagt er, und ich denke zurück an die zusätzlichen Schuhe und Kaffeetassen, die beiden Zahnbürsten, eine für ihn und eine für Carrie, und dann springe ich in die Luft, das feste Gras ein hartes Polster unter meinen Füßen, und es überrascht mich, wie sehr ich mich freue.

»Dann legen wir mal los«, sagt Karl, und als mir klar wird, was ich da tatsächlich vorhabe, komme ich falsch auf, so dass ich mir den Knöchel verdrehe, und ich muss schlucken. Panik steigt mir im Hals auf, dickflüssig und ölig. Eigentlich will ich den Boden gar nicht verlassen. Ich will überhaupt nicht dort oben sein, von wo man so tief fallen kann.

Karl bewegt sich im Sicherheitstanz zum Drachen, aber ich kann mich kaum rühren. Ich tue so, als sei ich an einem anderen Ort, in der Patisserie, doch der saubere geflieste Fußboden und die üppigen Auslagen sind alle unter Wüstensand vergraben, denn das Buch ist nicht da.

Karl hebt sein Gurtzeug hoch. Oben sieht es aus wie ein gefütterter Skianzug und unten wie ein Schlafsack mit geöffnetem Reißverschluss. Er steigt in die Schlaufen für die Beine, schnallt es vor der Brust und um die Taille zu, und als er den Reißverschluss oben zuzieht, sieht er aus wie eine Wespe, deren Beine herausgucken, der aufgebauschte Schlafsack hinter ihm der Hinterleib.

Als er sich umdreht, um den Drachen vom Pfosten loszubinden, entdecke ich den Rucksack, den er sich auf den Rücken geschnallt hat – ein Fallschirm? –, und er schleift den Zementblock zur Seite und winkt mich zu sich. Meine Beine gehorchen, und ich kann mich nicht entscheiden, ob das nun verräterisches oder loyales Verhalten ist.

Ich stelle mich unter die Schnauze des Drachens, mit den

Gedanken noch bei den kahlen Dünen in der buchlosen Patisserie, so weit und ausgeblichen und leblos, und wie von fern sehe ich zu, wie Karl mich festschnallt. Mein Gurtzeug sieht auch aus wie ein Skianzug mit einem Fallschirm auf dem Rücken, aber anstelle des Schlafsacks als Unterteil gibt es Schlaufen, die sich um meine Knie legen.

Karl steigt durch das Metalldreieck, klinkt sein Gurtzeug in die Riemen und Schlaufen des Drachens und bedeutet mir dann, mich links neben ihn zu stellen, so dass er auch mich einhaken kann.

»Ich führe jetzt die Vorflugkontrolle durch«, verkündet er, und nachdem er an den Riemen und Schlaufen gezogen, Reißverschlüsse und Schnallen überprüft und alles glattgezogen hat, hockt er sich hin und steckt die Beine in den Schlafsack, so dass er im Metalldreieck hängt und horizontal über dem Boden schwebt. Dann stützt er sich mit Händen und Knien auf dem Boden ab und strampelt sich die Füße wieder frei.

»Wenn wir erst mal in der Luft sind, drehst du dich nach unten zur Trapezstange, so wie Superman. Dann legst du mir deinen rechten Arm über den Nacken und hältst dich an meinem Gurtzeug fest.« Er zieht an seinem rechten Schulterriemen. »Dadurch verschmelzen wir dann zu einer Masse.« Er breitet die Arme aus, packt die Seitenstäbe des Dreiecks und sagt: »Du nimmst die Trapezstange«, und der Wind schwillt an und lässt meine Distanzblase zerplatzen, so dass ich zurück in meinen Körper purzele. Ich hocke mich ebenfalls hin und greife nach der Stange, und Karl sagt: »Anheben …«

Und bevor ich sagen kann: *Warte!*, bevor ich es mir anders überlegen und sagen kann: *Gib mir noch eine Minute!*, drückt der Wind auch schon gegen die Flügel des Drachens, und ich werde auf die Füße gerissen. Ich umklammere die Trapezstange, trage aber keinerlei Gewicht – ich selbst werde getragen, meine Zehen streifen den Boden, und ich habe das Gefühl, nur Karl, der darum kämpft, den Drachen unter Kontrolle zu behalten, verhindert, dass ich wie die Buchseiten davongepustet werde.

»Vorwärts«, ruft er, und wir gehen los, und dann ruft er: »Jetzt laufen«, und der Wind hebt an, und plötzlich ruft Karl laut: »Rennen!«, meine Zehen suchen nach festem Untergrund, und ich habe nicht einmal eine Sekunde, um die Augen zu schließen, wild hüpft die Welt um mich herum – Gras, ein Baum – Licht – Autos –, ich beiße mir auf die Zunge, und warmes Salz löst sich in meinem Mund auf, und dann wird die Welt seidig glatt.

Jetzt kneife ich die Augen zu. Karl brüllt in die Nacht hinaus, und es strömt aus ihm hinaus, als würde es ihn reinigen, Hochgefühl und Trauer und Triumph, und mir rauscht das Blut in den Ohren, oder ist das der Wind? Ich spüre, wie mich das Gurtzeug unerbittlich nach oben zieht, *Carries* stabile und verlässliche Flügel über mir, die von einer unsichtbaren Hand immer höher getragen werden. Mit glitschigen Händen klammere ich mich an der Stange fest und sage mir, dass ich meinen Todesgriff jetzt wieder lockern darf. Eine Hand nach der anderen. Rechtes Auge. Linkes Auge. Sieh.

Der Fluss liegt breit und reglos da wie ein Bild, ein dunkler Streifen, der sich glatt durch die von Sternenstaub bedeckten Ufer New Jerseys auf der rechten Seite und Manhattan auf der linken erstreckt, gesprenkelt mit den sich bewegenden Lichtern der Schiffe, und wir fliegen über die George Washington Bridge, das verbindende Glied, ein Strang roter Perlen auf der einen Seite, orange auf der anderen. Ich greife um Karl herum in seinen Schulterriemen, und er verschiebt seine Arme auf der Stange und verlagert das Gewicht. Die

Luft ist eiskalt, und wir gehen in Querlage, alles kippt auf die Seite, doch mir ist nicht schlecht vor Angst, sondern ich fühle mich so lebendig und schwerelos, ich könnte platzen und mich in Luft auflösen, bis ich in jedem Atemzug zugleich stecke, unbesiegbar.

»Da ist der Campus«, schreit mir Karl ins Ohr, als wir über die dunkel daliegenden Dächer der Columbia Universität fliegen, und ich schaue nach vorn und zur Seite, und alles sieht kleiner und zugleich größer aus von hier oben, ganz anders als vom Boden aus: New York als Miniaturstadt auf einer Fingerkuppe Land, auf der es vor in die Höhe schießenden Spielzeughäusern nur so wimmelt, und alles wird von Erde und Wasser und Himmel, vom endlosen Rest der Welt verschluckt.

Upper Manhattan rollt unter uns vorüber, und meine Ohren fühlen sich heiß und kalt an und sind geschwollen vor Blut und Wind, und wir sausen durch die Nacht mit Flügeln wie ein Adler. So muss er sich gefühlt haben. So klar wie der Tag, so klar wie seine Stimme in meinem Ohr – ganz nah, direkt neben mir. Die oberste und grundlegendste Regel, wenn es ums Finden geht, und ich habe sie übersehen.

Ich habe vergessen, am offensichtlichen Ort nachzusehen. Ich habe darauf gewartet, dass er der Öllampe bis an die Türschwelle folgt, habe seine Geschichten nach Informationen durchkämmt und die Stadt nach einem Zeichen abgesucht, das auf ihn wies, und war dabei so beschäftigt damit, nach einem Ende zu suchen, dass ich sogar gelernt habe, wie man sich ohne Ende verabschiedet, dabei war er nie tatsächlich gegangen.

Der Drachen bewegt sich auf den Central Park zu, ein enormes unbeleuchtetes Rechteck, das ich mit dem fülle, was ich jetzt sehe: meine Augen in der Vitrinenscheibe, die

die nuancierten Tiefen seiner Augen widerspiegeln, meine Hand, die sich nach Mister Philipps Hand ausstreckt, während er mir mit seiner größeren Hand ein mit fröhlichen Flugzeugen besticktes Taschentuch hinhält. Und da bin ich nun, sechshundert Meter hoch in der Luft, und genau wie Walter Lavender Senior sich danach sehnte, in die Ferne und die Weite zu sehen, sauge ich alles in mir auf. Mein Blick auf die Welt unter mir der gleiche wie einst seiner.

Überall, wo ich bin, ist auch er, eine leuchtende Verbindung, die noch den dunkelsten Ozean überspannt.

Ich schaue nach links, und irgendwo dort im dunkel daliegenden Central Park habe ich Karl getroffen, dann sehe ich die dahinter blinkenden Lichter, und irgendwo dort bin ich Ruby und Sammie und Roman begegnet, habe ich neben Mister Philipp gesessen. Wir fliegen über den Columbus Circle, und die versprenkelten Lichter werden zu einem lebendigen Wesen, dicht und schimmernd und von fließenden Blutbahnen durchzogen, der Times Square im Zentrum von blauem Licht überflutet wie ein seltsames Herz.

Die Hochhäuser in Midtown ragen in Grüppchen empor und versuchen nach, uns zu greifen, als wir über sie hinwegfliegen. Manche Gebäude sind von oben bis unten mit Fenstern verkrustet wie mit Kristallen, manche Wolkenkratzer haben eine blaue Mütze auf oder grüne Turmspitzen, goldene Pyramiden oder geschwungene Kronen, und die Etagen des Empire State Building sind rot und orange beleuchtet, und als wir über die blinkende Antenne fliegen, schaue ich nach unten und entdecke die unzähligen winzigen Besucher, die sich auf den beleuchteten Terrassen tummeln.

Wir fliegen über das runde, rotgeränderte Auge von Madison Square Garden und über den soliden Quader vom alten Postamt daneben. Die Topographie flacht eine Weile ab, als wäre sie von der Dunkelheit glattgebügelt worden, und am Ende – an der Spitze von Manhattan – steigen dicht gedrängt am Wasser die lichtbesetzten Türme des Bankenviertels auf, und irgendwo dort unter der Erde habe ich Junker getroffen.

Ich schaue in die Dunkelheit vor mir und zu meiner Linken, sparsam durchwirkt von Lichtfäden, und sehe den orangefarbenen Faden der Delancey Street, der auf die Williamsburg Bridge führt, und irgendwo dort unten in der Lower East Side bin ich Nico begegnet, und dort liegt Chinatown, wo Lan schläft.

Ich sehe den schwach beleuchteten Streifen High Line und die sie umgebende Dunkelheit, die die Feiernden im Meatpacking District unter sich verbirgt, und dann entdecke ich den heller leuchtenden Triumphbogen im Washington Square Park, und irgendwo dort im West Village sind Lucy und die Patisserie, der Ort, an dem ich begann, und der Ort, an dem ich ende.

»Central Park«, rufe ich Karl ins Ohr, denn dort wurden die Seiten weggeweht, und dort sollte ich suchen.

Karl verlagert das Gewicht. Der Hängegleiter beschreibt einen Bogen, und als seine Nase wieder nach Uptown zeigt, lehnt Karl sich vor, und wir beschleunigen. Als wir uns dem Park nähern, lehnt er sich zurück, um abzubremsen, und dreht eine langsame Runde im Kreis. Ich schaue hinab auf das unter mir liegende schwarze Rechteck und durchforste die Finsternis.

Wir fliegen nochmals im Kreis und sinken tiefer, und im unteren Viertel, in der Nähe der Fifth Avenue, erhasche ich einen Wirbel Licht, und dann noch einen, nicht weit davon entfernt. Noch ein paar Lichtpunkte springen mir ins Auge, aber bei näherer Betrachtung sind es nur Straßenlaternen, und danach suche ich nicht.

Ich mache die Augen weit auf und suche nach mehr Hinweisen, und sie sagen mir, dass die meisten Buchseiten wie erwartet im unteren Teil des Parks verstreut liegen, nicht zu weit entfernt vom Modellbootteich, bis auf eine, die ganz in der südöstlichsten Ecke gelandet ist.

Der Hängegleiter vollführt noch eine Umdrehung, und ich schaue erneut, und als ich dann die Augen schließe, hat sich mir das Bild eingebrannt, sechs Leuchtfeuer, die mir den Weg weisen. Ich zeige Karl meinen hochgereckten Daumen, und er wendet seinen Blick von der Landschaft ab und konzentriert sich stattdessen auf einen Fleck unter uns.

Wir kreisen tiefer, streifen fast die Baumkronen und dann den ungleichmäßig geformt daliegenden See. Karl tritt die Füße aus seinem Gurtzeug und lässt sein Gewicht nach unten sacken, so dass er senkrecht zum Boden hängt, und dann spüre ich, wie der Drachen zum Halten kommt. Kurz und heftig blitzt Angst in mir auf – der Erdboden kommt uns zu schnell entgegen, als würden wir gleich abstürzen, und ich mache mich mit aller Macht darauf gefasst und beiße die Zähne zusammen.

Der Aufprall rüttelt uns durch, aber es ist auszuhalten. Karl stemmt die Fersen in den Boden, und der Drachen kommt vollends zum Stehen.

»Da sind wir! Ein erfolgreicher Flug und eine geglückte Landung auf dem Großen Rasen«, posaunt Karl. Als er uns ausklinkt und mein Gurtzeug aufschnallt, kommt mir alles seltsam bekannt vor, so als wäre ich am Ende einer Geschichte angelangt, die ich lange nicht mehr gelesen habe – wir beide wieder gelandet, gesund und munter.

»Gute Nacht und gute Nachrichten«, bringe ich hervor.

So kann ich meine Dankbarkeit am besten zum Ausdruck bringen: mit ein klein wenig Unbeschwertheit, um zu würdigen, was der Flug mir bedeutet hat, und Karl zeigt mir ein breites Grinsen.

»Gute Nacht, Kopilot Lavender«, sagt er. Dann dreht er sich wieder zur *Carrie*, und ich sehe, wie seine Lippen sich bewegen, kann aber nicht hören, was er sagt, denn ich mache bereits ein paar Schritte rückwärts, damit er diesen Augenblick ganz für sich hat, diesen Augenblick, der ihm und Carrie gehört.

Ich drehe mich um und fange an zu laufen, die Nachtluft strömt mir durch die Haare und pfeift mir in den Ohren, und in meinem Kopf sehe ich die Leuchtfeuer, die sechs Seiten, die ich jetzt einsammeln muss.

KAPITEL 25

Mit der sich mir eingeprägten Karte als Wegweiser weiß ich in etwa, wo jede Seite liegt, woran ich mich orientieren kann und welchen Weg ich einschlagen muss, um von einer Seite zur nächsten zu kommen, aber ihre exakten Positionen kenne ich nicht, also muss ich die Augen offen halten und mich unablässig in alle Richtungen umsehen, während ich renne.

Zwei der Seiten befinden sich ganz in der Nähe, zwischen den beiden quer durch den Park verlaufenden Straßen. Ich laufe über den dunkel daliegenden Großen Rasen, an den schlummernden Spielfeldern vorbei, und meine Schritte hallen laut. Aufmerksam halte ich nach Zeichen Ausschau, nach Orten, die wollen, dass mein Blick sie streift. Die erste Seite finde ich am Ende des Spielfelds, und vor lauter Dreck leuchtet sie nur noch schwach. Ich wische sie mit dem Ärmel ab, und darunter sieht sie in Ordnung aus, und sie ist heil, also lege ich sie zwischen die Buchdeckel.

Ich laufe weiter, einen schwach beleuchteten Pfad hinab, der nach Süden führt, an einem mit Algen bedeckten See vorbei, an dem es nach verfaultem Laub riecht, am gegenüberliegenden Ufer das von Scheinwerfern beleuchtete Schloss. Ich jage von einer Stelle zur nächsten, kämpfe mich durchs Gebüsch, durchforste alles darunter und dazwischen und sage mir, dass es genau wie beim Ostereiersuchen ist, wohin Lucy mit mir ging, bevor ich zu groß dafür wurde. Die frische

Frühlingsmilde kann ich allerdings nicht heraufbeschwören, und auch nicht das angenehme Summen aus dem Gras oder die Stimmen, die die Luft erfüllten, oder die pastellfarben gemusterten Eier.

Die Nachtluft peitscht eisig um mich und beißt mir ins Gesicht, so dass ich auf den Armen und unter der Kopfhaut eine Gänsehaut bekomme, und ich bin ganz allein in dieser Tasche voll Dunkelheit, der Pfad liegt still da, während ich von Bank zu Baum zu Busch kraxele. Der Mangel an Licht dringt mir bis in den Verstand, und mein Atem wird lauter, panisch, als Bilder gleich Monstern vor meinem geistigen Auge auftauchen: wie die Buchseiten zerstört werden, in Pfützen landen oder von vorbeirasenden Autos zerfetzt werden; wie ich zusammenbreche, sich der Hunger durch meine Magenwände nagt, die Füße mit Blasen wie steinigem Sand bedeckt; wie Lucy wartet, noch mehr Angst bekommt als ich, unruhig auf und ab läuft, sucht, vollkommen am Ende …

Dann höre ich etwas rascheln, das dicker als ein Baumblatt klingt. Eingeklemmt zwischen den Latten einer Bank finde ich die nächste Seite, und sie ist trocken und unversehrt. Erneut rufe ich meine innere Landkarte ab. Die nächste Seite muss irgendwo in der unbeleuchteten Wildnis am Seeufer sein. Ich überquere die durch den Park verlaufende Seventy-ninth Street, und das Dröhnen der Motoren und die Lichter der Scheinwerferparade sind eine wohltuende Erinnerung daran, dass die Zivilisation nicht weit ist.

Ich laufe weiter in Richtung der nächsten Seite. Der im Schatten liegende Pfad schlängelt sich um Bäume und Hügel, das Laub raschelt unter meinen Füßen, es riecht ein wenig nach Kaminfeuer, ein rauchiger Unterton liegt in der Nachtluft, und die Lichter und Gebäude der Stadt ragen still und drohend wie eine Bergkette hinter den Bäumen auf.

Während ich weiter Richtung Downtown renne, fällt mir auf, dass meine Schritte nicht mehr so laut hallen. Der Wald liegt abgeschieden, doch er ist erfüllt von nächtlichen Lauten: Eulen, die rufen, Insekten, die kratzen, kleine Tiere, die herumwühlen, und der Klang meiner Schritte und meines Atems wird von der Finsternis aufgesogen.

Unten an einem Felsen entdecke ich die dritte Seite, geschützt unter einem Vorsprung leuchtet sie mir entgegen, und ich rette sie und zwinge mich dazu, zur nächsten Seite weiterzurennen, die irgendwo auf The Mall, der beleuchteten Allee, liegen wird. Meine Lungen krampfen sich schmerzend zusammen, also verlangsame ich mein Tempo, als ich über eine Brücke gehe, auf der zwei Menschen ihre Beine vom Geländer über dem Wasser baumeln lassen.

Sanft steigt es auf der anderen Seite ab, und ich folge meinem mentalen Wegweiser zur vierten Seite. Noch bevor ich den Springbrunnen sehen kann, höre ich das Plätschern des Wassers und kann die Feuchtigkeit in der Nase spüren, und dann rieche ich etwas Trockenes, jedoch nicht so frisch wie Laub. Es riecht muffig und süß, und ich jage zum Springbrunnen hinüber und finde dort die Seite an den Sockel gepappt.

Das war knapp. Ich schaue die Statue in der Mitte an, ein Engel, der eine reinigende Hand erhebt, und das ins ihn umgebende Becken sprudelnde Wasser. Hätte der Wind die Seite ein wenig höher, ein wenig weiter geweht, sie wäre verloren gewesen.

Ich versuche weiterzurennen, doch meine Beine sind zu schwer, meine Füße fühlen sich an wie Zementblöcke, und ich gehe langsam über die Straße zur Mall, eine prächtige Ulmenallee, auf der sich die Leute treffen, um zu flanieren und Mittag zu essen und Zeitung zu lesen, während die Sonne kleine Goldmünzen durch die Baumkronen wirft. Jetzt brennen die Laternen in Reih und Glied und formen einen gespenstischen Gang verlassener Herrlichkeit, und nach Luft schnappend und mir die Rippen haltend, kämpfe ich mich hindurch.

Wie weit bin ich schon gelaufen? Eine halbe Meile, eine ganze – und vorher schon meilenweit Straßen und Tunnel und Subway, und noch mehr Meilen Konzentration auf die Suche und das Sprechen, und die Belastung, dass die Patisserie schließt, und nun schließt sich auch die Suche um mich herum. Ich überrasche mich selbst und lasse mich auf eine Bank fallen. Mir klopft das Herz bis zum Hals, es pumpt eine klebrige Masse hoch, doch ich schlucke sie hinunter. Meine Turnschuhe sind zu eng, meine Füße geschwollen. Mir ist nicht mehr kalt, aber meine Finger sind steif, und ich frage mich, ob es wohl möglich ist, wie eine Plastikpuppe auseinanderzufallen, ob meine Arme und Beine, wenn sie immer schwerer werden, irgendwann von der toten Masse abspringen.

Vor drei Jahren hatte ich einen Marathonläufer, der die Puka-Muschel-Kette verloren hatte, die er bei jedem Lauf trug. Als wir die Laufstrecke rückwärts abgingen, zeigte er auf einen Baum und sagte: »Kilometer fünfunddreißig. Hier hätte ich fast aufgegeben.«

Als er mit Müh und Not bei Kilometer fünfunddreißig angekommen war, hatte er sich umgesehen und die Läufer betrachtet, die ausgestiegen waren, Krämpfe hatten und sich im Schatten übergaben und ihre Blasen bandagierten. Er konnte die Anzahl an Kilometern in seinen Beinen förmlich spüren, krümmte sich und stützte die Hände auf die Knie, überzeugt, er wäre erledigt. Die Puka-Muscheln fanden wir in einem Knäuel unten an dem Baum, der Kilometer fünfunddreißig markierte. So erfuhr ich von der lähmenden Last, so nah am Ziel zu sein. Der Läufer war weitergehumpelt, selbst ohne seine Muscheln, und war ins Ziel eingelaufen, und das bedeutet, dass ich es ebenfalls schaffen kann.

Ich stehe auf und gehe los, und dann renne ich unter den hellen Laternen der Mall, halte an, um nach rechts und links zu schauen, bevor ich eine Straße überquere, und lasse eine Pferdekutsche vorbeiklappern. Weiter geht es einen Fußweg entlang, und augenblicklich verstummen die Stadtgeräusche, friedhofsstill ist es hier, eng und unbehaglich. Irgendwo hier sollte eine Buchseite sein, nicht weit von der Fifth Avenue.

Ich drücke mich an schlafenden Plätzen vorbei und unter einer kleinen Brücke durch und höre den gedämpften Flügelschlag einer Fledermaus. Ein Uhrenturm läutet, und die Nacht kommt in Bewegung und trägt mich an einen anderen Ort zu einer anderen Zeit. Ein Karussell aus Bronzetieren setzt sich in Gang, sie flöten und trommeln und gleiten um den Uhrenturm herum, gefolgt von Silberstreifen. Dort vorm Zoo unter der Musikuhr finde ich die fünfte Buchseite.

Jetzt ist noch eine Seite übrig, die in der Südostecke. Dem Bordstein folgend, kehre ich aus der Anderswelt des Parks in die gewöhnliche Welt zurück, vor mir ein Bronzedenkmal und dahinter in Lichterketten gehüllte Bäume und unter den Flaggen am Plaza eine Prozession dahinrollender Autos. An der Ecke Central Park South steht ein Pferd, wie ein muskulöser Fels ragt es aus der Masse der Fußgänger heraus, und unter einem seiner Hufe eingeklemmt finde ich die sechste Buchseite.

»Ho ho, unsere Barb hat sie für dich aufbewahrt«, sagt der Kutscher und zieht das Pferd sanft unten am Bein, doch zunächst rührt es sich nicht vom Fleck. Mit einem königlichen Schnauben verlagert es schließlich das Gewicht auf das andere Bein und hebt anmutig den Huf.

Das Blatt ist etwas zerstampft, aber heil, und ich lege es

ins Buch, doch dann bleibe ich noch einen Augenblick mit einem unguten Gefühl im Bauch dort stehen, alle sechs Seiten an ihrem rechtmäßigen Platz. Der Kutscher schenkt mir ein Gummiband, das ich um das Buch schiebe, und schon habe ich ein besseres Gefühl, als ich mir ein Taxi zurück zu Ruby nach Hause nehme.

Der Pförtner macht mir auf, und ich trete in die Lobby, wo mir aus versteckten Lautsprechern leise klassische Musik entgegenklingt. Ich entdecke Ruby auf dem Fußboden in der Ecke hinter einem Sessel. Sie ist umgeben von zerknülltem Papier, und Milton sieht ihr gespannt zu, seine Umrisse sind bunt eingefärbt, seine Ohren- und Nasenspitze und das zottelige Fell an seinem Bauch, als würde er sich langsam in einen Regenbogen verwandeln.

»Starr mich nicht so an, Milton. Ich verpetz dich bei Walter.«

Milton schnauft und scharrt über den Teppich.

»Ja doch, ich weiß, ich krieg das schon hin«, beharrt sie, während sie eine Linie verwischt.

Sie haben mich noch nicht bemerkt. Über Rubys Schulter hinweg studiere ich die Zeichnung, Rubys Darstellung der Stadt in einer dunklen und stürmischen Nacht. Ihre Version ist wild, wie das Original, und es klingt auch ihre eigene fieberhafte Energie mit, ja sie lässt sich kaum vom Papier zügeln, ebenso wie ihre theatralische Veranlagung in den Details. Da ist der stürmische Himmel, die Stadt darunter, und das Wasser – und genau da verändert sich das Bild.

Auf dem Original war der Himmel gewaltig, und das Wasser am Rand darunter ein schwarzer Spiegel, eine Verlängerung der düsteren Stadt. In Rubys Version ist das Wasser, oder besser gesagt die Spiegelung darin, das Herzstück, ein Feuerwerk aus Farben explodiert darin, feuerrot und unergründlich blau, Rosatöne wie Lachs und Koralle und Grün so klar wie Glas. Es erstrahlt voll schierer Leuchtkraft, es sprüht nur so vor Energie, und es ist, als wüsste auch Ruby jetzt, welcher Zauber und welche Verlockung darin liegen.

Ich schaue auf das Blatt, und ich gucke nicht nur auf eine Stadt der Verlorenen; es ist auch eine Stadt der Lebenden.

Ich sage Ruby, es sei perfekt, und sie schreit auf und wirbelt herum, den Pinsel erhoben. Ich halte das Buch hoch. Als sie sich von ihrem Schock erholt hat, sagt sie: »Wurde auch Zeit«, und dann sehe ich nichts mehr, denn Milton schleckt mir verzweifelt übers Gesicht. Meine Ärmel sind schmutzig, also wische ich mir mit dem unteren Saum meines Fleecepullis über die Augen, und als ich sie wieder öffne, steht Ruby vor mir und hält mir das Bild ungewohnt verlegen hin.

»Für dich«, sagt sie.

Und mit ihrer Seite ist das Buch komplett. Es ist auch mein erstes Geschenk, das nicht von Lucy ist, aber Ruby räuspert sich, und ich habe nicht die Gelegenheit, ihr das zu sagen.

»Bedank dich noch nicht bei mir. Du musst erst mal schauen, ob es funktioniert«, sagt sie.

Der Pförtner kann es gar nicht abwarten, uns ein Taxi anzuhalten. Milton bleibt in der Tür stecken, doch der Pförtner befördert ihn mit frappierender Kraft auf den Rücksitz. Ich kurbele das Fenster herunter.

»Erzähl mir, wie es gelaufen ist. Viel Glück!« Ruby hüpft noch neben dem Taxi her, als es losfährt, und hält die gedrückten Daumen hoch. Der Motor stottert, und dann bringt das Taxi Milton und mich an das Ende eines wirklich langen Tages.

Wir halten vor der Patisserie und müssen uns aus dem Wagen quetschen, denn vor der Autotür steht ein Pfosten, so dass wir sie nicht ganz öffnen können, ohne dagegenzustoßen. Ein durchweichter Aushang hängt an dem Pfosten, und ich weiß schon, bevor ich ihn gelesen habe, dass es eine Suchmeldung ist. Sie haben eine ganz bestimmte Optik, anders als die Werbung für private Flohmärkte und Wohltätigkeitsveranstaltungen und Vorstellungen. HAT JEMAND GESEHEN und VERMISST und BELOHNUNG verkünden sie, als wäre ein Verbrechen begangen worden, die Farben sind grell, und die fettgedruckten Großbuchstaben schrillen eindringlich.

Reflexartig reiße ich den Zettel ab, und als ich darauf schaue, blickt mir mein eigenes Gesicht entgegen, das gleiche Bild, das ich auf dem Computer in der Bibliothek gesehen habe, doch diesmal kann ich es mir genauer anschauen. Ein Schulfoto, auf dem ich drapiert wurde wie ein gestärktes Hemd, die Schultern eckig und die Hände gefaltet, der Hintergrund ist purpurrot, und von meinem Gesicht lässt sich nichts ablesen. Neben dem Bild werde ich mit Buchstaben und Zahlen beschrieben. **Antwortet nicht verbal auf Fragen**, heißt es da, und **Evtl. in Begleitung eines 100 Pfd. schweren Golden Retrievers**.

Das Ladenschild sagt *Geschlossen*, aber die Lichter sind an, und drinnen läuft Lucy auf und ab, und abwechselnd taucht sie in der Tür und im Fenster auf. Ihre Augenbrauen sind zu einem erbitterten V zusammengezogen, wie auf den Fotos der Beerdigung, und in den Händen hält sie einen rötlichbraunen Holzlöffel umklammert. Flora und José sitzen Wache haltend an einem der Tische. Ich muss nicht klopfen. Als ich näher trete, fliegt die Tür auf, und die Türschwelle wird von warmem Licht erhellt. Lucy schließt mich in die Arme und schluchzt mir ins Haar, es riecht nach Kürbiskuchen, und jede Faser meines Körpers schmilzt erleichtert – endlich wieder zu Hause.

»Du bist wieder da, du bist wieder da. Du bist zu Hause«, weint Lucy, und auch Flora und José umarmen uns, so dass wir beieinanderstehen wie ein einziger Baum.

Über ihre Schultern sehe ich die Buchvitrine ganz leer und verkehrt, und nichts wiegt schwerer als der leere Platz, an dem etwas Verlorengegangenes vorher war, außer vielleicht die bleierne Luft im leblosen Laden. Lucy drückt mir die Hände an die Wangen und Schultern und Arme, und als sie sich versichert hat, dass ich wahrhaftig vor ihr stehe, gibt sie mich frei, und ich gehe zur Vitrine, ziehe das Gummiband ab und lege das Buch auf das Samtdeckchen. Dann schlage ich es auf der Winternacht auf, und ein scharfer Windhauch weht durch den Laden, zugleich schmerzerfüllt und erleichtert wie der erste Atemzug eines Säuglings. Mit den flachen Händen drückt Lucy die Ladentür zu.

»Braver Hund«, raunt sie Milton zu, als sie den Karamell-Rührlöffel auf dem Boden ablegt. »Und du, junger Mann – wo um alles in der Welt hast du gesteckt?«

Ich hole tief Luft.

»Ich hab dich vermisst«, sage ich, und Lucys Gesichtsausdruck nach zu urteilen hätte niemand diese Worte besser aussprechen können.

KAPITEL 26

Ich wackele mit den Zehen. Die Sonne scheint mir auf die Augenlider und lässt alles darunter rostrot erscheinen.

»Mmh.« Ich kuschele mich noch mehr in meine Decke.

Als ich ein paar Minuten später schließlich aufstehe, ziehe ich mir einen Pulli und Socken an, putze mir die Zähne und schnüre mir meine Turnschuhe. Ich segele die Stufen hinunter, was ein bisschen Rabatz erzeugt, und hinter mir höre ich Milton stampfen und klatschen.

Ping!, macht der Ofen, als ich in den Laden komme, die Kühlschränke summen und der Boden vibriert. Ich grinse ein Blech voller mit Sirup übergossener Biskuitküchlein an, das auf dem Tresen abkühlt, doch sie hocken so reglos rund und golden da, dass mir die Angst in die Wangen steigt und mein Grinsen ins Schwanken kommt. Ich schleiche mich an und beuge mich vor, bis ich sehen kann, wie die kleinen Kuchen sich an der Seite zusammenziehen und wieder anschwellen, der gleichmäßige Rhythmus des Atems im Schlaf. Ich unterdrücke ein Juchzen und stehle mich wieder davon, damit ich die schlummernden Teilchen nicht aufwecke.

Lucy sitzt mit einer dampfenden Tasse und einer halb verputzten Tarte an einem der Tische. »Guten Morgen, mein Schatz«, sagt sie. »Ich habe vorhin mit dem Vermieter gesprochen. Er setzt den neuen Mietvertrag auf. Koste mal hiervon, und sag mir, was du davon hältst.« Sie schiebt mir ihren Teller hin. »Espressomousse mit einer Kruste aus zerstoßenen Walnüssen und Vollkorn-Butterkeks und obendrauf Cranberry-Kompott.«

Mit der Seite der Gabel schneide ich mir eine Ecke ab und achte darauf, dass ich bei diesem einen Bissen von allem etwas dabeihabe. Während ich kaue, wischt die Espressomousse die körnigen Überreste vom Schlaf von der Oberfläche meines Gehirns, und ich höre etwas dicht an meinem Ohr – ganz schwach, ganz eigentümlich –, und als ich nach unten schaue, hockt eine Vol-au-Vent-Maus auf meiner Schulter und winkt.

Ich sehe ihr zu, wie sie meinen Arm hinuntertrippelt und dann vom Tisch auf eine Stuhllehne springt. Sie flitzt den Stuhl hinab, und eine saubere, zuckrige Brise weht von nirgendwoher und überall herein – vom Kamin, den hohen Decken, den mit Edelsteinen besetzten Auslagen, dem Türbogen zur Küche – und trägt die Maus weiter, immer schneller, sie rast durch den Laden, und überall, wo sie vorbeikommt, kräuselt sich der Fußboden wie ein See flüssiger Sterne, und die Luft wird so rein und hell wie das Klingeln einer Glocke, sogar noch leichter als ein Glücksgefühl.

Ich strahle Lucy an, den Mund immer noch voll, und als ich schlucke, flimmert der Traum von letzter Nacht in meinem Kopf auf.

Ein rot-weißes Flugzeug – einmotorig, vier Sitze, eine Cessna 172. Die sich immer weiter entfernende Küste, der Ozean darunter – eine abtauchende Flosse. Walter Lavender Senior im Pilotensessel, Lucy neben ihm und ich dahinter – Miltons Sitz ist leer, denn er drückt sich auf meinen Schoß.

»Die Idee kam mir irgendwann einmal direkt nach dem Aufwachen. Ich wusste, dass ich etwas Wundervolles geträumt hatte, aber ich konnte mich beim besten Willen nicht daran erinnern«, erklärt Lucy, und die Tarte bringt mich außerdem auf einen Gedanken, den ich gestern hatte.

Ich hole mein Notizbuch hervor und suche nach dem Eintrag.

AM ENDE EIN TRAUM, FÜR DEN ES SICH AUFZUWACHEN LOHNT, hatte ich notiert, als ich Sammie und Roman zusah, und ich erzähle Lucy davon, lese ihr meine Beobachtung vor.

»Woran hast du noch gedacht?«, fragt sie.

Ich schaue mir den nächsten Eintrag an und lese: »BETRACHTUNGEN AN EINEM REGENTAG.«

»Ich versuche immer noch herauszufinden, wie ich die glutenfreien Lebkuchen vorm Austrocknen bewahren kann«, sagt sie, nimmt mir die Gabel aus der Hand und isst noch etwas Mousse. »Was, wenn wir ihnen eine Wolke hinterherschicken, aus der es Sirup regnet? Das würde sich auch gut für Betrachtungen machen.« Sie gibt mir die Gabel zurück und fügt hinzu: »Das ist *genau* das, wonach ich gesucht habe.« Mit einem breiten Grinsen klopft sie auf mein Büchlein.

Bisher hat sich immer kaum merklich etwas in ihrem Blick verändert, wenn sie mein Notizbuch ansah, denn es erinnerte sie an die unüberbrückbare Distanz zwischen uns. Jetzt, wo die letzte Kluft überwunden ist, sieht sie etwas anderes in dem Buch: Inspiration, und einen neuen Weg, uns näherzukommen. Junker wäre erfreut; die unzusammenhängenden Gedanken, die ich gehortet und als sinnlos angesehen hatte, werden endlich ans Licht gebracht und geteilt und für etwas Gutes eingesetzt.

Lucy streicht sich über ihre Schürze und steht auf. »Die Lava-Cupcakes sollten genug abgekühlt sein. Bereit zum Glasieren?«

Ich weiß, dass sie mit der Glasur gewartet hat, bis ich aufwache, weil es mich am Ende der Woche immer beruhigt und wiederherstellt, mit der Spritze zu Werke zu gehen. Nachdem ich so kurz davorstand, die Patisserie zu verlieren, dachte ich, ich würde sie niemals wieder freiwillig verlassen wollen, aber jetzt, wo ich zurück bin und der Laden ebenfalls, habe ich etwas zu erledigen, und zwar etwas anderes, als in der Küche die Cupcakes zu dekorieren. Auch wenn dieser Ort mein Zuhause ist und er erzählt, wer ich bin und woher ich komme und was ich mag, habe ich ihn doch auch zu meiner Zuflucht gemacht, und still und heimlich ist daraus irgendwann mein Gefängnis geworden, auch wenn ich es zu dem Zeitpunkt schon nicht mehr bemerkt habe.

Ich sage Lucy, dass ich zurück bin, bevor sie aufmacht, und Milton rast voraus, stemmt die Vorderpfoten gegen die Tür und widmet dem all seine Aufmerksamkeit, denn das geht dem Türöffnen stets voraus. Ich drücke sie auf, Milton nimmt seine Pfoten herunter und folgt mir nach draußen, und dann nehmen wir die Bahn zu Ruby.

»Einen schönen guten Morgen wünsche ich euch«, sagt Ruby über eine Reihe gedämpfter Trommelschläge hinweg, als sie mich sieht. Mit der einen Hand hält sie die Tür auf, mit der anderen ihre Haare zurück, und sie und Milton tauschen ausgiebiges Gähnen aus. Ihr Großvater sucht auf Händen und Knien unter einem Tisch nach etwas, und darunter hocken auch Rubys Großmutter und Debbie, bloß trommeln sie mit Holzlöffeln auf den Teppich und scheinen nach nichts zu suchen.

Debbie versucht, von unten an die Tischplatte zu schlagen, trifft dabei aber ihren Großvater, der wiederum ein Bongo-Geräusch nachahmt, so dass Debbie lauthals loslacht.

Ruby stellt sich auf die Zehenspitzen. »Und? Hat es funktioniert?«

»Komm mit zum Laden«, sage ich, und meine Aufregung spricht Bände. Ruby springt in die Luft und quietscht und sieht ihren Großvater an, der nickt und in einen Schrank späht.

»Das lass ich mir nicht entgehen«, sagt Ruby, immer noch ihre Haare haltend. »Muss nur mein Haarband finden, dann können wir los.«

»In der Küche ist es nicht«, sagt ihr Großvater. Mit den Händen auf einem Knie stemmt er sich hoch.

»Meine erste Suchregel«, sage ich und tippe mir aufs Handgelenk. Ruby nimmt die Hand herunter, die eben noch ihre Haare zusammengehalten hat.

»Da bist du ja«, schimpft sie ihr Haarband aus, als wäre es ein ungezogener Schützling, der sich heimlich davongemacht hat, und sie zerrt es sich vom Handgelenk und bindet ihre Haare damit in ihren riesigen Knoten. Ihr Großvater kommt zu Ehren der Jahreszeit und des Besuchs in einer lavendelfarbenen Hose mit Truthähnen darauf zurück, wir verabschieden uns von Rubys Großmutter und Debbie, und zu einem Trommelwirbel verlassen wir eilig die Wohnung.

Als wir uns der Patisserie nähern, klingelt eine Fahrradglocke, und neben uns hält José auf seinem Auslieferungsrad, einen Helm auf dem Kopf mit einem Aufkleber, auf dem steht: »Stolzer Vater eines Ehrenschülers«.

»Du hättest mich sehen sollen, als Lucy mich angerufen hat, bin regelrecht hergeflogen«, sagt er, nimmt den Helm ab und wischt sich über die Stirn. Als er die Hand auf den Türknauf legt, verziehen sich seine Lippen so breit, dass ich meine, einen Zahn hervorschimmern zu sehen. »Dann schauen wir es uns mal an.«

Er zieht die Tür auf, und wir gehen hinein, und ich sehe, dass Lucy mit der Glasur fertig ist und die Cupcakes in der Auslage vor sich hin blubbern. Rubys Dutt wackelt, als die Patisserie um uns herum sich entfaltet und der Duft in der Luft leichter wird und sich Brisen voll Helligkeit und Wohlwollen süß kräuseln.

Nach unserem Händeschütteln verschwindet José in der Küche, und ich führe Ruby und ihren Großvater herum, zeige ihnen den Kratzer im Fußboden, wo ich einmal eine Dose eingelegte Zitronen habe fallen lassen, den Drehtisch, den ich zusammen mit Lucy gestrichen habe, und die Giraffe aus Holz, die Lucy aus Südafrika mitgebracht hat. Ruby staunt über drei Mäuse, die Gummitwist mit Lakritzstreifen spielen, und ihr Großvater erfreut sich mit einem Ausruf an dem Blech schlafender Biskuitküchlein.

Eins der Küchlein schreckt auf, und verärgert zappelnd bespritzt es Rubys Großvater mit Sirup, woraufhin Ruby losprustet und einen Kicheranfall bekommt, bis ihr Großvater einen Kuchen in die Hand nimmt und der sie ebenfalls bespritzt. Lucy kommt aus der Küche, und ich stelle sie einander vor, ehe wir uns an einen Tisch in die Nähe des Buches setzen.

»Nächstes Wochenende«, setze ich an, während ich die Ecke eines Blatts in meinem Notizbuch unablässig knicke und wieder glattstreiche und an die Geburtstagsfeier denke, die ich nie hatte, »könnten wir eine. Party haben. Weil das Buch. Wieder da ist.«

Auf diese Weise könnte man die Nachricht verbreiten, dass das Buch gefunden und die Patisserie gerettet wurde, und man könnte all jene feiern, die mir bei meiner Suche geholfen haben, und schließlich könnte man dadurch noch etwas hauptsächlich für mich bewerkstelligen, und zwar Menschen in meine Welt einladen, denn so langsam glaube ich, dass ich nicht der Einzige darin sein muss.

»Du erstaunst mich, Walter Lavender«, ruft Ruby. Sie schlägt ihr Kunsttagebuch auf und dreht es so, dass ich zuschauen kann, wie sie aufwendige Ideen entwirft – eine fünfköpfige Band, ein Strauß Ballons, so groß wie der Laden selbst –, aber ich schlage vor, dass wir es dabei belassen, Fundmeldungen aufzuhängen. Lucy sieht mich an und greift unter dem Tisch nach meiner Hand, drückt sie, so fest sie kann, bis unsere Finger langsam abrutschen, und dann lässt sie los.

Die Woche fliegt nur so an mir vorüber, wo das Gewicht des verschwundenen Buches von mir abgefallen ist, und vielleicht sieht etwas, das man beinahe verloren hätte, danach ein wenig anders aus, jedenfalls wirkt die Patisserie noch heller als vorher, als wäre alles neu – selbst Flora, die angefangen hat, die Schürze von Lucy zu tragen statt ihrer alten blauen Ginghamschürze. Sie hat einen Löffel Rotweinreduktion auf ihrem Schoß verschüttet, als die Croissants sich am Montagmorgen vor ihr aufbliesen und Butterflocken wie Blätter in die Luft pusteten, und nachdem sie die Schürze ausgetauscht hatte, fand sie heraus, dass gelber Gingham gar nicht so schlimm war.

Am Tag vor dem Fest spreche ich das Ende der Geschichte auf Band, deren Fortsetzung noch folgen sollte, und dann lasse ich die Aufnahme in der hintersten vergammelten Ecke der Linie 6 liegen, damit Junker sie vielleicht auf einer seiner Müllsammlungsexpeditionen aufliest. Am nächsten Morgen schneit es zwölf Zentimeter, und der Bürgersteig ist wie mit Puderzucker bedeckt, ganz lose, weil es zu kalt ist, als dass der Schnee haften bleiben könnte. Bevor wir öffnen, legen Ruby und ich Plastikgeschirr und Papierhüte und festliche

Servietten parat, Lucy und Flora kümmern sich um die Girlanden, und José bläst Luftballons auf und verbarrikadiert sich anschließend im Badezimmer, um herauszufinden, wie er seine Fliege binden soll, während wir anderen an einem dekorierten Tisch sitzen und warten.

Je länger die Schlange draußen wird, umso aufgeregter werde ich, und ich drücke mein Gesicht an die Scheibe und recke den Hals, aber ich kann immer noch nicht erkennen, wo die Schlange endet, so viele Menschen stehen dort. In erster Linie stehen sie für die Leckereien an, aber ich hoffe, dass hier und da verteilt auch die Menschen von meiner Reise stehen und darauf warten, entdeckt zu werden, und dass sie meinetwegen hier sind.

Wir müssen uns nicht lange gedulden. Lucy steht auf und dreht das Schild um, und als sie die Tür aufdrückt, klingelt die Glocke, und behandschuhte Hände greifen nach der Tür, um sie ganz aufzuziehen. Der Laden füllt sich mit Menschen, die ihre Füße abtreten, ihre von Mützen platt gedrückten Haare schütteln und aufgeregt trällern.

Die erste Stunde über bin ich damit beschäftigt, wieder aufzufüllen, abzuwischen, zu begrüßen und aufzuräumen. Ich bemerke, wie sich ein paar leere Tassen vor einem Bücherregal stapeln, und gehe hinüber, um sie einzusammeln, und als ich mich aufrichte und den Rücken durchdrücke, entdecke ich Nico, der sich in der Nähe mit Lan unterhält, und ein angenehmer Schauer durchfährt mich. Die Knöpfe an Lans Mantel haben die Form von Katzenköpfen, die meisten davon in der Mitte durchgebrochen. Nico sieht auf, entdeckt mich und streckt eine Faust aus.

»Kleiner Mann«, sagt er, und ich stoße meine Faust an seine.

»Kein Rucksack«, stelle ich fest.

»Gut für mich. In diesem Gedränge hat man ja nicht mal Raum zum Atmen«, erwidert er und tut so, als würde er eingehen. Dann grinst er und stößt mir an die Schulter. »Stell dir das mal vor. Die Regisseure fanden *Schweigen ist Gold* großartig. Waren hin und weg. Wie dem auch sei, mein Rucksack ist auf dem Sofa. Ich schlafe bei 'nem Kumpel vom Theater, solange ich mich um ein paar Dinge kümmere.«

»Das ist *sehr* gut für dich«, sage ich.

»Du wirst dich freuen zu hören, dass ich Lan ihr Geld zurückgegeben habe, plus Zinsen. Hab meine abendliche Ausbeute vom Theater für sie auf die Seite gelegt. Ich rede hier von ganzen Müllcontainern voll Flaschen und Dosen.« Er legt Lan einen Arm um die Schultern, doch ihre Hand fährt aus und kneift und dreht, und Nico heult auf.

»Meine Brustwarzen«, jammert er und hält sich die Brust. »Lady, wie konntest du nur?«

»Ist immer noch schlecht zu stehlen«, sagt sie verärgert.

Ich tippe ihr auf den Arm und deute dann mit dem Daumen nach hinten, und wir bahnen uns einen Weg durch den Laden und schieben uns hinter den Tresen und in die Küche, wo auch viel los ist, aber zielgerichteter.

Der Caravelle-Riegel liegt in einer Schublade, von der Reise zerknautscht und an einer Seite klebrig. Ich drücke ihn Lan in die Hand, und sie ist verwirrt. Ich hebe ihre Hände hoch, damit sie sehen kann, was sie dort hält, und sie blinzelt und schüttelt den Kopf.

»Wo du gefunden? War viel Arbeit? Zu viel Arbeit für alte Lady wie mich«, sagt sie, doch sie kann sich nicht beherrschen: Mit zitternden Händen reißt sie eine Ecke der Verpackung auf und pellt sie dann ganz ab und steckt sie sich in die Tasche. Sie dreht und wendet den Riegel in ihrer Hand und begutachtet ihn.

»Ich haben nie vergessen, wie schmecken. Schmecken gut. Du sehen wieso, wenn du probieren«, erklärt sie.

Ich greife nach einem Ende, und sie hält das andere fest, und auf drei brechen wir ihn in der Mitte durch, und während wir uns damit abmühen, ihn zu drehen und auseinanderzuziehen, fängt Lan an zu gackern, und ich stimme mit ein, und die zähen Karamellfäden kleben immer noch aneinander und verbinden unsere beiden Hälften, genau wie es auf der Verpackung versprochen wurde.

Mit einem letzten gemeinsamen Gackern kehren wir nach vorne in den Laden zurück. Nico taucht wieder neben Lan auf und führt sie zu einem Stuhl, und mir fällt auf, dass die roten Samt-Fudge-Proben zur Neige gehen, da höre ich Lucy: »Hallo Ida. Kommen Sie herein, Sie müssen doch schon halb erfroren sein«, und ich schnappe mir das vergoldete Tablett, um es wieder aufzufüllen.

Während ich eine Runde durch den Laden mache, lege ich benutzte Servietten und zerdrückte Plastiktassen mit auf das Tablett, und dann bleibt mein Blick an jemandem hängen, der am Fenster stehen geblieben ist, während noch mehr Leute zur Tür hereinkommen. Er sieht um einiges trockener aus als das letzte Mal, als ich ihn sah, blickt aber beinahe genauso unbehaglich drein.

Hinter dem Tresen leere ich das Tablett und tausche es gegen eins mit Mokka-Madeleines aus. Eine der Muscheln halte ich mir ans Ohr und richte sie so lange aus, bis ich ganz schwach Akkordeonklänge vernehme, so wie Paris im Frühling. Das Tablett auf einer Hand balancierend, während ich von der anderen den Vanillezucker abschlecke, gehe ich aufs Fenster zu, klopfe dagegen und halte das Tablett einladend höher. Erleichterung streicht Beavers ewig verzogenen Mund glatt.

Die Madeleines faszinieren ihn, und das ist mir irgendwie unerklärlich, doch ich zucke nur die Achseln und biete ihm eine zweite an, die er sich ans Ohr hält.

»Du siehst aus wie jemand, der einen guten Witz zu schätzen weiß.«

Beaver reißt sich die Muschel vom Ohr und starrt aufmüpfig den Mann an, der ihn unterbrochen hat.

»Will ein Neutron in die Disco, sagt der Türsteher: *Heute nur für geladene Gäste*.«

»Karl!«, rufe ich.

Er schlägt sich aufs Knie, vom Eierflip hat er ganz gerötete Wangen. Dann klopft er Beaver auf den Rücken. »Ich gebe meine Leidenschaft für Physik an die nächste Generation weiter. Hast du es verstanden? Ein Neutron ist ein subatomares Teilchen ohne elektrische Ladung.«

Sammie und Roman kommen zur Tür herein, und ich überlasse Beaver seiner spontanen Unterrichtsstunde und bahne mir einen Weg durch die neuen und die Stammkunden, im Laden versammelt für diesen Anlass, den ich mit erschaffen habe, und für die Fülle dieses Ausgangs, den ich mir schon von Anfang an gewünscht habe.

Ich schiebe eine Platte zur Seite und schnappe mir zwei Mäuse, doch als ich Sammie und Roman wieder ausfindig gemacht habe, sind sie in eine stumme Runde Schach vertieft, also stecke ich mir die Mäuse für später in die Tasche und sehe mich nach Ruby um. Als Erstes entdecke ich ihren Dutt.

Rate mal, wer hier ist?, formt sie vor dem Fenster mit den Lippen, und mit großen Augen halte ich ihnen die Tür auf.

Mister Philipp ist noch wackelig auf den Beinen, aber um seine Augen herum bilden sich Fältchen, als er mich sieht, und seine Stimme klingt so robust wie eine Eiche.

»Ich musste zurückkommen und dich sehen«, ruft er. »Den jungen Mann, der über mich gewacht hat.«

Jane, Rubys sommersprossige Freundin, kommt heraus und bittet Ruby um Hilfe beim Aussuchen, und ich schiebe Mister Philipp eine Hand unter den Ellenbogen und passe meine Schritte seinen an. So bewegen wir uns vorsichtig in den Laden, an den neuen Kunden vorbei, die um das Buch herumstehen und denen Lucy die Entstehungsgeschichte der Patisserie erzählt.

Flora stößt beinahe mit uns zusammen, als sie einen Teller runde Pfirsichtaschen mit Minzschokoladenblättern darauf heraussträgt, und sie läuft rot an, doch Mister Philipp sagt lediglich: »Wenn das nicht die hübschesten Blätter sind, die ich je gesehen habe. Haben Sie die gemacht?«

Auf sein Lob hin glühen Floras Wangen noch heller als die Pfirsichtaschen. Sie kommen gerade ins Gespräch, als ein Schatten vors Fenster fällt und die Sonne aussperrt. Der Vermieter ist da. Ich gehe hinaus und stelle mich neben ihn, und gemeinsam betrachten wir das Buch in seiner Vitrine. Ich weiß nicht, worauf ich warte, und wende mich wieder zum Gehen.

»Ich bin froh, dass es wieder da ist«, sagt er, ohne den Blick vom Buch abzuwenden. Ich bin nicht sicher, ob seine Worte an mich gerichtet sind, doch ich bleibe stehen und höre zu, und er schüttelt den Kopf.

»Ich hatte nicht vorgehabt, es mitzunehmen.«

Meine Gedanken schnellen herum und schlittern durch die Haarnadelkurve, da sagt er: »Ich weiß nicht, wie es passiert ist – ich habe das Buch gesehen, und da ist es über mich gekommen. Als hätte das Buch mir zugeflüstert und mich davon überzeugt, dass es besser wäre, wenn ihr weg wärt. Sobald ich wieder bei Sinnen war, habe ich es weggeworfen. Ich ergreife ja gern Gelegenheiten – für mein Leben gern sogar –, aber wie zum Teufel bin ich nur so verdammt habgierig geworden?«

Ruhe überkommt uns, so schwer und unvermittelt wie ein heruntergelassener Vorhang, und durchs Fenster sehe ich, wie die Flamme meiner Öllampe an ihrem Docht hüpft und tanzt. Sie entzündet einen Gedanken in mir – eine Stimme, die dem Vermieter zuflüstert, und ist dieses Flüstern womöglich Walter Lavender Senior?

Ohne Zweifel beginnt mein Leben in der Patisserie, doch ich habe zugelassen, dass mich so vieles dort hält – meine Sehnsucht nach Wärme und Verbundenheit, mein Bedürfnis nach Gewissheit, meine Angst. Der Laden kann nicht mehr meine ganze Welt ausmachen, und vielleicht war genau das die eigentliche Lektion, von der Walter Lavender Senior wusste, dass ich sie lernen musste: Da draußen gibt es dunkle Orte, vor denen man sich fürchtet, einsame Inseln, von denen man sich retten will, und furchterregende Höhen, aus denen man fallen kann, doch es erwarten einen auch andere Orte, die man entdecken kann, Menschen, die man kennenlernen, und Freundschaften, die man schließen kann, genau wie Erlebnisse, die man miteinander teilt. Und was könnte den Schmerz mehr wert sein, als sich zu öffnen und zuzulassen, dass man Teil einer mitreißenden Geschichte wird?

Jedes Mal stieg er mit diesem Wissen in sein Cockpit und schnallte sich hinterm Steuer an, und er hätte das Wissen an mich weitergegeben, wenn es so weit gewesen wäre, doch auch so hat er einen Weg gefunden, das zu tun: das Verschwinden des Buchs aus dem Laden und die Spur, die es dabei hinterließ, damit ich mich auf die Suche danach machen würde.

Ich betrachte das Buch, doch das glattpolierte Leder glänzt nur unauffällig braun, weich und gleichmütig und verrät nichts.

»Ich bin auch froh, dass deine Mutter den Zehnjahresvertrag unterzeichnet hat«, sagt der Vermieter, und als er sich die Hände reibt, legt sich eine erwartungsvolle Glut auf seinen Bauch. »Ich nasche wirklich unglaublich gern, und man bekommt tatsächlich nirgendwo sonst gefüllte Karamelllutscher, die meine Mädchen davon überzeugen können, sie mit mir zu teilen. Bis bald.« Er grinst wölfisch und geht, und ich merke, dass mir der Gedanke nicht missfällt.

Als ich wieder reingehe, flackert die Öllampe, und aus Gewohnheit gehe ich hinüber, um nachzusehen. Sie ist schon ziemlich heruntergebrannt, und als ich sie mir so ansehe, bin ich mir nicht mehr sicher, ob sie überhaupt brennen muss. Ich muss mir keine Sorgen darum machen, dass ich verlorengehe, wenn man doch in Wahrheit alles Verlorene auf jeden Fall wiederfinden kann, solange man nur mutig genug ist und die Augen aufmacht und genau hinsieht. Die Flamme züngelt und windet sich, und mit einem Atemzug lasse ich sie frei.

DANKSAGUNG

Die Chinesen lieben ihre Sprichwörter, *Mit einem Fleischpastetchen nach einem Hund werfen* oder *Drei Mönche haben kein Wasser zu trinken*. Anlässlich meiner Danksagung bediene ich mich dieses Sprichworts: *Die längste Reise beginnt mit dem ersten Schritt*.

Um ans Ende zu gelangen, muss man irgendwo anfangen, und diese Reise hat ebenso wie die Lavenders zwei Anfänge. Für den ersten Ersten Schritt habe ich meiner Mutter alles zu verdanken, die mir laut vorlas, bis sie keine Stimme mehr hatte, damit ich meine Liebe zu Geschichten entdecken würde. Du hast mich durch jeden Sturm getragen und eine Welt aus nichts erschaffen, und ich würde mich glücklich schätzen, wäre ich auch nur ein wenig wie du.

Für den zweiten Ersten Schritt bin ich auf ewig Kai dankbar, der mich dazu inspirierte, diesen Roman zu schreiben. Danke, dass du diesen Ersten Schritt gemeinsam mit mir gemacht hast – nicht nur für diese Tausend-Meilen-Reise, sondern auch für die Millionen-Meilen-Reise, die wir zusammen unternehmen, mein Sonnenblumenkernfreund.

An Shirley, der ich stets auf Schritt und Tritt folgen werde, selbst wenn es sie ärgert. Danke für deinen Mut und deinen Witz, und dass du mir zur Seite stehst, ohne viele Fragen zu stellen. Du erstaunst mich immer wieder.

Als ich diesen Roman begann, machte ich mir keine großen Gedanken darüber, wohin er wohl führen würde. Ich konzentrierte mich auf jeden einzelnen Satz, jeden Absatz, jede Seite, und jetzt, wo ich einen Schritt zurücktrete und es mir ansehe, finde ich den Ausblick unglaublich, und zwar aufgrund all derer, die mich auf dieser Reise bis zum Ende begleiteten. Mein Dank geht an alle, die mich bei meinen Recherchen unterstützten, mir liebenswürdig ihre Fachkenntnisse anboten und ihre Erlebnisse mit mir teilten. Dank an meinen Agenten, den einzigartigen Jeff Kleinman, zu dessen Superkräften unter anderem Grenzenlose Begeisterung und Unermüdliches Tempo zählen sowie, und das erstaunt am allermeisten, die Fähigkeit, Träume wahr werden zu lassen.

Mein Dank auch an meine phantastische Lektorin Tara Singh Carlson, die mich ermutigte, noch tiefer zu gehen und klarer zu sehen, deren Begabung, unter die Oberfläche zu schauen und dort den Kern der Dinge und alle ihre Einzelheiten zu erkennen, Walters gleichkommt. Danke an Helen Richard und das gesamte Team von Putnam, die großzügig ihre Zeit, Energie und ihr Herz in dieses Buch steckten. Vor allem zu Dank verpflichtet bin ich Carrie Swetonic, Ashley McClay, Emily Ollis, Brennin Cummings und Alexis Welby, die das Buch davor bewahrten, verloren zu gehen, so dass es seinen Weg zu Ihnen, den Leserinnen und Lesern, finden konnte. Auch Sally Kim und Ivan Held bin ich unendlich dankbar, deren Unterstützung all das ermöglichte.

Schließlich an den Hirten aller Reisenden – danke, dass du über mich gewacht und mir den Weg geleuchtet hast.